rororo

Carlie Walker nahm an einem Studienprogramm für spätere Geheimdienstler teil, bevor sie feststellte, dass sie für eine Spionin viel zu ängstlich ist. Nach ihrem Studium arbeitete sie kurzzeitig im Verlagswesen, bevor sie Bestsellerautorin von sieben Kinder- und Jugendbüchern wurde. In ihrer Freizeit betreibt sie aber weiterhin Krav Maga, und beim Gewichtheben macht ihr niemand etwas vor. Sie lebt mit ihrem Ehemann und ihrem Hund in Atlanta, Georgia. Die Autorin ist Fan von Rettungshunden, Rom Coms aus den 90ern und Büchern mit Happy End. «Christmas undercover» ist ihr erster Roman für Erwachsene.

Silke Jellinghaus, geboren 1975, ist Übersetzerin, Autorin und Lektorin und lebt in Hamburg. Unter anderem hat sie Jojo Moyes und Graham Norton übersetzt.

CARLIE WALKER

CHRISTMAS UNDERCOVER

Sie will ihn verhaften.
Er will sie verführen …

Roman

Aus dem Englischen
von Silke Jellinghaus

Rowohlt Taschenbuch Verlag

Die englische Originalausgabe erschien 2023 unter dem Titel
«The Takedown» bei Berkley Romance, New York.

2. Auflage Oktober 2024
Deutsche Erstausgabe
Veröffentlicht im Rowohlt Taschenbuch Verlag, Hamburg, Oktober 2024

Covergestaltung FAVORITBUERO, München
Coverabbildung Shutterstock
Satz aus der DTL Dorian
bei Dörlemann Satz, Lemförde
Druck und Bindung CPI books GmbH, Leck
ISBN 978-3-499-01325-6

FSC
www.fsc.org
MIX
Papier | Fördert gute Waldnutzung
FSC® C083411

Für Claire und Pete – ohne euch würde es dieses Buch nicht geben

Prolog

Heiligabend

Man erfährt viel über eine Familie, wenn man sich ansieht, wie sie sich an Heiligabend anzieht. Als ich ein Kind war, gehörten wir zur Jogginghosenfraktion. Zu den Zwanglosen. Ich trug von Kopf bis Fuß graue Baumwolle, und meine Schwester kuschelte sich zu mir aufs Sofa und futterte Ziegenkäse mit einem Löffel. Es gab kein großes gemeinsames Abendessen, keine eleganten Kerzen. Wir schalteten den Fernseher ein und stopften uns mit Fingerfood voll.

Dieses Jahr ist es anders.

Es ist auf so vielen Ebenen anders, dass ich gar nicht weiß, wo ich anfangen soll.

Beginnen wir mit dem Abendessen. Alle sitzen um den Tisch, meine Schwester hat zu Grandma Rubys handgetöpferten Keramiktellern unser bestes Besteck gedeckt (die glänzenden Gabeln und die geriffelten Servierlöffel). Bald werden sich auf den Tellern Kartoffelbrei und Truthahn und derlei herrlich duftende Dinge häufen.

Trotzdem muss ich kämpfen, dass sich mir nicht der Magen umdrcht.

Wir essen sonst nie an einer langen Tafel mit frischen Tannenzweigen und mit Lametta umwickelten Vasen. Wir nehmen sonst nie die Windböen draußen wahr, die unser verlegenes Schweigen betonen.

Der allergrößte Unterschied jedoch ist *er*.

An seinem Sekt nippend, fängt der Verlobte meiner Schwester am anderen Tischende meinen Blick auf und zwinkert. *Arschloch*. Ich beiße so fest die Zähne zusammen, dass ich meinen Zahnarzt aufstöhnen höre, und nehme auf übertriebene, halsbrecherische Art einen riesigen Schluck Sekt. Mein Schmuck klimpert dabei. Er ist von Grandma Ruby. Sie hat mich überredet, ein paar ihrer Armbänder auszuleihen, weil es schließlich ein besonderer Anlass ist. Ich soll «weihnachtlich hübsch» aussehen. Wir haben Gäste.

Über mein Stück Truthahn hinweg starre ich Johnny ebenfalls an. Nachdrücklich. Mir wird bewusst, dass er den besten Pokerspieler der Welt abgeben würde. Sein Gesicht ist *außergewöhnlich*. Kein einziges gestutztes Barthaar darin verrät, was gestern Abend passiert ist. In seinem weißen, frisch gestärkten Leinenhemd sieht er heiliger aus als ein Ministrant. Oder wie ein fluffiger Eisbär. Na gut, Eisbären sehen vielleicht so aus, als könnten sie sich an kühlen Abenden Coca-Cola trinkend an dich kuscheln, aber komm ihnen einen Schritt zu nah, und sie zerreißen dich verdammt noch mal in tausend Stücke.

Iss einfach, sage ich mir. *Iss einfach und halt die Klappe.*

Normalerweise bin ich gut darin, die Klappe zu halten. Jemandem wie mir fällt es – wenn es sein muss – leicht, mit der Tapete zu verschmelzen. Aber heute Abend … lockern sich bei mir die Schrauben. Nach allem, was geschehen ist, sind meine Nerven zum Zerreißen gespannt, das spüre ich.

Ich rücke mit meinem Stuhl ein Stück zurück.

«Was machst du da?», flüstert Calla, meine Schwester, sodass niemand sonst es hören kann, und beugt sich zu mir herüber. Panik huscht über ihre Augenbrauen. Ja, ihre Augenbrauen. Sie sind genauso buschig wie meine, und sie sind prachtvoll. Früher hat sie immer befürchtet, sie könnten aussehen wie Raupen. «Ich habe gesagt, keine Tischreden. Und ... du schwitzt. Wieso schwitzt du?»

«Ich schwitze nicht.»

«Sydney, es tropft dir vom Gesicht.»

Blind tupfe ich mir mit einer Stoffserviette die Stirn ab und ziehe meinen Rollkragen zwei Zentimeter vom Hals weg. Das ist definitiv das letzte Mal, dass ich Rentierwolle trage! Das Zeug ist nicht atmungsaktiv. «Ich möchte nur ein paar Worte sagen ...»

«Nein! Nein, *bitte* nicht. Du ...»

Sie packt meinen Ärmel, als wären wir sechs Jahre alt, und versucht, mich wieder auf meinen Stuhl hinunterzuziehen. Aber ich bin schneller – ha! Schief erhebe ich mich, weil ich am Ellbogen halb wieder hinuntergezerrt werde, komme schwankend zum Stehen und klopfe mit einem Buttermesser gegen mein Sektglas. Es klingt komödiantisch blechern, als würde eine Fee husten.

«Ich würde gern einen Toast ausbringen», sage ich. Mein Lächeln ist warmherzig, freundlich. Meine Stimme klingt liebenswürdig. In meinem Schaumwein steigen Bläschen auf.

Schweigen senkt sich über das Esszimmer, sodass als einziges Geräusch ein «Sie sind ein gemeiner Mensch, Mr Grinch!» aus den Lautsprechern dringt. Kommt mir passend vor. Es sitzt ein Grinch an diesem Tisch. Aber er wird sich am Ende des Films nicht verändert haben. Sein Herz wird immer ein *bisschen* zu klein bleiben.

«Johnny», sage ich zum Verlobten meiner Schwester und hebe mein Glas in seine Richtung. «Ich muss dir ja nicht sagen, wie glücklich du dich schätzen kannst, von jemandem wie Calla geliebt zu werden ... aber ich sage es dir trotzdem.»

Alle am Tisch glucksen in sich hinein.

Selbst Johnny. Selbst Calla. Selbst der andere Typ am Tischende, der für den Moment noch namenlos bleiben soll. Ich will nicht an ihn denken. Ich will nicht an die zarte Berührung seiner Lippen denken oder an seine rauen Handflächen oder daran, wie er im Bett aussieht, wenn die Laken um seine Hüften geschlungen sind.

Im Augenblick lehnt er sich in seinem Stuhl zurück, hat die Hand auf den Mund gelegt und lächelt beklommen durch seine Finger. Er hängt an meinen Lippen.

Ich schüttele beinahe unmerklich den Kopf und spreche schnell weiter. «Calla ist zwar vielleicht ein Fan von Weihnachtspullis mit Glitzerfäden und Glöckchen, und möglicherweise fürchtet sie sich ein wenig vor winzig kleinen Hamstern …»

«Haustiere in Klassenzimmern sind *unberechenbar*», erwidert Calla, die ihr Gesicht halb mit den Händen bedeckt hat und sich ein Grinsen nicht verkneifen kann.

«Aber lass dich davon nicht täuschen. Sie ist ganz ehrlich einer der erbittertsten Haudegen, die ich kenne. Und der beste Mensch. Alle, die sie kennen, werden mir zustimmen.»

Calla neigt höflich den Kopf, was gleichzeitig *Ich liebe dich* und *Sydney, bist du betrunken?* bedeutet. Und ja, das bin ich vielleicht ein bisschen, aber das hier ist wichtig. Ich bin nicht fertig mit meiner Rede. Noch nicht.

Mein Blick bohrt sich in Johnnys.

«Wenn es hart auf hart kommt, würde ich für meine Schwester alles tun. Alles. Ich habe das Glück, sie zu lieben, genauso wie du das Glück hast, sie zu lieben. Deswegen … erhebt eure Gläser.»

Rund um den Tisch steigen sieben Gläser ins Licht des Kronleuchters. Alles glitzert. Wir sehen aus wie auf einer Weihnachtskarte.

«Auf Calla und Johnny», sage ich.

«Auf Calla und Johnny», wiederholen die anderen einschließlich des Mannes am Tischende. Nick. (Na gut, so heißt er. Nick.) Natürlich suche ich mir ausgerechnet diesen Moment aus, um seinem Blick zu begegnen. Er nickt mir leicht und ernsthaft zu, wie um zu sagen *Schöne Rede, Syd*, und ich denke an Mistelzweige und die Grübchen an seinem unteren Rücken und – oh ja – dass ich ihn im Auftrag der Regierung verführt habe.

Mein Hals schnürt sich zu.

Ich glaube, es könnte sein, dass ich ihn hasse.

Und ich habe keine Ahnung, wie diese Sache für uns beide ausgeht.

«Seid nett zueinander», sage ich mit belegter Stimme zum schwungvollen Abschluss. «Sonst, Johnny, muss ich dir nämlich jeden Knochen in deinem Körper einzeln brechen und all so was. Okay? Wer will Truthahn?»

1

Uppsala, Schweden
Fünf Tage zuvor

Ich kann nicht einfach auf ihn zugehen und fragen, ob ich übernehmen darf. Ich habe mich am Rand der Tanzfläche positioniert und nippe so leicht an einem Glas Champagner, dass ich beinahe gar nichts schmecke. Wichtig ist nur mein Mund. Er soll auf meinen Mund achten. Meine Lippen sind von einer dicken Schicht blutroten Lippenstifts bedeckt. Die Farbe passt perfekt zu meinem Kleid, einer trägerlosen Robe mit hohem Schlitz bis zum Oberschenkel, das schreit: *Ich bin dein Weihnachtsgeschenk.*

Hin und wieder wirbelt Alexei seine Partnerin herum und dreht den Kopf in meine Richtung. Es ist subtil. Aber ich bemerke solche Dinge. Dinge zu bemerken, ist mein Job. Sein Blick wandert von meinem Knöchel nach oben zur nackten Haut meines Oberschenkels und schließlich bis zu meinem Mund. Automatisch öffne ich die Lippen, halte seinen Blick fest, strahle ihn abgezählte zwei Sekunden lang an, bevor ich scheu den Blick senke.

Ich bin nicht scheu.

Ich bin bloß clever. Und gut ausgebildet.

Außerdem unruhig. Während meine Fingerspitzen das Champagnerglas festhalten, ignoriere ich das Kratzen, das sich unter meine Perücke stiehlt. Vermutlich versteht sich das von selbst, aber mir ist mein eigenes Haar lieber: ein dunkelblonder Bob, der fast meine Schultern berührt. Pech für mich, dass Alexei «der Bulgare» Borovkov – meine Zielperson – Brünette bevorzugt. Das steht in der Akte. Alle seine vier Freundinnen (vier *simultane* Freundinnen) haben langes, dunkles, gewelltes Haar. Also habe ich das heute Abend auch.

Ich nehme einen weiteren lächerlich langsamen Schluck von meinem Champagner – und warte.

Bei diesem Job ist Warten, unter Druck gelassen bleiben, die halbe Miete.

Ich lasse den Alkohol durch meine Zähne rinnen und sehe mich zum sechzehnten Mal im Ballsaal um. Lichterketten baumeln von der Decke, grüne Zweige hängen über den mit Schnee betupften Fenstern, und ein massiver Kronleuchter aus geschliffenem Glas ruft: *Vornehm!* Es ist ein Ort, an dem ich mir als Kind niemals hätte vorstellen können zu sein. Beim Weihnachtsbingo in der Moose Lodge vielleicht, aber auf einem Winterball, bei dem die Tickets doppelt so viel kosten wie mein erstes Auto, niemals.

Es gibt zwei unverstellte Fluchtwege. Mehrere Bodyguards laufen herum und bemühen sich, unauffällig zu wirken. Ein Mann drüben in der Ecke trägt Ohrhörer. Keiner von uns. Einer von Alexeis Jungs. Auf der gegenüberliegenden Seite des Raums spielt ein Streichquartett *När det lider mot jul*, ein schwedisches Weihnachtslied, bei dem die Geige voll auftrumpft, und ich tappe mit meinen Stilettos im Takt, bis es zu Ende ist. Alle applaudieren dem Geiger – und dann ist mein Moment gekommen.

Ich muss mich nicht einmal wappnen.

Es ist eine Gewohnheit, mein Muskelgedächtnis, mein Geist und mein Körper sind im Einklang miteinander.

Alexei tritt einen Schritt von seiner Tanzpartnerin zurück, verbeugt sich und wirft mir einen direkten Blick zu. Eine Sekunde lang ist es so, als wären wir die beiden einzigen Menschen im Ballsaal.

Jetzt muss ich meinen Fang nur noch einholen.

Es sollte reichen, wenn ich mir träge auf die Lippe beiße, als würde ich darüber nachsinnen, wie er wohl schmeckt – aber mitten im Biss stocke ich. Ich habe mich selbst dabei ertappt. Ich bin so unschuldig! Alexei sieht es und kommt augenblicklich herüberstolziert in seiner weißen Krawatte und den weißen Rockschößen, genauso, wie ich es geplant habe.

«Sie sind schön», sagt Alexei. Er spricht Englisch mit schwerem Akzent und streckt mir seine weiß behandschuhte Hand entgegen, überzeugt davon, dass ich sie schütteln werde. Meine Finger gleiten hinein, als wäre ich ein zerbrechlicher kleiner Vogel – und nicht etwa eine knallharte CIA-Agentin, die ihn flugs und geräuschlos außer Gefecht setzen könnte. Unter meinem Kleid bestehe ich nur aus Kraft und muskulösen Kurven. Ein Führungsoffizier hat mich mal als «eher eindrucksvoll als schön» bezeichnet.

Als das Quartett wieder aufspielt, zieht mich Alexei zur Mitte der Tanzfläche. Es ist ein langsameres Lied diesmal, mit mehr Cello darin.

«Sie sind Bulgare?», frage ich auf Englisch mit schwedischem Akzent. Der Ballsaal befindet sich in Uppsala, eine halbstündige Zugfahrt von Stockholm entfernt, ein schwedisches Alter Ego ergibt also am meisten Sinn.

Alexei grinst und zieht meine Brust an seine Brust, und ich achte darauf, mich nicht zu versteifen. Achte darauf, regelmäßig zu atmen, normal. Sein Hals riecht nach Blutorangen mit einer Spur von Leder, und sein senfblondes Haar ist hinter seine Ohren gegelt. Auf meinen Absätzen bin ich nur fünf Zentimeter kleiner als er. Wir passen gut zusammen. «Kluges Mädchen», sagt er, nachdem er mit der Zunge geschnalzt hat. «Du erkennst also meinen Akzent? Du sprichst Bulgarisch?»

«Ich spreche sechs Sprachen», sage ich wahrheitsgemäß. Es ist die erste und die einzige Wahrheit, die ich ihm heute Abend mitteilen werde. «Aber mein Bulgarisch ist nicht besonders gut.»

«Und mein Schwedisch ist nicht besonders gut.» Alexeis Lippen zucken. «Ich wette, wir könnten uns beibringen eine Menge …?» Er lässt die Frage offen und wartet darauf, dass ich ihm meinen Namen nenne.

«Annalisa», lüge ich.

Annalisa Andersson. Eine Salonlöwin aus Göteborg. Sternzeichen Jungfrau. Sie reitet. Mag Gin und Dubonnet mit einer Scheibe Zitrone.

Es ist schon komisch, wie viel man über eine Person wissen kann, die es gar nicht gibt.

Und wie wenig über eine, die es gibt.

Alexeis Finger verschränken sich mit den meinen auf eine Art und Weise, die mir vor Jahren noch einen kalten Schauer über den Rücken gejagt hätte. «Bist du hier ganz allein, Annalisa? Es ist nicht gut, an Weihnachten allein zu sein.»

An Weihnachten allein.

In meinem Beruf sind alle auf der Suche nach Schwachstellen. Was Alexei nicht weiß, ist, dass er meinen gerade unangenehm nahekommt. Kurz blitzt meine Familie vor meinem inneren Auge auf – Calla, Grandma Ruby, Sweetie Pie, sogar Dad –, dann blinzle ich sie alle weg. Sie dürfen im Moment nicht hier sein. Alexei ist alles andere als das, was man einen «anständigen Kerl» nennen würde. In den letzten drei Monaten hat er Waffengeschäfte gegen NATO-Verbündete finanziert. Begegne ich ihm nicht mit voller Konzentration, fliege ich in einem Leichensack zurück in die Vereinigten Staaten.

Ich strecke die Hand nach oben aus, fahre die scharfe Kante von Alexeis Kieferknochen nach und flüstere ihm direkt ins Ohr: «Ich bin doch gar nicht mehr allein, oder?»

Ich spüre durch sein Hemd hindurch, wie sich sein Herzschlag beschleunigt. Sein Adamsapfel hüpft, als er diskret schluckt, und ich habe ihn im Sack. Ich weiß, dass ich ihn im Sack habe.

Fünfundneunzig Prozent meiner Arbeitszeit beim CIA ist nicht so. Normalerweise bekomme ich eine ganz spezifische Anweisung: ausländische Spione zu rekrutieren. Das ist es. Das mache ich. Ich identifiziere die Personen, studiere sie und bringe sie mit der US-Regierung in Kontakt. Ich war schon in ganz Nordeuropa und dem ehemaligen Ostblock eingesetzt. Lange, kalte Monate, in denen ich mich in Hinterzimmern und Bars mit Informanten getroffen habe – und dann, manchmal, kommt ein Auftrag aus heiterem Himmel. *Der Sohn eines bulgarischen Milliardärs ist in Europa auf Reisen, nimmt an einem Wohltätigkeitsball in Uppsala teil. Jemand hat ihn überredet, das Geld seines Vaters für die Finanzierung von Raketenkomponenten einzusetzen. Audio- und Satellitenüberwachung waren bislang erfolglos. Müssen herausfinden, mit wem er sich heute später am Abend trifft.* Und plötzlich tausche ich meine Cargohose gegen ein von der Regierung finanziertes Ballkleid. Ich tanze zu einem Lied nach dem anderen, bevor ich meine Hände unter Alexeis Anzugsjackett schiebe und seine Brust hinunterfahre. Meine Finger sind flink, feinfühlig, geschickt.

Alexei schnurrt förmlich. «Weißt du», murmelt er, «du siehst aus wie diese amerikanische …»

Ich achte darauf, jede Anspannung in den Schultern zu vermeiden.

«… Schauspielerin», endet er, was sehr viel besser ist als *amerikanische Agentin.* «Wie heißt sie noch? Die mit dem Gesicht. Dem runden Gesicht. Dunkle Augenbrauen, Haare blond.»

«Rundes Gesicht …» Ich tue so, als würde ich nachdenken, und lenke ihn dabei noch mehr ab, meine Finger wandern an den Flanken seines Körpers entlang, und – *zack.* Ich stecke ihm das Mini-Aufnahmegerät ins Jackenfutter.

«Ah!», sagt Alexei, als wäre er von einer Babywespe gestochen worden, und meine Muskeln machen sich bereit, einen Angriff abzuwehren. Ich entspanne mich innerlich wieder, als er blökt: «Ach, mir fällt nicht ein ihr Name. Du bist eine so gute Tänzerin, dass ich verliere den Verstand.»

Mit einem Zwinkern danke ich ihm.

Solche Erfolge gibt es nicht oft: eine Mission, die so verrückt reibungslos abläuft, dass sie einem vorkommt wie eine Trainingseinheit. Alexei hätte genauso gut ein Ausbilder sein können, der in die Rolle eines Milliardärs geschlüpft ist. Das ärgert mich: der Verdacht, dass der Auftrag vielleicht ein bisschen zu gut gelaufen ist. Aber ich war so sorgfältig wie möglich – und werde auf dem Heimweg genauso wachsam bleiben. Als das Technikteam schließlich meinen Ohrhörer anpingt, um zu bestätigen, dass sie durch Alexeis Wanze alles hören können, entschuldige ich mich mit einem langweiligen, abgedroschenen Vorwand.

Ich muss pinkeln! Auf Wiedersehen.

Ich gehe an der Toilettentür vorbei und schlüpfe unbemerkt in die Garderobe. Alles folgt methodisch einer Choreografie. Ich vergewissere mich noch einmal, dass ich allein bin, dann absolviere ich unter Volldampf den nächsten Schritt. Perücke ab. Schwarzer Parka an. Pumps aus. Ankle Boots aus Gummi an. Ich ziehe mir eine abgetragene Cargohose über das Kleid und stopfe mir den seidigen Stoff in den Taillenbund. Zwanzig Sekunden, länger brauche ich nicht, und schon bin ich straßentauglich. Ich ziehe meinen Rucksack aus dem Eckschrank, verlasse langsam, aber zielstrebig die Garderobe – und trete hinaus in die Innenstadt von Uppsala.

Schneidender Wind und Schneeflocken fliegen an meinen Ohren vorbei und erinnern mich an Maine: Schneeschuhwandern im Dezember, eingefrorene Zehen am Lagerfeuer, dieser erste Anflug von Winter. Ich ziehe mir die Kapuze meines Parkas über den Kopf und verdecke damit mein akkurat geschnittenes Haar. Sollte mir jemand folgen, wird er nur die Gestalt eines Menschen sehen: schlank, möglicherweise athletisch, relativ groß.

Zum Glück folgt mir niemand zum Bahnhof. Niemand Verdächtiges steigt in meinen Waggon. Keiner schaut mir über die Schulter, während ich so tue, als würde ich eine Modezeitschrift lesen. In der Zugtoilette stoße ich erschöpft die Luft aus, halte meine Handgelenke unter den Wasserhahn und schrubbe, bis das Make-up abgeht und der schwarze Umriss meines Halbmond-Tattoos wieder sichtbar wird. Manchmal fühlt sich diese winzig kleine Tätowierung wie das einzig wahre Kennzeichen dafür an, wer ich einmal war.

Ich spritze mir eine Handvoll warmes Wasser ins Gesicht, schaue in den Spiegel und wische mir mit einem Papiertuch über die klebrig roten Lippen. Sehe ich glücklich aus?

Vielleicht ist das die falsche Frage. Dieser Job sollte mich nie glücklich machen.

Dieser Job sollte mich … was? Unberührbar machen?

Wieder in Stockholm kaufe ich im erstbesten Lebensmittelladen einen Laib schwedisches Zimtbrot und verschlinge ein Drittel davon bereits auf dem Heimweg. *Heim* trifft es nicht wirklich. Das Stockholmer Riverside Hotel war in den letzten beiden Tagen eben der Ort, an dem ich übernachtet habe. Es ist in Ordnung. Um Längen besser als der Bahnhof in Mazedonien oder diese Herberge auf dem Balkan. Der Automat hier spuckt einen anständigen Espresso aus (wenn einem lediglich der Koffeingehalt wichtig ist. Für mich ist die richtige Dosierung *so koffeinhaltig, dass ich die Zukunft vorhersagen kann).* Die Hotelteppiche sind IKEA-blau, die Flure sind mit Gemälden von besonders zottigen Kühen geschmückt, und niemand stellt einem Fragen, abgesehen von dem gelegentlichen «Sind Sie mit Ihrem Aufenthalt bei uns zufrieden?».

Was gut ist. Natürlich.

In der holzgetäfelten Lobby schiebe ich mir die Einkaufstüte in die Armbeuge, drücke am Aufzug auf den Knopf mit der Nummer 3 und trete hinein, als es *Ping* macht. Mit meinen Ankle Boots stapfe ich den Flur entlang und hinterlasse eine pudrige Schneespur. Als ich vor meinem Zimmer ankomme (Nummer 306, neben dem Koffeinversorgungsautomaten), zerre ich mir einen Fäustling aus und krame in den Tiefen meines Parkas nach dem Schlüssel.

Was wohl meine Familie jetzt gerade macht, sechs Tage vor Weihnachten, zu Hause in Maine? Ich kann nicht verhindern, dass ich an sie denke.

Außerdem … höre ich etwas. *Jemanden.* Gerade in diesem Moment, in meinem Hotelzimmer.

Das Geräusch erwischt mich wie ein Pfeil in den Nacken. Es war noch nie jemand in meinem Hotelzimmer. Niemals, nie. Und schon gar nicht nach einer Mission.

Ich wusste doch, dass der Auftrag zu glatt gelaufen ist! Hat jemand beobachtet, wie ich Alexei verwanzt habe? Bin ich in Gefahr? *Wer zum Teufel ist in meinem Zimmer?* Ich wappne mich, lege das Brot ab, schlüpfe aus dem Rucksack und greife nach meiner Waffe. Auf der anderen Seite der Tür ist eine weibliche Stimme zu hören – und das Gedudel des Fernsehers. Der Eindringling sieht sich etwas im Fernsehen an. Vielleicht eine Spielshow? Kann das stimmen? Alle paar Sekunden ertönt eine Glocke, nach dem Motto: *Ding, ding, ding, Sie haben einen Preis gewonnen!* Und die Person in meinem Zimmer stößt ein lautes, heiseres Lachen aus, wie Miss Piggy bei den Muppets.

Das hier weist alle Anzeichen einer Falle auf. Und nicht einmal einer besonders guten Falle. Sollte sie sich nicht wenigstens in einem Schrank verstecken, um dann herauszuspringen und mich abzustechen?

Wie auch immer, ich kann nicht ewig hier draußen stehen bleiben. In diesem Zimmer befinden sich Geheiminformationen im Wert von zwei Monaten, und die kann ich nicht einfach abschreiben. Mein Führungsoffizier würde mich umbringen. Falls die Person in meinem Zimmer nicht zuerst den Versuch dazu unternimmt.

Plötzlich verstummt der Fernseher.

Dann ruft die Stimme: «Sind Sie das, Sydney? Kommen Sie bitte rein.»

Sie hat einen amerikanischen Akzent. Klingt nach mittlerem Westen. Noch ein Trick? Reflexartig übernimmt meine Ausbildung das Kommando. Zwei tiefe Atemzüge. Jegliche Angst abspalten. Ich hebe die Pistole, mache einen Schritt um das Zimtbrot herum und öffne die piepsende Tür mit meiner Karte. Ich stoße sie auf und spähe hinein. Blauer Teppich, blaue Wände. Abgetragene Laufschuhe neben der Tür, genau dort, wo ich sie stehen gelassen habe. Doch sofort schlägt mir auch der unverwechselbare Geruch von Frikadellen entgegen. In einer … Muskat-Sahnesoße? Das ist etwas, was ich nicht bestellt und nie mit in dieses Zimmer genommen habe. Ich biege um die Ecke, trete durch den Eingang in …

«Oh, gut. Da sind Sie ja.»

Die Frau in meinem Zimmer sieht mich kaum an. Sie wendet den Kopf nur ganz leicht in meine Richtung, gerade so weit, dass ich die herbe Kontur ihres Profils erkennen kann. Kurzes, kastanienbraunes Haar fällt ihr ins Gesicht. Alles an ihr ruft *windgepeitscht*, obwohl sie gemütlich am Esstisch vor dem Fernseher sitzt. Sie muss um die vierzig Jahre alt sein. Zweiundvierzig? Dreiundvierzig?

Was allerdings wichtiger ist, ich habe keine Ahnung, wer zum Teufel sie ist.

Oder warum sie so viele Fleischbällchen bestellt hat. Auf dem Tisch häufen sich eine Platte mit geräuchertem Lachs, eine Schüssel mit Spaghetti und etwas, das aussieht wie Wildbret. Oder Rentier?

«Ich hatte ein bisschen Hunger, deswegen habe ich einfach alles bestellt.» Die Frau zuckt mit den Schultern, klappt die Speisekarte vom Zimmerservice zu und richtet den Blick nun direkt auf mich. Ihr Blick ist scharf und leuchtend und würde den Durchschnittsmenschen möglicherweise einschüchtern. «Sie essen doch auch, oder? Ich hätte die doppelte Menge bestellen sollen, aber ich wusste nicht, wann ich mit Ihnen rechnen kann. Orangensaft? Es kommt noch mehr Essen. Sie müssen ein Ohr darauf haben, ob es an der Tür klopft … Wollen Sie sich nicht setzen?»

Sie deutet auf den anderen Esszimmerstuhl.

«Es tut mir leid», sage ich, obwohl mir überhaupt nichts leidtut. Sarkasmus sickert in meine Stimme. «Wer sind Sie eigentlich?»

«Sie wollen mich jetzt doch nicht erschießen, oder?»

Meine Waffe bleibt auf ihren Kopf gerichtet, aber der leichte Geschmack von Furcht in meinem Mund verflüchtigt sich.

«Nur, wenn Sie versuchen, mich vorher zu erschießen.»

«Gut», sagt sie und wedelt mit ihrer freien Hand. «Das wäre auch eine sehr blutige Angelegenheit. Zu viel Papierkram, und es würde wahrscheinlich in den Nachrichten kommen, wenn Sie meine Leiche nicht schnell genug irgendwo entsorgen könnten. In dieser Stadt gibt es nicht viele Müllcontainer. Sie würden mich in den Fluss werfen müssen. Der Fluss ist allerdings zugefroren, also müssten Sie wohl ein Loch bohren. Ziemlich zeitaufwendig.» Sie schnappt sich die Fernbedienung, wechselt den Sender, schaut etwa zwölf Sekunden lang zu und schnippt dann mit dem Finger in Richtung Fernseher. «Was, glauben Sie, ist hier los?»

Nichts, was so seltsam wäre wie das, was sich gerade hier abspielt, denke ich. Auf dem Bildschirm vollzieht sich eine häusliche Szene. Es ist eine Art von schwedischer Vorabendserie. Ohne die Frau mit den Fleischbällchen aus den Augen zu lassen, höre ich eine Weile zu, wie Helga – ich glaube, sie heißt Helga – erfährt, dass ihre große Liebe Sven sie betrogen hat. An ihrem Hochzeitstag. Mit ihrer Schwester.

«Ein Familiendrama», sage ich ausdruckslos. Ein Muskel an meinem Kiefer zuckt ganz leicht. Alle paar Sekunden huschen meine Augen zum Schrank in der Erwartung, dass ein Angreifer (Alexei? Alexeis Kontaktmann?) zwischen meiner Wintergarderobe hervorplatzt.

«Ah.» Die Frau schnieft und reibt sich die Nase. «Ich weiß alles über Familiendramen. Ich sollte im Augenblick eigentlich in Finnland sein.» Sie neigt den Kopf in Richtung Nachbarzimmer, als läge Finnland gleich nebenan. «Skiferien. Ich hasse Skifahren. Zu viel Schnee. Mein Sohn hat sich gleich am ersten Tag beide Handgelenke verstaucht. Können Sie sich das vorstellen? *Beide* Handgelenke.»

«Das ist ja … furchtbar», sage ich mit so eben noch ausreichendem Einfühlungsvermögen und zügele meine scharfe Zunge. *Falls du überhaupt einen Sohn hast.* Lügt sie mich an? Ihre Körpersprache ist zwanglos, nicht anmaßend, sie wirkt ehrlich, aber so etwas kann man vortäuschen. Erlernen. In Gedanken gehe ich ihre Vokale durch und überlege, ob ich irgendwelche Löcher in ihrem amerikanischen Akzent ausmachen kann. Vielleicht hat sie ihn nur aufgesetzt. Ist sie vom FSB? Verdeckte Operationen? Gleichzeitig frage ich mich, ob mein Laptop immer noch in der Kommodenschublade eingeschlossen ist.

«Ja, na ja, so hat er jetzt wenigstens etwas, worüber er jammern kann. Mein Sohn jammert sehr gerne. Aber jetzt im Ernst, nehmen Sie die Waffe runter. Ich bin unbewaffnet, sehen Sie?» Sie klopft von oben nach unten ihren Wollpullover ab, der so finnisch aussieht, dass er ein Mitbringsel aus einem Souvenirladen sein könnte. Es sind Preiselbeeren darauf. «Und unter dem Tisch ist auch nichts, sehen Sie? Schauen Sie im Schrank nach, wenn Sie wollen. Schauen Sie unters Bett. Es ist niemand hier. Nur Sie und ich und ein paar Fleischbällchen, ja? Wir stehen auf der gleichen Seite.»

Ich stoße ein Schnauben aus, eine blonde Haarsträhne fällt mir übers Auge. «Ich werde nicht einfach darauf vertrauen, dass Sie …»

«Sydney Swift», sagt sie und lehnt sich in ihrem Stuhl zurück. Sie faltet die Hände ordentlich im Schoß, wie eine Schulbibliothekarin. «Sechsundzwanzig Jahre alt. Case Officer bei der CIA. Ausgezeichnete Sprachkenntnisse. Sie verwandeln im Augenblick einen übergelaufenen albanischen Kriminologen in einen brauchbaren Agenten – und kommen gerade von einer Weihnachtsfeier zurück. Ein Milliardärssohn, glaube ich? Irgendwas mit Raketen? Sie haben in Cape Hathaway, Maine, die Highschool besucht, wo Sie … mal sehen, ob ich das noch zusammenbekomme … in der Marschkapelle Flöte gespielt und zwei Jahre in Folge die All-State-Debattiermeisterschaften gewonnen haben. Darf ich Ihnen ein Foto zeigen?»

Mein Mund wird trocken. *Wie … Wie zum Teufel …?*

Langsam zieht sie unter dem Teller mit den Fleischbällchen ein Foto hervor und schiebt es mit zwei Fingern über den Tisch. Auf dem Bild ist ein sechzehnjähriges Mädchen mit sonnengeküsstem Haar zu sehen, mit kräftigen Augenbrauen und einer Zahnspange im Mund. Ihre intelligenten Augen blicken katzenartig in die Kamera.

Sie hält eine Debattentrophäe in der Hand.

Sie ist *ich*.

«Sie haben in Bowdoin internationale Beziehungen studiert», fährt die Frau fort, «dann in Georgetown. Abschluss mit Auszeichnung. Ihre Mutter ist gestorben, als Sie noch ein Kind waren – ein Autounfall, ganz plötzlich. Deswegen sind Sie und Ihre kleine Schwester bei Ihrer Großmutter und Ihrem alleinstehenden Vater aufgewachsen. Auf der Farm haben Sie beim Rekrutieren von Spionen die dritthöchste Punktzahl Ihres Jahrgangs erzielt und die zweithöchste im defensiven Fahren. Auf Ihrem privaten Handy sind mehr Fotos von einem Hund namens «Sweetie Pie» gespeichert als von Menschen. Aktuell keine Liebesbeziehung. Überzeugter Single, genau genommen. Wie schlage ich mich bis jetzt?»

Sie hat alle Nägel auf den Kopf getroffen. Absolut alle. Mein letzter Freund und ich haben uns nachts um zwei auf dem Parkplatz in Langley getrennt, nachdem er mir sagte, es sei zu schwierig, mit einer Spionin zusammen zu sein. Und er *war* ein Spion.

Ich knirsche mit den Zähnen.

«Ziemlich gut?», fragt die Frau. «Ich weiß. Und jetzt setzen Sie sich.»

Sie heißt Gail Jarvis. Angeblich. Angeblich ist sie *die* Gail Jarvis, stellvertretende Abteilungsleiterin beim FBI. Sie zieht gemächlich ihren Erkennungsausweis aus der Tasche, zusammen mit einer voraufgezeichneten Videobotschaft meines Führungsoffiziers, der nicht so aussieht, als stünde er unter Druck. (Wobei das zugegebenermaßen schwer zu sagen ist; Sandeep ist ein notorisch gut gelaunter Mensch.) Nachdem wir uns fünf Minuten unterhalten haben, stecke ich meine Waffe wieder in den Hosenbund und bin mir einigermaßen sicher, dass Gail nicht vorhat, mich mit Maschendraht zu strangulieren. Zumindest nicht unmittelbar. Draußen vor dem Zimmer poltern Partygänger vorbei, die auf Schwedisch etwas über Drinks bei einer Betriebsfeier herumschreien, und der Zimmerservice klopft an die Tür und bringt zwei Schalen mit gelber Erbsensuppe. Gail gibt dem Kellner ein Trinkgeld und stöckelt, ohne eine hastige Bewegung zu machen, zurück zum Tisch.

«Oh ja», sagt sie, nachdem sie ein paar Löffel probiert hat. «Die ist wirklich gut. Vollmundig. Die Schweden wissen, wie man eine gute Suppe kocht.» Dann kommt sie wieder zur Sache. «Also, den Anfang habe ich gemacht. Im Wesentlichen ist es so: Ich möchte, dass Sie für mich arbeiten.»

«Vorübergehend», schließe ich und stütze mein Kinn in die

Hand. Mit den Fingern trommele ich gegen meine Wangenknochen. Wir spielen Schach, Gail und ich. Sie ist am Zug.

«Vorübergehend», sagt sie.

«Als eine Art Verbindungsfrau zwischen den Behörden?»

«Korrekt.»

Ich werfe ihr einen Blick zu, der besagt: *Gail, Sie wissen doch selber, dass das alles keinen Sinn ergibt.* Er besteht aus einem zusammengekniffenen Auge und einem leicht verzogenen Mund. Als sie den Ausdruck nicht wahrzunehmen scheint, spreche ich es aus, unverblümt wie immer. «Das ergibt keinen Sinn.»

Gail spießt mit ihrer Gabel ein Fleischbällchen auf. «Welcher Teil genau?»

Soll ich ihr die Gabel lassen? Sie stellt keine große Bedrohung dar, obwohl ich theoretisch auch mit einer geringeren Waffe jemanden ausschalten könnte. «Gehen wir davon aus, Sie sind diejenige, für die Sie sich ausgeben», setze ich an, winde meine Finger ineinander und lege sie auf den Tisch. Ich war noch nie in genau einer solchen Situation, also verlasse ich mich auf mein Selbstvertrauen. «Sagen wir, Sie haben wirklich gerade zufällig in Finnland Urlaub gemacht.» Ich male mit den Händen Anführungszeichen in die Luft. «Was ja wirklich ein toller Zufall ist … Warum brechen Sie in mein Hotelzimmer ein? Warum ich? Sie haben mir noch nicht einmal gesagt, wie genau der Auftrag lautet. Wieso nehmen Sie dafür nicht einen Ihrer eigenen Agenten?»

«Kann ich nicht.» Sie zieht das Fleischbällchen durch die Sahnesoße. Bei dem Anblick werde ich wieder hungrig. «Wir bekommen beim FBI Informationen herein und sie *bleiben* nicht im Haus. In diesem Fall ist selbst das kleinste Detail zu wichtig, als dass wir es nach außen dringen lassen könnten. Ich habe Leute in meiner Abteilung im Verdacht.»

Es folgt eine zu lange Pause. Das FBI redet nicht lange um den heißen Brei herum. «Und?», hake ich nach. Ich komme gerne zügig auf den Punkt. «Wozu brauchen Sie mich?»

Gail beißt in das Fleischbällchen und schluckt nachdenklich. «Also, erstens sind Sie eine Frau. Ich vertraue Frauen. Natürlich nicht allen Frauen, aber wenn ich wählen gehe, dann wähle ich Frauen, und zwar den ganzen Stimmzettel hinunter.» Sie macht mit der Hand eine entschiedene Bewegung, als würde sie durch Butter schneiden.

«Das ist keine effektive Art zu wählen.» Trotzdem verzieht sich mein Mundwinkel zu einem zögerlichen Lächeln. Es gibt beim Geheimdienst so wenige Frauen in höheren Positionen, da ist es gut möglich, dass sie ihren eigenen geheimen Händedruck haben.

Gail zuckt mit den Schultern. «Für mich funktioniert es. Und ich bin nicht, wie Sie behaupten, in Ihr Hotelzimmer ‹eingebrochen›. Habe keinen Schaden verursacht. Nur aus dieser chaotischen Lobby eine Schlüsselkarte geklaut. Also, jetzt würde ich ja gerne sagen, dass ich Sie für den Job will, weil Sie die Beste sind. Aber damit würde ich unsere Beziehung mit einer Lüge beginnen. Sie wissen, dass die CIA und das FBI sich streiten wie zwei Kampfhähne, Sie sind also nicht meine erste Wahl. Ich habe keine Ahnung, ob Sie die Beste sind. In Ihrer Akte steht, Sie wären kompetent, aber im Grunde brauche ich Sie, weil Sie die Einzige sind, die diesen Job vernünftig erledigen kann.»

In meinem Magen mischt sich leise Furcht mit Neugier und bildet eine Art schaumigen Cocktail. Das geschieht jedes Mal, kurz bevor mein Führungsoffizier mir einen Auftrag zuteilt. Es ist, als stünde man an der offenen Luke eines Flugzeugs, den Fallschirm auf den Rücken geschnallt. Unter einem wellt sich der Boden wie ein Flickenteppich, und es stockt einem der Atem. «Und der Job besteht aus …?»

«Sehen Sie diese Tränensäcke?», fragt Gail als Antwort und zieht mit einem Finger die bläuliche, pergamentartige Haut unter ihren Augen herab. «Alles von diesem Fall. Diesem einen Fall. Es kommt mir vor, als wäre ich dieser Familie schon meine halbe Karriere lang auf den Fersen. Zuerst dem Großvater, dann dem Vater, und jetzt dem Sohn. Johnny. Johnny Jones. Klingelt's da bei Ihnen?»

Das tut es. Organisiertes Verbrechen. Eine Familie aus Boston. «Sollte es das?»

Gail saugt an ihren Zähnen. «Oh Mann.»

«Oh Mann, was?»

«Ich hatte gehofft, dass Sie Bescheid wissen.»

«Worüber Bescheid wissen?», frage ich irritiert.

«Sie sollten jetzt wahrscheinlich am besten einmal tief durchatmen.»

«Ich atme doch.»

«Ja, aber Sie atmen nicht *tief*.»

Okay, ich bin mit meiner Geduld am Ende. Ich werde wieder unverblümt. «Sagen Sie es einfach.»

Ich rechne Gail hoch an, dass sie anfängt zu reden. «An die Jones-Familie ist schwieriger heranzukommen als an die italienische Mafia. Früher waren sie echte Breitbandkriminelle. Glücksspiel, Autodiebstahl, Schutzgelderpressung, Bestechung von Amtsträgern, suchen Sie sich was aus. Sie haben angefangen, indem sie alles über eine Cafékette abgewickelt haben. Der Großvater? Man hat ihn den Kaffeekönig genannt.» Anscheinend um der dramatischen Wirkung willen macht sie eine Pause. «In den letzten anderthalb Jahren allerdings – Stille. Alle dachten, sie wären völlig abgetaucht. Bis ich anfing, die

Puzzleteile zusammenzusetzen. Verbrechen im ganzen Land miteinander in Verbindung zu bringen, an der Ost- und Westküste und in Teilen von Kanada. *Raubüberfälle.* Die Familie begeht jetzt Raubüberfälle.»

«Juweliergeschäfte?», frage ich geschäftsmäßig, damit sie schnell weiterredet.

«Juweliergeschäfte, Museen, Banken, Privathäuser – Millionen von Dollar. Erinnern Sie sich an den Raub im Kunstmuseum von St. Louis vor drei Monaten? Der, bei dem zwei Zivilisten erschossen worden sind? Das waren die. Ich habe fast acht Jahre lang versucht, ihr Netzwerk zu infiltrieren. Ich dachte schon, es wäre nicht zu bewerkstelligen, jedenfalls nicht mehr zu meinen Lebzeiten. Und dann hat Johnny Jones – der Sohn – letzte Woche seine Verlobung bekannt gegeben.»

Panik rieselt mir den Rücken hinunter. «Okay …»

«Mit Ihrer Schwester.»

Was sie da sagt, ergibt für mich zunächst keinen Sinn. Ihre Worte klingen nicht wie *Worte.* Erst denke ich, der Fernseher hätte einen Kurzschluss, aber nein, es ist nur mein Sehvermögen. An den Rändern ist meine Sicht eindeutig unscharf. «Nein», sage ich automatisch.

Gail zieht die Augenbrauen hoch, als wollte sie sagen: *Tja, es stimmt aber.*

Meine Fingerspitzen werden taub, und Erinnerungen steigen in mir auf wie Säure: Calla und ich mit unseren zusammenpassenden Brotdosen in Hummerform in der Grundschule. Calla, die mir die Zunge herausstreckt und sagt: «Wer zuerst bei der Schaukel ist!» Kleine Schwester. Beste Schwester.

«Das ist … unmöglich», sage ich zu Gail und kann dabei das Zittern in meiner Stimme nicht unterdrücken. Was bei mir praktisch nie vorkommt. «Sie machen Witze.»

«Sehe ich aus wie jemand, der gleich ein weißes Kaninchen aus der Tasche zieht?»

«Nein», wiederhole ich, weniger an sie als an mich selbst gerichtet. Ich sehe Calla und mich im Urlaub mit Grandma Ruby im Acadia National Park. Calla und mich, wie wir auf dem Dachboden Staubmäuse aufsammeln und sie Haustiere nennen. Uns beide zusammengekauert unter einer Steppdecke, nachdem Dad gegangen war, wie ich ihr zuflüsterte, ich würde nie wieder zulassen, dass ihr etwas Schlimmes zustößt. Eine Welle von Übelkeit schwappt mir gegen die Rippen. «Nein, Calla würde nie …»

«Calla *hat* aber», unterbricht mich Gail. «Es tut mir leid, dass sie Ihnen nichts davon gesagt hat. Aber Tatsache ist, dass Ihre Schwester in eine der am schwersten dingfest zu machenden Verbrecherfamilien einheiraten wird, die Amerika je hervorgebracht hat. Und über die sollen Sie Informationen sammeln.»

Mir fällt die Kinnlade herunter, und ich starre Gail an. «Sie wollen mich bitten, meine Schwester auszuspionieren?»

«Sehen Sie, da haben wir's doch. Genau, wie es in Ihrer Akte steht. Sie sind schlau.»

Ihre Herablassung fühlt sich an, wie in einen eiskalten Fluss gestoßen zu werden, und das … das alles … zieht mich in die Tiefe. «Nein. Nein, das werde ich nicht tun. Das können Sie nicht von mir verlangen.»

Auf Gails Stirn bildet sich eine tiefe Falte. «Natürlich kann ich das. Ich habe es gerade getan.»

«Sie ist meine Schwester …»

«Die einen mutmaßlichen Verbrecher heiratet», sagt Gail. «Ja, das ist mir bewusst. Und Sie mögen glauben, dass Calla unschuldig ist und in völliger Unkenntnis der Umstände lebt – das ist in Ordnung. Glauben Sie das ruhig. Aber hier sind die

Fakten, Sydney. Beim letzten Raubüberfall der Jones-Familie wurde ein achtzigjähriger Mann so heftig zu Boden gestoßen, dass er sich an drei Stellen den Schädel gebrochen hat. Er liegt seit über einem Monat im künstlichen Koma, wacht vielleicht nie wieder auf, und sein Hund vermisst ihn. Soll ich Ihnen ein Bild von seinem Hund zeigen?»

Mir dreht sich der Magen um. Ich weiß, was sie gerade tut. «Hören Sie auf.»

Gail hört nicht auf. «Er heißt Puffin und ist ein schokoladenbrauner Labrador mit sehr traurigen Augen. Und eine Frau Mitte dreißig wurde von einer Kugel getroffen, einem Irrläufer. Sie liegt immer noch im Krankenhaus. Sie *könnte* überleben, aber es besteht die Möglichkeit, dass ihre beiden Kinder am Weihnachtsmorgen ohne Mutter aufwachen werden.»

Heißer Schmerz kriecht in meinen Hals. «Gail.»

«Es gibt ein Muster», fährt Gail fort. «Jeder Raub ist größer und gefährlicher als der letzte. Jedes Mal steigt die Zahl der Opfer. Also, in den letzten achtundvierzig Stunden haben wir von zwei Gerüchten gehört. Erstens, dass der nächste Raubüberfall des Jones-Clans in der Silvesternacht über die Bühne gehen soll. Und zweitens scheint jemand aus ihrer Organisation auf dem Schwarzmarkt fünfzig Pfund C4 gekauft zu haben.»

Fünfzig Pfund? Das … das reicht, um eine ganze Reihe von Banken in die Luft zu jagen. Eine ganze Straße. Und das in der Silvesternacht, bei den Menschenmassen? «Du lieber Himmel», flüstere ich.

«Das betrifft deutlich mehr Menschen als Ihre Familie», betont Gail. «So viel C4 kann Tausende von Menschen verletzen. Was ist das Zielobjekt? Was sind die Pläne der Jones-Leute? Wie können wir sie aufhalten, bevor sie ihren bislang schlimmsten Anschlag verüben? Calla bringt Johnny über die

Feiertage mit nach Hause, damit er Ihre Grandma kennenlernt. Damit bekommen Sie die Gelegenheit, es herauszufinden. Hurra, hurra, Familienzeit! Packen Sie Ihre Koffer für Maine.»

2

Was schenkt man einem Mafiaboss zu Weihnachten?

Mit gerümpfter Nase hebe ich den Teewärmer aus Baumwolle hoch und mustere ihn. Winzige Rentiere tanzen in einem Muster über den Stoff. Ein klares Nein. In meinem Korb befindet sich bereits viel zu viel Toblerone, und ich habe zwei Strickpullover, eine Dose schwarzen Tee mit Weihnachtsgewürz und ein T-Shirt mit der schwedischen Königsfamilie eingepackt. Eigentlich hatte ich vor, etwas von Amazon liefern zu lassen, aber da ich Weihnachten nun tatsächlich nach Hause fahre, sollte ich meine Geschenke auch selbst mitbringen. Wirklich durchdachte Geschenke, wie zum Beispiel …

In meinem Gesichtsfeld taucht eine Tasse mit der Aufschrift ALLES LIEBE VOM FLUGHAFEN STOCKHOLM ARLANDA auf. Darauf ist ein Wikinger zu sehen, der eine Begrüßung rülpst.

Wieder nicht ganz das, wonach ich suche.

Um mich herum stöbern andere Flughafenbesucher im Geschenkeladen herum, so leicht und unbeschwert und – allem Anschein nach – gut ausgeruht. Ich habe letzte Nacht kein Auge zugetan. Gegen 3:30 hat mir mein Führungsoffizier bestätigt, dass meine Alexei-Mission erfolgreich war – und dass Gail die Wahrheit gesagt hat. Sie arbeitet wirklich für das FBI. Calla heiratet wirklich Johnny Jones.

Wie zum Teufel ist es überhaupt dazu gekommen? Wie

haben sie sich kennengelernt? Wie lange sind sie schon zusammen? Wann soll die Hochzeit sein? Weiß Calla, dass ihrem Verlobten kriminelle Aktivitäten vorgeworfen werden?

Das kann nicht sein.

Ich reibe mir die Augen und sage mir: *Auf keinen Fall.* Calla ist notorisch regelkonform. Sie gehört zu den Leuten, die sich vor einem Software-Update tatsächlich die Geschäftsbedingungen durchlesen. Als Kinder haben wir mal Weihnachtskarten an unsere Nachbarn verteilt, und sie weigerte sich wegen Postbetrugs, deren Briefkästen zu öffnen. Was, wenn wir versehentlich die Werbezettel darin durcheinandergebracht hätten? Und sie ist ein guter Mensch. Ich habe sie einmal zu Fuß einen achtspurigen Highway überqueren sehen, um eine Schildkröte zu retten. Sie weicht mit dem Auto Tauben aus. Sie recycelt mit einem Eifer, der üblicherweise nur in olympischen Sportarten anzutreffen ist.

Ich kenne meine Schwester.

Ich kenne sie.

Aber in meinem Kopf fiept diese leise Stimme, die sich immer meldet, wenn ich angespannt bin, wenn ich die Motive von jemand anderem infrage stelle: *Kennst du sie wirklich, Sydney?* Jeder ist zu allem fähig, oder nicht?

Kann ich meinem Urteil vertrauen, wenn es um die Menschen geht, die ich am meisten liebe?

«Nur das hier», sage ich und stelle meinen Korb neben der Kasse ab. Wie hat sich Calla bei unserem letzten Treffen verhalten? Normal, oder? Das war vor vier Monaten auf einem Kurztrip an die Ostküste der USA. Ich war mit einer Kontaktperson in der Nähe der Boston Public Library verabredet, also habe ich an diesem Samstagmorgen bei Calla in ihrer Wohnung vorbeigeschaut – und Bagels und Kaffee mitgebracht, kleine

Sühnegaben. *Es tut mir leid, ich hatte so viel zu tun. Ich bin ätzend.* Sie schnappte nach Luft, als sie mich sah, zog mich fest an sich, und wir redeten zwei Stunden lang auf ihrem Sofa. Über ihren Job in der örtlichen Grundschule. Über ihre Schülerinnen und Schüler und den winzigen Gemüsegarten und dass sie darüber nachdachte, sich eine Katze zuzulegen.

Kaum über mich.

Ich bin gut darin geworden, solchen Fragen auszuweichen.

In vielerlei Hinsicht ähneln meine Schwester und ich uns. Wir sind organisiert, akribisch genau, ehrgeizig. Bernsteinfarbene Augen und dichte Wimpern von Dads Seite der Familie, hervorstehende Wangenknochen und ein breites Lächeln von Moms Seite. Aber Calla ist viel vertrauensseliger als ich. Sie ist offener. Sie lässt sich von ihrem Herzen leiten, während ich in letzter Zeit eher wie die unnahbare Katze bin, die sie aus dem Tierheim retten wollte: manchmal warm, aber auch misstrauisch. Wenn man sich von seinen Gefühlen überwältigen lässt, wenn man die Menschen zu nah an sich heranlässt, löst das oft Katastrophen aus.

«Viel Toblerone», bemerkt die Kassiererin.

«Großer Feiertag», erwidere ich ausdruckslos, wickele eine aus und beiße ab.

Auf halbem Weg zu meinem Gate fällt mir siedend heiß etwas ein. Ich krame in meinem Rucksack und fische mein Nicht-Wegwerf-Handy heraus. Callas letzte Sprachnachricht kam vor fast einer Woche. Ihre Stimme zwitschert aus dem Hörer.

Hey, Syd. Ich bin's. Weißt du noch? Deine Schwester? Ungefähr so groß wie du, braune Haare, Narbe auf dem Knie von unserem Sprung von der Schaukel? Okay, jetzt wo du das richtige Bild vor Augen hast … du warst in letzter Zeit besonders abwesend. Ruf mich mal an, bitte. Ich habe … ich habe ein paar Neuigkeiten. Es ist niemand gestorben oder so. Es ist überhaupt nichts Schlimmes, aber könntest du … ruf mich einfach zurück, okay? Ich hab dich lieb, tschüss.

Du hast sie nicht mal zurückgerufen, denke ich, und in meinem Hals bildet sich ein Kloß. Da war die Reise nach Oslo, dann Stockholm, und mein Deckname hat sich zweimal geändert – aber *Scheiße*, das ist keine Entschuldigung. Nach drei Jahren bei der CIA dachte ich, ich wäre inzwischen besser darin, den Job und meine Familie unter einen Hut zu bringen. Mit Calla, mit Grandma Ruby in Kontakt zu bleiben. Als ich in meine Arbeit eingetaucht bin, wollte ich niemals *ihnen* entgleiten.

Meine Augenwinkel brennen, dann blinzele ich den Schmerz weg. In Boston ist es mitten in der Nacht, also schreibe ich ihr hastig eine SMS (*Tut mir leid, dass ich deinen Anruf verpasst habe, ich verspreche, mich zu melden, wenn du wach bist*), stecke das Telefon in meinen Koffer und hole zwei Preiselbeerkaugummis heraus, die ich mehr als nur ein bisschen brachial zerkaue. Wahrscheinlich sollte ich mich mehr darum bemühen, weihnachtlich gute Laune auszustrahlen, aber jedes Mal, wenn ich denke: *Rudolph! Schneeflocken! Heißer Cider! Krippe!*, denke ich gleichzeitig: *Deine kleine Schwester heiratet einen Gangsterboss, und du warst zu beschäftigt, um an dein verdammtes Telefon zu gehen.*

In meinem ersten Jahr bei der CIA kümmerte ich mich noch um Calla. Nicht in großem Stil. Nur bei kleinen Dingen: Ich besorgte Sachen für die Schule, oder ich erinnerte sie vor einem Kälteeinbruch daran, ihren Reifendruck zu checken. Trotz ihres Organisationstalents vergisst Calla manchmal sich selbst – und ich sorgte dann dafür, dass sie sich an sich erinnerte. Während der Grippesaison schickte ich ihr Vitamin-C-Tabletten und ein Fläschchen Zink. Ich ließ ihr Säcke mit Streusalz in ihre Wohnung in Boston liefern, weil sie einmal selbst nicht daran gedacht hatte, auf dem eisigen Gehweg ausgerutscht war und sich das Steißbein gebrochen hatte.

Wann habe ich aufgehört, mich in allen wichtigen Bereichen um sie zu kümmern?

Warum habe ich das zugelassen?

Calla und ich sind in Cape Hathaway in Maine aufgewachsen, das genauso malerisch ist, wie es klingt. Wir sind mit dem Fahrrad zur Grundschule gefahren, haben wilde Blaubeeren gesammelt und unter dem Nordlicht Süßes oder Saures gespielt. Jedes Jahr gibt es in Cape Hathaway nach Halloween einen aggressiven Wetterumschwung, der das Ende der Touristensaison und den offiziellen Winteranfang einläutet. Ich weiß, dass sich einige Mainer gerne über den Schnee beschweren (er ist zu kalt, zu nass), aber ich kann von diesem Zeug nicht genug bekommen. Das ist Callas Schuld. Wenn es zum ersten Mal schneite, weckte sie mich immer mitten in der Nacht, zerrte mich auf die Einfahrt hinaus und befahl mir, die Hände auszustrecken: «Du musst die erste Schneeflocke, die du fängst, essen. Das bringt Glück.»

«Das hast du dir ausgedacht», sagte ich.

«Vielleicht.» Sie zuckte mit den Schultern. «Vielleicht auch nicht.»

Und dann standen wir da Stiefel an Stiefel auf dem Beton, ohne zu wissen, dass wir Jahre später – als Calla vierzehn war und ich sechzehn – Dad hinterherschauen würden, wie er davonfuhr. Wir sahen zu, wie sein Pick-up auf der verschneiten

Auffahrt eine Spur zog, und wir winkten ihm mit unseren Fäustlingen nach. Er wollte schließlich nur einen Campingausflug machen, oder? Er ließ uns ja nur für eine Weile allein …

Mein Atem stockt, als das Flugzeug landet und ich aus dem Fenster all den Schnee sehe. Portland liegt unter einer meterhohen Schneedecke. Es ist 16:36 Uhr, und die Sonne ist bereits untergegangen, aber dank der Lichter der Stadt kann ich dennoch die Dampfschwaden sehen, die von den Gebäuden aufsteigen. Ein zarter Nebel hängt über der Stadt. Die Luft des Spätnachmittags ist schwer und eiskalt. Gut, dass ich meine Thermo-Handschuhe eingepackt habe.

Und meinen Taser.

Im Mietwagenzentrum des Flughafens suche ich ein Auto aus, das sagt: *Ich bin keine Bedrohung für dich, Johnny Jones, und ich bin definitiv keine Spionin.* Während ich dann mit dem Prius über das Eis in Richtung meiner Heimatstadt rutsche, muss ich ständig gegenlenken. Leider könnte ich, selbst wenn ich mir GEHEIMAGENTIN auf die Stirn geschrieben hätte, im Augenblick nicht noch mehr nach einer CIA-Agentin aussehen. Als ich noch in Maine lebte, bestand mein Look aus Goldreifen in den Ohren und farbenfrohen, bunt gefleckten Sweatshirts. Jetzt trage ich einen schwarzen Rollkragenpullover, schwarze Schneestiefel und eine schwarze Jeans, die die Wölbungen meiner Muskeln betont. Außerdem habe ich zwei dreifache Espresso getrunken, um wach zu bleiben. Das Koffein rast durch meine Adern wie Miniatur-Windhunde, und jedes Mal, wenn ich blinzle, sehe ich Johnnys Gesicht vor mir. Gestern Abend hat mir Gail Porträtfotos und zwei Gigabyte an Dateien geschickt, die ich mir ansehen sollte – und ja, ich kann auf gewisse Weise nachvollziehen, warum Calla sich in ihn verliebt hat. Auf rein körperlicher Ebene, meine ich. Weiche Locken, blondes Surfer-Haar. Schultern wie ein Linebacker. Sein Blick ist stechend.

Weil er dich buchstäblich abstechen würde, Sydney, denke ich und umfasse das Lenkrad fester. In diesen zwei Gigabyte befanden sich Gails persönliche Recherchen und alle verfügbaren Überwachungsbilder der letzten drei Raubüberfälle. Schwarz maskierte, Pistolen schwenkende Männer, die Schüsse auf Zivilisten abgaben, bevor sie sich mit ihren Millionen davonmachten.

Johnnys Männer. Johnnys Waffen.

Das jedenfalls glaubt Gail. Sie hat die Verflechtungen seiner Komplizen im gesamten Land nachgezeichnet und ihre Verbindungen bis kurz vor jeden Raub belegt. Johnny ist nie physisch am Tatort anwesend (seine Alibis sind wasserdicht, er lässt andere Leute die Drecksarbeit für sich machen), aber seine metaphorischen Fingerabdrücke sind überall auf den Plänen zu sehen. Was fehlt, sind absolut stichhaltige Beweise, die ihn mit den Verbrechen in Verbindung bringen – um den bislang schlimmsten Angriff zu verhindern.

Ich atme tief und selbstbewusst durch, weil ich weiß, dass ich vor Silvester alles regeln werde, und stelle die Temperatur der Sitzheizung hoch. Draußen herrschen minus fünfundzwanzig Grad. Wenigstens friere ich nicht in meinen Wollsocken und meinem in Schweden gekauften Parka. Ich ertappe mich sogar dabei, dass ich die Weihnachtslieder im Radio mitsumme und etwas fester auf das Gaspedal trete. Mir geht es gut. Ich kann damit umgehen, wie ich mit all meinen Aufträgen umgehen kann. Es muss sich nichts ändern.

Häuser fliegen vorbei. Bunte Lichter blinken unter dem frostigen Himmel. Je weiter ich mich von Portland entferne, desto aufwendiger wird der Häuserschmuck. Jemand hat einen Schlitten gezimmert und zwölf aufblasbare Rentiere davorgeschirrt. In einem anderen Garten erhebt sich eine so hohe Menora, dass sie den Ästen der Bäume in die Quere kommt. Als ich Cape Hathaway erreiche, geht die Weihnachtsstimmung förmlich durch die Decke.

Meine Heimatstadt nimmt die Festtage äußerst ernst. Möglicherweise zu ernst. Wir befinden uns in einem inoffiziellen Wettbewerb mit dem Hummerfischerörtchen nebenan und müssen uns jedes Jahr wieder zusammenraufen, um sie mit unserem freudigen Überschwang zu übertreffen. Dabei geht es um Leben und Tod … jedenfalls, wenn man meine Grandma Ruby fragt. Sie ist für die Hälfte der Schaufenster auf der Main Street zuständig, und hier unten sind wir in Glitzerhausen. Glitzer und Lametta und funkelnde Kränze. Hüfthohe, leuchtende Zuckerstangen säumen die Bürgersteige. Und jedes Haus ist bis zum Dach festlich geschmückt mit Kerzen in den Fenstern und Schleifen an den Türen. Riesige animatronische Weihnachtsmänner winken einem mit schneeverwehten Bärten zu.

Ich biege scharf nach links in die Cook Lane ab, trommele mit den Fingern auf das Lenkrad und gehe nochmals meinen Plan durch. Er lautet exakt folgendermaßen: *Das Handy von Johnny klauen und einen von Gail zur Verfügung gestellten Tracking-Virus implantieren, ihn abhören, sein Zielobjekt für Silvester ermitteln und den Raub vereiteln. Frohe, frohe Weihnachten, juhu. Verhindern, dass der Mistkerl meine Schwester heiratet, egal mit welchen Mitteln.* Calla wird nur über meine Leiche einen Gangsterboss heiraten.

Hoffentlich nicht im wörtlichen Sinn.

Ich meine, das wäre wirklich nicht besonders freudig.

Gerade, als ich in mein altes Viertel einbiege, klingelt mein Wegwerf-Handy. Ich gehe ran. «Hallo?»

Es ist Gail. «Gut, Sie sind angekommen. Der Flug von Calla

und Johnny hat Verspätung. In etwa fünfundvierzig Minuten werden sie zusammen mit Marco, einem von Johnnys Leibwächtern, vor dem Haus halten. Vor sechzehn Minuten hat Ihre Grandma Ruth …»

«Ruby», berichtige ich sie. «Grandma Ruby.»

«Ruth, Ruby. Erdapfel, Erdbirne. Jedenfalls ist sie zum Supermarkt gefahren, also wollte ich Ihnen nur kurz mitteilen, dass die Samen gesät sind. Vorhin war ein Techniker da. Sie brauchen also nichts selbst zu verwanzen.»

«Warten Sie mal …» Ich schüttele den Kopf. Das FBI hat mein Haus verwanzt? Das sollte mich nicht überraschen, und doch – die Anmaßung ist wie ein Schlag ins Gesicht. «Das gehörte nicht zum Plan. Das wurde nie mit mir besprochen.»

«Oh.» Gail verstummt. «Ich dachte, das versteht sich von selbst.»

Mein Griff um das Telefon wird fester, und meine offene Empörung bricht sich Bahn.

«Sie sind Privatpersonen, Gail. Meine Familie. Wir haben keinen Durchsuchungsbeschluss. Wieso sollte ich davon ausgehen, dass wir meine Grandma Ruby abhören?»

«Wie ich sehe, sprechen wir nicht mehr in codierter Form.»

Ich fahre mit der Zunge an meinen Zähnen entlang. «Sie haben von ausgesäten Samen geredet. Wer soll ernsthaft denken, dass wir über Gartenarbeit reden?»

«Wir reden doch über Gartenarbeit. Ich züchte im Sommer Tomaten. Ein sehr entspannendes Hobby.» Gail räuspert sich. «Ich weiß, es mag verlockend sein, aber denken Sie bitte daran, was wir besprochen haben. Sie dürfen Ihrer Schwester unter keinen Umständen von dieser Mission erzählen.»

«Das haben wir ebenfalls nicht besprochen.»

«Es wurde impliziert.»

Und sie hat recht, so war es. Was nicht bedeutet, dass ich mit der Entscheidung nicht gerungen hätte. Genau genommen war sie der Grund, warum ich die ganze Nacht mit Triefaugen wach lag. Konnte ich Calla in die Details des Auftrags einweihen? Konnte ich ihr über Johnny reinen Wein einschenken? Die Sonne ging gerade über den Dächern von Stockholm auf, als mich die Realität traf wie ein Schlag: *Nein, Sydney, das kannst du nicht.* Ich bin mir absolut sicher, dass Calla nicht Teil von Johnnys Bande ist, aber … fünfzig Pfund Sprengstoff an Silvester? Ich kann das Risiko nicht eingehen, Menschenleben einer solchen Bedrohung auszusetzen.

«Wir brauchen genügend Beweise, um Johnny auffliegen zu lassen, bevor Sie aus der Deckung kommen», fährt Gail fort, «und ich habe nicht die geringste Zuversicht, dass Calla die Fassade aufrechterhalten wird, wenn sie die Situation durchschaut.»

Das ist ein weiteres Problem. Calla überstürzt und unter Druck mit so vielen heiklen Informationen zu überlasten, würde sie nur in eine noch kompromittierendere Lage bringen.

«Na ja», schränke ich ein, ich hadere immer noch mit mir, «es könnte sein, dass sie mitspielt, wenn …»

«Sydney? *Nein.* Und jetzt sorgen Sie einfach dafür, dass Ihnen der Verlobte vertraut, verstanden? Viel Glück.» Damit legt sie auf.

Ich starre auf das Telefon und begreife, warum sich die CIA und das FBI beharken wie zwei Kampfhähne, wie Gail behauptet. Außerdem bedeutet die Tatsache, dass sie Wanzen versteckt haben, dass das FBI auch mich observiert. Sie trauen mir nicht ganz. Warum sollten sie auch? Meine Schwester wird in die Jones-Familie einheiraten. Das heißt, auch ich könnte ein Teil dieser Familie werden …

Der Prius gerät ins Schleudern, als ich in die Auffahrt einbiege, Schnee gibt unter meinen Reifen nach. Das Haus meiner Großmutter – mein Haus – sieht genauso aus wie immer: Es ist fast hundert Jahre alt, mit großen, auffälligen Fenstern. Es ist aus gelb gestrichenem Holz, sodass es sich in der dunklen, winterlichen Umgebung ausnimmt wie ein Strahl Sommersonne. Von der Veranda im Erdgeschoss baumelt eine Lichterkette in Eiszapfenform, und um die Säulen windet sich Tannengrün. Dort neben dem Wacholderbaum, an dem noch immer Dads alte Vogelkästen hängen, ist mein altes Kinderzimmer. Calla und ich haben auf diesem Baum so viele Stunden zugebracht und mit Ferngläsern Ausschau nach den Katzen der Nachbarn gehalten. Wie hießen sie noch gleich?

Milton und *Cat Benetar*, fällt es mir wieder ein. Ich bin immer noch angespannt von dem Telefonat. Angespannt auch, weil ich wieder zu Hause bin – all die Erinnerungen, die auf mich einströmen. Man kann meinen Herzschlag förmlich an meinem Hals pulsieren sehen. Ich habe das gerade im Rückspiegel überprüft.

Ich atme ein, halte die Luft an und stoße sie wieder aus.

Okay.

Ich parke, zerre meinen Koffer aus dem Kofferraum und fische meinen Ersatzschlüssel heraus in der Hoffnung, dass Grandma die Schlösser nicht ausgetauscht hat. Klar, ich könnte auch auf der Einfahrt auf sie warten. Ich kenne meine Grandma Ruby. Sie bummelt nicht durch die Gänge, sie wählt entschlossen aus. Mit obstzerschmetternder Geschwindigkeit werden die Lebensmittel in den Einkaufswagen geworfen. In fünfzehn Minuten wird sie wieder da sein. Aber die Auffahrt ist der Teil des Hauses, an dem ich mich am wenigsten wohlfühle. Ich kann beinahe noch die Reifenspuren von Dads Truck sehen, und außerdem ist es eiskalt hier draußen, und der Schnee fällt allmählich in Batzen.

Zum Glück passt der Schlüssel. Das Schloss dreht sich.

Und die Liebe meines Lebens erwartet mich, gleich hinter der Tür. Sie heißt Sweetie Pie. Ihr Fell ist schwarz-weiß gesprenkelt wie das eines Appaloosa-Pferdes, und ihre Augen sind so warm und schokoladenbraun, dass man weiche Knie bekommt. Es gibt da dieses Sprichwort über Seelenverwandte. Jeder hat einen in seinem Leben – und die Wahrscheinlichkeit ist nicht gering, dass es ein Hund ist. Als ich dieses brave Mädchen ansehe mit ihren rosigen, schlabberigen Lefzen, wie sie allein bei meinem unerwarteten Anblick mit dem Schwanz wedelt, denke ich: *Es stimmt. Oh Gott, es ist so wahr.*

Sie stürzt sich auf meine Knöchel.

Es ist wie das Wiedersehen in Zeitlupe am Ende eines Films, und es sollte eigentlich auf einer Wiese stattfinden und nicht in einem Hauseingang. Ich lasse mich auf ein Knie fallen und spreche mit der zuckersüßen Stimme mit ihr, die ich allein für Hunde reserviere. «Süße Maus! Wer ist meine süßeste Sweetie Pie? Du bist das!»

Mit wackelndem Hinterteil gibt sie mir zwei lange Küsse, bei denen sie mein Gesicht mit einer dicken Schicht Hundesabber überzieht. In ihren leisen Wimmerlauten versteckt sich die Frage: *Wo bist du gewesen?*

Schuldgefühle überwältigen mich. Ich spüre einen Stich im Magen. «Gute Frage», flüstere ich zurück.

Wenn mich einer meiner Kollegen jemals fragen würde, warum ich zur CIA gegangen bin, würde ich ihn mit einer oberflächlichen Antwort abspeisen: wegen der Herausforderung, aus einem Pflichtgefühl heraus. Das stimmt nicht.

Die Wahrheit ist, dass meine CIA-Tarnidentitäten ihre Vorteile haben. Niemand kann dich verletzen, wenn er kaum weiß, wer du bist.

Hunde dagegen? Mit Hunden ist es etwas anderes. Bei ihnen kann ich ganz und gar ich selbst sein, ohne mich zu verstecken. Hunde würden einen nie austricksen, sie sind immer ehrlich.

«Ich würde mein Leben für dich geben», sage ich zu Sweetie Pie und umfasse ihr Gesicht mit beiden Händen.

Das ist schön, sagen ihre Augen. Sie stößt ein befriedigtes Schnauben aus und lacht hechelnd.

Als wir in der Mittelstufe waren, durften Calla und ich keinen Hund haben. Hunde produzierten zu viele dreckige Pfotenabdrücke. Hunde sorgten für Schichten von gekräuselten Haaren auf dem Sofa. Die wiederum fanden ihren Weg in die Küche, und plötzlich hatte man, wenn man seine Eier aß, Hundefell im Mund. All dies wurde uns natürlich von unserer Grandma Ruby auseinandergesetzt. Die am Ende Sweetie Pies heißester Fan wurde. Die Frau hat Sweetie Pies Konterfei im ganzen Haus verteilt. Es gibt Sweetie-Pie-Ofenhandschuhe. Sweetie-Pie-Untersetzer. Einen Briefkasten in Sweetie-Pie-Form, der in der Nachbarschaft immer noch Gesprächsthema ist. Da hängt ein neues Ölgemälde von ihr über dem Kaminsims im Wohnzimmer, umgeben von Lametta. Natürlich ist Sweetie Pie selbst ihr Aufstieg zur Heiligen nicht bewusst, gleichzeitig nimmt sie die Aufmerksamkeit als vollkommen angemessen hin.

«Willst du einen Keks?», frage ich und öffne den Behälter mit den Leckerlis neben der Treppe. «Willst du einen haben?»

Ja! Ja! Sie will! Ihre Pfoten trappeln ausgelassen auf dem Parkett. So ein vertrautes Geräusch. Auch der Geruch des Hauses ist mir vertraut: gemahlene Nelken und frischer Ingwer mit einem Hauch von Kieferduft. Seit meiner Collegezeit habe ich es nur noch zu wenigen Gelegenheiten betreten, und jedes Mal überwältigt mich eine Flut widersprüchlicher Gefühle. Freude über die Erinnerungen und Ärger darüber, dass es nie wieder so sein kann wie früher. Nostalgie. Ich fühle mich hier wie eine Fremde und habe gleichzeitig das Gefühl, nie fort gewesen zu sein. In einem solchen Moment habe ich mich direkt nach dem Studium entschieden, zur CIA zu gehen: Ich kam im Sommer für eine Woche nach Hause, schlief zwischen denselben Bettlaken, aß dieselben Kekse. Wieder ganz in das Familienleben einzutauchen, war zu viel. Ein Teil von mir wollte das Gefühl haben, dass unsere Familienerinnerungen, die schlechten, jemand ganz anderem gehörten.

Das wackelige Geländer ist jetzt gänzlich mit einem Schleifenband umwickelt und ähnelt auf diese Weise einem langen, röhrenförmigen Geschenk. Als ich es berühre, bleibt Glitzer an meinen Fingern hängen. Noch eine Erinnerung. Der Weihnachtsmorgen. Grün karierte Pyjamas. Calla und ich mit glitzernden Händen und …

Jemand war gerade hier. In diesem Haus. Hat Wanzen platziert, um meine Familie auszuspionieren. Nicht nur Johnny. Auch Grandma Ruby und Calla. Mir wird noch bewusster, wie seltsam das ist. Auf eine Art, bei der mir ganz flau im Magen wird. Calla ist unschuldig. Sie hat nichts mit Geiselnahmen, bewaffneten Überfällen oder irgendeinem anderen Verbrechen zu tun. Zu neunundneunzig Prozent bin ich davon überzeugt. Aber gibt es nicht eine winzige Chance, dass Calla den echten Johnny kennt? Sie sieht in Menschen das Gute, ihr Potenzial, und sie könnte sich da in etwas verheddert haben, das … einfach außer Kontrolle geraten ist. Was, wenn die Wanzen etwas einfangen, das *sie* belastet?

Die kleine Warnglocke zwischen meinen Ohren läutet wieder. Was, wenn sich nach drei Jahren, in denen ich Calla kaum gesehen habe, ein Teil ihres Charakters verändert hat, ohne dass ich es mitbekommen habe?

Ich bin die zuständige Beamtin für diesen Fall.

Was, wenn ich meine kleine Schwester persönlich ins Bundesgefängnis schicke?

Vor meinem inneren Auge streckt mir die siebenjährige Calla erneut die Zunge heraus – und die Eingangshalle um mich herum beginnt, sich zu drehen. Mir wird schlecht. Zu meinen Füßen legt Sweetie Pie den Kopf zur Seite und stellt die Ohren auf.

«Du solltest jetzt nicht über mich urteilen», sage ich zu ihr.

Ihr Kopf neigt sich noch ein Stück weiter.

«Ich weiß, du würdest so etwas nie tun.»

Und dann steige ich entschlossen die Treppe hinauf. Die meisten Wanzen sind praktisch unauffindbar, wenn man nicht weiß, wonach man suchen muss. Aber ich weiß es. Ich kann an ein paar Stellen nachsehen und schauen, wo die Mikrofone versteckt sein könnten. Auf diese Weise werden Calla und ich, wenn wir miteinander sprechen – wirklich miteinander sprechen – nicht aufgezeichnet werden. Falls ich welche finde, könnte ich sogar einige der Wanzen umstecken. Sie in andere Zimmer des Hauses versetzen. Zimmer, in denen sich Johnny aufhalten wird, aber nicht Calla.

Es ergibt keinen Sinn. Das wird mir klar, als ich ins Gästezimmer schleiche, einen Mischling aus Dogge und Terrier dicht auf den Fersen. Sweetie Pie glaubt, es handele sich um ein Spiel. Das allerlustigste Spiel! Ich hüpfe herum wie ein Flummi, und sie folgt mir mit ihrem Blick, wobei ihr Schwanz schwirrt wie eine Hummel.

Wo würde der Techniker hier Wanzen verstecken? Wo würde ich sie verstecken, wenn ich dafür zuständig wäre?

Mein Blick streift über die Regale. Wie der Rest des Hauses ist auch das Gästezimmer behaglich weihnachtlich dekoriert. Eine Papiergirlande mit Schneeflocken hängt über einer Reihe von Bilderrahmen. Zwischen zwei gebundenen Büchern starrt mich aus dem Regal ein Elf an. Er sieht abschätzig aus.

«Ich weiß, ich weiß», nuschele ich in seine Richtung, und gegen meinen Willen steigt mein Puls. Was würde wohl Grandma Ruby sagen, wenn sie wüsste, dass ich ihr nachspioniere? Bücher aus ihren Regalen reiße und durch ihr Haus schleiche? *Sie wird es nie erfahren*, denke ich, aber der Gedanke ist mir unter die Haut gerutscht. Er setzt sich dort fest. Macht mich ganz kribbelig.

Sonst geht es mir nie so, wenn ich auf einer Mission bin. Ich bin undurchdringlich. Meine Gefühle lasse ich an der Tür zurück. Andererseits steht auch nie Sweetie Pie hinter einer dieser Türen, und außerdem bin ich hier auch nicht undercover. Ich bin das siebenjährige Mädchen, das sich das Kinn aufgeschürft hat, als es über diesen Teppich gestolpert ist; ich bin die Zwölfjährige, die mit den frisch gewaschenen Laken aus diesem Wäscheschrank Höhlen gebaut hat. Ich öffne schnell die Tür, bevor ich denke: *Nein, nein – die Dusche.* Sie haben wahrscheinlich die Dusche verwanzt.

Etwas, was mir in Filmen nie einleuchtet: Die Verbrecher verraten ihre größten Geheimnisse immer flüsternd unter der Dusche. Sie stellen das Wasser an, damit sie «niemand hören kann». So ein Schwachsinn. Glaubt ihr wirklich, die CIA hätte keine wasserfeste Technologie? Glaubt ihr, die Techniker könnten das Geräusch von ein paar Wassertropfen nicht herausfiltern? Irgendwo in diesem Bad muss sich ein Mikrofon befinden.

In diesem Moment beschließt Sweetie Pie, sich die Leckerli-

Dose unten noch einmal anzusehen, vielleicht um zu überprüfen, ob noch irgendwelche Krümel übrig sind. Gut. Es ist dämlich, aber ich will nicht, dass Sweetie Pie mich dabei sieht, wie ich den Boden des Zahnputzbechers überprüfe, den Medizinschrank durchwühle und schließlich in die Badewanne steige, um den Duschvorhang abzusuchen.

Ich weiß noch, wie ich hier als Kind gebadet habe. Ich erinnere mich an diesen Duschvorhang. Meine Grandma kauft seit 1997 immer den gleichen. Es sind Enten drauf. Hier gibt es auch gut riechende Seife. Riecht nach Waldhütte Schrägstrich Meeresstrand. Meine Augenwinkel verengen sich, und ich suche sorgfältig nach einem kleinen schwarzen Punkt. Mit den Händen fahre ich den gefliesten First über der Dusche entlang. *Nein, nein … Ich spüre nichts … Nein.* Aber ich bemerke etwas anderes.

Etwas viel, viel Schlimmeres.

Das Geräusch von Schritten. Schritten, die auf das Gästebad zuhalten.

Ein flaues Gefühl macht sich in meinem Magen breit, als mir klar wird, dass es zu spät ist. Zu spät, um aus dem Badezimmerfenster zu klettern. Zu spät, um aus der Wanne zu springen. Die Tür fliegt auf, der Gästebademantel schwingt auf seinem Bügel, und ich sehe durch die Enten hindurch den verschwommenen Umriss eines Mannes. Er stolpert über die Badematte, nimmt sich Kopfhörer aus den Ohren und legt sie vorsichtig auf den Waschbeckenrand.

Tja, fantastisch.

Wer zum Teufel ist *der* denn?

Es ist definitiv kein Einbrecher. Das sieht man schon daran, wie lässig er das Bad betreten hat. Dieser Mann ist ein Gast im Haus meiner Großmutter. Ein Gast, der nicht ahnt, dass sich eine kurzzeitig zur FBI-Beamtin gewordene CIA-Agentin in der Dusche versteckt. Gehört er zum Jones-Clan? Wie hoch ist hier die Gefahrenstufe?

Ich beruhige mich, indem ich tief und gleichmäßig atme – und hoffe, dass er sich nur kurz die Zähne putzen will. Vielleicht dreht er sich nicht einmal um. Oder vielleicht sieht er meinen Umriss und denkt: *Was für ein seltsamer Duschvorhang. Da sind Enten drauf und eine geduckte sechsundzwanzigjährige Frau mit einem Rasiermesser in der Hand.* (Vorsichtshalber habe ich nach dem Rasiermesser neben der Seife gegriffen. Seiner Seife, nehme ich an? Seinem Rasiermesser?)

Schnell. Ich brauche eine gute Erklärung. Ich arbeite gerade an einer Geschichte, die erläutert, warum ich voll bekleidet in der Badewanne warte, als seine Hand hinter den Vorhang greift … und das Wasser aufdreht.

Ich kreische nicht auf. Ich bin eine Statue. Eine zunehmend nasse Statue. Kaltes Wasser strömt aus dem Duschkopf, durchweicht meinen Rollkragenpullover, und ich denke: *Gleich passiert es. Diese ganze Ausbildung, und trotzdem habe ich es dermaßen vermasselt. Er zieht sich wirklich aus, und ich stehe in der Badewanne und warte …*

«Ich schaue nicht hin!», rufe ich, als der Vorhang aufgezogen wird. Was offensichtlich eine Lüge ist. Meine Augen sind theatralisch aufgerissen. Gleichzeitig schreit der Mann: «Gott im Himmel!», als würde sich der Allmächtige höchstselbst in der Badewanne verstecken.

«Ich gucke gar nicht!», wiederhole ich, obwohl ich mit hochgezogenen Schultern durch meine Finger hindurchspähe und herauszufinden versuche, aus welcher Akte ich ihn kenne.

Er ist groß. Sehr durchtrainiert.

Und leider ist er auch sehr nackt.

3

Über seinen Bauch zieht sich eine lange, dünne Narbe, und auf seiner linken Hüfte sind ein paar Sommersprossen. Er hat einen schlanken, aber kräftigen Körper, so als wäre er sehr versiert im Kofferschleppen. Oder vielleicht im Schleppen von Taschen voller Raubgut, entwendet bei einem Überfall. Er hat kurzes, gewelltes Haar, das so dunkel ist, dass es beinahe schwarz wirkt – und nein, ich schaue definitiv nicht weiter nach unten. Das wäre ein Eindringen in seine Privatsphäre. Außerdem wäre es nicht hilfreich für mich. Das FBI erwähnt diese … ihr wisst schon … diese *unteren Körperregionen* nicht in seinen Akten. Was den Groschen schließlich fallen lässt, ist seine Körperhaltung. Ich erkenne wieder, wie er dasteht: schräg, eine Schulter leicht vor die andere geschoben, als wollte er einen Schlag abwehren.

Nick! Nicholas Fraser.

So heißt er.

Alles, was in seiner Akte über ihn steht, fällt mir blitzschnell wieder ein. Nick Fraser, achtundzwanzig Jahre alt, geboren in Ottawa als Sohn kanadisch-amerikanischer Eltern. Doppelte Staatsbürgerschaft. Ehemaliger Leibwächter von Johnny «Kaffeeprinz» Jones, inzwischen sein Sicherheitschef. Keine aktenkundige kriminelle Vergangenheit, aber er ist ein enger Freund der Familie Jones. In seiner Freizeit Ruderer. War auf der Northeastern University, wo er Johnny kennengelernt hat, der im ersten Semester sein Mitbewohner war.

Er passt auch teils auf die Beschreibung eines der Verdächtigen für den Raubüberfall in Buffalo, New York.

Gut. Jetzt weiß ich, wie ich die Sache angehen muss. Ich kenne die Hauptakteure und weiß, wo ich stehe. Auch, wenn das im Augenblick in einer Wasserpfütze ist und mir dünne Rinnsale über das Gesicht laufen.

Blitzartig (im wahrsten Sinne des Wortes) schnappt sich Nick das flauschige blaue Badetuch vom Regal und schlingt es sich um die Hüften. Es ist mit fröhlichen Wölkchen bedruckt. Wir haben dieselben Handtücher, seit ich zwölf bin, es ist wie mit dem Enten-Duschvorhang.

«Was …?», fragt Nick und ringt um Worte. Denn was soll man auch zu einer Fremden sagen, die gerade wie ein Springteufel aus der Dusche gekommen ist? Wenigstens bin ich nicht hervorgesprungen und habe *Buh!* gerufen, aber es ist trotzdem unerhört. Jetzt, da ich ihn identifiziert habe, läuft es mir angesichts meines grauenvoll schlechten Manövers kalt den Rücken hinunter. Fehler bei der Arbeit sind für mich nichts Gewöhnliches. Ganz im Gegenteil.

Aber ich kann diese Klippe umschiffen. Ausweichen und jeden Verdacht zerstreuen.

Tief einatmen und …

«Es tut mir *so* leid.» Heimlich lasse ich sein Rasiermesser neben die Seifenschale fallen. Das werde ich vermutlich nicht brauchen, da er mich nicht sofort angegriffen hat. «Ich wusste nicht, dass jemand reinkommen würde.»

Nick zieht eine dicke Augenbraue hoch und fragt mit leicht heiserer Stimme: «Du wusstest nicht, dass jemand in der Dusche … duschen könnte?» Um seinen Mundwinkel zuckt eine Spur von Amüsement, und es klingt fast so, als würde er gleich lachen. Aber seine Körpersprache ist extrem angespannt. Das ist ja auch nur angemessen. Wenn sich jemand in *meiner* Dusche verstecken würde, würde ich ihm wahrscheinlich instinktiv an die Gurgel gehen.

«Genau», sage ich und wische mir die nassen Haare aus dem Gesicht. Ich sehe bestimmt aus wie ein frisch gebadeter Hund mit klatschnassem Fell. Tatsächlich ist Sweetie Pie vermutlich aus exakt diesem Grund wieder nach unten getrabt. In der Badewanne geschieht nichts Gutes. «Ich nehme an, du übernachtest hier? Darf ich nur kurz …» Mit so viel Grazie wie möglich steige ich aus der Wanne, meine Schuhe quietschen auf der Matte. Mein Pullover trieft. Meine schwarze Jeans ist völlig durchnässt. Zeit, die Unschuldige zu spielen. «Ich bin übrigens Sydney.»

Nick stößt ein kurzes Lachen aus. Es klingt warm, nicht bedrohlich, und der kleinste Anflug eines Lächelns blitzt auf. Er hat ein Gesicht, das einem sofort sympathisch ist und mit dem er andere Menschen entwaffnen könnte. An mir prallt dieser Charme ab.

«Ja, ich weiß, wer du bist», sagt Nick. Seine Vokale lassen ganz leicht einen kanadischen Akzent erkennen. «Was ich nicht weiß, ist, warum du hinter dem Duschvorhang gestanden hast.»

Mein Gesicht gibt die Wahrheit nicht preis. Stattdessen presse ich die Lippen zusammen und wringe meine Haarspitzen in die Wanne aus. Das Wasser macht ein helles, tropfendes Pling, als es auf die Keramik trifft. «Das ist superpeinlich, aber ich habe Schritte gehört, und es stand kein Auto in der Einfahrt. Da dachte ich, es könnte jemand ins Haus eingebrochen sein, also habe ich mich versteckt. Als du reinkamst, habe ich gemerkt, dass du wirklich duschen willst, und die meisten Einbrecher legen ja keine Pause ein, um sich mal eben auszuziehen …»

Darauf zuckt Nick ein wenig zusammen. In seinen Augenwinkeln bilden sich tiefe Furchen. Seine Augen haben etwas sehr Zugängliches, etwas, das einen anzieht, das – *Nein. Nie im Leben.* Ich kenne diese Sorte: unausstehlich attraktive Männer, die denken, dass ihr gutes Aussehen ihnen einen Freibrief für alles verschafft. «Ich bin Nick», sagt er, ohne die Hand auszustrecken. Weil er mit der rechten Hand sein Handtuch festhält. «Johnnys Freund. Ich bin über Weihnachten hier. Hat sich ganz kurzfristig ergeben.»

«Also kein Einbrecher?», frage ich wieder betont unschuldig. In Gedanken jedoch werfe ich Dolche auf Gail. *Gail! Er ist über Weihnachten hier? Sie haben mich schlecht gebrieft.*

«Lieber Gott, nein», sagt Nick und fährt zurück. Ich bemerke die dünne, verblasste Narbe an seinem Kinn – und dass er mindestens zehn Zentimeter größer sein muss als ich. Zweifellos hat der Jones-Clan ihn als «den Mann fürs Grobe» hier eingeschleust. Licht spielt über seine Bauchmuskeln, die – offen gestanden – obszön aussehen.

Er redet immer noch, seine Stimme klingt lebhaft. «Deine Grandma hat mich gebeten, einen Truthahnbräter vom Dachboden zu holen, solange sie im Supermarkt ist. Sie ist übrigens eine sehr nette Person. Und sehr scharfsinnig. Aber das weißt du ja sicher. Warum erzähle ich dir das? Ich hatte jedenfalls meine Kopfhörer im Ohr. War ein bisschen zu sehr in mein Hörbuch vertieft. Und dann stehe ich hier und ziehe den Vorhang auf …»

«Huch.»

«Ja.» Nick kratzt sich an der Schläfe. «Okay, also …»

«Also gehe ich jetzt!» Ich klatsche einmal in die Hände. Das ist kalkuliert. Ich muss so wirken, als wäre ich wirklich tief beschämt und nicht nur entschlossen, von ihm wegzukommen. «Tut mir leid! Ich bin eine Katastrophe.»

Als ich die Badezimmertür öffne, steht Sweetie Pie davor und sieht mich wissend an. *Geh niemals in die Wanne*, sagt ihr Blick. *Das ist die wichtigste Regel des Wannenlebens.*

Sag bloß, möchte ich erwidern, gehe in mein Zimmer und greife nach meinem Koffer neben dem Bett.

«Hey, Sydney?», dringt Nicks Stimme aus dem Bad.

Du liebe Güte, was? Immer noch klatschnass fahre ich herum. Meine Füße hinterlassen nasse Abdrücke auf dem Teppich. Wieder ganz unschuldig. «Ja?»

«Es war … ähm, interessant, dich kennenzulernen.»

«Oh», sage ich, weil ich weiß, dass alles aufgezeichnet wird. Ich nehme an, dass es neben den Wanzen auch Videoüberwachung gibt. Irgendwer wird an meinem Auftritt wahrscheinlich etwas zu kritisieren haben. Den bügele ich also besser wieder aus. Ich lächle. «Fand ich auch.»

Dann schließt Nick mit einem Kopfschütteln die Tür.

Als ich abgesehen von Sweetie Pie allein in meinem Zimmer bin, werfe ich meinen Koffer auf den Schreibtisch und wische mir langsam mit der Hand übers Gesicht. Das hätte schlimmer ausgehen können. Ich habe die Situation gerettet. Allerdings habe ich keine der Wanzen gefunden. Wahrscheinlich befindet sich auch eine hier drin, versteckt in meinen Debattier-Trophäen. Sie stehen glänzend und ordentlich aufgereiht auf der Kommode meiner Kindheit neben meiner Sammlung von Porzellanhunden. Verschiedene Größen, verschiedene Rassen. Bei einer Figur ist der Schwanz abgebrochen und schon ein halbes Dutzend Mal neu angeklebt worden. Ich teile mir mit Calla das gemeinsame Sorgerecht für den Dobermann.

«Das wird brutal, stimmt's?», frage ich Sweetie Pie.

Und sie schaut mich an, als wollte sie sagen: *Ja, ja, wie du meinst.*

Dass meine engste Vertraute ein stark flatulenter Hund ist, sollte euch etwas über mich verraten. Sie furzt gerade. Wahrscheinlich von dem Keks. Ich halte mir die Nase zu und ziehe mit einer Hand den Reißverschluss meines Koffers auf. Ich habe keine Zeit, mir die Haare zu föhnen, aber wenigstens kann ich diese nassen Klamotten ausziehen – und meine Pläne für die Woche überarbeiten. Jetzt ist Nick da. Nick «Ich bin so charmant» Fraser. Sicherheitschef. Im Gästezimmer meiner Großmutter.

Bei dem Gedanken an ihn juckt meine Nase.

Ich hatte mich nur auf einen Leibwächter eingestellt. Marco, einen sechsunddreißigjährigen ehemaligen Navy Seal mit einem Tattoo auf dem Kopf. Das war die Akte, die ich gestern Abend auswendig gelernt habe. Wo ist er? Kommt er auch noch? Mehr Leute im Haus bedeuten mehr Ungewissheit, mehr Blicke, denen ich ausweichen muss, wenn ich versuche, Johnnys Telefon zu klauen oder einen Blick in seinen Koffer zu werfen. Aber ich kann mich leicht anpassen.

Ein kleiner Fauxpas Nick gegenüber ist okay.

Es wird nicht wieder vorkommen.

Vielleicht könnte ich ihn sogar als Informationsquelle nutzen. Ihn umgarnen, so wie er versucht hat, mich anzuflirten.

Ich schlüpfe aus meinem Pullover, wühle in der Schublade meiner alten Kommode und ziehe etwas heraus, was durchaus nahbar aussieht: ein hellblaues Sweatshirt mit ausgefranstem, aber vorzeigbarem Ausschnitt. Die Ärmel sind mit leuchtend gelben Farbflecken gesprenkelt. Meine Grandma war jahrzehntelang Inhaberin einer Malerfirma, und im Sommer meines zweiten Studienjahrs haben wir zu zweit die Hälfte aller

Kolonialhäuser in Perkins Cove neu gestrichen. Ich ziehe an dem Sweatshirt. Na? Das ist doch etwas Fröhliches. Vermittelt die Illusion von Verletzlichkeit.

«Küche, Sweetie Pie?»

Sie tapst voran, und ich folge ihr die Treppe hinunter. Ich warte nur darauf, dass die Hintertür aufgestoßen wird. Warte auf Grandma Ruby. Es wird so eigenartig, ihr wieder leibhaftig gegenüberzustehen. Ich hatte in letzter Zeit wenig Muße, sie anzurufen, und beim FaceTimen hält sie das iPhone immer so, dass ich nur das untere Drittel ihres Gesichts sehen kann. Es ist eher wie KinnTimen. Letzten Monat habe ich mich das gesamte zehnminütige Gespräch lang mit einem Sofakissen in Sweetie-Pie-Form unterhalten und es nicht übers Herz gebracht, ihr das zu sagen.

Während die Uhr tickt, hole ich mir einen Lebkuchenbaum aus der Tupperdose neben dem Kühlschrank und beiße den Stamm ab. Den hat definitiv Grandma Ruby gebacken. Sie tut immer zusätzlichen Ingwer in den Teig. Ich könnte hundert davon hinunterschlingen. Tatsächlich esse ich zwei nacheinander und frage mich, wofür sie im Supermarkt so lange braucht. Schließlich kommt Nick die Treppe herunter (diesmal höre ich die Schritte) und gesellt sich zu mir in die Küche.

Unsere Blicke begegnen sich einen Moment lang, bevor er seinen schüchtern abwendet. *Du kannst mich mal, Nicholas. Darauf falle ich nicht rein.* Meiner Erfahrung nach sind *schüchtern* und *bester Freund eines Gangsterbosses* inkompatible Eigenschaften. «Es tut mir wirklich leid», sage ich zu ihm, beiße erneut von meinem Lebkuchen ab und spreche durch den Mundwinkel. «Es wird nie wieder vorkommen.»

Nick lacht mit hochgezogenen Schultern. «Oh Gott, hoffentlich nicht.» Sein kanadischer Akzent kommt durch, das vielleicht einzig Liebenswerte an ihm. «Ich würde gerne älter werden als achtundzwanzig.»

«Habe ich dich so sehr erschreckt, ja?»

«Ich halte mich ja für einen mutigen Kerl, aber möglicherweise ist mein Leben vor meinem inneren Auge an mir vorübergezogen.»

«Willst du einen Keks?», frage ich und bin mir bewusst, dass ich dieselben Worte gerade an Sweetie Pie gerichtet habe.

«Klar, danke.» Er nimmt sich einen, dreht den Lebkuchenbaum um und begutachtet den Zuckerguss, als würde ihn das Muster der Glasur faszinieren. Es sind weiße Streusel und Zickzacklinien darauf. «Weißt du, ich komme mit Schweigen nicht gut klar. Wer auch immer behauptet hat, dass es so etwas wie ein angenehmes Schweigen gibt, hat mich noch nicht kennengelernt. Ich habe mich gefragt, ob wir vielleicht noch mal von vorne anfangen und für den Rest unseres Lebens nicht mehr erwähnen könnten, was oben passiert ist.»

Er kann nicht gut mit Schweigen umgehen? Wenn er Leibwächter gewesen ist, hat er einen Großteil seines Arbeitsalltags in völliger Sprachlosigkeit verbracht. Also war er entweder ungeeignet für seinen Job, oder er erzählt mir eine glatte Lüge. Ich tippe auf die Lüge. «Könnten wir das machen?», frage ich und achte darauf, dass es nicht so klingt wie *Ich hoffe, du erstickst an deinem Lebkuchen.*

Nick lächelt auf eine Weise, die mich entwaffnen soll. Das aber lasse ich nicht zu. «Nick», sagt er und hält mir die Hand hin. Er hat raue Handflächen, wie die raue Seite eines Schwamms.

«Sydney», sage ich und füge dann ernsthaft hinzu: «Ich habe wirklich gar nichts gesehen. Du weißt schon. Da unten.»

Nick fährt sich mit der Hand über das frisch rasierte Kinn

und lässt sie neben der Sommersprosse über seinem hübschen Mundwinkel liegen. «Ich dachte, wir hätten uns darauf geeinigt, das nicht mehr zu erwähnen», frotzelt er.

Ich tue so, als würde ich zwischen meinen Lippen einen Reißverschluss zuziehen. «Ich schweige wie ein Grab.»

«Gut. Also, Calla hat gar nicht erwähnt, dass du über die Feiertage nach Hause kommst.» Mit viel Energie im Blick zieht Nick einen Hocker unter der Arbeitsplatte hervor, setzt sich und stützt das Kinn in die Hand. Sein schwarzes Haar ist noch feucht vom Duschen, und er trägt ein jägergrünes Sweatshirt, auf dem in fetten, weißen Lettern «WEIHNACHTSPULLI» steht. Die Ärmel sind über seine Unterarme hochgeschoben, die lang und muskulös sind und wie der Rest von ihm gut gebräunt. Es fühlt sich alles so ekelhaft choreografiert an, als wäre er es gewohnt, den netten Kerl von nebenan zu spielen. *Darin hast du Übung, was, Nicholas?*

«Dann ist es also eine große Überraschung?», fragt er.

«Eine *Riesen*überraschung», antworte ich und reiße dem Lebkuchenbaum eine Gliedmaße ab. «Dieses Weihnachten ist voll davon.»

Ich verabscheue das hier. Es könnte mir unmöglich noch mehr widerstreben. Hier mit ihm in der Küche meiner Großmutter zu sitzen, wo mich die Magneten aus den Urlauben unserer Familie vom Kühlschrank aus anstarren und versuchen, mich in falscher Sicherheit zu wiegen. Wie kann hier etwas Schlimmes passieren? Wie konnte es geschehen, dass sich hier etwas Schlimmes zugetragen hat? An den Wänden hängen meine gerahmten Kunstwerke aus der Mittelstufe.

«Für mich auch», sagt Nick und klopft mit den Fingerknöcheln leicht auf die Arbeitsplatte. Wann hat er das letzte Mal damit zugeschlagen? «Voller Überraschungen, meine ich. Ich hatte nicht vor, Weihnachten hier zu verbringen. Ich dachte, ich würde mir einfach eine Woche freinehmen, es mir in meiner Wohnung gemütlich machen und ein paar Bücher lesen, die ich schon lange in Angriff nehmen wollte. Trotzdem danke», fügt er hinzu. «Deine Grandma Ruby ist toll. Ich kannte sie gerade fünf Minuten lang, da hat sie mich schon über Weihnachten eingeladen.»

Nimm den Namen meiner Grandma nicht in den Mund, denke ich. Trotzdem zwinge ich mich zu einem Lächeln. «Ja, das klingt ganz nach ihr.»

Nick beugt sich verschwörerisch vor. Das Dunkelbraun seiner Augen verblasst an den Rändern zu Gold. «Ich habe das Gefühl, ich kann es dir gestehen, jetzt, wo deine Großmutter nicht da ist, aber ich bin eigentlich kein großer Weihnachtsfan.»

Noch eine Lüge. Mit einer hochgezogenen Augenbraue zeige ich auf seinen Weihnachtspulli.

«Das?» Nick berührt den Baumwollstoff. «Ein Flughafenkauf. Ich dachte mir, versuche ich doch, mich einzufügen. Klappt es?»

Ich spiele widerwillig mit und nicke. «Ich glaube schon. Du hast deine Flughafenkäufe offenbar gut im Griff. Ich habe gerade so viel Toblerone gekauft, dass es für ein ganzes Jahr reichen müsste.»

«Oh, man kann nie genügend Toblerone haben», sagt Nick wie aus der Pistole geschossen.

«Danke.»

«Oder genügend von diesen u-förmigen Nackenkissen. Wobei … das nehme ich zurück. Man kann definitiv zu viele Nackenkissen haben.»

«Acht?», frage ich und halte meine Genervtheit unter Verschluss. «Zwölf?»

«Sechs», sagt er, «nach freiem Ermessen.»

Ich ringe mir ein Lachen ab und zwinge mich weiterzureden. Wenn ich genügend Vorarbeit leiste, kann ich vielleicht schon ein paar Informationen abfischen, bevor Johnny ankommt. «Du hast übrigens recht, was Grandma Ruby angeht. Für sie sind alle Feiertage eine große Sache. Vierter Juli, Tag des Baumes. Wir haben einen dieser riesigen animatronischen Osterhasen für den Vorgarten.»

Nick erschaudert übertrieben.

Hat er das wirklich gerade getan? Was für ein Spiel spielt er? «Entschuldige, bist du gerade erschaudert?»

«Der Osterhase», sagt er. «Du hast *animatronisch* gesagt, aber du hättest genauso gut *dämonisch* sagen können, ich hätte dasselbe gehört.» Er deutet auf seine muskulösen Oberschenkel, und ich wünschte, ich könnte sie aus meinem Blickfeld tilgen. «Die haben lange Beine! Die sind rosa!»

«Wir sind also weder Weihnachts- noch Osterfan. Was halten wir vom Murmeltiertag?»

«Den liebe ich», scherzt Nick ärgerlicherweise. «Punxsutawney Phil gehört zu unserem nationalen Kulturgut.»

«Und der Tag des Baumes?»

«Ich bin Kanadier. Davon kann ich nicht genug bekommen. Lass uns Bäume pflanzen.»

«Um ehrlich zu sein», sage ich und ertrage unser Schmierentheater noch eine Weile länger, «diese Hasendeko versetzt die Nachbarskinder in Angst und Schrecken. Sie haben unser Haus drei Jahre in Folge mit Eiern beworfen.»

Nick zieht eine seiner dicken, dunklen Augenbrauen hoch. «Vielleicht weil Ostern war? Ostereier?»

«Ich glaube nicht, dass sie so hintergründig sind», sage ich. «Letztes Jahr hat Grandma Ruby erzählt, an Halloween hätte sich eins von ihnen als Brot verkleidet, ganz ohne Humor. Das Kind war einfach ein sehr, sehr seriöses Brot.»

«Mmm.» Nick presst die Lippen zusammen. «Sauerteig wahrscheinlich.»

Das ist so ein Daddy-Witz, und er sieht fast verlegen aus, weil er ihn gerissen hat. Es regt mich zutiefst auf, dass ich tatsächlich für den Bruchteil einer Sekunde kichern muss. Ich möchte mich ohrfeigen. Schnell reiße ich mich wieder zusammen. Nick grinst mich breit an, als wäre er vom Verlauf dieses Gesprächs überrascht. Wer hätte gedacht, dass das Mädchen aus der Dusche zu solch vergnüglichem Brot-Geplänkel in der Lage ist? Er spricht weiter und reibt sich mit einer Hand über den Nacken. «Hey, ich wollte nur gleich im Voraus sagen, dass es mir leidtut, wenn ich dir hier im Weg bin. Bestimmt hattest du andere Pläne, als die Feiertage mit einem x-beliebigen Typen zu verbringen.» Wieder sieht er ganz verlegen aus, verzieht ein wenig die vollen Lippen. *Ach, komm schon. Hör auf, so zu tun, als würdest du nicht auf der Liste der unartigen Jungs stehen.* Ich habe mir das Überwachungsmaterial angeschaut; der Verdächtige vom New Yorker Raubüberfall sieht Nick von der Seite verdammt ähnlich.

«Nö», sage ich, um ihn zu beruhigen. «Ist doch gut, dass du hier bist. So sind wir mehr Leute bei unserem Weihnachts-Spielewettbewerb. Wie gut bist du bei Montagsmaler?»

«Tatsächlich», sagt Nick und macht eine besonders lange dramatische Pause, «bin ich richtig mies.»

«Scharade?»

«Es geht nicht schlechter.»

«Perfekt», sage ich fröhlich und stupse seine Hand an. Der Handstupser ist wohlkalkuliert. Auch wenn ich ihn wie den Grinch nicht einmal mit «einer neununddreißig Meter langen Stange» berühren möchte. «Du bist in Callas Team.»

Daraufhin kichert er und bricht endlich ein Stück von seinem Lebkuchen ab. Sweetie Pie hält vor ihren Fressnäpfen kurz inne und trinkt dann laut schlabbernd einen Schluck Wasser. Nick begrüßt sie mit einem albernen «Halloooo, halloooo», während ich an dem silbernen Ring an meinem Daumen herumfummle und mich bereit mache, das Gespräch in eine andere Richtung zu lenken.

«Also», sage ich, «wie ist er so?»

«Wer?», fragt Nick und kaut seinen Lebkuchen.

«Johnny.» Sein Name kommt mir ganz locker und leicht über die Lippen. Als würde ich über die Wäsche sprechen. Oder über das Wetter. Dann lasse ich Nick ein kalkuliertes Maß an Ehrlichkeit angedeihen. Das hat man uns bei der CIA beigebracht: dass wir uns bei Bedarf ein wenig öffnen. Um unseren Zielpersonen den Eindruck zu vermitteln, sie würden uns gut kennen. Normalerweise tut es nicht so sehr weh. «Ich wusste nicht mal, dass er und Calla zusammen sind, geschweige denn, dass sie heiraten wollen.»

Nick verschluckt sich halb an dem Lebkuchen und hustet ein paar Krümel herauf. «Was? Echt?»

«Echt. Ich habe gerade erst davon erfahren.»

Nicks Lippen entweicht ein langer Luftstoß. Er lehnt sich auf dem Hocker zurück und fährt mit den Händen seine dunkle Jeans auf und ab, als wollte er Aufmerksamkeit auf seine Muskeln lenken. Ekelhaft. «Das war mir nicht klar. Calla hat also nichts …»

«Nichts», antworte ich. «Kein Sterbenswort. Wobei ich ihr zugestehen muss, dass es nicht ganz einfach ist, mit mir Kontakt aufzunehmen.»

«Ach ja», sagt er. «Du bist viel unterwegs, stimmt's? Für das Bildungsministerium?»

«Ja», sage ich und bin ein wenig überrascht – und verärgert – darüber, dass er das über mich weiß. Sofort rufe ich das gut einstudierte Drehbuch auf. Meine Legende lautet, dass ich Bildungsforscherin in Washington, D.C., bin. Wenn ich also das Land verlassen muss, um «eine internationale Schule zu begutachten» oder «an einer Konferenz teilzunehmen», stellt niemand Fragen. «Viel auf Reisen zu sein ist eine beschissene Ausrede, ich weiß.»

Nick denkt mit verblüfftem Gesichtsausdruck darüber nach, dann gewinnt sein lässiges Selbstbewusstsein wieder die Oberhand. «Ich hätte schwören können, dass Calla es dir gesagt hat ... Wie auch immer, Johnny und ich kennen uns schon ewig. Ich habe keine Brüder, meine Familie ist klein, also ist er sozusagen mein Ersatzbruder. Wir sind auf der Northeastern zusammen gerudert und haben auch viel Ehrenamtliches gemacht.»

Davon sollte ich mich nicht reizen lassen, aber es passiert trotzdem. Ich habe Zeugnisse dieser ehrenamtlichen Arbeit gesehen – für all die Wohltätigkeitsorganisationen, zu deren Unterstützern die Familie Jones gehört. Es gibt Bilder von Johnny, wie er den ersten Spatenstich für ein neues Kinderkrankenhaus tut, Bilder, auf denen er im Tierheim Welpen streichelt. Wenn ich raten müsste, würde ich das als einen der Gründe ausmachen, warum sich Calla überhaupt zu ihm hingezogen gefühlt hat. Und es ist bloß eine Fassade. Je mehr ehrenamtliche Arbeit die Familie Jones vorweisen kann, desto stichhaltiger werden ihre Alibis, desto mehr Menschen springen ihnen in South Boston zur Seite und schützen sie.

Ich lege den Kopf schräg. «Johnny ist einer von den Guten, hm?»

Nick starrt mich eine Sekunde lang seltsam an, als würde er

versuchen, etwas zu enträtseln, dann nickt er ernsthaft. «Ja, ist er.»

Lügen haben lange Beine. «Wie ist seine Familie so?»

Vielleicht bin ich zu hastig einen Schritt zu weit gegangen, denn Nick lehnt sich noch weiter zurück. Er ist keineswegs ein kleiner Mann. Ich bin eins neunundsiebzig groß, also muss er um die eins neunzig sein. Sein Körper ist der eines Ruderers. Meine Augen registrieren seine kräftigen Arme, die Sehnen und Muskeln unter seinem Sweatshirt. Der Stoff spannt sich straff über seine Brust. Und es geschieht ganz automatisch – ich stelle Berechnungen an. Wie würde ich ihn ausschalten, wenn das hier eine schlechte Wendung nimmt? Faustschlag gegen den Hals. Ihn gegen die Wand schleudern. Ihn mit meinem Körper niederhalten.

«Um ehrlich zu sein, seine Familie ist kompliziert», sagt Nick schließlich.

«Inwiefern kompliziert?», hake ich nach und täusche ein allgemeines, schwesterliches Interesse vor. Wenn er mich bei der letzten Frage nicht konfrontiert hat, wird er es auch bei dieser nicht tun.

«So, wie viele Familien kompliziert sind.» Nick zuckt mit diesen kräftigen Schultern. «Sie würden alles füreinander tun, auch wenn sein Vater und sein Großvater wegen des Familienunternehmens aneinandergeraten sind.»

Ah, das ist es also. Ich rutsche auf meinem Hocker zurück, um es Nick gleichzutun. Manchmal ist die beste Art, jemanden zu verhören, Schweigen aufkommen zu lassen. Die Lippen verschlossen zu halten. Abzuwarten, bis das Gegenüber das Wort ergreift. Wenn Nick nicht mit Schweigen umgehen kann, ist er der Traum jedes Vernehmenden.

«Hast du schon mal von Morning Kick gehört?», fragt er.

Wer nicht? Morning Kick ist eine der beliebtesten Caféketten im Nordosten, im mittleren Westen und in Südkalifornien. Es kann zwar nicht ganz mit Dunkin' Donuts konkurrieren, aber in den letzten acht Jahren sind sein Marktanteil und sein Kundenstamm deutlich gewachsen. Ich habe ihren Espresso schon ein paar Mal getrunken – und gestern Abend alles darüber gelesen. Was die Kunden nicht wissen, die Inhaber von Morning Kick servieren einem ihr Koffein oft mit einer Portion waschechter Gewalt.

«Die Cafés gehören Johnnys Familie», sagt Nick mit ironischem Timing.

Leider öffnet sich, bevor er noch ein weiteres Wort sagen kann, das Garagentor. Ich höre das Ratsch-ratsch-ratsch der motorbetriebenen Kette. Meine Grandma parkt ihren Wagen und wird gleich durch die Waschküche hereinkommen. Die Hintertür geht auf, das Glöckchen am Knauf bimmelt, und sie tritt in einer Wolke aus frischem Wäscheduft ein, Einkaufstüten in den Händen. Es sieht so aus, als hätte sie die halbe Gemüseabteilung leergekauft; Lauchzwiebeln ragen aus der Tüte und reiben sich am Ärmel ihres L.L.-Bean-Mantels.

Oder ist das … Dads alter L.L.-Bean-Mantel? Hat sie ihn aus der Einlagerung geholt?

Sie stellt die Tüten in der Waschküche ab, entdeckt mich und schnappt nach Luft. Ich bin vom Küchenhocker aufgestanden. Ich habe die abgenagten Überreste meines Lebkuchens abgelegt. Und bei ihrem Anblick kribbelt es mich im Hals: meine Grandma mit ihrer schneeüberstäubten Mütze und dem mit Farbe bekleckten Schal, die regungslos in der Tür zur Waschküche steht und auf deren Gesicht ein Lächeln erscheint, das sich wie Sonnenlicht über sie legt.

Ich hätte sie öfter anrufen sollen. Ich hätte öfter nach Hause kommen sollen.

Ich hätte mich mehr bemühen sollen.

«AHHHHHHHHHHHHHHHHHH!», durchbricht ihr Schrei die Stille. Sie ist schnell: ein Aufblitzen von weißem Haar und rotem Kaschmir. Mit den Stiefeln verteilt sie Schnee auf den Fliesen, als sie sich auf mich stürzt, ohne Messer. Ich sage ohne Messer, denn wenn ich diese Frau nicht kennen würde, hätte ich gedacht, sie sei geschickt worden, um mich zu ermorden. Sie ist vielleicht ein bisschen zu laut für eine Nullachtfünfzehn-Auftragskillerin, aber sie ist eben ein Hitzkopf: zweiundachtzig Jahre alt, ehemalige Holzarbeiterin und die erste Person, die mir gezeigt hat, wie man einen Faustschlag ausführt. «Das ist eine wertvolle Fähigkeit», sagte sie eines Winters in unserer Garage zu Calla und mir. «Das müsst ihr ernst nehmen. Klemmt nie den Daumen zwischen die anderen Finger und legt euer ganzes Gewicht in den Schlag.»

Jetzt schaffe ich es kaum, feinsinnig «Überraschung!» zu rufen, bevor sie ihre Arme um mich schlingt, so fest. Ihr Haar riecht nach Seetang- und Jasminshampoo, und auch das kitzelt ein lang verschüttetes Gefühl in meinem Hals wach.

«Überraschung», sage ich wieder, und Grandma Ruby wiegt mich hin und her.

«Oh, Sydney-Spätzchen! Das ist wirklich eine Überraschung. Die *wunderbarste*, wunderbarste Überraschung. Ein Weihnachtswunder! Erst gestern Abend habe ich meine Kommode dekoriert und bin dabei auf diesen kleinen Elch gestoßen, den du mir in der Grundschule gebastelt hast, und da dachte ich, was, wenn Sydney jetzt hier wäre. Und jetzt bist du hier. Stell dir das nur mal vor.»

Das tue ich. Ich stelle mir alles vor. Ich überlege, wie es sich anfühlen würde, wenn ich aus freien Stücken nach Hause gekommen wäre. Nicht so wie jetzt. Nicht auf Befehl einer Fremden namens Gail. In meinem Kopf schreit eine Stimme: *Lügnerin! Lügnerin! Sydney, du bist eine hinterlistige kleine Lügnerin.*

«Du siehst zu dünn aus», sagt Grandma Ruby und tritt einen Schritt zurück. Ihre Hände legen sich um meine Wangen, ihr Griff ist für ihr Alter erstaunlich kräftig. In meiner Kindheit war immer sie diejenige, die die Gurkengläser aufbekommen hat.

«Ich habe ungefähr sieben Kilo zugenommen, seitdem du mich das letzte Mal gesehen hast», antworte ich mit meinem zusammengedrückten Gesicht, und im Hintergrund kann ich sehen, wie Nick sich die Finger über den Mund legt, um sein Lächeln zu verbergen. *Bäh.* Sieht so aus, als würde ihm diese große, glückselige Familienwiedervereinigung gefallen. Oder zumindest tut er so. Und es ärgert mich, dass meine zwei Welten aufeinanderprallen: Beruf und Familie. Wenn man Agentin ist, muss man sich öffnen und strategisch einzelne Aspekte seines Lebens mit anderen teilen, aber man öffnet sich unter keinen Umständen *in jeder Hinsicht.*

Dass Nick mich so sieht, mit meiner Grandma – das ist entlarvend. Es ist schädlich. Meine Familie kennt die Sydney von früher, sie hat die weiche Schicht unter der äußeren Hülle gesehen.

Grandma Ruby lässt mich grinsend los. Passend zu ihrem Namen trägt sie ihre charakteristische rubinfarbene Brosche. Sie verlässt das Haus nie ohne einen roten Farbklecks – ihre Powerfarbe. So, als würde sie sich das ganze Jahr über weihnachtlich anziehen. «Ich habe das Gefühl, ich bin die glücklichste Großmutter auf Erden», sagt sie mit dem für sie typischen Blitzen in den Augen, da kommt jemand zur Tür herein.

Nein, nicht jemand. *Er.*

Johnny Jones kommt mit ein paar silbernen Glückwunschballons in der Faust aus der Waschküche gelatscht. Hat er die Ballons selbst gekauft, *für sich* selbst? In der anderen Hand balanciert er eine gekaufte Torte mit weißer Buttercreme-Glasur, auf der schwungvoll mit Zuckerguss TOGETHER FOREVER steht. Eine Szene wie aus dem Familienbilderbuch, das sage ich euch. So verdammt entzückend.

Together Forever. Als ob, verdammte Axt.

«Schaut mal, wen ich im Supermarkt aufgegabelt habe!», sagt Grandma Ruby und deutet auf Johnny. Johnny mit seinem selbstgefälligen Gesichtsausdruck und den dämlichen Ballons und diesem beflissenen, sympathischen Lächeln. Er ist nur wenig größer als ich, füllt aber mit seiner Statur den Türrahmen aus. Eisblaue Augen, gebändigte blonde Locken und ein weißer Strickpulli, wie frisch aus einem Ralph-Lauren-Katalog entsprungen. Tatsächlich könnte er leicht für einen Ralph-Lauren-Katalog modeln. Er braucht nur noch eine Jacht. Und ein Polo-Pony. Wenn man im Wörterbuch WASP nachschlagen würde, würde sein Bild auftauchen: extrem gepflegt mit einem dicken blauen Schal unter einer teuren Winterjacke. Einem Designerstück. Wie viel hat er dafür bezahlt? Achthundert Dollar? Tausend?

Und wo hat er sein Handy?

Ich könnte das Telefon mopsen, in unter einer Minute den Tracking-Virus hochladen und es wieder zurückgeben.

«Ist das Sydney?», sagt er zu mir, als würde er eine Sechsjährige begrüßen. Als würde er in einem Weihnachtsstück den Weihnachtsmann spielen und ich wäre der Überraschungsgast, den man auf die Bühne geholt hat. Er wartet nicht auf ein Stichwort. Er prescht einfach auf mich zu, wirft auf ziemlich schmerzhafte Weise die Arme um mich und hebt mich hoch. Wir wirbeln herum. Es bricht mir das Kreuz. Ich hasse ihn.

«Es ist so schön, dich kennenzulernen», sagt er. Sein Bostoner Akzent ist, wenn man ihn in Person trifft, irgendwie deutlich ausgeprägter als in seinen Audiodateien. Man könnte ihn auf Bagels streichen. In dieser alternativen Realität – in der ich keine CIA-Agentin bin, sondern bloß eine Schwester, die über Weihnachten nach Hause gekommen ist – habe ich keine Ahnung, wer zum Teufel er ist. Und so verhalte ich mich jetzt auch.

«Okay, danke, das reicht», sage ich leichthin und halte mich an der Arbeitsplatte fest.

«Wow», sagt Johnny erneut, als meine Stiefel wieder den Boden berühren, und tritt einen Schritt zurück, um mich von Kopf bis Fuß in Augenschein zu nehmen. Er lässt sich damit wirklich Zeit. Mit beiden Händen streicht er seinen sauberen, sauberen Schal glatt und bringt ihn wieder in seine korrekte, ordentliche Position. Er hat die Akkuratesse eines Verbindungsstudenten aus Connecticut, angereichert mit einer Prise Pöbel. Er hat etwas Lautes, angefangen bei seinem Stimmvolumen bis hin zu seinem aufdringlich würzigen Aftershave.

«Ich habe schon so viel von dir gehört!»

In derselben Lautstärke wie er erwidere ich das übliche «Hoffentlich nur Gutes!», während ich bei mir denke: *Was ich von dir nicht behaupten kann, Freundchen.* Mein Hirn fügt tatsächlich das Wort «Freundchen» hinzu. Ich habe in meinem ganzen Leben noch nie «Freundchen» gesagt.

Warum musste Calla sich ausgerechnet ihn aussuchen? Was ist falsch an einem – keine Ahnung – netten, normalen Tierarzt? Oder einer männlichen Hebamme. Einer Hebamme, die Blinden vorliest.

«Natürlich, natürlich, nur Gutes.» Johnny klopft mir kräftig auf die Schulter, da stürzt Sweetie Pie herbei und begrüßt ihn mit einem herzhaften Schnüffeln an seinem Schritt. Sie vergräbt ihre Nase regelrecht in seiner Kakihose. Auch sie ist eine Spionin und sammelt alle Geruchsinformationen, die ihre Schnauze ermitteln kann.

Beiß zu, denke ich. *Beiß zu.*

(Das würde sie niemals tun.)

«Du bist aber ein freundliches Kerlchen», sagt Johnny zu Sweetie Pie.

«Oh, darauf kannst du dich verlassen!», sagt Grandma Ruby und tippt sich direkt unter dem weißen Haarschopf an die Schläfe. «Und schlau wie ein Fuchs. Sie schaut sich immer mit mir zusammen *CSI: Miami* an und bellt jedes Mal, kurz bevor sie die Beweise entdecken. Stimmt's, mein gutes Mädchen?»

Johnny stößt ein angemessenes Glucksen aus, wendet sich zu Nick um und ruft ihm – laut, laut, laut – quer durch die Küche zu: «Schön, dich zu sehen, Mann! Warst du schon vor uns da?» Er tänzelt zu Nick hinüber, duckt sich und weicht seitwärts aus wie ein Footballspieler beim Training – als wollte er Nick angreifen, anstatt ihn zu begrüßen. Sie umarmen sich wie Brüder, breiten die Arme aus und hauen sich gegenseitig auf den Rücken. «Marco hilft nur noch mit dem Gepäck, dann ist er weg.»

In Johnnys Armen runzelt Nick die Stirn. Der Gesichtsausdruck sieht an ihm fast unnatürlich aus, aber allein der Anblick gibt mir das Gefühl, ihn ein bisschen besser zu kennen. Das ist der Nick darunter. Der wütende Muskelprotz Nick, den er vor mir versteckt gehalten hat. «Bleibt er nicht hier?»

Johnny schüttelt übertrieben den Kopf. Jede Bewegung, die er macht, ist aufgeblasen, überlebensgroß. «Nein, ich habe ihm die Woche freigegeben. Es ist Weihnachten. Du weißt ja, er hat ein Kind. Angela? Du kennst doch Angela! Vor ein paar Sonntagen in der Kirche, da war sie dabei. Sie hat eine Zahnspange, wie Vinnys Kind. Vinny sagt übrigens, du musst ihm eine Runde ausgeben, wenn du wieder in Boston bist, und du hast letzte Woche beim Poker gefehlt. Ist nur eine Nachricht! Nicht den Boten erschießen. Wie auch immer, wir kommen ohne Marco aus. Calla ist nur …»

Hier. Calla ist hier.

Ich sehe sie, und mein Magen verknotet sich.

Meine Schwester stützt sich mit einer Hand auf der Waschmaschine ab, als wäre ich der Geist der vergangenen Weihnacht und als könnte sie nicht glauben, dass ich hier in der Küche stehe. Sie scheint gar nicht zu bemerken, dass ihr eine Tüte Orangen herunterfällt, von denen einige zwischen die Putzmittel purzeln. Ihr kastanienbraunes Haar ist etwas kürzer als beim letzten Mal, als ich sie gesehen habe, und fällt ihr in sorgfältig frisierten Locken über die Schultern. Sie trägt ein perlweißes Stirnband und bauschige Schneemann-Ohrringe.

Sofort bin ich wieder sechzehn Jahre alt, spüre den Kopf meiner Schwester auf meiner Schulter, während wir über Dad reden. *War es ihm ernst? Wollte er wirklich nicht zurückkommen?* Er hatte seinen Truck auf einem Autohof verkauft, alle Campingutensilien aus Grandma Rubys Haus mitgenommen, und soweit wir wussten, befand er sich irgendwo auf dem Appalachian Trail. Wanderte einfach fort von uns. Vater zu sein, war zu viel für ihn. Zwei Mädchen im Teenageralter waren zu viel für ihn. Aber mich hat es stärker gemacht, glaube ich – für Calla. Ich habe ihr gesagt, dass ich ab jetzt mit Grandma Rubys Hilfe auf uns aufpassen würde. *Mach dir keine Sorgen. Lass mich das regeln.*

Jahrelang blieb es so. Ich ließ außer Calla – meiner kleinen Schwester – kaum jemanden an mich heran, wir traten zusammen in Fußballmannschaften ein und gingen beide nach Bowdoin, und ich hielt mein Versprechen. Dann kam die CIA. Dann Polizeireviere und neue Decknamen und Arbeitszeiten, die mir kaum einen Moment zum Durchatmen ließen. Und vielleicht … vielleicht verlernte ich dadurch, mit ihr über mein Leben zu reden, wusste nicht mehr, welche Dinge ich ansprechen und welche ich verschweigen sollte. Ist es denkbar, dass auch sie in den letzten drei Jahren gelernt hat, Dinge vor mir zu verbergen?

«Hi», sage ich mit einem Achselzucken, fast so, als wollte ich mich entschuldigen. *Verzeihst du mir, dass ich nicht die Schwester war, die ich hätte sein können?*

«Oh mein *Gott*», ruft Calla und stürzt auf mich zu. Es ist ein sehr umarmungslastiger Abend. Nur, dass ich dieses Mal voll darin aufgehe und sie mit aller Kraft an mich drücke. Ihre Ohrringe verheddern sich in meinem Haar.

«Ich habe dich vermisst», sage ich und rufe mich zur Ordnung, um nicht gefühlsduselig zu werden.

Und sie antwortet in einem Flüsterton, der mir das Blut in den Adern gefrieren lässt: «Ich muss *sofort* mit dir reden.»

4

Wir sollten nach draußen gehen. In den Garten. Weit weg von den Wanzen, die in unserem Haus installiert sind. Calla versucht, mich an der Hand die Treppe hinaufzuziehen. (Das mit der Hand ist neu. Sie ist jetzt Lehrerin an einer Grundschule. Ich kann mir vorstellen, dass man in diesem Beruf viel Händchen hält; wenigstens sind meine nicht klebrig.) Aber ich reagiere schnell, packe stattdessen *ihre* Hand und ziehe sie zur Haustür. Ob sie nicht mit mir durch unser Viertel fahren möchte? Ich habe kaum etwas von dem Weihnachtsschmuck überall gesehen. «Komm schon, bitte?», flehe ich. «Nur kurz. Ich will schauen, ob die Wilsons noch das große aufblasbare Rentier haben. Wie haben wir es noch genannt? Pudding?»

Sie wird sich darauf einlassen. Sie wird einlenken. Mein Plan B war, sie mit einem Frozen Yogurt zu locken. Willkürlich? Ja. Effektiv? Vollkommen.

«Okay, gut», sagt Calla. «Pudding. Aber wir müssen uns wirklich beeilen, also …»

Der Wind verschlingt den Rest ihres Satzes, die eisige Luft drischt auf uns ein, aber ich schaffe es, sie in meinen Mietwagen zu manövrieren, ich bugsiere sie förmlich auf den Beifahrersitz und schlage die Tür zu. Sobald ich selbst auf dem Fahrersitz sitze, lasse ich den Motor an, drehe die Heizung auf und wende mich ihr zu. «Was hast du gesagt?»

Ihr leuchtend roter Weihnachtsschal ist immer noch fest um

ihren Hals gewickelt. Sie löst ihn, streckt die Hand aus und hebt eine Haarsträhne von mir an. «Warum bist du so nass? Syd, es ist eiskalt hier draußen. Deine Haare werden sich in Eiszapfen verwandeln.»

Ich tue ihre Bemerkung ab und lasse ihre Hand von mir abfallen, als ich aus der Einfahrt zurücksetze. «Was wolltest du denn sagen? Und ignorieren wir die Tatsache einfach, dass sich zwei wildfremde Männer in unserer Küche befinden?»

Calla beißt sich auf die Lippe, ihre Schneemann-Ohrringe werden vom Gebläse der Heizung zurückgeweht. Unser Kranz am Briefkasten fliegt am Fenster vorüber. «Auf die komme ich gleich … Es ist nur … Hast du eine Ahnung, wie oft ich im letzten Monat versucht habe, dich zu erreichen? Ich weiß, du bist nicht gut darin, zurückzurufen, und normalerweise werfe ich dir das auch nicht vor, aber dieses Mal war es wirklich sehr, sehr wichtig. Und weißt du was? Ich bin zu deiner Wohnung gefahren.»

Das erwischt mich kalt, auch wenn ich ganz natürlich reagiere. «Du … bist zu meiner Wohnung gefahren.»

«Jedenfalls zu dem, was ich für deine Wohnung gehalten habe», sagt Calla und nimmt Fahrt auf. An ihrem Hals, direkt über ihrem Schal, bilden sich kleine rote Pünktchen. «Ich habe ein Ticket von Boston nach D.C. gebucht. Ich bin mit einer Flasche Champagner und einer großen Tüte mit schwedischem Fisch zu deinem Haus gelaufen, und der Pförtner dort hat mich nicht nach oben gelassen, angeblich *weil du dort nicht wohnst.* Wo wohnst du, Sydney? Ich habe dir eine Weihnachtskarte geschickt. Sie kam mit ADRESSAT UNBEKANNT zurück.»

Es gibt so viele Elemente in ihrer Erzählung, die man sich näher ansehen muss. Der schwedische Fisch? Das ist unser gemeinsames Ding. War es schon immer. Es reicht in die Zeit zurück, als wir noch klein waren, nach der Schule stundenlang Zeichentrickfilme schauten und alte Süßigkeiten aus Grandma Rubys Küchenvorrat kauten. Manchmal setzte sich Dad in seinen Wollsocken zu uns und lachte über unsere Zeichentrickfilme, manchmal fühlte es sich so an, als wäre er ein weiteres Kind. Weniger ein Vater, mehr ein älterer Bruder. Ich bin mir nicht sicher, ob er jemals wusste, was er mit uns anfangen sollte, ein Witwer von achtunddreißig Jahren, beinahe auf sich allein gestellt. Das eine Mal, als er versuchte, Calla einen Pferdeschwanz zu machen, benutzte er dazu einen Staubsauger: Er saugte einfach alle ihre Haare an und band sie mit einem dünnen Gummiband zusammen.

Disziplin und allgemein «Vatersein» sah er nicht als seine Aufgabe an. Nur den Spaß. Grandma Ruby war immer diejenige, die uns mit sanfter Hand erzogen hat, diejenige, zu der wir liefen, diejenige, die blieb.

Ich schlucke lautlos. «Ich bin vor ein paar Wochen umgezogen, um näher an meinem Arbeitsplatz zu wohnen. Ich habe nicht …»

«Bitte lüg mich nicht an», unterbricht mich Calla laut, weswegen ich weiß, dass sie es ernst meint. Calla erhebt ihre Stimme fast nie. Sie leuchtet gleichermaßen vor Weihnachtsstimmung und Wut, und die Eiszapfenlichterketten vor den Häusern hinter ihr blinken. Sie funkelt mich an, als wollte sie alle meine Weihnachtsplätzchen zerbrechen. «Ich habe dir diese Karte im November geschickt.»

Natürlich verschickt sie ihre Weihnachtskarten im November. Solche Dinge tut sie. So ein Mensch ist Calla: zuverlässig, aufmerksam, die Erste, die einem frohe Weihnachten wünscht. Und sie hat recht damit, dass ich lüge. Ich bin vor vier Monaten in eine nicht öffentlich ausgeschriebene Wohnung in der Nähe des Lincoln Memorials gezogen. Außer mir war noch nie jemand darin. (Nur einmal der Lieferjunge von Uber Eats, als meine Spüle in der Küche übergelaufen war.)

Ich hasse es, sie anzulügen. Ich hasse es, überhaupt irgendjemanden anzulügen.

«Ich hatte die Post schon vorher abbestellt», antworte ich und wende in der Sackgasse. Pudding das Rentier ist nirgends zu sehen. «Es tut mir leid, ich habe nicht …»

«Ich heirate», sagt Calla, ohne auch nur Luft zu holen, und hält ihre Hand in die Höhe. Der Verlobungsring an ihrem Finger funkelt nicht nur, er stellt sich vor. Er erinnert an diese blinkenden Leuchtreklamen, mit denen Autohäuser für sich werben. Mir dreht sich der Magen um, weil mir das Juweliergeschäft aus der Jones-Akte einfällt. Johnny hat doch nicht etwa … Johnny hat ihr doch nicht einen Ring aus einem seiner Raubüberfälle geschenkt, oder? Wäre er wirklich so dumm? So arrogant?

Trägt sie buchstäblich einen Beweis am Finger?

Die Diamanten aus dem Raub in Tampa, Florida, sind nie auf dem Schwarzmarkt aufgetaucht.

«Du siehst nicht überrascht aus», sagt Calla, und ein Teil ihrer Wut sprudelt nun aus ihr heraus. Es handelt sich jetzt eher um Enttäuschung. «Warum siehst du nicht überrascht aus?»

Ich halte am nächsten Briefkasten, greife sanft nach ihrer Hand und betrachte den Ring im Halbdunkel des Wagens. Ich bin körperlich nicht in der Lage, meinen Gesichtsausdruck zu ändern. Ich dachte, ich könnte ihnen weiter etwas vorspielen, nicht aus der Rolle fallen. Diese Feiertage wie jede andere Mission in meiner Karriere behandeln. Aber langsam wird mir klar, dass das leichter gesagt ist als getan. «Schau dir an, wie groß dieses Teil ist. In Filmen sagen die das immer, aber jetzt *verstehe* ich es wirklich.»

«Sydney!»

«Okay, gut.» Ich lasse nervös ihre Hand los und lehne mich wieder in meine Rolle zurück. «Ich habe gerade Nick kennengelernt, und wir haben darüber gesprochen. Ich kann nicht glauben, dass meine kleine Schwester heiratet.» Das stimmt. Auch die echten Gefühle in meiner Stimme sind aufrichtig. Ich weiß noch, wie Calla unsere G.I.-Joe-Puppen geheiratet hat und dass ihr größter Schwarm Robin Hood als Fuchs war. Wie sind wir von dort hierhergelangt?

Callas braune Augen werden etwas weicher, und ihre Finger zupfen an den Ärmeln ihres Pullovers. Unter dem Bündchen lugt der schwarze Umriss eines Mondsichel-Tattoos hervor, das gleiche, das ich auch habe. «Das wäre jetzt sozusagen der Moment, in dem du mir gratulierst.»

«Herzlichen Glückwunsch», sage ich mit so viel Wärme, wie ich aufbringen kann. Ich bin glücklich, dass sie glücklich ist. Aber ich bin nicht glücklich, dass sie mit *ihm* glücklich ist.

Schnee beginnt, auf die Windschutzscheibe zu fallen. In großen Batzen, *platsch, platsch, platsch.* Ich starre auf die überdimensionierten Schneeflocken und überlege, wie ich die Sache angehen soll. Ich kann nicht einfach herausblöken: *Bist du dir sicher, dass Johnny der Richtige ist? Zweitausend Prozent sicher?* Bevor ich mich für etwas entschieden habe, fügt Calla hinzu: «Es war wahrscheinlich scheiße, es nicht aus meinem Mund zu erfahren, aber ich habe wirklich versucht, es dir zu sagen! Ich wollte es nicht in einer SMS oder einer Sprachnachricht machen. Du bist meine Trauzeugin, und …»

Ich möchte verdammt sein, wenn meine Augen nicht ein wenig feucht werden. «Bin ich das?»

«Syd. Natürlich bist du das. Du bist meine Schwester, immer, für immer, bis zum Mond und zurück, egal, ob du meine Anrufe zeitnah erwiderst oder nicht. Ich *liebe* dich, Jelly Belly.»

Jelly Belly. Wegen meiner kindlichen Vorliebe für Jelly Beans. Der Spitzname trifft mich in den Solarplexus. Calla hat mich schon seit Jahren nicht mehr so genannt. Vielleicht nicht mehr seit … nicht mehr seit wir uns das letzte Mal zusammen ein Baseballspiel der Cape Hathaway Huskies angesehen haben. Unser Ritual am Ende jedes Sommers, das wir nie ausgelassen haben, bis es dann doch dazu gekommen ist. Calla hat Baseball nie besonders gemocht, also dachte ich, es wäre in Ordnung, diese eine Sache – diese schwierige Sache – ausfallen zu lassen.

Ich atme ein und lasse dann alles aus mir herausströmen, wobei ich jede einzelne Weihnachtslichterkette ignoriere. «Ich liebe dich auch, Calla Lilly.»

Calla lässt sich gegen die Kopfstütze sinken und ringt sich ein Lächeln ab. «Sweetie Pie wird Blumenmädchen. Wir müssen ihr nur beibringen, dass sie nicht vor der ganzen Hochzeitsgesellschaft Johnnys Schritt beschnüffelt.»

«Ehrlich, das würde die Zeremonie bereichern», sage ich, bevor ich wieder zur Sache komme und mein Puls sich beschleunigt. «Wann ist die Hochzeit?»

«Haben wir noch nicht festgelegt», sagt Calla und beißt sich erneut auf die Lippen. «Wahrscheinlich im Frühjahr. Johnnys Familie hat ein großes Haus in Boston. Wir dachten, wir können dort feiern. Stilvoll, aber einfach. Als Familienfeier.» Sie stupst mich mit einem Finger an. «Du hättest anrufen können, um uns zu sagen, dass du nach Hause kommst.»

«Hm», mache ich, während ich überlege, wie das FBI auf dem Grundstück der Familie Jones Überwachungsequipment platzieren könnte. Hoffentlich wird das nicht nötig werden.

Hoffentlich kann ich dieses Weihnachten genügend Informationen sammeln, und die Hochzeit wird abgeblasen, bevor die Torte bestellt ist. «Ich wollte, dass es eine Überraschung ist.»

«Das hat geklappt. Ich bin sehr überrascht.» In diesem Augenblick richtet sie sich auf dem Beifahrersitz auf. Als ich wieder zu ihr hinübersehe, funkelt etwas in ihren Pupillen. Reine Freude und Inspiration. «Sydney, du bist über Weihnachten *hier.*»

«Ja», sage ich, unsicher, worauf sie hinauswill.

«Du bleibst doch bis zum ersten Weihnachtsfeiertag, oder?» Die Funken schwellen an wie kleine Dynamitstangen kurz vor der Explosion. Überall Schrapnelle. Zieh einen Helm auf. «Und Nick ist auch hier. Ihr zwei werdet euch so gut verstehen. Er ist Johnnys Trauzeuge. Und Johnnys Eltern haben gerade angekündigt, dass sie an Heiligabend zu Besuch kommen.»

Ich beschreibe mit meinem Finger Kreise, um sie zu bitten, zurückzuspulen. «Johnnys Eltern werden auch hier sein? Bei uns zu Hause?»

Aber sie hört mir nicht wirklich zu. Sie ist in eine Idee vertieft. Die roten Flecken an ihrem Hals werden in ihrer Aufregung immer größer, und ich gewinne den sehr deutlichen und schrecklichen Eindruck, dass eines der wichtigsten Gespräche in meinem Leben in einem Prius stattfinden wird. «Alles wird noch geschmückt sein», sagt Calla und spricht immer schneller, «und da ich leider nicht daran glaube, dass du in absehbarer Zeit wieder in den Nordosten kommst, nicht einmal mit Vorwarnung, und ich dich wirklich an meiner Seite haben möchte …»

Nein. Nein, das wird sie nicht.

Sie wird das nicht sagen. Calla ist zu ordnungsliebend, um etwas so Spontanes zu tun.

«Johnny und ich sollten *dieses* Weihnachten heiraten, findest du nicht? Wir könnten am ersten Weihnachtstag eine improvisierte Hochzeit feiern.»

Sie hat es gesagt. *Scheiße, Scheiße, Scheiße.* «Nein», hauche ich in dem Gefühl, dass das Auto über uns einbricht. Das ist nicht Calla. Wer ist diese impulsive, sorglose Person? «Nein, ich komme. Ich komme im Frühling. Oder im Sommer! Sommer ist noch besser. Du hast es doch selbst gesagt, es ist eiskalt draußen. Wir befinden uns in Maine. Du willst doch keine Winterhochzeit.»

«Eigentlich schon», sagt Calla, als könnte sie sich für den Gedanken mehr und mehr erwärmen. «Du weißt doch, dass ich Weihnachten liebe, und für dich wäre es einfacher. Weniger Arbeit, was all die Trauzeuginnenpflichten angeht. Außerdem bin ich sonst nie spontan, und es wäre einfach so romantisch ...»

«Weißt du, was romantisch ist? Vorausschauende Planung. Kalkulationstabellen.» Meine Brust ist eng. Ich kenne meine Schwester. Ich kenne meine Schwester doch, oder nicht? «Calla, das bist ... das bist nicht du. Willst du das nicht alles richtig planen?»

«Diesmal nicht», sagt sie hartnäckig. «Im letzten Jahr ist mir klar geworden, dass ich mich so sehr an meine Pläne klammere, dass ich auch in meinen Beziehungen starr bin. Ich habe mir selbst versprochen, dass es mit Johnny in jeder Hinsicht anders werden wird.»

Also, das jedenfalls ist verdammt sicher.

Als wir wieder vor unserem Haus halten, ergreift Calla meine Hand. «Ich will es so.»

«Es ist dir gerade erst eingefallen.»

«Du schuldest mir was», schlägt sie zurück. «Ich weiß, das kommt jetzt überstürzt, aber es ist wirklich das, was ich will.

Hier zu heiraten, hier in diesem Haus, inmitten meiner Familie.» Sie deutet aus dem Fenster auf unser gelbes Haus im Kolonialstil in seiner ganzen weihnachtlichen Pracht. In einem der Fenster steht ein tanzendes Rentier aus Filz, es führt ein besoffenes, leicht gewagtes Tänzchen auf. Irgendwo in der Küche ist Grandma Ruby vielleicht gerade dabei, sich ein Glas Chardonnay einzuschenken und sich bereit zu machen, das Rentier zu übertrumpfen.

«Ich brauche nichts Vornehmes», sagt Calla. «Ich brauche keine aufwendig gedeckten Tische oder ein teures Kleid. Ich habe alles, was ich brauche, hier. Grandma Ruby ist eine zertifizierte Friedensrichterin! Sie kann uns trauen.»

Einen Scheiß wird sie.

«Und was ist mit Johnny?» Ich bin auf der Suche nach einem Hinderungsgrund. Irgendeinem vernünftigen Hinderungsgrund, den ich laut aussprechen kann. «Vielleicht geht ihm das zu schnell? Vielleicht will er lieber bei seinen Eltern heiraten? Das ist ganz schön viel verlangt von ihm, Cal, und vielleicht ist er nicht …»

Calla schüttelt den Kopf. «Ich muss es natürlich erst mit ihm durchsprechen, aber ich glaube, er wird glücklich sein, wenn ich glücklich bin. Er gibt sich wirklich Mühe, mich glücklich zu machen.» Sie hat anscheinend das Gefühl, diese Aussage untermauern zu müssen, und redet weiter. «Er hat sogar angefangen, mehr über Kunstgeschichte zu lesen, damit wir in all die Museen gehen können, die ich mag, und uns tatsächlich ausführlich über die Gemälde unterhalten können. Ich meine, welcher andere Mann würde das tun? Johnny … Johnny ist stabil, und er hat wirklich emotionale Intelligenz, und er liebt mich. Ich verspreche dir, Sydney, ich *verspreche* es – du wirst ihn auch lieben.»

Es ist das erste Versprechen, das sie mir je gegeben hat, von dem ich weiß, dass sie es nicht wird halten können.

«Komm», sagt Calla und drückt ein letztes Mal meine Hand. «Lass uns allen die gute Nachricht überbringen.»

Als Calla und Johnny die «gute Nachricht» verkünden, wird diese mit einem freudigen Aufschrei aufgenommen. Vor allem von Johnny selbst. Er johlt und schlägt zweimal mit der Faust in die Luft, als wäre unsere Küche ein Nachtclub in New Jersey. Nick schenkt uns fünf Gläser Cider von Cape Hathaway Farms ein, den Grandma Ruby mit einem kleinen *Ta-da!* aus dem Keller heraufgeholt hat. Tränen laufen ihr über die Wangen, als sie Calla ihr Hochzeitskleid anbietet (das sich, soweit wir wissen, auf dem Dachboden die Waschbären vorgenommen haben), und Sweetie Pie tanzt allen auf den Füßen herum, begeistert davon, bei dem, was da auch gerade los ist, dabei zu sein. Und ich? Ich sehe zu, wie Johnny Calla wild im Kreis herumwirbelt, wobei sie sich in den Luftballons um sie herum verheddern, und versuche, das ungute Gefühl in meiner Magengrube nicht zu ignorieren.

Wenn ich nicht wüsste, wer er ist – wer der echte Johnny ist – könnte ich die beiden für ein süßes Paar halten. Sehr verliebt. Er stupst ihr ganz herzig mit dem Finger auf die Nasenspitze, und zwischen den beiden herrscht eine lockere Vertrautheit, als würden sie sich schon deutlich länger kennen als ein paar mickrige Monate. Liebt er sie wirklich? Höchstwahrscheinlich. Es ist unmöglich, Calla nicht zu lieben. Aber hegt Calla irgendwelche Zweifel an ihm?

Oder an seinen Freunden? Wie zum Beispiel Nick?

«Gott, ich liebe Hochzeiten», sagt Nick, stellt sich neben

mich und streicht sich mit der Hand durchs Haar. Er hat gerade auf unbestimmt sexuelle Weise einen weiteren Cider-Korken knallen lassen und bietet mir ein großes, hohes Glas an.

Meine Güte, was sind wir höflich.

«Danke.» Halb benommen nehme ich das Glas und füge zu der Liste in meinem Kopf *Nicks Handy* hinzu. Ich werde den Tracking-Virus auch auf sein Handy überspielen. Heute Abend. Wenn alle ein bisschen zu viel getrunken haben. Als ich Calla ins Haus gefolgt bin, habe ich bereits einen zentimetergroßen Peilsender unter der Stoßstange von Johnnys Mietwagen platziert.

Auf diese Weise kann ich dem Wagen immer folgen, wohin er auch fährt.

«Warst du in letzter Zeit mal auf einer?», fragt Nick und nimmt einen Schluck von seinem Cider. Der Apfelwein rinnt durch seine Kehle.

«Entschuldige.» Ich schüttele den Kopf und lasse Calla und Johnny nicht aus den Augen. «Auf was?»

Nick trinkt gemächlich einen weiteren Schluck, sein Adamsapfel hüpft. «Einer Hochzeit.»

«Ah», sage ich. «Nein.»

«Da hast du was verpasst», sagt Nick, immer noch zu Scherzen aufgelegt. «Torte, Ententanz, Gespräche mit entfernten Verwandten, was kann man daran nicht mögen?»

Ich höre ihm nur halb zu. Ich kann den Blick nicht von meiner Schwester abwenden. Wie sie sich an Johnny lehnt und dabei so wohlfühlt.

Als ich für die CIA rekrutiert wurde, wusste ich, dass ich alles darüber lernen würde, wie man Menschen liest: ihre Körpersprache, ihre Motive, das, was sie zu verbergen versuchen. Ich wusste, dass die CIA mir eine Tarnidentität geben würde, in die ich schlüpfen konnte. Ich müsste nicht die echte Sydney sein, die ganze Sydney. Niemand würde mich kennen, wenn ich es nicht zuließ. Und ich musste es nicht zulassen.

Das Problem ist, wenn man sein altes Leben aufgibt, ist es schwer, es im Blick zu behalten.

Früher wollte ich den Abstand. Nicht von Calla. Nur von … allem anderen. Jetzt ärgere ich mich darüber.

«Sydney-Spätzchen?» Grandma Ruby kommt zu Nick und mir herübergeschlurft und deutet auf den Plattenspieler im Wohnzimmer. «Würdest du bitte etwas Festliches auflegen?»

«Klar.» Ich nicke ein wenig zu entschlossen. «Sicher.»

Grandma Ruby fährt mit dem Daumen am Rand ihres Glases entlang, als wollte sie es zum Klingen bringen. «Hast du etwas auf dem Herzen, Spätzchen? Du hast als Baby genauso aus der Wäsche geschaut, als du versucht hast herauszufinden, wie man einen Hund streichelt.»

Das ist der Grund, warum sie im Blackjack so gut ist und im Seniorenzentrum niemand mehr gegen sie spielen will. Sie bekommt auf ihre stille Art alles mit. Sie ist scharfsinnig. Sie kann die Menschen besser lesen als die meisten CIA-Agenten im Einsatz.

Äußerlich werde ich heiter und lasse meine Augen leuchten. Ich muss genauso fröhlich aussehen wie die anderen. Nick steckt mich mit seinem blöden WEIHNACHTSPULLI in die Tasche. «Ich freue mich nur für Calla, das ist alles.» So nonchalant wie möglich lasse ich Grandma Ruby und Nick stehen. «Ich suche was Schönes aus. Ihr feiert! Los!»

In meinem Rücken neigt Nick aufmerksam den Kopf, sein gewelltes schwarzes Haar schimmert im Licht der Küchenlampe. Seiner gut gelaunten Miene zufolge könnte es sein, dass der Sicherheitsexperte in ihm meine Darbietung auseinandernimmt. Ich biege scharf ins Wohnzimmer ab und denke: *Aha! So fühlt es sich also an, wenn man seinen Körper verlässt. Meine Schwester mit einem Gangsterboss in der Frühstücksecke. Den sie heiratet. Dieses Weihnachten.* Vor der Stereoanlage greife ich auf meine bewährten Techniken zur Angstbewältigung zurück. Jeder bei der CIA hat Ängste. Wir wissen nur besser, wie man sie verbirgt, wie man sie sich zunutze macht und wie man sie in einer extremen Krise unter Kontrolle bekommt.

Ich mache leise meine Atemübungen. Vier Sekunden einatmen, vier Sekunden Luft anhalten, vier Sekunden ausatmen. Noch einmal und noch einmal, während meine Finger durch alte Platten blättern und bei einer Band namens *The Squirrel Nut Zippers* innehalten. Mein Dad … mein Dad hat an allen Feiertagen deren Weihnachtsalbum aufgelegt. Er hat die Lautstärke voll aufgedreht und mit schlaffen Handgelenken den *Pulp-Fiction*-Tanz performt, nur um uns zum Lachen zu bringen. Er war wirklich gut im Weihnachtenfeiern mit seinem Rentiergeweih und den vorgetäuschten Stiefelschritten auf dem Dach. Er ist tatsächlich da raufgeklettert und hat uns ausgetrickst. In einem Jahr wäre er fast auf dem Eis ausgerutscht. Grandma Ruby musste uns erzählen, der Weihnachtsmann wäre ein kleiner Tollpatsch.

Ich muss fast lächeln bei der Erinnerung an Calla und mich, wie wir die Köpfe in den Nacken legten und auf die Schritte lauschten – aber jetzt, zehn Weihnachten später, nichts. Stille. Viele Leute scherzen darüber, sich eines Tages aus dem Staub machen und in die Wälder verschwinden zu wollen, aber unser Dad – tja, der hat seinen Worten Taten folgen lassen. Soweit ich weiß, ist er immer noch in den Wäldern unterwegs.

Ich fahre mit einem Finger über die Platte. Er sprach gerne den Namen der Band aus. Zippers. Zippy. Zip-Zip. Zzzzzz …

In meiner Gesäßtasche vibriert mein Wegwerf-Handy.

Eine verschlüsselte Nachricht von Gail: *Rufen Sie mich so schnell wie möglich an.*

Sonst höre ich etwa einmal in der Woche von meinem Führungsoffizier bei der CIA. Gail ist eigenartig kommunikativ.

Ich lege die Platte auf, schleiche mich außer Sichtweite und steige die knarrende Holztreppe hinauf bis zum Dachboden, ohne mir die Mühe zu machen, das Licht einzuschalten. Hier oben ist man für sich – und es ist so kalt wie in einem Eisschrank. Die Kälte lässt meine Fingerspitzen taub werden, meine Augenlider werden immer schwerer. Wann habe ich das letzte Mal geschlafen? Vor dreißig Stunden?

Macht nichts. Spielt keine Rolle. Ich stelle mich neben den Heizkessel, um mich zu wärmen und um einen Lärmschutz zu haben.

«Sydney», sagt Gail, als ich sie anrufe. Ihre Stimme klingt klar. «Ich weiß nicht, ob ich Ihnen dazu gratulieren soll, dass Sie Trauzeugin geworden sind, oder ob ich Ihnen ein Taschentuch anbieten soll. Metaphorisch gesprochen.»

Ich lehne mich zurück und schlage mit dem Kopf – einmal, zweimal – gegen einen der Dachsparren. Kennt ihr das Weihnachtslied *Er sieht dich, wenn du schläfst, er weiß, wann du wach bist?* «Er» ist nicht der Weihnachtsmann. Es ist das FBI. Ich bin nicht überrascht: In der Küche befinden sich Wanzen.

Gail spricht zügig weiter. «Unnötig zu sagen, dass sich die Sachlage leicht verändert hat. Vor allem für Sie. Ich dachte, wir hätten mehr Zeit, mindestens bis Silvester, aber wenn sie erst einmal verheiratet sind, lässt sich Callas Mitschuld deutlich schwerer widerlegen. Natürlich gehört es nicht zu den Aufgaben einer Ehefrau, alles zu wissen, was ihr Mann im Schilde führt, aber …»

«Ich sage Ihnen», antworte ich nachdrücklich und schaffe es immer noch zu flüstern. Geräusche werden in diesem Haus weit getragen, und ich will nicht, dass Johnny mich über das Brummen des Heizkessels hinweg hören kann. Oder Nick. Oder die Waschbären auf dem Dachboden. «Ich glaube nicht, dass Calla von den Raubüberfällen weiß. Ihre Körpersprache sagt, dass sie mir nichts verheimlicht.» Jedenfalls nicht, dass ich es hätte sehen können. *Aber du siehst nicht immer, was sich direkt vor deiner Nase abspielt, oder, Sydney?* «Meinen Sie nicht, wir sollten sie einweihen? Ihr sagen, wer ihr Verlobter wirklich ist und was in der Silvesternacht geschehen wird?»

«Auf keinen Fall. Das hatten wir bereits besprochen. Wir würden damit riskieren, die gesamten Ermittlungen zu gefährden. Wenn Ihre Schwester wie durch ein Wunder unschuldig ist, könnte sie die Scharade nicht weiter mitspielen, nachdem wir es ihr gesagt haben. Und was dann?»

«Vielleicht könnten wir sie verkabeln», dränge ich vorsichtig, während ich noch selbst mit der Entscheidung ringe. Die spontane Hochzeit, Callas plötzlich veränderte Persönlichkeit, hat mich an meinem Bauchgefühl zweifeln lassen, aber sie ist … sie ist *Calla.* «Wer weiß, was Johnny ihr alles erzählt, wenn sie ihn unter vier Augen ein wenig anstupst? Wir könnten ihr ein Skript geben, bestimmte Fragen über den nächsten Raubüberfall einbauen, die sich organisch anfühlen. Vielleicht bitten wir sie, ihn nach ihrem Verlobungsring zu fragen. Haben Sie den Ring gesehen?»

«Ich habe den Ring gesehen.»

«Okay, also …»

«Ich wiederhole es gerne noch einmal: Sie können nicht riskieren, entdeckt zu werden. Sie brauchen viel mehr Informationen, bevor wir einen solchen Schritt wagen können.»

Sie hat recht. Auch meine Entscheidung wäre, all dies vor Calla zu verbergen. «Dann werde ich die Informationen besorgen. Ich installiere den Tracker heute Abend auf Johnnys Handy, und ich kümmere mich weiter um meine Schwester.»

Es hört sich so an, als würde Gail an ihren Zähnen lutschen. «Nein.»

Ihre ausdruckslose Antwort verwirrt mich. «Nein?»

«Ein gezieltes Vorgehen ist immer besser als das Prinzip Gießkanne», sagt Gail nach einer kurzen Pause. «Kein Grund, überall aufs Geratewohl Löcher zu graben. Behalten Sie Johnny im Auge. Schicken Sie mir die Informationen von seinem Telefon und eine Nahaufnahme des Rings, dann schaue ich nach, ob er mit einem Objekt auf unseren Listen gestohlener Gegenstände übereinstimmt. Halten Sie die Gesprächskanäle zu Calla offen, natürlich, aber es ist ja klar, dass Sie beide sich nicht mehr so nahestehen wie früher, und mein Bauchgefühl sagt mir, dass es einen schlaueren Weg gibt, die Sache anzugehen.»

Ihr Kommentar bohrt sich in meinen Bauch. Gerinnt dort. Es stimmt, Calla und ich stehen uns nicht mehr so nahe wie früher, aber das laut ausgesprochen zu hören – von jemandem, den ich erst etwas mehr als vierundzwanzig Stunden kenne – ist besonders brutal. «Und welcher wäre das?»

«Nick», sagt Gail. «Zwischen Ihnen gibt es eindeutig eine gewisse … Chemie.»

Der Kommentar ist eine Ohrfeige. «Mit dem *Kanadier?*»

«Was ist so schlimm daran, Kanadier zu sein? Meine Großmutter war Halb-Kanadierin.»

Ich schüttle wütend den Kopf. «Nichts. Das war kein Kommentar über seine Nationalität. Nur über ihn.»

Gail wartet einen Dritteltakt ab. «Da Sie es nicht umgehend

bestritten haben, gehe ich davon aus, Sie stimmen mir zu, was die Chemie angeht.»

«Tatsächlich möchte ich das aufs Energischste von mir weisen.»

«Zu spät», sagt Gail. «Die Verzögerung ist aktenkundig.»

Ich beiße die Zähne aufeinander. Ich weiß, worauf sie hinauswill. «Sie wollen also, dass ich …»

«Bringen Sie ihn dazu, Sie zu mögen», sagt Gail abschließend und gibt mir damit die Antwort, mit der ich bereits gerechnet habe. «Hören Sie zu. Nick steht Johnny näher als jeder andere. Wer weiß mehr über jemanden als der ehemalige Leibwächter? Dazu kommt noch Nicks neue Position als Leiter des Personenschutzes und dass er seit Langem mit Johnny befreundet ist. Das könnte für uns den Durchbruch bedeuten, Sydney. Nick war in der Vergangenheit bereits mit Frauen liiert, und Sie sind eine Frau …»

Verführen Sie ihn, meint sie. Verführen Sie Nick Fraser.

Ich massiere mir die Stirn, die sich langsam wie ein Eiswürfel anfühlt. Ein pochender, schmerzender Eiswürfel.

Ich bin von meinen Fähigkeiten in dieser Hinsicht überzeugt, aber muss es ausgerechnet er sein? Abgesehen von der Tatsache, dass ich zu dem Typen ungefähr so viel Zutrauen habe wie zu einem tollwütigen Vielfraß, ist es Nicks Aufgabe, Johnny und die Familie Jones um jeden Preis zu schützen. Mein Ziel ist es, Johnny und die Familie Jones um jeden Preis auszuschalten. Nicht gerade eine himmlische Verbindung. Außerdem spielen wir nicht auf Augenhöhe. Hier bin ich ich. Bei mir zu Hause in meiner Heimatstadt bin ich nur halb undercover. So vieles, was mich angeht, ist bereits offenkundig, sodass ich es nicht strategisch offenbaren kann.

Es gibt keine Barriere. Keinen Schutz.

Den brauche ich aber.

Außerdem, wer weiß, ob Nick mitspielt? Wer weiß, ob er mich überhaupt attraktiv findet? Was, wenn er mich für genauso unausstehlich hält wie ich ihn?

Offensichtlich interpretiert Gail mein Schweigen als Befehlsverweigerung. «Ihre Organisation tut fast jeden Tag ungebührliche, unethische und groteske Dinge. Die CIA lässt politische Gefangene verschwinden. Sie ermöglicht unsinnige Putsche im Ausland. Alles, worum ich Sie bitte, Sydney, ist, beim Verzehr von Bratgeflügel mit diesem Mann zu flirten.»

Ich verziehe in meiner Handfläche das Gesicht und sage unumwunden: «Als Sie Bratgeflügel gesagt haben, war ich raus.»

Im Hintergrund raschelt Papier, als würde Gail mehrere Aufgaben gleichzeitig erledigen. «Die Weihnachtsgans! Oder den Truthahn. Ich meine Truthahn. Truthahn, Schinken, Hackbraten mit Paprika, was Sie in Ihrer Familie eben an Weihnachten essen. Seien Sie einfach so, wie er Sie haben möchte. Bringen Sie ihn dazu, sich zu öffnen und Ihnen zu vertrauen. Ich weiß, er arbeitet im Sicherheitsbereich und erkennt möglicherweise Warnhinweise – also seien Sie vorsichtig. Aber vorhin in der Küche hat er schon angefangen, sich zu öffnen, trotz dieses katastrophalen Stunts in der Dusche. Ich denke, wir haben eine gute Chance.»

Sie liegt nicht ganz falsch. Ich werfe einen Blick über die Schulter, vergewissere mich dreimal, dass mir niemand auf den Dachboden gefolgt ist, und flüstere dann über das Rauschen des Heizkessels hinweg: «Was ist mit Johnnys Familie? Wenn sie am Tag der Hochzeit früher eintreffen, können Sie ein Einsatzkommando zusammenstellen, das dann …»

«Ja, ja, darum kümmern wir uns. Keine Sorge. Gehen Sie

zurück in die Küche. Ihre Großmutter backt gerade eine Art Pie mit … Cayennepfeffer?»

«Cayenne-Pekannusskuchen», sage ich zerstreut. «Sie ist besessen von Gewürzen.»

«Hm. Eins noch, Sydney.»

«Ja?»

«Verlieben Sie sich nicht in die Zielperson.»

Ernsthaft? Mich in Nick verlieben? Ich ziehe die Stirn in tiefe Falten. Ich bin an Misstrauen gewöhnt. Die CIA vertraut einem niemals vollständig – deswegen all die Lügendetektor-Tests –, aber normalerweise bekomme ich vor einer Mission keinen solchen Mist zu hören. «Null Prozent Wahrscheinlichkeit.»

«Ist schon passiert, historisch betrachtet. Anderen Agentinnen. Manchmal verschwimmen die Grenzen ein wenig. Es wird schwer zu sagen, was echt und was vorgespielt ist.»

«Tja, in dem Fall bin ich nicht wie andere Agentinnen. Wenn ich ausländische Spione rekrutieren kann, werde ich auch mit einem Kerl in einem Flughafen-Sweatshirt fertig. Sie vergessen wohl, dass ich das schon öfter gemacht habe.»

«Nicht auf diese Weise. Das waren ganz andere Umstände.»

«Gail.» Ich richte mich auf. «Ich habe alles unter Kontrolle.»

5

In einem Trainingscamp außerhalb von Williamsburg, Virginia, habe ich gelernt, wie man aus einer gewissen Entfernung eine Zielperson verfolgt. Ich habe gelernt, wie man bei einer Verfolgungsjagd mit hoher Geschwindigkeit ein Geländefahrzeug manövriert, welche Körperhaltung man bei einem Fallschirmsprung einnimmt – und wie man vorgehen muss, wenn man mit nichts als den eigenen Kleidern am Leib in einer Menschenmenge in die Enge getrieben wird. Ich bin gut darin, Agenten zu rekrutieren. Ich finde mich bestens auf Karten, in Hinterhöfen und in kniffligen Gesprächen zurecht. Rein theoretisch sollte es mir keine Mühe bereiten, eine Woche lang einen vorgetäuschten Flirt aufrechtzuerhalten, der in der Übermittlung lebenswichtiger Informationen gipfelt.

Selbst mit einem so widerwärtigen Kriminellen wie Nick.

Aber ich habe Bedenken, wenn auch nur leichte, weil ich das alles als *ich selbst* machen soll. In meiner Heimatstadt, umgeben von meiner Familie. Trotz allem, was ich Gail gesagt habe, fällt es mir schwer, mein altes Ich und mein Agenten-Ich gleichzeitig zu verkörpern – und das hier ist keine einmalige Sache wie bei Alexei. Ich kann nicht den Sexappeal einschalten und eine Stunde später in einem schwedischen Nachtzug verschwinden.

Bestenfalls wird das hier eine sehr langsame und rutschige Prius-Fahrt.

«Okay», sage ich mir und klatsche auf dem Dachboden einmal in die Hände. «Okay.» Wenn Nick zu verführen die beste Strategie ist, die wir haben, dann bin ich an Bord.

Weniger als eine Stunde später gehen Johnny, Nick, Calla und ich aus.

Es gibt nicht viele Bars in der Stadt. Im Winter schrumpft die Einwohnerzahl von Cape Hathaway auf knapp siebenhundert. Die Hummerboote bleiben im Hafen, und die kleinen Eisdielen klappen ihre Fensterläden zu. Übrig bleibt nur der kalte Wind über dem Wasser, das an die moosbewachsenen schwarzen Felsen schlägt – und ein winziges Gasthaus am Meer mit schummriger Beleuchtung und einer hervorragenden Whiskey-Karte. Zu dieser Jahreszeit ist Hathaway House ein Ort nur für Einheimische, man begeht hier Jahrestage und Dates, Paare machen es sich in den behaglichen Sitznischen gemütlich. An den Wänden hängen Ölgemälde von Schiffen und stürmische Meeresbilder, und das Ambiente ist für meine Zwecke gerade elegant genug.

Die einzige andere Option war die Moose Lodge.

Mit den ausgestopften Waschbären.

Das hier wird also reichen müssen.

«Ist nicht viel los», sagt Nick, schüttelt sich die braune Barbour-Jacke von den Schultern und hängt sie über seine Stuhllehne. Seine Maske verrutscht. Er ist nicht mehr so ruhig und unbeschwert wie in der Küche, er wirkt sogar leicht gereizt und hat seine Stirn in eine nervige kleine Falte gelegt. Auf der Fahrt hierher hat Johnny ihm immer wieder auf die Schulter geklopft und gesagt: «Entspann dich, Nicky-Boy, es ist Weihnachten. Marco hat frei und du auch.» Aber selbst jetzt, wo wir auf wackeligen hohen Hockern in der Nähe der Bar sitzen, spüre ich, dass Nick gegen seine Beschützerimpulse ankämpft. Sein Blick wandert immer wieder zu Johnny hinüber, der den Arm locker um Calla geschlungen hat. Johnny lacht, als wollte er von der gesamten Bar gehört werden, sabbelt mit dem Barkeeper und bestellt Calla einen Weihnachtscocktail mit dem fragwürdigen Namen «Santa's Surprise».

Ehrlich gesagt bin ich, was dieses Getränk angeht, noch weniger zuversichtlich als bei Nick. Und das will wirklich etwas heißen.

«‹Viel los› und ‹Cape Hathaway› gehen nicht wirklich Hand in Hand», sage ich und beäuge ihn. «Bei Strickclubs sieht es da schon anders aus.»

Nick massiert sich die Nasenwurzel. Nicht zum ersten Mal bleibt mein Blick an der verblassten Narbe an seinem Kinn hängen; wo er die wohl herhat? Von einem Kampf? *Ich wette schon.* «Wie viele Leute stricken schon gerne in einer Bar?»

«Mehr, als du denkst.»

Er fährt sich mit der Hand übers Gesicht und schüttelt dann den Kopf wie ein Hund. Nein, nicht wie ein Hund. Ich respektiere Hunde. «Tut mir leid, normalerweise bin ich lustiger. Ich mache mir nur Sorgen wegen des Jobs. Johnny hat gerade gesagt, dass er über die Feiertage keinen Leibwächter dabeihaben will. Es soll nur Familie anwesend sein. Wir seien in einer so kleinen Stadt, dass ihn hier niemand behelligen werde. Wahrscheinlich hat er recht, aber …»

«Oh, er hat recht. Unsere größte Berühmtheit hier ist der Typ, der im Supermarkt immer alle Hummer freilässt.»

Nick schnaubt und beginnt zu lächeln. «Sogar ich habe schon von ihm gehört, eine Legende.»

«Ein Mann, ein Mythos.» Ich entledige mich meines Parkas und streiche den Pullover darunter glatt. Ich habe den modischsten, nahbarsten Rollkragenpullover in meinem Koffer angezogen, einen schwarzen mit goldglänzenden Knöpfen. Manch einer mag finden, ich hätte mich für ein offensichtlicheres sexy Outfit entscheiden sollen, aber bei Verführung geht es, glaube ich, nicht immer darum, möglichst viel Haut zu zeigen. Manchmal ist es zielführender, wenn der andere sich fragt, was sich *unter* der Wolle verbirgt.

Nick ist ein oberflächlicher Typ. Er wird den Köder schlucken.

«Wie verbringst du normalerweise Weihnachten?», frage ich, beuge mich über den Tisch vor und lege meine Hand um das soeben bestellte Glas Whiskey. Der Eichenduft steigt zwischen uns auf und reizt meine Nase. Nick hat sich für einen Old Fashioned entschieden und seinen WEIHNACHTS-PULLI gegen einen echten Pullover getauscht: ein vollkommen schwarzes Teil, das sich auf ziemlich gewollte Weise um seine Schultern spannt. Sein gewelltes dunkles Haar ist vom schmelzenden Schnee ein bisschen feucht, und er riecht nach dieser Holz-und-Meer-Seife, mit der ich ihm in der Dusche eins hätte überbraten sollen.

Er hat sich für heute Abend etwas Mühe gegeben. Gut.

«Kommt darauf an», sagt Nick, nachdem er über meine Schulter einen Blick auf den gut gelaunten Johnny geworfen hat, der sich vor seinem Drink gerade einen Sambuca gönnt, den er mit einem genüsslichen «*Ahhhh*» hinunterkippt. «Welches Jahr haben wir?»

Ich tue so, als würde ich intensiv darüber nachdenken, und wende den Kopf hin und her. «Neunzehnhundert…neunundneunzig.»

«Dann schlafe ich jede Nacht mit dem Wunsch ein, dass mir der Weihnachtsmann ein Dreirad bringt», sagt Nick mit unbewegtem Gesicht.

«Hat er geliefert?»

«Ich warte immer noch.»

«Verdammt.» Ich schnalze mit der Zunge. «Pech gehabt.»

«Und du?», dreht er den Spieß um und rührt seinen Drink immer noch nicht an. Er zieht anzüglich eine Augenbraue hoch, und auch seine restliche Körpersprache lässt sich in einem Zug lesen. Offen. Entspannt. Genau das, was ich mir für diese Mission wünsche. «Genau genommen, darf ich fragen, warum man mich beauftragt hat» – er malt Anführungszeichen in die Luft – «dafür zu sorgen, dass du dieses Weihnachten den Staat nicht verlässt?»

Hitze droht mir in die Wangen zu steigen. Ich spiele es herunter. «Ach so? Wer hat dich damit beauftragt?»

«Calla», gibt Nick zu und hebt die Stimme ein wenig, um das aus den Lautsprechern dröhnende «A Holly Jolly Christmas» zu übertönen. «Und danach eure Grandma Ruby. Ich soll ein Auge auf dich haben. Ich glaube, sie befürchten, du könntest dich vor der Hochzeit aus dem Staub machen à la *Die Trauzeugin, die sich nicht traut.*»

«Großartiger Film», sage ich leichthin. Der Gedanke, dass sich meine Familie wegen mir den Kopf zerbricht, versetzt mir einen heftigen Stich, aber «weglaufen» ist nicht das, was ich getan habe. Ich verdränge diese Gefühle entschlossen, stütze mein Kinn in die Hand und trommele mir mit den Fingern auf die Wange. «Und wie willst du das anstellen, mich im Auge zu behalten?»

Ich schaue auf und begegne Nicks Blick mit einem winzigen neckischen Anflug. Das trifft ihn unvorbereitet, wie ich merke, denn Nick hat verräterische Eigenheiten. Ich lerne sie schnell. Wenn er überrascht ist, zuckt einer seiner Mundwinkel nach oben. Seine Pupillen weiten sich ganz leicht. Sein Kopf rückt fast unmerklich ein Stückchen zurück.

«Hat dir schon mal jemand gesagt, dass du ziemlich intensiv

bist?», fragt er nach einer kurzen Pause und blinzelt. Er tut es mir nach und lehnt sich vor. Ein langsames, fast schon sexy Lächeln breitet sich auf seinen Lippen aus. *Wirkt das tatsächlich auf andere Frauen, Nicholas?*

«Möglicherweise wurde mir das schon gesagt.» Ich spreche bewusst langsam und in absichtsvollem Tonfall.

Nicks Blick huscht zu Johnny, dann wieder zu mir, unter dem Tisch wackelt sein Fuß. «Es ist seltsam, ich vergesse immer wieder, dass ich dich noch nicht kenne. Calla erzählt uns schon seit Monaten Sydney-Geschichten.»

Tut sie das? Whiskey kreist in meinem Glas, und ich nippe daran und schlucke. Der Jahrgang ist so stark, dass ich Feuer speien würde, wenn ich husten müsste. «Welche zum Beispiel?»

«Zum Beispiel die Sache mit den Maine-State-Debattiermeisterschaften.»

Das kommt so unerwartet, dass ich laut auflache – um mich sofort dafür zu hassen. «Nein. Oh Gott.»

Nicks braune Augen funkeln. Ich kann das Funkeln nicht ausstehen. «Ich habe Fragen.»

«Wenn Calla dir die Geschichte erzählt hat», antworte ich immer noch lächelnd, «kennst du die Geschichte doch. Du hast keine Fragen.»

«Habe ich doch», widerspricht er nachdrücklich. «Je mehr ich darüber nachdenke, desto mehr Fragen habe ich. Du gehst also auf diese Bühne, stehst vor all diesen Leuten …»

Das Mikrofon landet metaphorisch gesprochen in meinem Schoß. Die CIA-Agentin in mir möchte es am liebsten in den nächsten Raum weiterschieben. Dies ist das genaue Gegenteil einer sexy Geschichte. Auf so etwas ziele ich nicht ab. Aber Nick wirft mir wieder diesen lächerlichen Hundeblick zu, *Bitte, Sydney, bitte erzähl die Geschichte.* Verdammt noch mal, Nick.

Also gut. Okay. Ich sollte ihm geben, was er haben will, im Sinne der Mission.

Ich ziehe die Nase kraus. «Ich stehe also da oben und bin ganz ruhig», sage ich, um diese Katastrophengeschichte schnell hinter mich zu bringen und wieder auf das Geschäftliche zurückzukommen. «Ich habe die Meisterschaften drei Jahre in Folge gewonnen und weiß alles, was man über die Legalisierung von Glücksspiel im Internet wissen kann. Das war das Thema, nebenbei bemerkt. Glücksspiel. Mein Team sollte Pro sein, und das Team von Jimmy Buchanan, dem ‹Lexikon›, war zuerst dran. Jimmy kommt also mit seinem Seitenscheitel nach oben stolziert, schaut zu seinem Trainer hinunter und zwinkert ihm zu. Dann plötzlich fragt ihn der Moderator nach den ethischen Implikationen des Klonens.»

Ich kann sehen, dass Nick aufmerksam zuhört, die Finger an seine albern vollen Lippen gelegt. «Ich liebe diesen Teil.»

«Die ethischen Implikationen des Klonens! Das ist etwas, womit sich Jimmy anscheinend auskennt. Er hat Statistiken. Er hat anekdotische Beweise. Er hat Zitate von obskuren Philosophen auswendig gelernt, die seine These untermauern: dass Klone die Gesellschaft zukünftig notwendigerweise bereichern werden. Und ich sitze da und weiß, dass mein Team sabotiert worden ist. Vielleicht hat Jimmys Trainer den Moderator bestochen, ich weiß es nicht, aber ich bin siebzehn Jahre alt, ich habe in den letzten sechs Monaten alles über Glücksspiel im Internet gelesen, und wofür? Um auf der Bühne zu stehen und mich vor zweihundert Leuten zu blamieren?»

«Ganz bestimmt nicht!», sagt Nick und geht voll mit. Er tut so, als würde er mit der Faust auf den Tisch hauen, so wie er einen unschuldigen Zivilisten schlagen würde.

Schulter an Schulter wenden sich Calla und Johnny zu uns

um und fragen sich vermutlich, was das ganze Theater soll, aber ich rede einfach weiter. «Ganz bestimmt nicht!», wiederhole ich mit derselben kalkulierten Entrüstung. «Als ich also an der Reihe bin, erzähle ich das Erste, was mir einfällt. Nämlich eine Geschichte darüber, was passieren würde, wenn ich mich selbst achtzehntausendmal klonen würde.»

«Warum achtzehntausendmal?», fragt Nick anscheinend mit aufrichtiger Neugierde. Er fährt sich nachdenklich mit dem Daumen über die verblasste Narbe an seinem Kinn. «Woher kommt diese Zahl?»

«Das ist die Einwohnerzahl von Augusta», erläutere ich. «Der Hauptstadt des Bundesstaates Maine. Dort fand die Debatte statt. Ich dachte, das würde meinem Argument mehr Gewicht verleihen. Du darfst nicht vergessen, dass ich zu dieser Zeit auch begeistert in der Marschkapelle mitgespielt habe. Es gibt nichts Dramatischeres als einen Spielmannszug. Es stimmt also, ich habe einige der … Entscheidungen der Klone bis ins kleinste Detail ausgemalt.»

«Entscheidungen», antwortet Nick. «Da waren einige drastische Entscheidungen dabei?»

«Es gibt gute Klone, und es gibt schlechte Klone.» Ich streiche mir das Haar hinter die Ohren. «Ob einer dieser Klone einen persönlichen Rachefeldzug gegen Jimmy angezettelt hat? Vielleicht.» Ich entschließe mich, ein weiteres Stück meiner Vergangenheit preiszugeben. Nur eine Kleinigkeit. Etwas, das den Anschein erweckt, dass ich etwas mitteile, ohne viel zu verraten. «Das Witzige ist, dass wir danach tatsächlich miteinander ausgegangen sind.»

«Wirklich?», sagt Nick und kichert. Es kommt mir nicht gezwungen vor. *Das ist gut.* Es funktioniert.

Ich nicke ernst. «Ganz am Ende der Highschoolzeit. Er hat

mir auf die Schulter getippt, als ich gerade Weihnachtseinkäufe gemacht habe, und meinte, wir sollten den ‹Debattenkram› doch hinter uns lassen. Dann hat er gefragt: ‹Möchtest du ein Weihnachtsgeschenk? Ich hab da was in meinem Sack.›»

«Hat er nicht!»

«Hat er. Um ehrlich zu sein, ich weiß einen guten Spruch zu schätzen.»

«Sag mir deinen besten schlechten Spruch», fordert Nick mich übermütig auf.

«Bist du dir sicher?»

«Ich bin bereit.»

Ich überlege eine Sekunde, dann senke ich meine Stimme zu einem Flüstern. «Wenn du Präsidentin wärst, wärst du *Babe-Braham* Lincoln.»

Nick spuckt fast seinen ersten Schluck Old Fashioned wieder aus. «Siehst du, der war gar nicht so schlecht. Der würde bei mir funktionieren.»

«Und was ist deiner?»

«Der wirklich schlechteste?» Nick stellt sein Glas ab und dreht es langsam zwischen seinen Händen. Er räuspert sich. «Auf einer Skala von eins bis Amerika, wie frei bist du heute Abend?»

«Vier», sage ich ausdruckslos.

«Weißt du, eigentlich *sollst* du gar keine Zahl nennen.»

«Hm», sage ich und halte seinem Blick stand, genau wie er meinem standhält. Dieses Spiel können zwei spielen. Und ich werde es besser spielen. «Vielleicht ist das der Punkt, an dem ich es immer vermassele … Hast du oft Gelegenheit, diesen Spruch anzubringen? Wenn du in … Boston unterwegs bist? Da wohnst du doch?»

«Erst in Ottawa, dann in Boston», bestätigt er. «Und nein,

nie. Abgesehen davon, dass es in beinahe jeder Hinsicht ein entsetzlich schlechter Spruch ist, verlasse ich kaum meine Wohnung, es sei denn, ich gehe mit Johnny aus. Im Augenblick mache ich meinen Job, höre Hörbücher und bekomme volle acht Stunden herrlichen Schlaf.»

«Damit habe ich wenig Erfahrung», sage ich eine Spur zu freimütig. «Ich kann mich nicht einmal daran erinnern, wann ich das letzte Mal acht Stunden am Stück geschlafen habe.» Bevor Nick einhakt, schalte ich einen Gang zurück: «Was war das letzte gute Buch, das du gehört hast? Ich meine, ein richtig gutes Buch.»

Er denkt darüber nach, indem er sich mit dem Daumen über den Mund fährt. «Das klingt mega angeberisch, aber wahrscheinlich war das *Die große Divergenz: China, Europa und die Entstehung der modernen Weltwirtschaft*. Es hat mich dazu gebracht, das Tempo der wirtschaftlichen Entwicklung in der westlichen Welt mit anderen Augen zu sehen.»

Ich gebe mir alle Mühe, nicht zu blinzeln. Das widerspricht dem Bild des dämlichen Muskelprotzes, das ich von ihm hatte, und wirft mich ein kleines Stück aus der Bahn. «Du bist also ein Sachbuch-Mensch.»

«Würde ich so nicht sagen. Ich mag von allem ein bisschen.» Er hält inne, offensichtlich genießt er unseren Schlagabtausch. Das freut mich. So komme ich dem Moment näher, in dem er mir aus der Hand fressen wird. «Und du? Ich rede nicht unbedingt von Büchern, aber … was magst du?»

Es ist eine so offene Frage, dass mir eine halbe Sekunde lang nichts anderes einfällt als: *Tacos*. Und Sweetie Pie zu streicheln. Ich habe jenseits der Arbeit nur ein minimales Leben. Ich kann mich nicht einmal mehr daran erinnern, wann ich zum letzten Mal eine Serie geguckt habe.

In den letzten drei Jahren bestand mein Leben – fast ausschließlich – daraus, Menschen vor gefährlichen Typen zu beschützen. Ich schaue Männer an und kann manchmal nur noch denken: *Auf wie viele Arten könntest du jemanden verletzen?*

Auf wie viele Arten kannst du jemanden verletzen, Nick?

«Heyo!», ruft Johnny, der plötzlich hinter uns steht. Er hält zwei Gläser mit schäumendem grünem Bier in den Händen, und der scharfe Geruch seines Aftershaves legt sich auf meinen Nacken. Ich achte darauf, nicht die Schultern hochzuziehen wie eine Katze, die gerade im Genick gepackt wurde. «Nick sagt übrigens die Wahrheit. Der Typ lebt wie ein Mönch.»

Nö, denke ich und mustere Nick kurz von Kopf bis Fuß – von den Lederstiefeln bis zu den dunklen, verspielten Augen. *Nein, das tut er ganz sicher nicht.* Zeig mir einen Mönch mit so einem Gesicht.

«Prost!» Calla watschelt mit ihrem eigenen schäumenden, nach Lebkuchen riechenden Drink zum Tisch herüber. Ach so, die Biere sind also *beide* für Johnny. «Ist es nicht fantastisch hier? Sydney und ich kommen hierher, seit wir klein waren. Natürlich nicht in die Bar, aber oben gibt es ein Restaurant. Da machen sie ein wirklich gutes Sonntagsessen. Truthahn, Kartoffelbrei, das ganze Programm.»

«Ich liebe Kartoffelbrei», wirft Johnny hilfsbereit ein und nimmt gluckernd einen ersten großen Schluck von seinem Bier. «In der Mensa in unserem alten College gab es den besten. Man konnte zu einer Mahlzeit ungefähr zwölf Pfund Kartoffelbrei essen. Ich bin da immer rausgekugelt.»

«Sydney hat mal ein Jahr lang nichts anderes als Müsli gegessen», bringt Calla das Gespräch wieder auf mich.

Ich hatte vergessen, dass ich ihr das erzählt habe. «Im ersten Studienjahr», bestätige ich mit einem Nicken. «Ich glaube, an einem bestimmten Punkt bestand ich zu sechzig Prozent aus Honey Nut Cheerios.»

Johnny stößt mit seinem Glas gegen meins, es klirrt, und er verschüttet ein wenig Bier. «Ich war ein Froot-Loops-Typ, ich verstehe dich.»

Johnny ist … beinahe geschmeidig. Eher ein Tiefstapler. Einerseits gibt er einem das Gefühl, gehört zu werden. Andererseits hat er einen lächerlich hohen Energiepegel, füllt jeden Raum aus, den er betritt, und lässt einem kaum Luft zum Atmen. Und dann fällt es mir wieder ein. Genau in dem Moment, als die Musik zu «Winter Wonderland» wechselt. *Hochzeit.* Calla wird diesen täuschend nach einem Milchbubi aussehenden Typen mit dem sauberen, teuren Hemd *heiraten.* Er wird sie so tief in seine Welt hineinziehen, dass sie eines Morgens aufwachen und denken wird: *Wie bin ich hierhergekommen? Und warum steht eine Palette mit zwei Millionen Dollar Bargeld in meinem Keller?* Ich werde mich weiter an Nick heranpirschen, seinen Sidekick. Aber im Moment …

«Also», sage ich, setze ein Lächeln auf und werfe für Johnny eine Angel aus. Ich stelle mir vor, wie eine dieser übermäßig grellen Vernehmungslampen in seine Pupillen leuchtet. «Wie habt ihr euch kennengelernt?»

Calla legt sich eine zarte Hand auf den Mund und antwortet, nachdem sie geschluckt hat. «Willst du die Geschichte erzählen?», fragt sie an Johnny gewandt.

«Du erzählst sie besser», sagt er auf eine ärgerlich bescheidene Art und Weise und stupst sie mit seiner Schulter an. «Ich ergänze, wenn du was vergisst. Nick auch. Er hat sie ja schon oft genug gehört.» Johnny greift mit einer schnellen Handbewegung in Nicks Haar und verwuschelt es wie ein nerviger großer Bruder.

«Ich glaube, ganz South Boston hat sie schon gehört», scherzt Nick und schlägt seine Hand weg. «Vinny hat sie neulich erzählt.»

«Echt?» Johnny lacht auf. Die Heiterkeit erreicht nie seine Augen. «Wem?»

«Seinem Metzger. Wir haben Fleisch für Sandwiches gekauft.»

Johnny tut so, als wollte er Nick schubsen. «Warum höre ich jetzt zum ersten Mal von diesen Sandwiches? Egal, Calla. Entschuldigung. Die Geschichte.»

Ich hänge immer noch an dem Wort *Metzger*, da dreht sich Calla mit schwingenden Tropfenohrringen zu mir um. In ihren Augen glimmt dieser Funke. «Okay, weißt du noch, wie ich dir erzählt habe, dass ich diesen Töpferkurs machen will? Ich war so gestresst von meinem Job, wir steckten gerade in der Grippesaison, und alle meine Kinder waren krank geworden. Die Hälfte des Hilfspersonals fiel auch aus, und wir bekamen keine Vertretungslehrkräfte – ich brauchte einfach etwas, um meinen Akku wieder aufzuladen. Etwas Kreatives nur für mich. Um die Ecke von meiner Wohnung gibt es ein Kunststudio, *Funky Pete* …»

«Pete ist gar nicht so funky», ergänzt Johnny, und eine seiner Locken fällt ihm über die Augen. «Er ist siebenundachtzig. Nennt sich Peter. Netter Kerl, ein echter Protestant.»

«Katholik», murmelt Nick.

«Warum kommt er dann nicht in unsere Kirche?», fragt Johnny halb im Scherz, aber seine Maske verrutscht ein wenig, genau wie vorhin die von Nick. Unter der Lautstärke von Johnnys Charme lauert etwas Verdorbenes. «Ich habe dem Kerl gesagt, dass er sich zu uns in die Kirchenbank setzen kann, und was macht er? Er taucht nie auf.»

«Ich gehe da also hin», setzt Calla ihre Geschichte fort, «und melde mich für einen sechswöchigen Töpferkurs an. Und rate mal, wen ich am ersten Tag dort treffe?» Sie zeigt mit dem Daumen auf Johnny, der ihr fast unmerklich mit dem Kinn zunickt. «Ehrlich gesagt denke ich zuerst, der Typ will bestimmt nur einen Haufen Single-Frauen anmachen, aber dann fangen wir an zu töpfern, und er ist so konzentriert bei der Sache …»

«Man muss sich konzentrieren», sagt Johnny mit seinem breiten, weißen Lächeln, die Maske sitzt wieder fest. «Diese Scheiben reißen einem sonst die Daumen ab.»

Innerlich zucke ich zusammen. Bei der Wendung «Daumen abreißen» in einer Kennenlerngeschichte dreht sich mir der Magen um, zumal eine der beteiligten Personen möglicherweise tatsächlich schon einmal jemandem die Daumen abgerissen hat. Seltsamerweise nehme ich aus dem Augenwinkel wahr, dass Nick die Arme verschränkt und seine Daumen in die Achselhöhlen versenkt.

«Aber es war mehr als nur das», sagt Calla immer noch begeistert. «Ich habe noch nie einen Mann wie ihn gesehen, der so … so …» Sie legt sich die Hand auf die Brust, als wollte sie sich die Worte aus der Seele reißen. «… inbrünstig einen Becher hergestellt hat. Kannst du dir vorstellen, dass er geweint hat, als sein Getöpfertes im Brennofen in die Brüche gegangen ist?»

Was hat er getan? Also, ich bin dafür, dass Männer ihre Gefühle ausdrücken (wirklich, das bin ich; ich finde, es ist wichtig für eine gut funktionierende Gesellschaft), aber passt das zusammen mit Johnny, dem Daumenabreißer?

«Nein», sagt Johnny und richtet sich ein wenig auf. Seine Brust bläht sich dabei fast komisch auf, die Knöpfe spannen. «So war das nicht. Also, ich habe nicht geschluchzt oder so.

Meine Augen wurden lediglich ein bisschen feucht, mehr nicht.»

Ich beobachte ihn, und mir wird immer klarer, warum Calla sich in Johnny verliebt hat. Alles an ihm hat den Anschein von Sanftheit. Er ist in Kontakt mit seinen Gefühlen. Er hantiert mit Ton, wenn er nicht gerade ehrenamtlich in einer Suppenküche arbeitet oder das Caféimperium seiner Familie leitet, das (ich habe es nachgelesen) ökologisch nachhaltig wirtschaftet. Wenn er in den nächsten vierundzwanzig Stunden irgendwo ein Baby auftreibt, das er im Arm halten kann, wird er das perfekte Bild abgeben. Er ist nicht der Typ – um ein völlig abwegiges, willkürliches Beispiel zu nennen –, der maskierte Verbrecher anheuern würde, um eine Kunstgalerie auszurauben und einem älteren Wachmann in den Fuß zu schießen.

Callas Hand wandert wieder zu seiner Schulter. «Jedenfalls war deine Leidenschaft wunderschön. An diesem Abend nach dem Kurs haben wir Margaritas getrunken, in diesem kleinen mexikanischen Lokal in der South Side, und stundenlang über seine Familie gesprochen …»

Bei *seine Familie* kribbelt meine Wirbelsäule. Sprich weiter über seine Familie!

«Über deine Nana», fährt Calla fort, «und wie sie nach dem Tod deines Pop-Pop hart im Nehmen werden musste, und natürlich habe ich angefangen, von Grandma Ruby zu erzählen …»

«‹Sie tanzt, als stünden ihre Füße in Flammen›», unterbricht Johnny sie und wedelt mit einer Hand, als würde er seinen Namen in die Luft schreiben wollen. «Das hast du zu mir gesagt. Ich glaube, in dem Moment habe ich mich verliebt.»

Calla errötet unter der Hitze seines Blicks. «Seitdem sind wir praktisch siamesische Zwillinge.»

Ein paar Margaritas und eine Anekdote über Grandma. Mehr hat es nicht gebraucht?

Das muss echt starker Tequila gewesen sein.

Meine Schwester sieht mich erwartungsvoll über den Tisch hinweg an und bittet mich still: *Sag was, Sydney*. Ich weiß, das ist die Stelle, an der ich ihnen meine Glückwünsche aussprechen, ihnen bestätigen müsste – *Ja, ihr seid so süß zusammen, was für eine tolle Kennenlerngeschichte*. Aber die Lüge bleibt mir in der Kehle stecken. Es ist schwer, in meiner Rolle zu bleiben, wenn es gar keine Rolle ist, wenn ich ich bin, wenn ich zu Hause bin, wenn es um *sie* geht.

Das Schweigen dauert einen Augenblick zu lang. Nick eilt mir zu Hilfe.

«Wir sollten anstoßen.» Er erhebt sein Glas, wobei sich sein Bizeps unter der Baumwolle seines Pullovers anspannt, und es ist das erste und einzige Mal, dass ich ihm dankbar bin. Ihm und seinem irritierend straffen Bizeps.

«Worauf sollen wir anstoßen?» Ich finde meine Stimme wieder. Sie klingt neutral mit einem kaum wahrnehmbaren panischen Unterton.

«Auf unsere Gesundheit», sagt Nick mit ausdruckslosem Gesicht. «In der Hoffnung, dass diese grün gefärbten Getränke niemanden umbringen.»

Johnny lacht (*weil ha-ha-ha, Mord!*), und ich stoße demonstrativ mein Glas gegen seines, wobei mein Whiskey Wellen schlägt. «Auf ‹Santa's Surprise›. Dann also …»

«Ähh», sagt Nick und fährt sich mit der Hand übers Kinn, «wisst ihr was? Lasst es uns tun.» Er räuspert sich, als könne er sich nicht entscheiden, ob er einen ernsten Ton anschlagen soll oder nicht. Er entscheidet sich dafür und setzt an: «Stoßen wir darauf an, dass wir an Weihnachten Menschen um uns haben.

Gute Menschen. Und auf dich, Sydney, weil du uns in diese Bar mitgenommen und uns das Gefühl gegeben hast, dass wir uns hier wie zu Hause fühlen können.»

Seine Worte erwischen mich kalt.

Oder besser gesagt, sie erwischen mich warm. Was zum Teufel war das denn? Es klang so schmerzhaft ernst gemeint, dass ich mich winden könnte. Nick schaut mich jetzt an, die vollen Lippen in der Mitte zusammengepresst, und sieht so unschuldig aus, als wäre er noch nie in seinem Leben auch nur mit einem Zeh aus der Reihe getanzt. Und ich überlege wieder, wie ich ihn außer Gefecht setzen würde. Präzise. Mit dem Ellbogen auf seiner Halsschlagader.

Ich forme mit den Lippen ein «Danke» in seine Richtung und freue mich, dass wenigstens der Nick-Plan aufgeht.

Jeder von uns nimmt einen Schluck von seinem Getränk, und es ist ganz natürlich, dass das Gespräch auf die Hochzeit kommt. Ich höre genau zu und merke mir, welche Mitglieder der Familie Jones neben Johnnys Eltern anwesend sein könnten. Cousin Andre, Cousin Thomas und ein weiterer, mir bereits bekannter Verwandter namens Vinny …

Während unserer Unterhaltung schreibt Vinny mindestens drei Textnachrichten, ebenso wie Andre. Ich bekomme das Gefühl, dass sie eine Einheit bilden, in der einer ohne den anderen nicht lebensfähig ist – und schaudere bei dem Gedanken, wie es sein wird, wenn sie sich alle in einem Raum befinden. Ich hoffe, ich werde es nie herausfinden müssen.

Kurz vor dreiundzwanzig Uhr kommt es zu einem unerwarteten Menschenauflauf: eine Schar Sternsinger mit frischen Schneeflocken auf ihren samtenen Umhängen strömt auf die Bar zu. Als ihnen eine wildere Gruppe von betrunkenen Nachtschwärmern folgt, spannen sich Nicks Kiefermuskeln an. Er schlägt vor, anderswo weiterzufeiern. Oder besser noch, nach Hause zu fahren. Mir ist das nur recht. Mehr als nur recht im Grunde. Seit dreiunddreißig Stunden habe ich kein Auge zugetan.

Aber Gangsterboss Johnny will nicht nach Hause gehen.

Er hat einfach verdammt noch mal zu viel Energie. Er hat sich mit dem Barkeeper angefreundet – anscheinend ist er in der Lage, jeden um den Finger zu wickeln –, und dieser holt gerade die Karaokeanlage aus dem Sommerlager. Worauf ich nur sagen kann: *Erschießt mich! Schießt mir direkt zwischen die Augen.* Wenn es irgendetwas gibt, das diesen Feiertag noch unangenehmer machen kann, dann ist es Weihnachts-Karaoke.

«Babe», drängt Johnny Calla und stützt sein Kinn theatralisch auf ihre Schulter. «Babe.»

Calla schüttelt entschieden den Kopf und schließt die Augen. Ihre braunen Ringellocken fliegen. «M-m. Du weißt, ich hasse Karaoke. Wenn du unbedingt ein Duett singen willst, mach es mit Nick.»

«Oder mit Sydney», schlägt Nick vor und neigt anzüglich den Kopf in meine Richtung.

«Oder mit *Nick*», sage ich und sehe ihn nachdrücklich an. Ein beinahe verführerisches Lächeln umspielt seine Mundwinkel. Vor meinem inneren Auge presse ich ihn gegen die Wand, er versucht, mich umzudrehen, aber ich drücke mein Knie in seinen Oberschenkel und halte ihn fest.

Es steht unentschieden, bis Johnny Nick schlägt – ihm buchstäblich mit der Faust auf die Schulter drischt, als wären sie mitten in einem Boxkampf. Gegen meinen Willen finde ich es amüsant, dass die beiden die «Bühne» betreten, im Grunde ein kahles Stück Teppich am Ende der Bar, über das die Kellner im Sommer die Hummerbrötchen-Wagen herausrollen. Ich lehne mich in meinem Stuhl zurück, überschlage die Beine und sehe zu, wie Johnny die Songauswahl durchgeht (es sind viele Klassiker darunter wie «Santa Baby» und «I Want a Hippopotamus for Christmas»). Ich schwöre, wenn er das mit dem Nilpferd singt, weiß ich, dass ich *wirklich* meinen Körper verlassen habe. Dass ich träume. Dass nichts davon real ist.

Nick für seinen Teil beschließt mitzugehen. Er lockert seine Schultern, als würde er sich für ein Straßenrennen aufwärmen. Um Johnny zum Lachen zu bringen, dehnt Nick sogar seine Oberschenkelmuskulatur, indem er seine Knöchel an den Hintern zieht. *Bäh. Wie kann er in so einer engen Jeans so beweglich sein?*

Sie tun es wirklich. Haben die Mikros in der Hand. Überlegen noch, welchen Song sie nehmen. Und Johnny hat seinen Mantel über die Stuhllehne neben den von Nick geworfen, die Taschen werden von den beiden Handys darin leicht ausgebeult. Es wird nicht leicht werden, die Handys vor ihren Augen anzuzapfen, aber sie sehen ziemlich abgelenkt aus – und solange ich ebenfalls hinreichend abgelenkt aussehe, werden sie keinen Verdacht schöpfen.

«Was möchtest du zu deinem Junggesellinnenabschied machen?», flüstere ich Calla laut über den Tisch zu und lasse meine Hand zuerst in Nicks Mantel gleiten. In meiner Handfläche ist ein USB-Stick verborgen, nicht größer als mein Daumennagel. Wenn ich ihn einstecke, wird auf jedes beliebige Telefon ein nicht zurückzuverfolgender Virus geladen – verschlüsselt oder nicht. Von dem Moment an kann Gail alle ein- und ausgehenden Anrufe überwachen, alle Suchanfragen verfolgen, in Kalendern stöbern …

Calla weist den Gedanken an einen Junggesellinnenabschied höflich zurück, indem sie mit ihrer Verlobungsring-Hand abwinkt. «Ach, du musst so was nicht für mich organisieren.»

«Selbstverständlich muss ich das.» In der Barbour-Jacke, die penetrant nach Nicks Aftershave riecht, taste ich nach dem Rand seines Handys. Stecke den Stick rein. Warte. «Trauzeuginnen schmeißen den Junggesellinnenabschied. So läuft das nun mal.»

«Ja …» Calla zupft an den Ärmeln ihres Pullovers. «Aber es ist wirklich sehr kurzfristig, und ich wüsste nicht, wer außer Grandma Ruby kommen könnte, also wird es nur …»

«Familie», ergänze ich sachlich. «Familie ist prima.»

Sie zögert, ihre Lippen verziehen sich breit, dann sagt sie mit klarer Stimme: «In diesem Fall, keine Penisse. Keine Penis-Ballons. Keine Penis-Nudeln. Keine im Dunkeln leuchtenden Penis-Ketten.»

Ich zucke angewidert zusammen und überspiele die Bewegung meiner Hände, die gerade den Stick herausziehen und in Johnnys Manteltasche wandern. «Was an mir deutet darauf hin, dass ich freiwillig Penis-Nudeln kaufen würde?»

«Ehrlich gesagt, nichts. Ich weiß nur, dass die Leute das so machen.»

«Was für Leute?»

«Leute eben! Die Leute da draußen.» Sie zeigt um sich, ironischerweise in Richtung von Johnny, der ebenfalls nicht wie der Penis-Nudel-Typ rüberkommt. «Tut mir leid, ich dachte, ich hätte mehr Zeit, mir all das zu überlegen, aber allmählich gewöhne ich mich ans Spontansein. Zumal ich wirklich glaube, ich heirate …»

«Robin Hood», ergänze ich.

Calla lacht sich tot. «Ist das der Moment? Beenden wir jetzt füreinander …»

«Unsere Burritos», sage ich und falle mit ihr wieder in denselben Takt. Sie lächelt. Ich lächle. Und es macht mich fertig, dass ich währenddessen Informationen abgreife. In ein paar Sekunden wird der Virus hochgeladen sein, aber innerlich denke ich: *Lügnerin. Lügnerin. Sydney, du bist eine dreckige kleine Lügnerin.*

Ganz ehrlich? Je länger ich bei der CIA bin, desto mehr bin ich davon überzeugt, dass mein Job nicht der beste Weg ist, um auf der Welt Gutes zu tun. Wie kann man «Gutes» tun, wenn man aktiv Schlechtes tut? Ich weiß, so einfach ist es nicht, doch es vergeht kein Tag, an dem ich nicht ans Aufhören denke. Aber man kündigt nicht. Das zumindest vermitteln sie uns. Man stirbt, bevor man die CIA verlässt.

«Ich verspreche, ich werde mir was Gutes einfallen lassen», sage ich ihr.

«Schick Nick eine Nachricht, wenn du Hilfe bei der Ideenfindung brauchst», sagt Calla, schlägt die Beine übereinander und legt ihre Hände auf die Knie. «Er kennt sich in Cape Hathaway kein bisschen aus, aber er will sich wirklich einbringen. Als echter Trauzeuge eben. Ich habe ihm deine Nummer gegeben. Ich hoffe, das ist okay?»

«Ja», sage ich, ziehe den Stick heraus und bin ihr in mehr als einer Hinsicht dankbar. Sie hat mir meine Arbeit gerade ein wenig erleichtert. Allerdings hat sie mir auch gleichzeitig eine unverschämt schwierige Aufgabe gestellt. «Ja, das ist …»

In diesem Augenblick quietscht eines der Mikrofone auf, und alle in der Bar (zu diesem Zeitpunkt sind es etwa zwanzig Leute) stöhnen unisono auf und halten sich die Ohren zu.

«Achtung!» Johnny klopft einmal, zweimal auf das Mikro, das Geräusch pocht wie ein Herzschlag. Dann setzt er mit dem Elan eines Fernsehpredigers an und zeigt quer durch den Raum auf Calla. «Seht ihr die WUNDERSCHÖNE FRAU da drüben? Tja, ich bin ganz aus dem Häuschen, euch mitteilen zu dürfen, dass wir eine WEIHNACHTSHOCHZEIT feiern werden! Sie wird meine FRAU!»

Der ganze Raum applaudiert begeistert, und Calla sieht so überglücklich aus, dass ich mir fast wünsche, ich hätte einen Beruhigungspfeil zur Hand. Im Augenblick würde ich am liebsten mit dem Kopf eine Betonwand durchstoßen.

«Dieser Song», sagt Johnny wie ein Elvis-Imitator mit gespielt tiefer Stimme, «ist für sie.»

Als Mariah Careys «All I Want for Christmas Is You» aus den Lautsprechern dröhnt, blubbert ein krächzendes, beinahe hysterisches Lachen in mir auf. Dieses Bild ist zu null Prozent stimmig. Einer der gefährlichsten Männer Amerikas umklammert mit beiden Händen das Mikrofon und gießt sein ganzes stimmliches Herz in die Weihnachtshymne einer Diva, während sich sein ehemaliger Leibwächter im Hintergrund einsummt. Er stößt tatsächlich richtige Mmmmms aus, um sich einzustimmen. Leider erinnert Johnnys Gesang am ehesten an eine dieser kreischenden YouTube-Ziegen; das Wort *Melodie* scheint nicht zu seinem Wortschatz zu gehören. Aber Nick …

Verdammte Kiste, Nick singt wie ein Engel.

Über Johnnys Ziegengemecker hinweg erhebt sich seine Stimme in den Raum. Reinster Bariton und direkt aus dem Solarplexus, ein Talent, für das man vor einer Kirchentür innehält, nur um noch ein wenig länger zuhören zu können. Meine Güte. Wie kann Nick nur so gut klingen?

Alle Leute in der Bar stimmen in das Lied mit ein. Der wahr gewordene Traum eines Sternsingers. Der Höhepunkt der Weihnachtszeit. Ein gut angezogener Mann und sein großer, muskulöser Freund legen eine tolle Darbietung aufs Parkett, und alle sind begeistert.

«Magst du Johnny?», fragt Calla und beugt sich zu mir herüber, als das Lied mit einem emphatischen *and* YOU, *and* YOU endet. «Es macht einfach solchen Spaß, mit ihm zusammen zu sein, und du weißt ja, dass ich davor nicht so ein lebendiges Sozialleben hatte. Er hat mich da wirklich eingeführt, mich all diesen neuen Leuten vorgestellt, und – bitte sag mir, dass du ihn magst.»

«Er ist …» Das Wort bleibt mir im Halse stecken. «Großartig! Er ist großartig.»

6

W*ie gut schlafen Sie?* Das wird man von den CIA-Psychologen immer gefragt. *Kommen Sie zur Ruhe? Ja? Nein?* Dasselbe Spiel beim Lügendetektor-Test. Dünne, schwarze Linien flackern mit einem schnellen *Tick, Tick, Tick* über den Bildschirm, und manchmal sage ich *Ja.* Es kommt darauf an. Als ich jünger war, war es schlimmer. Seitdem ich bei der CIA bin und Strategien erlernt habe, die mir helfen, damit umzugehen – oder die mir vielmehr helfen, mich in Arbeit zu vergraben –, schlafe ich besser. Auf der Polizeistation bin ich an manchen Abenden weg, sobald ich den Lichtschalter betätigt habe. Manchmal jedoch bin ich um halb vier am Morgen noch wach, zappe durch die Sender und frage mich, ob meine Melatonin-Gummis jemals wirken werden. Es sind Bären. Winzige Schlafgummibärchen. Ich habe gerade zwei davon genommen. Calla, Johnny, Nick und ich sind vor zwanzig Minuten nach Hause gekommen. Nach einer Autofahrt voll mit Geschichten über Callas und Johnnys erste Dates (eine Flussschifffahrt, ein Abendessen im Ritz in New York) versuche ich – erfolglos – runterzukommen. Jedes Mal, wenn ich auch nur daran denke, die Augen zuzumachen, höre ich Nicks Stimme.

Die Mariah Carey singt.

Unanständig gut.

Wo hat er bloß gelernt, so zu singen? Objektiv betrachtet ist er ein guter Sänger, ebenso objektiv betrachtet ist er attraktiv. Beeindruckt mich nicht. Falls es überhaupt etwas bewirkt, dann, dass ich ihm jetzt noch weniger über den Weg traue. Ich mag Leute nicht, die mich überraschen. Ich schüttle den Kopf – schüttle mir Nick aus dem Kopf – und wische mir mit einem feuchten Tuch die Wimperntusche ab, dann schrubbe ich meine Wangen, bis sie rosig rot sind wie die des Weihnachtsmanns. Im Wagen habe ich mir eine Nahaufnahme von Callas Ring erschlichen und sie an Gail geschickt, zusammen mit einer verschlüsselten Erfolgsmeldung betreffs der Viren-Uploads. Für den Rest der Nacht kann ich jetzt nur noch abwarten, was die Tracker ans Licht bringen, und schrubben.

Ich höre erst auf, als es an der Tür klopft. Ich bin in dem Bad am Ende des Flurs, wo mir Calla, als ich zwölf war, mit einer Bastelschere einen Pony geschnitten hat. Ich hatte sie darum gebeten. Unsere Mutter hat auf einem der alten Fotos, auf denen sie zusammen mit Dad zu sehen ist und das wir im Bücherregal im Erdgeschoss gefunden hatten, einen Pony. Ich sagte Calla, sie solle kürzer schneiden, immer kürzer, bis am Ende nur noch ein fransiger Rand von Haaren übrig war, der wie ein Pfauenkamm steil nach oben abstand. Vielleicht liegt es daran, dass ich erschöpft bin, aber aus irgendeinem Grund stecke ich mir meine Zahnbürste in den Mund und öffne die Tür in der Erwartung, dass Calla davorsteht.

Sie ist es aber nicht. Es ist Nick.

Nick der Sidekick in einem ausgewaschenen grauen T-Shirt und einer schwarzen Jogginghose, einen Kulturbeutel aus Plastik unter den Arm geklemmt.

«Hi», sagt er erneut verlegen und strahlt aus: *Bäh, du schon wieder*. Ich dachte, er würde bereits schlafen. Sollte er nicht im Gästezimmer sein? In seinem Bad mit den Entenvorhängen und dem Rasiermesser? Und gerade Liegestütze machen oder so was? Stattdessen starrt er mich in meinem Schlafanzug an, bei dem Ober- und Unterteil nicht zusammenpassen (eine karierte Hose und ein viel zu großes T-Shirt von der Library of Congress, auf dem BÜCHERFREUNDE GEHEN NIE ALLEIN INS BETT steht).

«Hallihallo», sage ich. Lasst euch gesagt sein, man kann unmöglich mit einer Zahnbürste im Mund verführerisch klingen. Ich verlege mich auf «unverdächtig».

«Ich habe Calla und Johnny gerade das Gästezimmer überlassen», erklärt Nick hastig. Er ragt turmhoch im Türrahmen auf, und obwohl das kleine Nachtlicht hier im Bad sein Bestes gibt, kann es seinen Umriss kaum in voller Pracht beleuchten. Er fährt sich langsam mit der Hand durch sein dunkles Haar. «In Callas altem Kinderzimmer steht ein viel kleineres Bett, also habe ich das jetzt genommen, und ich wollte eigentlich unten ins Bad gehen, aber eure Grandma schläft auf dem Sofa …»

Ah, richtig. Sie behauptet, es sei besser für ihren Rücken, so wie draußen auf einem harten Brett zu schlafen. Außerdem schläft sie gern in der fröhlichen Stimmung des Weihnachtsbaums ein, dessen Lichter sie in einen stumpfsinnigen Schlaf blinken. Das bedeutet also, dass Nick jetzt direkt neben mir schläft. Wir teilen uns eine Wand. *So, wie er das vielleicht mit Johnny im Gefängnis tun wird!*, fügt meine innere Stimme hinzu.

«Ich wollte sie nicht aufwecken», flüstert Nick rücksichtsvoll, als läge ihm das Wohl meiner Großmutter am Herzen. *Ja, klar.* Er beißt sich auf seine gepolsterte Unterlippe. «Ich habe gesehen, dass dein Licht an ist. Stört es dich, wenn ich dein Bad benutze, sobald du fertig bist?»

Ich trete von einem Fuß auf den anderen und ermahne mich, einem geschenkten Gaul nicht ins Maul zu schauen. Oder einem geschenkten Nick. Je mehr ich über seine Fallakte nachdenke, desto mehr Fragen fallen mir ein. War er an allen Raubüberfällen beteiligt? Oder nur an dem einen? Den Unterlagen zufolge, die das FBI zusammengetragen hat, sind bei jedem Raub mindestens fünf Männer vor Ort gewesen. Wechseln die Beteiligten jedes Mal? Wo verkauft der Jones-Clan sein Diebesgut?

Und – was am wichtigsten ist – wo werden sie mit ihren fünfzig Pfund C4 als Nächstes zuschlagen?

Ich nehme meine Zahnbürste aus dem Mund, schiebe die minzige Zahnpasta in eine Backe und spreche so normal wie möglich. «Klar. Willst du dir die Zähne putzen? Komm einfach rein.»

Als Nick den Kopf zur Seite legt, stelle ich ärgerlicherweise fest, dass ich sein Gesicht bereits auswendig gelernt habe. Ich hätte keine Mühe, einem FBI-Zeichner jeden Zentimeter davon zu beschreiben. Die Sommersprosse über seiner Lippe und die Narbe an seinem Kinn. Die genaue Dicke seiner Augenbrauen.

Warum stört mich das so sehr?

«Bist du dir da sicher?», fragt Nick.

«Ja.» Ich stähle mich innerlich, trete zur Seite und mache ihm Platz, damit er an mir vorbeigehen kann. Ein rauchiger Kiefernduft steigt mir in die Nase, als er an meiner Schulter vorbeistreicht. Schon wieder diese Seife von ihm. Sie reizt meine Nase. Im Halbdunkel biete ich ihm meine Zahnpasta an, auch wenn er wahrscheinlich eine eigene hat.

«Danke, aber ich …» Er greift in seinen Kulturbeutel und zieht seine Zahnbürste und eine Tube Crest heraus. Die für empfindliche Zähne. Sanftes Bleaching. Dieselbe, die ich habe. «Ach hey, sieh einer an.»

«Wenn du jetzt auch noch die gleiche Zahnseide herausziehst, sind wir Freunde.»

Nick lacht. «Von dieser Regel habe ich noch nie gehört, aber ich glaube dir.» Seine Finger greifen in den Beutel und halten die Zahnseide zu. «Bist du bereit?», fragt er, als würde er gleich einen Zaubertrick vorführen.

Mit theatralischem Schwung zieht er die Zahnseide heraus, Wegmans Eigenmarke.

«Die ist so was von *nischig*», behaupte ich dick aufgetragen.

«Wegmans Eigenmarke? Die extra gewachste? Willst du mich verarschen? Das ist die *einzig* akzeptable Sorte.»

«Lass uns anerkennen, dass wir verschiedener Meinung sind.»

Die nächsten sechzehn Sekunden putzen wir in völliger Stille unsere Zähne, aber dann kann Nick, wie zuvor angekündigt, das Schweigen nicht mehr ertragen. Er spricht an seiner Zahnbürste vorbei. «Hey, war vorhin alles in Ordnung mit dir? In der Küche, als Calla uns von der Hochzeit erzählt hat. Und dann in der Bar, als sie davon erzählt haben, wie sie sich kennengelernt haben. Du sahst irgendwie so aus, als wäre dir … übel.»

«Ach so?», sage ich unverbindlich und vorsichtig. Innerlich verfluche ich ihn. Grandma Ruby hat meinen Gesichtsausdruck beinahe richtig gedeutet, aber sie kennt mich schon mein ganzes Leben lang. Wie ist das *diesem* Typen gelungen? Der paranoide Teil meines Gehirns fragt sich: *Hat Nick auch eine Akte über mich?* Als Johnnys Sicherheitschef könnte das sein. Was würde darin stehen? Mein Online-Leben ist reine Erfindung. Mein Job im Bildungsministerium ist ein Märchen.

«Das muss ziemlich überraschend gekommen sein», sagt Nick bürstend und wirft mir im Spiegel einen irritierend mitfühlenden Blick zu. «Kann es dir nicht verdenken. Das hier entwickelt sich zu einem echt intensiven Weihnachtsfest.»

Ich spucke geziert ins Waschbecken aus, schaue ihn an und beschließe, einen Witz daraus zu machen. «Was, wenn ich dir sage, dass mir übel war, weil ich im Flugzeug schlechte Garnelen gegessen habe?»

«Schlechte Garnelen», wiederholt Nick zweifelnd an seiner Zahnbürste vorbei.

«Ja.»

Jetzt wird er ungehobelt. «Dann muss ich mich fragen, was für ein Mensch Flugzeuggarnelen essen würde.»

«Ja, das ist angebracht.»

«Wusstest du, dass rohe Garnelen über siebzig verschiedene Arten von Bakterien enthalten können?»

«Nein.» Pause. «Nick, bist du ein Keimphobiker?»

«Wenn du meinst, ob ich ein vollkommen vernünftiger Mensch bin, der die Existenz von überall existenten Keimen anerkennt, dann ja.»

«Wie zum Teufel konntest du dann als Leibwächter arbeiten?», frage ich beinahe froh darüber, dass ich das Gespräch von mir abgelenkt habe. «Da muss man doch alles anfassen.»

«Meine Geheimwaffe», sagt er todernst, «war Händedesinfektionsmittel.»

«Das respektiere ich», sage ich, «obwohl ich selbst jemand bin, der vom Fußboden isst. Drei-Sekunden-Regel.»

Nick sieht entgeistert aus. «Bitte sag mir, dass das ein Scherz ist.»

«Das war ein Scherz», sage ich, ohne zu scherzen, wische mir den Mund mit dem Waschlappen ab und setze mich auf den Waschtisch neben das Muschel-Nachtlicht. Es ist an der Zeit, den Flirt von den Garnelen aus um mindestens zehn Stufen höher zu drehen. «Also», sage ich langsam, «erzähl mir mehr von dir, fremder Mann in meinem Bad.»

Nick mustert mich, packt seine Zahnbürste ein, während sich allmählich sein typisches Lächeln über sein Gesicht ausbreitet, und spült das Waschbecken aus. «Was willst du denn wissen?»

Ich zucke mit den Achseln und lasse mein T-Shirt absichtsvoll über meine Schulter gleiten. Kühle Luft streicht über meine Haut, und ich sehe, wie er für eine Sekunde auf meine nackte Haut blickt. «Irgendwas.» Ich ziehe kokett eine Augenbraue hoch. «Am liebsten ein Geheimnis.»

Nick fährt sich mit der Hand über den Mund und lacht tief in seiner Kehle. «Ein Geheimnis, was? Davon habe ich nicht viele.»

Lügner, denke ich. «Du lügst», reize ich ihn und überkreuze die Knöchel.

Er rückt ein paar Zentimeter näher, sodass wir uns gegenüberstehen, und presst seufzend die Lippen aufeinander. «Vielleicht habe ich ein oder zwei», sagt er nachdenklich. Mit einer Hand fährt er sich über den Nacken, wobei der Saum seines Shirts einen halben Zentimeter hochrutscht und einen gebräunten Streifen von seinem Bauch entblößt. «Letztes Jahr bin ich auf der Route 1 angehalten worden, weil ich zu schnell gefahren bin.»

Er fängt gleich mit einem echten Vergehen an? *Idiot.* Ich setze mich aufrechter hin und stelle die naheliegende Anschlussfrage. «Wie schnell warst du unterwegs?»

«Hundertdreiundzwanzig auf einer Hundertzwanziger-Strecke. Die Polizei von Massachusetts kriegt einen für alles dran. Aber das war nicht das Geheimnis. Das Geheimnis ist eher der Grund, warum ich zu schnell gefahren bin. Ich habe nicht aufgepasst, weil …»

«Weil …?»

Nick lehnt sich zurück und verschränkt die Arme, als könnte ihn das Geheimnis gleich von den Füßen holen. «Ich war zu sehr darauf konzentriert, in voller Lautstärke Taylor Swift zu hören.»

Ich kann es nicht verhindern. Ich pruste entzückt los. Ist das die Wahrheit? Oder ein kalkulierter Versuch, sich verletzlich zu zeigen? Ihn zugänglicher, warmherziger, weniger bedrohlich wirken zu lassen? Bei mir funktioniert das nicht. «Ich hätte dich gar nicht für einen Swiftie gehalten.»

«Ich bin auch eher der Typ für George Strait, Leonard Cohen und Bob Dylan, aber hin und wieder überkommt es mich.»

«Kannst du deswegen so gut singen? Weil du auf der Route 1 immer ‹Bad Blood› schmetterst?»

Er winkt bescheiden ab. Die Bescheidenheit mag für andere aufrichtig erscheinen, aber ich bin misstrauisch und zerpflücke sie. Sein Mundwinkel verzieht sich wieder ein wenig nach oben. *Mein Gott, hör doch auf mit dem Mund.* «Ich bin gar nicht so gut», sagt er.

«Nick, komm schon.» Ich ziehe die Stirn in Falten. «Michael Bublé will seine Stimme zurück.»

Nick fährt sich mit den Zähnen über die Unterlippe, als wollte er etwas nicht zugeben. «Kirchenchor», sagt er schließlich. «Acht Jahre lang.»

Der Typ ist ein Mönch, hat Johnny gesagt. Vielleicht passt dazu dieser winzige Ausschnitt, der natürlich aus dem Gesamtbild fällt. Ich werfe Nick einen schiefen Blick zu und erinnere mich an die Fotos in seiner Akte – auf denen er und Johnnys Männer zu sehen sind, die sich in dieselbe Kirchenbank drängen. Verfluchte Heuchler. «Acht Jahre. Wow. Das ist eine lange Zeit.»

«Ja», sagt er, und sein dunkles Haar glänzt im Halbdunkel. «Aber ich hab es nie für mich getan. Ich hab es immer für meine Großmutter getan. Ich wollte eigentlich lieber Akustikgitarre spielen oder vielleicht Ukulele. Lach nicht! Du kannst mir nicht erzählen, dass du keine Gänsehaut bekommst, wenn du ‹Somewhere over the Rainbow› hörst. Aber es hat meine Grandma glücklich gemacht, wenn ich gesungen habe. Also, verrätst du mir jetzt auch ein Geheimnis?»

Mein Hirn unterstreicht die Sache mit der Großmutter. Markiert sie für später mit einer Stecknadel. «Von mir?» Ich trommele mit den Fersen ganz leicht gegen den Badschrank. «Ich dachte, du kennst schon alle Geschichten.»

«Ich habe noch Fragen», sagt Nick und tippt mit dem Finger an der Stelle auf sein Handgelenk, an der sich bei mir der Halbmond befindet. «Was bedeutet dein Tattoo?»

Wieso hat er sich ausgerechnet das ausgesucht? Ich reibe mit dem Daumen über das Bild und verhindere aktiv, dass sich die Irritation auf meinem Gesicht spiegelt. Nick reagiert auf mein kurzes Zögern und winkt leicht ab. «Weißt du was? Beantworte es nicht. Du musst das nicht beantworten.»

Warum fragst du dann? Ich schüttele den Kopf, erhole mich schnell und streiche mir zwei blonde Haarsträhnen hinter die Ohren. Wenn es eine Sache gibt, in der ich gut bin, dann im Umschiffen von persönlichen Fragen. «Nein, ist schon okay. Calla und ich waren als Kinder viel wandern. Zelten unter der Mondsichel und so weiter. Es erinnert mich an meine Kindheit.»

Zur Hälfte die Wahrheit, zur Hälfte gelogen.

Fast hätte ich noch nachgeschoben: *Hast du irgendwelche Tattoos?* Wenngleich ich weiß, dass er keine hat. Und er weiß, dass ich seinen gesamten nackten Körper gesehen habe, teils von einem Handtuch umwickelt: die gebräunte Schrägung seiner Taille, die Art, wie der Stoff seine Hüften umschmeichelte, Sommersprossen, eine dunkle Spur von Haaren.

Stattdessen blicke ich durch meine Wimpern hindurch zu ihm auf. «Du darfst noch eine Frage stellen. Schieß los.»

Nick verschwendet keine Zeit. Es ist, als hätte er die Frage bereits vorbereitet. Seine Lippen teilen sich. «Warum hast du niemandem gesagt, dass du über Weihnachten nach Hause kommst?»

Die Worte dringen ein, verdrehen sich und versetzen mir einen kleinen Stich. Woher wusste er so genau, wie er mich treffen konnte?

Meine Schultern knirschen, und wir starren uns an: ich immer noch auf dem Waschtisch, er direkt vor mir, die Luft zwischen uns zum Schneiden. Dieses Bad ist winzig. Beginnt sich anzufühlen wie ein Fegefeuer. Ein großer Schritt nach vorn und wir würden in dem schummrigen Licht Brust an Brust stehen. Die körperliche Nähe verstärkt die Frage, lässt meine Haut prickeln.

Mein Gesicht bleibt neutral. Die Stimme bleibt neutral. «Wie schon gesagt, es sollte eine Überraschung sein.»

«Ja, aber das ist es ja gerade.» Nick taxiert mich mit seinen dunklen Augen und rückt näher. *Er pirscht sich an.* Dringt in meine Sphäre ein, als wollte er mich herausfordern. Vielleicht ist er schlauer, als ich es ihm zugetraut habe, dieser Kerl. Seine Augenbrauen ziehen sich zusammen, als wäre er irritiert. «Es schien eher *für dich* eine Überraschung zu sein.»

Er ist mir so nah, dass ich die Hitze spüren kann, die seine Haut abstrahlt. Und mir kommen wieder diese Gedanken, die Was-wäre-wenns. Was, wenn er mich frontal angreifen würde? Wenn ich ihn gegen den Handtuchhalter schleudern würde? Jetzt bin ich also wieder bei den Halbwahrheiten. Darauf bin ich für den Fall trainiert worden, dass ich in die Enge getrieben werde. Nachgeben, aber die Stellung halten.

Sogar die Halbwahrheit jedoch ist persönlicher als sonst. Sie tut weh. «Vielleicht ist mir einfach eingefallen, dass es eine

Scheißidee war, Weihnachten allein zu verbringen, und ich wollte nur mal sehen, wie es allen geht. Sweetie Pie, Grandma Ruby … Calla. Ich war als Schwester in letzter Zeit nicht sehr präsent.»

Das Nachtlicht wirft einen gelblichen Schimmer auf Nicks kantigen Kiefer. «Sei nicht so streng zu dir», sagt er und tippt mit dem Handrücken aufs Knie. Mein Knie, das ich ihm ganz leicht in die Leistengegend rammen könnte. «Ich habe noch niemanden über seine Geschwister so sprechen hören, wie Calla über dich spricht. Du musst etwas richtig gemacht haben.»

Ich nicke und schlucke meine Verärgerung hinunter. Was zum Teufel weiß Nick schon? «Danke.»

«Erwähne es ihr gegenüber nicht.» Er hält meinen Blick immer noch fest, so wie ich es bei ihm in der Bar gemacht habe. Er bewegt sich ein winziges Stückchen weiter nach vorn – und plötzlich fühlt es sich auch leicht an. Verdächtig leicht. Diese jähe Hitze, die sich zwischen uns aufbaut. Die Art, wie er mich beobachtet. Ja, unten furzt Sweetie Pie hörbar, und ja, wir baden im Schein eines kitschigen Muschel-Nachtlichts, aber die Hitze ist da. Sie ist in seinen Augen, die sanft an mir hinunterstreichen und den Anschein erwecken, als würden sie die Kurven meines Mundes in Abschnitte untergliedern.

«Sydney, meinst du, ich könnte dich zum Essen ausführen?», fragt Nick ebenso jäh auf eine leise, sinnliche Art, bei der ich mich frage, wer hier wen verführt. Dunkelheit wabert um ihn. «Aber ich möchte nicht deiner Familienzeit in die Quere kommen. Also wann immer es dir passt, falls du Interesse hast.»

«Ja», sage ich mit derselben Intensität. Ich zerre mit voller Kraft an den Zügeln. «Es könnte sein, dass ich Interesse habe.»

Nick grinst auf eine Weise, die wahrscheinlich bei anderen

Frauen Wirkung zeigt. «Vielleicht morgen? Sollen wir morgen sagen und sehen, wie es läuft?»

«Dann morgen», bestätige ich und freue mich darüber, dass alles nach Plan läuft, und bevor ich den Schwung verliere, gehe ich ein kalkuliertes Risiko ein: Ich springe vom Waschtisch und schließe den Raum zwischen Nick und mir. Meine Fingerspitzen berühren seinen Arm. Ich stelle mich auf die Zehenspitzen und küsse ihn sanft auf die Wange, wobei meine Lippen die Stoppeln auf seiner Haut streicheln. Damit habe ich ihn überrascht. Sein Körper wird für eine Sekunde steif, die Muskeln spannen sich noch mehr an, bevor er sich wieder entspannt.

Ich gehe mit beschwingtem Schritt. «Gute Nacht, Nick.»

Er starrt mir nach, sein Brustkorb hebt und senkt sich langsam. «Nacht, Sydney.»

Sobald ich in meinem Doppelbett liege, schlafe ich beinahe augenblicklich ein und gleite in die Leere, in der meine Melatonin-Gummis wirken und in der ich üblicherweise seltsame, unzusammenhängende Träume habe.

Dieser hier ist anders.

Aus dem Bad dringen Dampfschwaden, und da ist jemand hinter dem Duschvorhang und pfeift. Mein Unterbewusstsein begreift: *Taylor Swift.*

Ich meine, das hinter dem Vorhang ist nicht Taylor Swift. Es ist Nick. Er wippt zu der Melodie mit dem Kopf, sein groß gewachsener Körper ist hinter den Enten eingezwängt.

«Komm rein», sagt er lässig, als hätte ich an die Tür geklopft. Gereizt greife ich nach dem Vorhang, ziehe ihn Zentimeter für Zentimeter zurück und enthülle Nick, der vollständig bekleidet unter dem rauschenden Wasser steht. Im Land der Träume ist das nichts Ungewöhnliches. Es ist kein bisschen seltsam, dass er den WEIHNACHTSPULLI trägt und sich die Ärmel mit einem Stück nach Kiefern duftender Seife einschäumt. Kleine Bläschen platzen und verteilen sich auf dem Stoff.

Was zum Teufel mache ich hier überhaupt?

Es fühlt sich an, als sollte ich … mich in Bewegung setzen. Gehen. Vor ihm abhauen.

In diesem Moment schlägt Nick sich theatralisch mit der Handfläche gegen die Stirn. *Oh Mann!* Er sollte doch ohne seine Klamotten duschen! Was für ein Idiot. Ich weiß das. Und er weiß es auch. Ein eindringlicher Moment zwischen uns verstreicht, bevor er langsam, den Blickkontakt zu mir niemals unterbrechend, sein Sweatshirt auszieht und nur noch die nasse Fläche seiner glänzenden Brust vor mir ist. Mir stockt schmerzhaft der Atem, und das macht mich richtig wütend. Er besteht nur aus Schrägen und Kanten, schlank und straff. Als ich wach war, habe ich die lange Narbe auf seinem Bauch bemerkt und die Stelle, wo auf seiner Hüfte Sommersprossen sind, aber das war ein klinischer Blick. Ich habe versucht, ihn in einen hohen Stapel von Akten zu stecken. Die Traum-Sydney hat nichts Klinisches. Sie bemerkt die dunkle Spur aus Haaren, die von seiner Taille abwärtsführt, und die definierte Form seiner Muskeln, wenn er sie anspannt. An seinem unteren Rücken hat er zwei perfekte Grübchen. «Kommst du mit rein?», fragt Nick heiser und knöpft sich die Hose auf, an der Stelle, wo das dunkle Haar verschwindet, und ich …

… wache auf, als wäre eine Bombe explodiert, schnelle im Bett hoch, meine Beine sind in die Laken verheddert. Mein Herz hämmert wie die Trommel einer Marschkapelle, und mir ist glühend heiß. Viel, viel zu heiß für einen Winter in Maine. Ein dünner Schweißfilm bedeckt meinen Körper, das Schlafanzugoberteil klebt mir auf der Haut, und ich zerre es mir mit einem Ruck vom Körper. Meine Brust hebt und senkt sich im spärlichen Morgenlicht.

Fuck.

7

Der Traum versetzt mich nicht gerade in gute Laune. Ich kreide ihn den Melatonin-Gummibärchen an. Nick ist attraktiv, rein faktisch betrachtet, aber für mich ist er nicht attraktiv. Ich habe Gail Professionalität versprochen, habe mir selbst geschworen, dass ich mich von seinem Charme nicht einwickeln lasse – und ich bin immer noch immun gegen ihn.

Tatsächlich verursacht mir der Gedanke an ihn – den echten Nick – Juckreiz.

Ich dusche, wasche alle Spuren des Traums von mir ab und schlüpfe in eine dunkle Jeans. Während ich mir mit dem Handtuch die Haare trocken rubble, laufe ich in meinem Zimmer auf und ab und gehe jede kleinste Geheimdienstinformation über Nick durch, die ich habe. Aus dem Virus auf seinem Handy hat sich noch nichts ergeben – Nick und Johnny sind letzte Nacht sofort eingeschlafen und haben ihre Telefone seitdem kaum in die Hand genommen. Aber um fünf Uhr zweiundzwanzig heute Morgen hat Gail bestätigt, dass Callas Verlobungsring in keiner der Datenbanken des FBI für Diebesgut zu finden ist.

Ich bin genauso frustriert wie erleichtert. Das wäre ein leichter Erfolg gewesen. Johnny ist vielleicht zu laut, zu aufdringlich, aber er ist nicht dumm.

Und Nick auch nicht. Das erfahre ich gerade. In einer seiner Akten steht, dass er Zweitbester seines Jahrgangs an der Highschool war. Im mathematischen Teil seines SATs hat er siebenundneunzig Prozent erreicht.

Ich öffne einen anderen Ordner von Nick. Er verrät mir, dass er seine Steuern pünktlich bezahlt. Er hat null Strafzettel. Er war nie verheiratet. Seine Großeltern sind verstorben, seine Eltern geschieden. Nicht viele Informationen über seine amerikanische Mutter, noch weniger über seinen kanadischen Vater. Nick hat einen Bachelor in Wirtschaftswissenschaften, den er – warum auch immer – ungenutzt gelassen hat, um der Bodyguard von Johnny Jones zu werden. An den Wochenenden geht er joggen. Mindestens viermal die Woche rudert er auf dem Charles River, bei Sonne wie bei Schnee. Es gibt ein Foto von Nick in seinem Boot mit verkehrt herum aufgesetzter Baseballkappe, die ihm die Haare platt drückt, und Schweißperlen, die seinen Nacken hinunterlaufen.

Nein, ekelhaft.

Ich scrolle schnell weiter und über den Inhalt seiner Akte hinaus. Soziale Medien sind nicht meine erste Anlaufstelle für eine Personen-Aufklärung (die ausländischen Agenten, die ich rekrutiere, haben fast nie Profile im Internet), aber in seltenen Fällen helfen sie, sich eine Grundlage zu verschaffen. Man erfährt daraus, wie sich eine Zielperson selbst sieht und wie man sich ihr dementsprechend nähern sollte.

Nick sieht sich selbst … als einen hungrigen Menschen.

Auf seinem Profil finden sich jede Menge Eiscreme-Fotos. Eiswaffeln und Eisbecher und drei Kugeln auf einmal. In Boston wohnt er gegenüber von einer Eisdiele namens *Glückschleck*, die von einem achtzigjährigen irischen Paar betrieben wird, das eigene Geschmacksrichtungen kreiert. Nick hat sie alle durchprobiert. Hier ist ein Foto, auf dem er die Arme um Owen und Catriona legt (die Inhaber) und vor einem Plakat steht, das für eine brandneue Geschmacksrichtung wirbt: «Glücksnick». Es sind Pistazien drin.

Leider ist Pistazie mein Lieblingseis.

Das Foto mit Owen und Catriona steht in starkem Gegensatz zu den nächsten Bildern, auf denen mir der echte Nick vom Bildschirm entgegenspringt. Weniger brave Fotos von Nick, Johnny und einigen der Jungs: Ich erkenne Andre, Conrad, Marco, Sal. Die meisten von ihnen sind nicht FBI-bekannt. Sie trinken zusammen in Kneipen und Bars in Boston und sehen aus wie ein Haufen Arschlöcher mit ihren Bieren und ihrem Wir-kommen-mit-allem-durch-Grinsen in den Gesichtern. Ist das Vinny? Das ist Vinny, der den Arm um Nick gelegt hat. Er hat einen superkurzen Buzz Cut und einen Gesichtsausdruck, als hätte er Lust, zuzubeißen.

Und dich kriegen wir auch dran, denke ich und wische weiter. Deutlich weiter unten in Nicks Profil finden sich ein paar hübsch beschnittene Dinner-Fotos mit Leuten, die keine achtzigjährigen Eismoguln oder ordinäre Schläger sind. Auf einem küsst Nick eine Frau mit kurzen Locken auf die Wange, die etwa Mitte zwanzig ist. *Lauf, Mädchen. Lauf weg.* Auf einem anderen teilt er sich mit einem Tennisprofi namens Bobbie einen veganen Hotdog. Nur eine weitere Person taucht regelmäßig in seinem Profil auf. Nicks Großmutter. Seine «Nan», wie er sie nennt. Hier sind sie bei einem Baseballspiel der Red Sox und balancieren einen Eimer Popcorn zwischen sich, und – nein. *Nein.* Das Bild löst etwas in mir aus, meine eigenen Erinnerungen an Baseballspiele mit Calla und Dad, meine eigenen Familientraditionen, die ich hastig verdränge. Stattdessen konzentriere ich mich auf Nicks Nan. Sie ist klein und reizend – und wenn ich eine Vermutung aussprechen darf: Sie weiß nichts davon, dass ihr Enkel einen Kriminellen beschützt.

Wenn man vom Teufel spricht …

Metallisch klingende Hiebe sind vor meinem Fenster zu hören. Ich hake meine Finger in die Jalousien und spähe hindurch. Im Garten steht Nick und hackt Holz für den Kamin. Er schwingt die Axt mit fachmännischer Sorgfalt, sein Nacken glänzt vor Schweiß wie auf dem Ruderfoto. Falls er mich sieht, gibt er es nicht zu erkennen – er legt nur eine Pause ein, um seinen Winterparka zu öffnen. Darunter kommt lediglich ein schlichtes weißes T-Shirt zum Vorschein. Er hebt den Rand an, sodass der Wind über seinen muskulösen Bauch streicht, und wischt sich die Schweißperlen von der Stirn.

Ach, komm schon.

Das ist einfach lächerlich. Er wird sich Frostbeulen holen.

Mit finsterer Miene lasse ich die Jalousie wieder los und lausche, um zu hören, ob sonst noch jemand wach ist. Von unten duftet es nach Grandma Rubys berühmten Pfefferminz-Zuckerstangen-Scones (buttrig, süß, Weihnachten in Glutenform), dazu ertönen Stimmen: Johnny nimmt Calla liebevoll wegen ihrer Jahrbuchfotos aus der fünften Klasse auf den Arm. Ich bin hier oben allein.

Gut.

Innerhalb von fünfzehn Sekunden habe ich Latexhandschuhe aus meinem Rucksack geholt. Ich kenne dieses Haus. In mein Gedächtnis ist eingebrannt, wo genau jede einzelne Bodendiele knarrt und quietscht, und so trete ich mit leichtem Tritt auf genau die richtigen Stellen, schlüpfe aus meinem Zimmer, öffne die Tür zum Gästezimmer und schleiche hinein. Der Elf wirft mir aus dem Bücherregal erneut einen abschätzigen Blick zu. Möglicherweise sind in diesem Zimmer winzige Aufnahmegeräte versteckt.

Keine Zeit, um nach Wanzen zu suchen.

Mein Blick huscht hin und her. Trotz ihrer frisch entdeckten

Impulsivität – die meiner Überzeugung nach nicht wirklich zu ihr passt – ist es bei Calla immer noch akribisch aufgeräumt. Ihr Koffer steht ordentlich in der Ecke, ihre Kleider hängen wahrscheinlich gebügelt im Schrank, ihre Weihnachtsgeschenke sind bereits eingepackt und hübsch auf dem Schreibtisch arrangiert. Johnny dagegen breitet sich mehr aus. Zwei Designerkoffer liegen aufgeklappt auf dem Boden, und Achthundert-Dollar-Pullover hängen aus ihnen heraus wie Zungen. Der hatte als Kind bestimmt eine Haushälterin, da bin ich mir sicher. Musste wahrscheinlich in seinem ganzen Leben noch nie selbst aufräumen.

Ich schiebe mit dem Fuß einen Pullover beiseite. Hoffentlich landen Johnnys sämtliche Habseligkeiten in beschrifteten Tüten in einer Asservatenkammer.

Das wünsche ich mir zu Weihnachten.

Ich ziehe mir die Handschuhe über und nehme mir den ersten Koffer vor. Kaschmirpullis. Eine *Men's-Health*-Zeitschrift vom Flughafen. Ein Gepäckanhänger vom Logan International Airport in Boston. Aftershave, getragene Boxershorts, ein Päckchen Taschentücher (vielleicht für den Fall, dass ihm im Brennofen wieder eine Tasse kaputtgeht und er so tun muss, als würde er deswegen Tränen vergießen) – *aha, was ist das?*

Ich ziehe den Reißverschluss von einer der im Koffer verborgenen Taschen auf und hole ein schwarzes Klappmesser heraus, das ich aufschnellen lasse. In der Wärme des Schlafzimmers klingt sein metallisches Sausen so kalt. Ich lehne mich jetzt mal aus dem Fenster und behaupte, dass das hier nicht zum Tranchieren des Truthahns gedacht ist.

Das Messer ist nicht das, wonach ich suche – ich suche einen Laptop oder ein Tablet, irgendein größeres kommunikationsfähiges Gerät, das ich für Informationen über den nächsten

Raub anzapfen kann – aber das Messer ritzt mir buchstäblich ins Gedächtnis, wie gefährlich dieser Mann sein kann. Die Tatortfotos des FBI von seinem letzten Raubüberfall blinken in meinem Kopf auf. Eine trocknende Blutlache auf dem Boden einer Kunstgalerie.

Nimm das Messer, sagt eine Stimme in mir. *Wirf es aus dem verdammten Fenster.*

Dann jedoch: Schritte.

Verdammt. Jemand nähert sich der Treppe.

Diesmal habe ich genügend Spielraum eingeplant, um meine Spuren zu verwischen. Niemand wird mich zusammengekauert in der Dusche finden oder (schlimmer noch) in diesen übergroßen Koffer gezwängt. Das sieht eng aus da drin. Und so beweglich bin ich auch nicht. Ich stecke das Klappmesser zurück in den Koffer, ziehe mir den Latex von den Händen, stopfe mir die Handschuhe in die Tasche und schlendere ruhig zur Tür hinaus. Die Klinke schließt sich, als Johnny die unterste Treppenstufe betritt.

Ich winke ihm glaubhaft unschuldig zu, starre vom Treppenabsatz aus auf ihn hinunter und frage mich, ob ich einen Sehtest brauche. Sieht das nur für mich so aus, oder trägt er meinen Bademantel? Das ist mein Fleece-Bademantel aus der Highschool, der mit den blau-weißen Tupfen.

Johnny deutet auf den Stoff und streichelt ihn, als würde er einen Tiger zähmen. «Entschuldigung, ist das in Ordnung? Calla sagte, es wäre okay. Ich habe meinen Bademantel vergessen.»

«Ja, total okay», würge ich hervor, obwohl ich eigentlich sagen will: *Hättest du nicht einen deiner verdammten Pullover anziehen können? Oder den eigens dafür vorgesehenen Gästebademantel?*

Beschwingt nimmt Johnny die Treppe herauf immer zwei

Stufen auf einmal. Er sieht so aus, als hätte er vor dem Morgengrauen bereits einen Karton Eier verspeist. Einfach putzmunter. «Ich komme eigentlich hoch, um mit dir zu sprechen. Darf ich dich kurz entführen?» Aus der Nähe riecht sein Atem nach Zuckerstangen. Seine Locken sind sichtlich mit Gel gezähmt, sodass sein Gesicht härter aussieht als gestern Abend, als er beim Karaoke Mariah Carey geschmettert hat. «Ich möchte etwas mit dir abstimmen.»

Wieder produziere ich ein glaubwürdiges Lächeln. «Klar, nur zu.»

Johnny öffnet die Tür, die ich gerade geschlossen habe, und marschiert hindurch. Er klopft auf die Matratze und bedeutet mir damit, auf dem Fußende des Gästebetts Platz zu nehmen. Unbehaglich komme ich dem nach. Noch unangenehmer wird es, als er sich direkt neben mich setzt. Wir sitzen Schulter an Schulter, sein Aftershave dringt in meine Nasenlöcher wie dolchartige Stacheln.

«Ich möchte für Calla ein Hochzeitsgeschenk besorgen.» Johnnys Hände beschreiben in der Luft Halbkreise, um die Größe des Geschenks zu demonstrieren. Er spricht sehr gerne mit den Händen; meinen Beobachtungen zufolge hat ihm noch nie eine Geste nicht zugesagt. «Etwas Handfestes, das ich ihr vor dem Altar überreichen kann. Ein Diamanten-Tennisarmband, Flugtickets nach Aruba, ein Pferd …»

Er will ihr vor dem Altar ein Pferd schenken. Also in leiblicher Form? In unserem Wohnzimmer?

«Jetzt, wo sich alles zeitlich nach vorn verschoben hat», sagt er, und seine blauen Augen verengen sich, «muss ich mir schnell etwas einfallen lassen, und alle meine Ideen sind zu wenig ausgefallen. Ich habe etwas, das gerade verschifft wird, aber ich dachte, wir könnten diese Woche vielleicht die Köpfe zusammenstecken. Uns eine zweite Option überlegen. Einkaufen gehen.»

Weihnachtseinkäufe mit einem Kriminellen, das klingt wie eine Kitschkomödie, die ich mir nicht anschauen würde. «Was lässt du denn hierher verschiffen?», frage ich neugierig, während in meiner Gesäßtasche mein Handy brummt.

«Oh, das ist eine Überraschung», sagt er und zwinkert mir völlig unironisch zu. Abgesehen von dem Bademantel sieht er aus wie einer Werbekampagne entsprungen – *ganz toll.* Noch eine Überraschung. Genau das, was ich an diesen Feiertagen noch gebraucht habe. «Ich bin mir aber sicher, es wird ihr gefallen. Ich will mich nicht selbst beweihräuchern, aber ich habe einen guten Geschmack. Habe es selbst ausgesucht.»

«Wie den Ring», sage ich in dem Versuch, ihm zu schmeicheln. «Er ist wunderschön.»

Er freut sich über das Kompliment. «Danke.» Weil er ein Stück näher an mich heranrückt, berühren sich unsere Schultern, und wir bekommen einen elektrischen Schlag. «Du bist nicht eifersüchtig, weil deine kleine Schwester vor dir heiratet, oder?»

Und da – *da ist es.* Diese erste Spur von Boshaftigkeit, als könnte er nicht aus seiner Haut. So wie er es gesagt hat, klang es wie ein Scherz. Er nimmt mich nur auf den Arm. Aber es ist als subtile Stichelei gemeint. Männer wie er betrachten alles als einen Wettbewerb.

Ich bin ehrlich. «Weißt du, je älter ich werde, desto mehr werde ich von der Vorstellung einer Ehe abgeschreckt.»

Johnny runzelt die Stirn. «Und warum?»

«Na ja», sage ich leichthin, während mein Handy erneut summt, «kann man je wirklich wissen, wen man da heiratet?» Ich zucke mit den Schultern, als wäre auch das ein Scherz. Wir sind beide so witzig. «Aber ja, wir können zusammen einkaufen gehen … wie es aussieht, muss ich jetzt noch ein Hochzeitsgeschenk besorgen.»

«Weil ich *heiraten* werde», sagt Johnny mit einem durchtriebenen Grinsen und haut mir auf den Rücken. Mein Gott, kann er vielleicht mal damit aufhören? *Du kannst nicht einfach jeden anfassen.* «Hey, ich wollte noch, dass du weißt, deine Schwester … also, deine Schwester ist wirklich das außergewöhnlichste Mädchen, dem ich jemals begegnet bin. Ich habe nie an diese Liebe-auf-den-ersten-Blick-Geschichte geglaubt, aber sie hatte mich im Sack, als sie zum ersten Mal ihre Nase gekräuselt hat, wie sie es immer macht.» Er kratzt sich an seiner eigenen Nasenspitze und lacht auf. «Sie hat mich zu einem besseren Menschen gemacht. Und einem schlaueren. Ich hätte nicht gedacht, dass ich ein Mädchen mögen könnte, das so klug ist wie Calla, aber wie sich herausstellt, hat man dadurch mehr zu reden.»

Ich nicke schmallippig und lese ihn. Er lügt nicht. Ich brauche keinen Lügendetektor, um das herauszufinden. Aber die Frage lautet nicht: *Liebt er meine Schwester wirklich?* Sondern sie lautet: *Liebt er meine Schwester genug, um sie nicht in Schwierigkeiten hineinzuziehen?* Nutzt ein Teil von ihm Callas Güte, ihr Licht, als Tarnung? Manche Männer glauben, sie könnten eine Frau gleichzeitig lieben und sie kontrollieren.

«Na gut», sagt Johnny und schlägt sich auf die Schenkel, «gehen wir besser runter. Das Frühstück ruft.» Als er vom Bett aufsteht, klafft mein flauschiger blauer Bademantel über der Brust ein Stück zu weit auf, und er dreht sich zu mir um. «Willst du nicht nachschauen, wer dir eine Nachricht geschickt hat?»

«Ach, das ist meine Vermieterin», lüge ich automatisch das

Blaue vom Himmel herunter. «Sie fragt dauernd, ob ich meine Wohnung untervermieten würde.»

Johnny schüttelt den Kopf, übertrieben wie immer. «Das würde ich nicht empfehlen. Ich habe da richtige Horrorgeschichten gehört.» Er wartet, bis ich ihm in den Flur gefolgt bin, und schließt die Tür mit einem lauten Klicken. «Man will doch keinen Fremden in seiner Wohnung haben, oder?»

Beim Frühstück lasse ich es mit dem Koffein langsam angehen. Der Haselnusskaffee von Grandma Ruby ist ziemlich stark, drei Tassen reichen also aus. Ich schlürfe ihn im Stehen neben dem Automaten und lese Gails Nachrichten so, als würde ich Schlagzeilen überfliegen. Anscheinend war Johnny, bevor er nach oben kam, draußen auf der Auffahrt und hat mehrere Anrufe an eine Vorwahl in Midcoast Maine getätigt. Midcoast Maine? Wen kennt er in Midcoast Maine?

In den Textnachrichten ist Silvester bislang nicht erwähnt worden, es gab nur jede Menge Weihnachtsgeschwätz. Gail schickt mir die Screenshots von ein paar Nachrichten von Johnny an seinen Cousin Andre, in denen er fragt, ob Andre zur Hochzeit Weihnachtsgeschenke mitbringt. Ist das ein Code für etwas? Oder interpretiere ich da zu viel hinein?

«Sydney, leg dein Handy weg», sagt Grandma Ruby und fordert mich auf, mich neben den Berg von Zuckerstangen-Scones zu setzen. Es gibt außerdem French Toast mit Ahornsirup, Rührei, knusprige Streifen Truthahnspeck und nicht weniger als sieben Flaschen scharfe Soße, darunter auch Grandma Rubys Hausrezept, neben dem einem Pfefferspray vorkommt wie wohltuender Nebel. Sie verteilt ihre Soße großzügig auf ihren Eiern und fragt, ob ich auch etwas davon haben möchte.

Ich lache. Ich könnte sie unmöglich noch großartiger finden. «Da werde ich wohl passen müssen.»

Sie winkt in meine Richtung ab, als wollte sie sagen: *Oh, Sydney!* «Ihr Mädchen habt das Gen für Schärfe nicht geerbt. Na, dann bleibt mehr für mich!»

Nick, zurück von seinem Holzfällerabenteuer, lässt sich auf den Stuhl neben mir gleiten. Er ist mir erdrückend nah. Sein Haar ist zerzaust, und er riecht extrem nach Zedernholz, so wie der Kleiderschrank eines alten Mannes.

«Morgen», sagt er und schenkt sich eine Tasse Kaffee ein. Hoffentlich verbrennt er sich die Zunge. Er trinkt ihn schwarz und versprüht dazu eine Portion Charme in Richtung meiner Großmutter. Während wir essen, erkundigt er sich nach ihrem Malergeschäft und wie es war, in Maine aufzuwachsen, und Grandma Ruby bereichert uns mit der Anekdote, dass bei ihrer eigenen Hochzeit einer der Trauzeugen von einem Pferd getreten wurde.

«Einfach bumm!», sagt sie und klatscht in die Hände. «Direkt in den Hintern.»

Ich werfe Johnny einen vielsagenden Blick zu. *Siehst du? Keine Pferde auf Hochzeiten, bei denen man sich nahekommt.*

Johnny interpretiert den Blick nicht richtig. «Hier, bitte!» Er schiebt mir die Butter zu. Ich nehme sie entgegen, als wäre die Butter das, was ich haben wollte. «Wo wir gerade von Verletzungen sprechen», fügt er hinzu und schleckt einen winzigen Tropfen Marmelade von seinem Daumen. «Hat Calla euch von Darlene erzählt?»

Bitte sagt mir, dass Darlene nicht auch Gangsterboss ist.

«Hat sie nicht», sage ich.

«Darlene ist ein Hamster», erläutert Calla und gießt Ahornsirup über ihren Toast. Er bildet glänzende Lachen. «Ich habe den Verdacht, es ist weniger toll, als man denken könnte, das Haustier einer Schulklasse zu sein. Kurz bevor die Kinder in die Winterferien abgeholt wurden, hat sie sich Houdini-mäßig aus ihrem Käfig befreit und ist in einem der Lego-Häuser stecken geblieben, und als ich sie gefunden habe, war sie schwer genervt.» Sie streckt eine Hand über den French Toast aus und zeigt uns zwei winzige Bisswunden an ihrem Fingerknöchel. «Darlene verbringt die Weihnachtsferien bei unserer Sportlehrerin, danach wird sie in die dritte Klasse versetzt. Da gibt es keine Lego-Häuser. Das Problem ist, dass ich jetzt Angst vor Hamstern habe. Das andere Problem ist, dass wir jetzt kein Klassentier mehr haben und eines adoptieren müssen, bevor es im neuen Jahr zu einer Meuterei kommt.»

«Eine Eidechse?», schlägt Nick vor und steckt die Gabel in seinen Toast.

«Ein Waschbär?», schlage ich vor.

Calla schnaubt, dann nickt sie ernst. «Gut überlegt. In einer Grundschulklasse geht es einfach nicht chaotisch genug zu, wenn man auf Tollwut ganz verzichtet.»

«Als wüsste ich *das* nicht aus Erfahrung», sagt Grandma Ruby unverständlicherweise, und Calla und ich sehen einander stirnrunzelnd an. Für eine Sekunde fühlt sich alles ein winziges bisschen normal an. Als wären nur Calla, Grandma Ruby und ich hier und würden French Toast essen und Witze über unser Leben reißen. So, als könnte Dad vielleicht am anderen Tischende sitzen.

Ich zwinge mich, diese Illusion abzuschütteln.

Dann brechen die Hochzeitspläne über uns herein. Grandma Ruby erklärt sich mit einem Jauchzen (und einem tiefen Schluchzen) bereit, als Friedensrichterin zu fungieren. Sie hat sogar die Schuhe dafür: schwarze Lackleder-Halbschuhe mit goldenen Spangen, wie ein alter Pilgrim. «Ich muss sie abstauben», schnieft sie und strahlt, «aber das sind meine Glücksschuhe! Ich habe schon Leute in ihnen verheiratet. Seitdem ihr Mädchen aus dem Haus seid, habe ich eine Menge Leute verheiratet. Hummerfischer, Touristen, sogar ein ehemaliges Mitglied der Hells Angels mit Tattoos und ... oh!» Sie schüttelt dramatisch den Kopf, wobei ihr weißes Haar auffliegt, und stürzt besonders schwungvoll die Treppe hinauf. In rasender Eile sucht sie auf dem Dachboden ihr Hochzeitskleid heraus. Zu Callas Glück (oder vielleicht Pech) ist der Stoff unberührt geblieben von winzigen Waschbärentatzen, und die Ärmel sind noch genauso gepufft wie 1962.

«Ich glaube, da steckt immer noch Pep drin!», sagt Grandma Ruby und drapiert es über die Couch. «Der Gedanke, dass du es trägst und eine lange, glückliche Ehe führst wie ich ... Also, der macht mir Freude.» Sie schlägt Änderungen am Design des Kleides vor und holt ihre wuchtige Nähmaschine heraus. Calla küsst sie auf die Stirn – und fragt gleich darauf, ob ich denn ein Kleid für die Hochzeit hätte.

Ich murmle etwas von einem schicken Hosenanzug in meinem Schrank, obwohl ich weiß, dass ein solcher Hosenanzug nicht existiert. Es wird nicht so weit kommen, dass ich ein Outfit brauche. Bis zum Tag der Hochzeit wird alles geregelt sein.

Zufrieden fragt Calla Nick, ob es ihm etwas ausmachen würde, in der Stadt noch ein paar Dinge für die Hochzeit zu besorgen (zusätzliche Lampen für den Altar, handgeschöpftes weißes Papier für die Platzkarten und so weiter). Fünfzehn Minuten später kommt mit einem Summen eine Nachricht auf meinem Handy an. *Wusstest du, dass es in eurem Ort einen Laden gibt, der gleichzeitig Hummer verkauft und ein Nagelstudio ist?* Dann: *Hier ist übrigens Nick.*

Ich ziehe die Nase kraus. Aber gut. Er hat zuerst den Kontakt gesucht.

Nach dem Frühstück will ich gerade wieder nach oben verschwinden, um zu recherchieren, welche Verbindungen Johnny nach Midcoast Maine haben könnte, da hält Grandma Ruby mich am Ellbogen fest. Sie rekrutiert mich dafür, entfernte Verwandte anzurufen und die frohe Botschaft zu verkünden. Zwischen den Anrufen schicke ich Nick eine Nachricht. *Habt ihr so was in Boston nicht?*

Ich bin verwirrt, antwortet Sidekick Nick umgehend. *Können sich die Hummer auch die Nägel schneiden lassen, wenn sie wollen?* Außerdem schickt er mir ein Foto des Plakats im Schaufenster. Darauf prangt die Zeichnung eines Mannes, dem eine Forelle aus der Hose schaut. *Kannst du mir das erklären?*

Ich wünschte, das könnte ich.

Nichts da, antwortet Nick, *das musst du mir wirklich erklären.*

Da auf meiner Anrufliste noch neun weitere Verwandte stehen, tippe ich so schnell ich kann. *Das ist ein altes Plakat aus dem Sommer. Vor etwa hundert Jahren haben die Menschen in Cape Hathaway zu Ehren der Fischfangindustrie im Sommer das Fisherman's Picnic ins Leben gerufen, eine Art kulinarisches Festival mit Spielen. Das wichtigste Spiel ist der Forellenwurf. Dabei schneiden erwachsene Menschen zwei Löcher in einen Müllsack, ziehen ihn an wie eine Unterhose und halten ihn seitlich auf, um damit eine Forelle zu fangen. Derjenige, der es schafft, aus der größten Entfernung eine Forelle zu fangen, hat gewonnen. Und die Wahrheit lautet, man gewinnt damit tatsächlich nichts außer dem Fisch in seiner Unterhose.*

Bitte sag mir, dass man den Fisch danach nicht isst, schreibt Nick.

Mutig antworte ich mit einem Fisch-Emoji, einem Hosen-Emoji und einem Essteller-Emoji. Nick schickt ein Bazillen-Emoji, gefolgt von einem Krabben-Emoji, und das muss reichen. Genug jetzt von ihm. Ich widme mich wieder den Anrufen.

«Hi, Tante Meryl. *Hallo*, Tante Meryl. Hier ist Sydney. *Sydney* ... Deine Großnichte? Ich weiß, es ist schon eine Weile her. Ja, Calla heiratet ... Von wem hast du das gehört? Oh, okay ... Nein, ich weiß nicht, ob Calla schon Rührschüsseln hat. Ich glaube auch nicht, dass Johnny irgendwelche Rührschüsseln hat ... Ich bin mir nicht sicher, was ihre Hochzeitsfarben sind. Grün und Rot, schätze ich? Nein, das Kleid ist nicht rot. Es ist weiß. Cremefarben. Sie heiraten an Weihnachten ... Ich weiß, es ist sehr kurzfristig. M-hm, *dieses* Weihnachten.»

Onkel Wilfred stellt uns einen Scheck in Aussicht und fragt dann, wie wir miteinander verwandt sind. Der Bartlett-Teil der Familie macht über die Feiertage Urlaub in Mexiko und geht nicht ans Telefon. Insgesamt rufe ich siebzehn Leute an und lade sie auf Grandma Rubys Geheiß zur Hochzeit ein, ein paar von ihnen sagen, sie würden nach Last-minute-Flügen schauen, was nett von ihnen ist.

Aber ich hoffe inständig, dass niemand Geld für eine Hochzeit ausgeben wird, die – mit Sicherheit – abgesagt werden wird.

Ich versuche sogar, einige von ihnen indirekt davon abzubringen.

Was den Junggesellinnenabschied angeht, kann ich allerdings kaum etwas ausrichten. Der wird mit Volldampf geplant. Er wird auf einem Schiff stattfinden. Ein paar von Callas Freundinnen kommen am einundzwanzigsten mit dem Auto aus Boston, und auch Johnny wird mit seiner Junggesellenrunde dabei sein. Das hatte Calla eigentlich nicht im Sinn, aber als Johnny von der Winterkreuzfahrt rund um Oak-Bar Harbor hört, ist er sofort im Boot. Es hat eine Absage gegeben. Es ist ein Schiff verfügbar. Ich versuche, Calla durch die Blume verständlich zu machen, dass es vielleicht nicht die beste Idee ist, einen Haufen betrunkener (und, damit wir das nicht vergessen, krimineller) Männer auf einem Boot in einem kleinen, vereisten Hafen zu versammeln, wo eine Leiche leicht über Bord geworfen werden kann und die Küstenwache Wochen brauchen wird, um sie zu finden, aber Johnny hat bereits telefonisch reserviert.

Grandma Ruby sagt, sie werde nicht mitkommen für den Fall, dass ich als Trauzeugin ungestört einen männlichen Stripper einladen möchte. «Ich würde mal in den Gelben Seiten nachschlagen», sagt sie, immer noch herrlich im Jahr 1992 verankert.

Bis zum Mittag haben Johnny und Nick ihre Telefone kaum in die Hand genommen, außer um einmal schnell Wordle zu spielen (Nick) und eine Google-Suche nach Haargel durchzuführen (Johnny). Nicht gerade verwertbare Informationen. Ich hasse es zu warten. Ich könnte mich in mein Zimmer verkrümeln und mögliche Ziele für den nächsten Überfall recherchieren, aber im Augenblick wäre das ungefähr so sinnvoll, wie mit verbundenen Augen einen Dartpfeil auf ein bewegliches Ziel zu werfen. Ich werde stattdessen joggen gehen, um im mentalen Gleichgewicht zu bleiben, während die Informationen eintrudeln.

Als ich in meinen Joggingklamotten – schwarzen Thermo-Leggings und einer Polarjacke, die mir Platz lässt, wenn ich mit den Ellbogen schwinge – die Treppe hinunterlaufe, kniet Nick, der von seinen Besorgungen zurück ist, dort gerade auf dem Boden und schnürt sich die Turnschuhe zu. Ein Teil von mir ärgert sich, dass er mir den Weg versperrt, aber es ist auch …

Ich kann damit arbeiten.

«Gehst du laufen?», fragt er hoffnungsvoll und blickt von seinem letzten Schleifen-Hasenohr auf.

Ich gehe neben ihm auf dem Parkett in die Hocke. «Ich habe darüber nachgedacht», sage ich lauernd, ziehe mir meine eigenen Turnschuhe an und binde sie zu.

Nick richtet sich auf. «Kann ich mitkommen? Ich bin schon ewig nicht mehr gelaufen und werde langsam zappelig.» Er trägt eine glänzende Jogginghose und einen schwarzen Kapuzenpulli, die Wintermütze hat er sich tief über die Ohren gezogen. Als ich zu ihm aufblicke, sehe ich vor mir die Traumversion von ihm, die sich unter der Dusche aus dem Pullover schält, und denke, dass es niemanden auf der Welt gibt, mit dem ich weniger gern laufen würde. Aber im Sinne der Mission …

«Klar, total.» Ich springe auf, schnappe mir aus der Schale neben der Eingangstür Ohrenschützer und schlage ihm mit dem Handrücken gegen den Bauch. Seine Bauchmuskeln fühlen sich kaum anders an als ein Holzklotz. Ich wünsche mir aus tiefstem Herzen, ich wüsste das nicht. «Solange du mithalten kannst.»

8

Ich laufe nie mit anderen. Nicht mehr. Laufen ist eine Solo-Übung. Ich will beim Joggen nicht quatschen. Worüber reden die Leute überhaupt, wenn sie laufen? Ist es ihnen egal, dass sie dadurch langsamer werden?

Der einzige Mensch, mit dem ich je gelaufen bin, war mein Dad – zum Strand hinunter. Er trieb mich immer an, weil er wusste, dass ich schnell war und selbst nach ein paar Kilometern immer noch eine Menge Elan hatte. *Kleine*, feuerte er mich an. *Gib Gas*. Wenn er wollte, war er ein guter Vater: ein bisschen chaotisch, strubbeliges Haar und außerstande, einen Job über die Saison hinaus zu behalten, aber ich sehe ihn immer noch rückwärts über den Strand laufen, dröhnend lachen und mich *Kleine, Kleine, Kleine* nennen. Manchmal, wenn ich morgens um fünf in D.C. am Fluss entlangsprinte, kann ich beinahe seine Schritte hören und sein bärtiges Gesicht vor mir sehen.

Calla ist nicht mit uns gelaufen. Ich glaube sogar, ich habe Calla noch nie laufen sehen, außer es handelte sich um eine obligatorische Trainingseinheit im Fitnessstudio oder die Verfolgung eines Eiswagens mit Frozen Yogurt. Sie ist eher der Typ für Pilates und Kreuzsticken. Aber nachdem Nick die Tür aufgestoßen hat, ist Johnny nicht weit und verkündet, er würde gerne laufen gehen und *Calla, Babe, du solltest mitkommen*. Er fragt sie nicht, er besteht darauf. Calla, die sich gerade ihre flauschigen Faulenzer-Socken angezogen hat, verzieht leicht das Gesicht, verwandelt die Grimasse aber schnell in ein eifriges, versöhnliches Lächeln.

Wir laufen als unbehagliches Vierergespann los, Nick und ich vorne, Johnny und Calla hinter uns.

Nick ist doch ein kleines Plappermaul. Ich bin davon ausgegangen, dass er die Stille ausfüllen, der Einsamkeit den Garaus machen würde. Aber sein Atem strömt lediglich in einem langen Stoß aus ihm heraus. Er passt sich meinem Tempo an, während wir auf dem geschippten Weg am längst geleerten Swimmingpool und dem Pavillon vorbeilaufen. Unsere Turnschuhe knirschen auf dem Streukies, wir halten unsere Gesichter in den kalten Wind, und ich frage mich, ob jemand wie er mein Viertel wohl so sieht wie ich. So wie ich es jetzt gerade sehe. Im Schnee, kurz vor Weihnachten, ist es einfach nicht zu toppen. Von den Rasenflächen aus winken einem karottennasige Schneemänner zu. Tannengebinde winden sich um Lattenzäune und werden zum Teil von Schneewehen gestützt. Bei den gefrorenen Tennisplätzen steht eine Krippe mit Plastikeseln, die die Köpfe senken, um dem Jesuskind das Gesicht abzulecken.

«Und wohin führt Nick dich heute Abend aus?», zwitschert Calla hinter uns, als wir auf die Hauptstraße in Richtung Strand einbiegen, und durchbricht damit meine Regel, beim Laufen nicht zu reden.

«Tut mir leid, ich habe ihr von unserem Abendessen erzählt.» Nick zuckt mit den Schultern und tut wieder ganz verlegen, seine Füße trommeln auf den Gehweg. Als unsere Schultern aneinanderstoßen, denke ich an die Bilder von dem Überfall in Buffalo – an die Blutflecken auf dem Boden der Bank – und möchte Nick am liebsten mit der Hüfte vom Gehweg rempeln. «Ich dachte, sie kann mir vielleicht etwas empfehlen.»

«Und?», sage ich und denke, dass ich in einer Stadt wie Stockholm genau wüsste, was ich vorschlagen würde. Nick und ich würden auf glatten Lederpolstern am Ecktisch in einer gerade richtig dunklen Bar sitzen und mit kristallenen Gläsern klingend anstoßen. Alles wäre eindeutig, stilvoll und sexy. In Cape Hathaway, Maine, kann Nick mich in der Nebensaison in Al's Hummerbude ausführen. Oder in den Supermarkt.

«Wusstest du, dass euer italienisches Restaurant superschlechte Bewertungen hat?», fragt Nick.

«*Dishies!*», rufen Calla und ich wie aus einem Mund, bevor ich sie ansehe und «Verhext» flüstere.

«Genau das», bestätigt Nick und lacht, als hätte er das Recht, ein Denkmal der Stadt zu beleidigen. «*Dishies.* Wo es gar keine Deep-Dish-Pizza gibt. Oder sonst irgendeine Art von Pizza.»

«Keine Pizza in einem italienischen Restaurant?», fragt Johnny entgeistert. Er hat einen grenzwertig psychopathischen Laufstil, schwingt kaum mit den Armen und ist so steif wie eins der Holzscheite, die Nick heute Morgen gehackt hat. Nick hält sich gut. Ich gebe das nur ungern zu. Sein Gesicht bleibt entspannt, und sein Arme schwingen leicht gebeugt neben dem Körper.

Toller Stil, um von einem Tatort wegzusprinten.

«Überrasch mich einfach», sage ich und ziehe das Tempo an, als wir die Motels in Strandnähe erreichen. Pastellfarbene Gebäude mit langen Sommerbalkonen fliegen an uns vorbei. «Solange du mit mir nicht in die Moose Lodge fährst.»

Nick stößt ein weiteres Lachen aus. «Was ist die Moose Lodge?»

«Eine Institution!», ruft Calla und hält mit uns Schritt. Johnny ist derjenige, der langsamer wird.

Ein Windstoß dringt unter meine Ohrenschützer. «Hundert

Flaschen harter Whiskey», gehe ich ins Detail. «Moose-Lodge-Bingo. Jede Menge ausgestopfter Tiere.»

«So unterhaltsam das auch klingt, ich glaube, das lassen wir lieber bleiben.» Ohne sein Tempo zu verringern, zieht sich Nick die Mütze tiefer ins Gesicht und wirft mir einen Blick zu, den ich aus dem Augenwinkel auffange. «Ich versuche, dich zu beeindrucken.»

Darüber bin ich froh. Aber ich wünschte auch, er würde es nicht tun.

«Habe ich dir erzählt, dass ich gestern Nacht Besuch bekommen habe?», fragt Nick. «Sweetie Pie ist ein Bettschweinchen.»

«Was?», frage ich und kneife die Augen zusammen.

«Sie ist wirklich zu dir ins Bett gekrochen?» Calla strahlt.

Ich bin verwirrt. Normalerweise vertraue ich Sweetie Pies Urteil. «Das macht sie bei Fremden nie.»

«Bei mir hat sie es nicht gemacht», brummt Johnny wie ein kleiner Junge, der auf dem Rücksitz des Minivans seiner Mutter schmollt, weil wir vergessen haben, dass er auch noch da ist.

«In dem Fall fühle ich mich geehrt.» Ein warmes Lächeln breitet sich auf Nicks Gesicht aus, bei dem er wieder diese tiefen Augenfältchen bekommt, und lieber Mann, ich habe von dem Netter-Typ-von-nebenan-Mist allmählich die Nase voll. «Ich bin mit Deutschen Schäferhunden aufgewachsen. Viele Leute hatten Angst vor ihnen, aber sie waren einfach nur große sentimentale Kerle … Wusstet ihr, dass Sweetie Pie im Schlaf mit dem Schwanz wedelt?»

«Ja», sage ich, führe uns näher in Richtung Strand und achte auf Glatteis auf dem Gehweg. Nick ist auf eine meiner wenigen Schwächen gestoßen, also erlaube ich mir, ein klein wenig verletzlich zu sein. *Aus Kalkül.* «Es bringt mich um.»

«Als ich aufgewacht bin», sagt er, «hatte sie alle vier Pfoten in meinen Rücken gestemmt, und ich musste ...» Er läuft weiter und schlingt sich die Arme um die Brust, um seine missliche Lage zu demonstrieren. Vielleicht hat sie versucht, ihn von sich zu stoßen. Ich revidiere meine frühere Aussage über Sweetie Pies Urteilsvermögen. «... mich an der Bettkante festhalten.»

«Solange Sweetie Pie es bequem hatte», sagt Calla mit einem Nicken.

Nick gluckst. Auf seiner Kieferpartie zeichnet sich der erste Anflug eines Bartschattens ab. «Ja, ich habe ungefähr fünfzehn Minuten lang keinen Muskel bewegt, weil sie immer noch mit dem Schwanz gewedelt hat und ich sie nicht aufwecken wollte. Dann habe ich einen Krampf bekommen. Musste mich ein bisschen bewegen. Wie lange habt ihr sie schon?»

«Seit sie ein Welpe war», sage ich und erzähle dann beim Weiterlaufen widerwillig die gesamte Geschichte. Sweetie Pie bestand nur aus einem kugelrunden Bauch und Flecken. Calla und ich hatten sie aus dem örtlichen Tierheim geholt; sie hatte mit der Schnauze in einem Bündel zerfetzter Zeitungen gewühlt, und kleine Fetzen hingen ihr zwischen den Ohren. Es war Liebe auf das erste Bellen. «Wir haben mit ihr einen dieser Hunde-DNA-Tests gemacht», berichte ich, «nur so zum Spaß. Sie ist ein Mastiff-Terrier-Mischling. Sechs Prozent Deutsch Kurzhaar. Zwei Prozent Chihuahua», ende ich mit dem Schocker.

Nick reagiert entsprechend ungläubig, was ihm ein winziges bisschen zugutezuhalten ist. «*Nein.*»

Johnny schert sich offenbar einen Dreck um Sweetie Pies DNA. Er macht Anstalten, mich auf dem Gehweg zu überholen. Er hat genug davon, dass ich die Gruppe anführe! Er will die Nase vorn haben.

Ich laufe ihm bei jeder verdammten Kurve vor die Füße und spüre eine stille Rivalität zwischen uns aufkeimen.

«Ich habe einmal versucht, mit ihr zu laufen», füge ich hinzu, während ich Johnny aggressiv (aber unauffällig!) die Überholspur verstelle, und zeige auf den Gehweg, als würde Sweetie Pie neben uns herspringen. «Ich weiß, dass Pointer großartige Läufer sind. Sweetie Pie hat es bis zu den Tennisplätzen geschafft, was ungefähr vierhundert Metern entspricht, und sich dann geweigert, sich vom Fleck zu rühren. Die Nachbarn dachten, sie wäre tot. Sie hat alle viere steif von sich gestreckt, das volle Programm. Es war sehr überzeugend.»

Nick grinst breit, als hätte er gerade einen besonders kniffligen Raubüberfall durchgeführt, ohne Fingerabdrücke zu hinterlassen, und wieder einmal bin ich zuversichtlich, dass ich ihn in der Tasche habe. Zeit, ein paar Fragen über Silvester einfließen zu lassen.

Wir ziehen das Tempo noch mehr an und rennen hinunter ans Wasser, wo wir eine Mischung aus Sand und dunklen Kieselsteinen unter den Füßen spüren. Long Sands Beach ist im Winter nicht nur menschenleer – er sieht aus wie die Kulisse eines postapokalyptischen Films, in dem die Natur die Oberhand gewonnen hat und keine Menschen mehr übrig sind. Es hat so etwas grausam Schönes, wie die Brandung gegen die Felsen kracht. Der Himmel ist vom herannahenden Schneefall schiefergrau. Es rieseln bereits kleine weiße Flocken aus den Wolken, aber der echte Sturm kommt erst noch.

«Machen wir ein Rennen?», frage ich Nick und gebe bereits Gas, denn ich glaube, das wird ihm gefallen, so ein spielerischer Wettlauf. Und ich muss etwas Abstand zu Johnny gewinnen, damit ich Nick unter vier Augen ein paar Fragen stellen kann.

Nick ist nicht ganz so kompetitiv wie Johnny, aber nimmt die

Herausforderung an. «Falls ich mit dir mithalten kann», neckt er mich und kehrt den Spieß um. Die Länge seiner Schritte nimmt zu. Schweiß sammelt sich unter den Thermo-Klamotten auf meiner Brust, und bis zum ersten Badehaus liegen wir Kopf an Kopf. Dort zieht Nick an mir vorbei und bleibt am Rande des Wassers abrupt stehen. Er stützt die Hände auf die Knie und atmet schwer durch den Mund. «Verdammt, Sydney. Du bist echt schnell.»

«Du bist schneller», sage ich ebenso atemlos und stütze die Handflächen in meine Hüften. Ich bewege mich weiter. Gehe auf ihn zu. Wir sind etwa einen halben Kilometer gesprintet, und Calla und Johnny sind ... offen gestanden kann ich sie in dem Nebel nicht einmal mehr sehen.

«Wie oft läufst du?», frage ich Nick.

«Nur an den Wochenenden. Ich rudere mehr.» Er unterbricht sich und streicht über seine Handballen, wo sich Schwielen gebildet haben. «Ich versuche, früh aufzustehen und auf dem Fluss zu sein, bevor jemand anders wach ist. Klingt bescheuert, aber alles andere ... schwimmt einfach weg. Es ist das, was für mich Frieden am nächsten kommt.» Er räuspert sich. «Allerdings bin ich früher auch Mountainbike gefahren. Damals.»

Ich bin gedanklich an der Bemerkung über den *Frieden* hängen geblieben, treibe das Gespräch aber trotzdem voran. «Hattest du einen Unfall oder so?»

Nick mustert mich aus zusammengekniffenen Augen und stützt sich immer noch auf seine Oberschenkel. Es hat etwas dermaßen Befriedigendes, dass ich vor ihm wieder zu Atem gekommen bin, dass er immer noch keucht und ich mich schon lange wieder aufgerichtet habe. «Ja, woher wusstest du das?»

Ich tippe auf mein Kinn. «Deine Narbe da.»

«Ach so. Ja. Ich bin über den Lenker geflogen.» Er weist mit dem Kopf Richtung Wasser, wo sich kalte Wellen brechen. «Deswegen habe ich mit dem Schwimmen angefangen. Das Wasser hat mich irgendwie geheilt, und – na ja, das Schwimmen führte dann zum Rudern.»

In meinem Kopf blitzt eine Verknüpfung auf. Jetzt weiß ich, wie ich ihn dazu bringen kann, über Silvester zu sprechen. «Als Kind konnte man mich nicht aus dem Wasser bekommen. Calla auch nicht. Aber alle, die hier wohnen, sind große Schwimmer. An Silvester gibt es sogar so ein Eiswasser-Schwimmen.»

Nick hat sich nun ebenfalls aufgerichtet, erst halb erholt von dem Sprint.

«Hast du denn schon mal mitgemacht?»

«Ehrlich gesagt, nein. Willst du vielleicht mitmachen? Kannst du dir vorstellen, über Silvester hierzubleiben?»

Nick lacht. «Wenn mich irgendetwas dazu verlocken könnte, Sydney, dann wäre das nicht die Möglichkeit, mir den Arsch abzufrieren.»

«Ach, komm. Du bist doch Kanadier. Kanadier sind immun gegen Unterkühlung.»

«Das ist wissenschaftlich erwiesen?»

Ich nicke und halte nach Johnny und Calla Ausschau. Sie sind immer noch hinter dem Vorhang aus Nebel verborgen. «Mit der Wissenschaft lässt sich nicht streiten.» Meine Füße schleifen über den Sand auf Sidekick Nick zu. Ich brauche einen besseren Spitznamen für ihn. Etwas, das seine Schlüpfrigkeit voll und ganz einfängt. Tricky Nicky? «Aber im Ernst. Hast du schon Pläne für Silvester?»

Nick sieht mich flirtend an, schiebt die Zungenspitze in den Mundwinkel. «Lädst du mich ein?»

«Vielleicht», sage ich und stupse ihn an. Meine Haut rebelliert gegen die Berührung, aber ich bekomme einen Tunnelblick, nehme das Ziel ins Visier: Jede kleinste Information, die er preisgeben will. «Dann arbeitest du also?»

«Mache ich immer», sagt er und blickt auf das Wasser hinaus. «Ich bin auch noch nie in Eiswasser geschwommen.»

Mein Blick folgt seinem über die eisigen Wellen, und die Teile fügen sich zusammen. Wie ich diese Beziehung zügig vertiefen kann. Ja, das bedeutet, dass ich das Gespräch über Silvester vorübergehend aufschieben muss, aber insgesamt wird es das wert sein.

Ich habe mich der Mission mit Feuereifer verschrieben. So sieht «Feuereifer» aus.

Ich nehme all meine Entschlusskraft zusammen, atme ein und wende mich Nick ganz zu. «Ich habe eine Idee.»

«Oje», scherzt er.

Ohne weiter zu zögern, ziehe ich den Reißverschluss meiner Jacke auf und schüttle sie mir von den Schultern auf den harten Sand. In Nicks Augen taucht eine Frage auf, aber ich bin noch lange nicht fertig. Mit überkreuzten Armen ziehe ich mir meinen Fleece-Kapuzenpulli über den Kopf, dann mein Tanktop, das die nackte Fläche meines Bauches und einen dünnen Sport-BH aus Baumwolle enthüllt, der bei der Kälte kaum etwas bedeckt.

Bei Verführung geht es nicht immer darum, so viel Haut wie möglich zu zeigen. Manchmal aber schon.

Nick lässt seinen Blick einmal taktvoll über meinen Körper gleiten, bevor er mir wieder in die Augen sieht. «Was willst du …?», fragt er und lässt die Frage in der eisigen Luft schweben. Sein Adamsapfel bewegt sich auf und ab. Die Art, wie er mich ansieht, hat sich verändert. Aus dem freundschaftlichen Wettlauf ist gerade etwas vollkommen anderes geworden. Ich habe mich nicht verkalkuliert; er mag die intensiven Seiten an mir. Ich sollte sie noch mehr ausspielen. Spontan sein. Ihn überraschen.

Und darum beten, dass wir uns nicht unterkühlen.

Oder zumindest darum beten, dass *ich* mich nicht unterkühle.

«Na?» Ich ziehe eine Augenbraue hoch und denke: *Komm schon, schluck den Köder.*

Nick bläst Luft durch die gespitzten Lippen, nimmt die Herausforderung aber an und fängt an, sich aus seinen eigenen Klamotten zu pellen. Er tut es sorgfältig und langsam. «Ich schätze, da ist nichts, was du nicht schon gesehen hättest», sagt er. Seine nackten Hautstellen treffen auf die spärliche Wintersonne, auf seinen Unterarmen bildet sich Gänsehaut. Wir klappern kaum mit den Zähnen, während wir gleichzeitig unsere Hosen ausziehen, bis wir in Unterwäsche auf dem verlassenen Strand stehen.

Er ist ein Slipboxer-Typ. Calvin Klein. Schwarze Baumwolle.

Das passt. Es ist basic.

«Bei drei?», fragt er, während der Wind gegen seine Haut peitscht. Er hat Wintersommersprossen. Sie leuchten in der Sonne auf. Diese schnittförmige Narbe auf seinem Bauch glänzt ebenfalls, und ich frage mich, wer hinter dieser Narbe steckt. Wen Nick vielleicht im Gegenzug verletzt hat.

«Wir rennen bis zu den Schultern rein, dann rennen wir wieder raus», befehle ich über das Rauschen der Wellen hinweg. «Eins, zwei …»

«Drei!»

Nick zögert nicht. Ich auch nicht. Wir stürzen uns in die Brandung, das eiskalte Wasser schwappt gegen unsere Knöchel – und jawohl, es ist absolut eisig. Ein Kribbeln erfasst meine Waden, meine Oberschenkel, Wellen schlagen gegen meinen Bauch, meine Schultern, und Nick ist nur einen Meter entfernt und murmelt etwas vor sich hin, das verdächtig nach einem Gebet klingt.

«Oh, ist das furchtbar», bringt er lachend hervor.

«Das ist vielleicht das Übelste, was ich je gemacht habe!», schreie ich und ahme ihn absichtlich nach. Steife Wellen schlagen mir in den Nacken, und wir machen hastig kehrt, landen wie Quallen wieder auf dem Strand: wackelig, mit klappernden Knien, außer Atem. Ich tue so, als hätte mich die extreme Kälte aus der Bahn geworfen. «Wer … wer hatte noch mal die Idee? Du?»

«Ich glaube … du.» Nick atmet tief und bewusst durch und grinst träge. Seine Lippen sind von der Kälte leicht rissig. «Hier …», sagt er zähneklappernd und beugt sich hinunter, um meine Kleider aufzuheben, und ich nehme sie mit einem ebenso zähneklappernden «Danke» entgegen. Dann warte ich, bis er seine eigenen Klamotten aufgehoben hat, bevor ich ihn zum Badehaus führe. Das Gebäude ist im Winter abgeschlossen, aber neben der Dusche ist eine Nische. Ein guter Schutz vor dem Wind.

Calla und Johnny sind nirgends zu sehen.

«Bist du … okay …?», fragt Nick und zerrt in der Nische seine Hose hoch. Ganz ehrlich, es ist schwer, Worte zu bilden, wenn sich die eigenen Lippen fast völlig taub anfühlen. Ich stammle etwas Unzusammenhängendes, versuche, meine feuchten Socken wieder anzubekommen, und lasse mich gegen meinen Willen von einem Schauer übermannen, der meinen gesamten Körper ergreift. Mir war in anderen Situationen schon kälter – bei einem Einsatz in Rumänien letztes Jahr –, aber offensichtlich weiß Nick nichts von Rumänien. Alberne kleine Sorgenfalten graben sich in seine Stirn.

«Hey», sagt er und reibt mit seinen Händen meine Arme auf

und ab. Was soll das denn helfen? Ich stehe hier halb nackt. Die Reibung, seine Haut auf meiner Haut, reicht nicht. Diese rauen Rudererhände zerkratzen mir die Arme.

«Ziehen wir mal deine Jacke an», sagt er, und sein Blick streicht über mein Gesicht.

Und da. *Da ist er.* Der schmalste Spalt einer Öffnung.

Ich spüre die relative Wärme, die er abstrahlt.

Und das Vertrauen. Und das Verlangen.

Alles, was ich nicht fühle. Alles, was er fühlen soll.

Mit einer langsamen, bedächtigen Bewegung stelle ich mich auf die Zehenspitzen und presse meine Lippen in einem Zusammenspiel von Eis und vorgetäuschter Begierde auf seine. Ist er von dem Kuss überrascht? *Gut.* Ich will ihn auf Trab halten. Der Zeitpunkt ist für einen natürlichen Verlauf dieser «Beziehung» etwas ungünstig gewählt – es fühlt sich nicht ganz richtig an –, aber in diesem Job geht es nur um Wahrscheinlichkeit. Um das Abwägen von Ergebnissen. Wir haben nur Tage, nicht Wochen, nicht Monate.

Ich ergreife die frühe Chance.

Ich packe ihn mit der Faust an seinem Kapuzenpulli und ziehe ihn noch dichter an mich heran.

Ein bebender Atemzug durchläuft ihn – *ein hervorragendes Zeichen* –, und seine Fingerspitzen heben sich an mein Gesicht und zeichnen meine Kieferpartie nach. Es ist eine zarte Berührung, leicht wie Puderzucker. Auch der Kuss beginnt sanft. Ich streiche langsam mit meinen Lippen an seinen entlang, erfasse jeden Zentimeter – und ja, ich gebe zu, er ist objektiv ein anständiger Küsser. Die Energie zwischen uns verändert sich. Dies ist kein unschuldiger Mistelzweigkuss mehr. Wir sind nicht auf einer Weihnachtsfeier, umgeben von Freunden und Familie; wenn uns in diesem Moment jemand sähe, würde er nicht *Oh, wie süß* sagen. Als Nick mir auf die Unterlippe beißt, fühlt es sich sinnlich und heftig an. Fast so, als würden wir kämpfen.

Ich möchte ihn noch fester beißen. So, so fest.

Aber ich überlege, was *diese* Version von Sydney wollen würde. Sie könnte den plötzlichen Drang verspüren, seine Hüften auf ihre zu ziehen. Es ist, als könnte Nick die Gedanken dieser Sydney lesen. Seine Finger graben sich in meinen unteren Rücken und ziehen mich dichter an sich, seine Zunge gleitet in meinen Mund. Er schmeckt nach Zuckerstangen-Scones und Meerwasser.

«Sydney …», raunt Nick direkt in meinen Mund, und ich antworte mit einem undefinierbaren Laut und schlinge ein Bein um seinen Körper, während er meinen Rücken gegen die kalte Betonwand drückt. Ich denke klinisch, methodisch, auch wenn seine Zunge versucht, mich vergessen zu lassen, dass dies eine Mission ist. Vergessen zu lassen, dass ich das aus einem anderen Grund tue als dem, dass ich es unbedingt will. Seine Hüften kreisen nach vorne, und ich mache die Bewegung mit, atemlos, die Hitze in meinem Bauch wandert tiefer, tiefer …

Okay, genug Schauspielerei.

Ich lasse mein Bein sinken, löse meine Hände von seinem Nacken, und zu Nicks Ehrenrettung sei gesagt, dass er sofort aufhört. Er horcht auf die Signale meines Körpers und tritt einen ganzen Schritt zurück.

Das überrascht mich. Ich hätte nicht gedacht, dass er in irgendeiner Hinsicht ein Gentleman ist.

«Entschuldigung», sage ich und räuspere mich.

«Nein, entschuldige dich nicht», sagt Nick eine Spur heiser. Er fährt sich über den Hinterkopf, wo meine Finger soeben sein Haar verwuschelt haben.

«Das war …»

«Unerwartet», nimmt er den Ball auf. «Und schön.» Sein Adamsapfel hüpft erneut. «Weißt du, ich würde an Silvester wirklich gern mit dir ausgehen, falls du möchtest. Bleibst du hier, oder …?»

Endlich kommen wir hier weiter. «Ich dachte, du hast schon Pläne», sage ich kokett und weiche seiner Frage aus, um uns auf Spur zu halten.

Nick stößt einen Seufzer aus. «Habe ich. Na ja, sozusagen. Vinny, weißt du, Johnnys Cousin? Er wollte diese große Silvesterparty veranstalten, aber jetzt scheint alles ein wenig in der Luft zu hängen. Wegen der Überraschungshochzeit. Alle überlegen … ob sie Termine verschieben.»

Er sagt es eigenartig langsam. Als würde er über ein größeres Ereignis nachdenken als die Hochzeit.

Mir läuft ausgehend von meinem Nacken ein Schauer den Rücken hinunter, und das hat nichts mit dem Eiswasser-Schwimmen zu tun. Mir ist etwas eingefallen. Eine Hochzeit wäre ein perfektes Alibi für einen Raubüberfall.

Die Weihnachtsgeschenke. Johnnys Nachrichten an Andre. Vielleicht *war* das eine verschlüsselte Botschaft.

«Wo bleibt Johnny?», fragt Nick plötzlich unruhig und streckt den Kopf aus der Nische, während ich meine Jacke überziehe. Ich sage, wir sollten sie anrufen. Sie suchen gehen.

Aber die ganze Zeit frage ich mich, wie viel ich wohl auf dem Heimweg aus Nick herausbekomme.

Drei Minuten später halte ich ihn auf dem Boden fest.

«Ohhhh», stöhnt Nick.

Die Hände auf seinen Pulli gestemmt, fixiere ich seine Schultern mit der Kraft einer Kriegssanitäterin. «Ernsthaft, du musst aufhören, dich zu bewegen.»

Nick liegt auf dem gefrorenen Gehweg und stößt einen Fluch aus. Offenbar ist er ein Glatteisdetektor. Er hat das Eis gerade mit seinen Füßen entdeckt. Und mit seinem Rücken. Und mit seinem Hintern. Wie sich herausgestellt hat, hatte Johnny in der Nähe der Strandpromenade einen heftigen Krampf und brachte Calla dazu, mit ihm nach Hause umzukehren. Nick und ich sind ihrer Spur gefolgt. Wir haben die Strandmotels kaum hinter uns gelassen, da ist Nick über das Eis gesegelt. «Oh Mann», sagt er. «Oh Mann, tut mein Hintern weh.»

Danach zu urteilen, wie sein ganzer Körper zusammenzuckt, ist der Schmerz mindestens eine Sechs von Zehn. Ich gehe noch weiter in den Triage-Modus und lasse ihn eine Sekunde lang los, ziehe mein privates Handy heraus und wähle Grandma Rubys Nummer. «Ich lasse jemanden mit dem Auto kommen, und wir bringen dich zurück zum Haus, in Ordnung? Oder ins Krankenhaus?»

«Nein, kein Krankenhaus.» Er richtet auf dem Gehweg den Kopf auf und lässt ihn wieder sinken.

«Bleib liegen.» Kann er keine einfachen Anweisungen befolgen? Ich halte ihm einen Finger vors Gesicht, als das Telefon klingelt. «Folge dem Finger mit deinen Augen. Gut so. Ich bin mir nicht sicher, ob du eine Gehirnerschütterung hast, deine Pupillen reagieren, aber wir müssen trotzdem sehen, ob du einen Arzt brauchst. Deinen Hintern kriegen wir wieder hin, das verspreche ich dir.»

Nick gluckst trocken. «Bring mich nicht zum Lachen, Syd.»

Syd? Seit wann bin ich «Syd»? Das ist wahrscheinlich eine gute Sache. Ein Hinweis, dass er mir vertraut. Oder dass er eine Gehirnerschütterung und meinen ganzen Namen vergessen hat. So oder so, der Spitzname kratzt in meinen Eingeweiden und macht mich wütend; dieser Typ wird mich *nicht* besser kennenlernen. «Das Gute daran ist», gebe ich mir Mühe, «alle lieben doch die Geschichten darüber, wie man sich im Urlaub verletzt hat.»

Nick verzieht das Gesicht, Krähenfüße erscheinen um seine tiefbraunen Augen. «Wirklich?»

«Nein. Das ist wirklich eine dornige Angelegenheit. Tut mir leid.»

«Wenn ich auf einem dieser Sitzring-Donuts sitzen muss», sagt Nick, «wird Weihnachten zu dem Fest, das ich am wenigsten mag, glaube ich.»

Weihnachten. Feiertage. Der perfekte Zeitpunkt für einen Raubüberfall, oder nicht? Sogar besser als Silvester. Deutlich dünnere Personaldecke bei den Gesetzeshütern …

Hat Johnny den Überfall wirklich vorverlegt, um seine eigene Hochzeit als Alibi zu nutzen?

Der Mistkerl.

Beim zweiten Versuch geht Grandma Ruby ans Telefon. Sie rast mit ihrem Oldsmobile durch die Straßen und hilft mir, einen sehr steifen Nick auf den Rücksitz zu laden. Bald darauf liegt er ausgestreckt auf dem Wohnzimmersofa, und die Lichter des Weihnachtsbaums tanzen über sein Gesicht.

«Wirklich, es ist alles okay», sagt Nick auf die besorgten Blicke der anderen, obwohl er zwei Schattierungen blasser ist als heute Morgen. «Mir geht's gut.»

«Na ja, du siehst aber nicht gut aus», antwortet Grandma Ruby. Ich glaube, ich habe meine Unverblümtheit vielleicht von ihr. Sie ist Betty White in liebenswürdig, aber niemand im Stadtrat hat ihr je vorgeworfen, zu viel zu schweigen. «Du hast ein bisschen von deinem Strahlen eingebüßt.»

Für Nick ist es schon schlimm genug, dass er blaue Flecken hat (ich vermute, es handelt sich um einen rasch violett werdenden langen Bluterguss, der sich von seinem Steißbein aus die Wirbelsäule hochzieht). Noch schlimmer ist, dass wir uns alle um ihn scharen, als wäre er ein sterbender Mann auf einem Gemälde aus dem neunzehnten Jahrhundert. Sweetie Pie tapst herüber und leckt an einem von Nicks Nasenlöchern, was ich nur als Hundesprache für *Erhol dich schnell wieder* deuten kann. Oder: *Du hast da was in deinem Nasenloch.*

«Bist du sicher, dass wir dich nicht in die Notaufnahme fahren sollen?», frage ich, schaue auf ihn herab und denke: *Nicholas, das ist vielleicht das Karma für alles, was du getan hast.* Ärgerlicherweise muss ich für einen Sekundenbruchteil auch an den Druck seiner Lippen auf meinen denken. An seine Zähne, die an mir genagt haben, und daran, wie ich direkt zurückgebissen habe.

«Oder ins normale Krankenhaus?», fragt Calla, die neben Johnny sitzt und auf ihrem Daumennagel herumkaut. Sie trägt immer noch ihre Laufklamotten. «Vielleicht hast du dir was gebrochen.»

«Oder du hast eine Gehirnerschütterung», fügt Johnny hinzu und tippt sich selbst an die Schläfe. Vermutlich weiß er eine Menge über Gehirnerschütterungen. Nachdem er sie anderen Leuten verpasst hat.

In meinem Nacken zuckt unauffällig ein Muskel.

Nick schüttelt den Kopf, sein schwarzes Haar hebt sich von einem Rentierkissen ab. Unter seinem Steißbein liegt eine Tüte mit gefrorenen Mini-Maiskolben, Karotten und Erbsen stützen seine Wirbelsäule. Die werden wir später nicht essen. «Es ist wirklich nicht schlimm. Erst dachte ich das auch, aber ich fühle mich schon besser. Macht euch keine Sorgen um mich.»

Anscheinend instinktiv legt Grandma Ruby ihren Handrücken auf Nicks Stirn, als wollte sie bei ihm Fieber messen.

«Ich habe alle benachrichtigt», sagt Johnny und hält wie zum Beweis sein Handy in die Höhe. «Meine Nachrichten explodieren. Vinny will wissen, ob er vorbeikommen soll.»

«Nein», sagt Nick entschieden. «Nein, das muss er nicht.»

«Er *muss* gar nichts», spöttelt Johnny und lenkt die Aufmerksamkeit auf sich. «Aber wir machen uns Sorgen um dich. Du weißt, dass wir uns Sorgen machen. Sal hat dieselbe Frage gestellt.»

«Je mehr, desto besser», sagt Grandma Ruby an, zieht ihre Hand zurück und tätschelt Nick sanft die Schulter. «Du bist ein tapferer Junge. So, und jetzt lasst dem Jungen ein bisschen Raum.»

Ich lasse dem Jungen keinen Raum.

Als sich alle anderen im Haus verstreuen, lasse ich mich auf die Fußbank neben dem Weihnachtsbaum sinken und frage mich, ob meine eisige Route auf dem Heimweg dieser Mission genauso eine Delle verpasst hat wie Nicks Steißbein. Außerdem bin ich nicht so kaltherzig, ich möchte nicht, dass sich jemand verletzt, nicht einmal jemand, an dem so viel auszusetzen ist. «Ich muss mich bei dir entschuldigen.»

«Ach, nur weil du versucht hast, mich umzubringen?», erwidert Nick mit einer Mischung aus Anspannung und Humor in der Stimme.

Ungebeten steigt ein Lachen in mir auf. «Inwiefern habe ich versucht, dich umzubringen?»

Nick schiebt die Tüte mit den Maiskolben zurecht und zählt an seinen Fingern herunter: «Zu Tode erschrecken unter der Dusche, Eiswasser-Schwimmen, Spaziergang auf der vereisten Straße …»

«Wenn du es so sagst …» Ich habe tatsächlich auf dem Heimweg einen anderen Weg eingeschlagen, um den Spaziergang zu verlängern. Die verschlungeneren Wege hätten Nick mehr Zeit geben sollen, sich zu öffnen. Ich wusste, dass es dort schattiger sein würde, weil Bäume den Weg säumten, Glatteis lag immer im Bereich des Möglichen. «Allerdings sollte ich wohl darauf hinweisen, dass ich für den Fall, dass ich versuche, dich umzubringen, richtig mies darin bin.»

Nick stößt ein Lachen aus, bevor sein Gesicht noch weicher wird. «Du weißt, dass ich dich nur auf den Arm nehme, oder? Auf alle Fälle ist nichts hiervon deine Schuld. Aber wenn du es wiedergutmachen willst …»

Flirten wir jetzt schon wieder? Das ist eine kleine Erleichterung. «Nenn deinen Preis.»

Mit merklicher Anstrengung und steifen Gliedern zeigt er auf die Fernbedienung des Fernsehers, aber seine Augen sind vergnügter, als sein Körper vermuten ließe. «Schau dir etwas mit mir an. Was immer du willst.»

«Ja?» Ich greife nach der Fernbedienung. «Ich bin mir ziemlich sicher, dass Grandma Ruby immer noch bloß Kabelfernsehen hat, also beschränken sich unsere Möglichkeiten wahrscheinlich auf die Nachrichten und Hallmark-Weihnachtsfilme.»

«Ich habe noch nie einen gesehen», sagt er.

Ich blinzle ihn an und tauche unbehaglich wieder in meine Rolle ein. «Nick, *nein.*»

«So gut? Was habe ich verpasst?»

«Weißt du, die gehen alle ungefähr so: Eine achtundzwanzigjährige Witwe, die eine bekannte Kinderbuchautorin ist, kauft kurz vor den Feiertagen eine renovierungsbedürftige Skihütte im ländlichen Vermont, aber die Hütte gehörte früher dem mürrischen Enkel eines Typen aus dem Ort, und der Enkel ist verbittert über den Verlust seines angestammten Besitzes, aber im Grunde sehnt er sich nur nach *Liebe*. Er und die Autorin werden durch das Schicksal, die Bauarbeiten und die Weihnachtsstimmung zusammengeführt.»

«Welchen Film beschreibst du denn da?», fragt Calla, die plötzlich den Kopf ins Wohnzimmer steckt.

«Einen ausgedachten Film», antworte ich.

«Mist», sagt sie und geht wieder.

Ich schalte den Fernseher ein und beginne zu zappen. «Was ist dein Lieblingsfilm?», frage ich Nick.

Er grinst. «Jetzt kommt der Moment, in dem du mich verurteilst, stimmt's?»

«Keine Wertung. Es sei denn, du sagst so was wie … keine Ahnung … *Grease* 2.»

«Weißt du, ich wollte eigentlich gerade *Good Will Hunting* sagen, aber danke, dass du mich daran erinnert hast, dass *Grease* 2 tatsächlich mein Lieblingsfilm ist.» Nick deutet auf das gerahmte Foto auf dem Couchtisch zwischen uns. «Das da ist übrigens toll.»

Mein Magen zieht sich zusammen, als ich unser Weihnachtskartenfoto von vor zwölf Jahren betrachte. Grandma Ruby hat kein gutes Auge für Fotos. Gibt man ihr drei hervorragende Fotos und eine Niete zur Auswahl, sucht sie unweigerlich das Bild aus, auf dem Calla niest, ich die Augen geschlossen habe und Dad so aussieht, als hätte er gerade eine endoskopische Operation hinter sich.

Dad. Ich sehe direkt an seinem Gesicht vorbei. An seinem mit Grau durchsetzten Haar und Bart. Weigere mich, irgendetwas davon in den Blick zu nehmen. Dieses Hemd – das rote Flanellhemd – hat er an dem Tag getragen, an dem er in seinen Truck stieg.

«Ja, nicht?», frage ich, als hätte mich die Erinnerung daran nicht im Mindesten berührt. «Wir sind ein fotogenes Völkchen.»

«Es ist schön», sagt Nick.

«Das ist die Gehirnerschütterung, die da aus dir spricht.»

«Ich habe keine Gehirnerschütterung. Und ehrlich gesagt, selbst wenn ich eine hätte, Krankenhäuser sind wirklich nicht mein Ding.»

Ich runzle die Stirn. «Wegen der Keime?»

«Wegen der Keime», bestätigt er. «Außerdem habe ich auch viel zu viel Zeit in ihnen verbracht. Wie auch immer, das Foto hat Charakter. Ist das euer Dad?»

Verdammt noch mal, Nick. Lass es sein. Ich zappe durch die Sender und presse ein «Jep» hervor.

Meine Stimme klingt gerade ungehalten genug, dass ich denke, er wird von dem Thema ablassen, aber er macht einfach weiter. «Ich wollte immer eine große Familie.»

Eine große Familie? Ich würde meine nicht als besonders groß bezeichnen, vor allem nicht ohne Dad, aber für Nick ist sie es vielleicht. In meiner Brust sticht etwas. Was ich dann sage, ist halb Strategie, halb … einfach nur Mitmenschlichkeit. «Das mit deiner Grandma tut mir leid.»

Eine Falte zieht sich über Nicks Stirn, und es ist mehr als deutlich, was er denkt: *Habe ich dir erzählt, dass meine Grandma gestorben ist?*

«Du hast dich einfach so angehört, als würdest du ihr nahestehen, und du bist jetzt an Weihnachten nicht bei ihr, und dann die Sache mit dem Krankenhaus. Hätte ich es nicht erwähnen sollen?»

«Nein, nein, du bist gut.» Nick räuspert sich. «Danke.»

Ich nicke. «Klar.»

Gemeinsam gehen wir die Sender durch und entscheiden

uns für einen Film über eine Frau aus Kalifornien, die von ihrem Urgroßonkel eine Hütte in Kanada erbt, um sich dort in den eher jungen, launenhaften Hausmeister zu verlieben, der (Überraschung!) im Herzen ein reiner Sonnenschein ist. Zudem gibt es Bären. Sie greifen in der Mitte des Films an, und eine Sekunde lang denke ich, die Geschichte könnte in eine ganz andere Richtung gehen.

Nick merkt davon nichts. Seine Augen sind geschlossen. Sein Atem ist langsamer geworden.

Ich lasse ihn zurück, als er friedlich in den Schlaf sinkt.

9

Anderthalb Stunden später steht ein großer, tätowierter Mann in der Küche und isst unser Müsli. Auf seiner linken Hand prangt ein tintenroter Totenkopf, auf seiner rechten kann man die Powerpuff Girls bewundern. Über die gesamten Arme und den Hals ziehen sich wechselnde Motive: Insignien des Todes, Cartoons, Insignien des Todes, Cartoons. «Hey», sagt er ganz beiläufig zu mir und taucht dabei kaum aus seiner Trance auf. Akribisch sammelt er die winzigen Marshmallows aus seinen knusprigen Hafer-Lucky-Charms – mit den Fingern. Neben seiner Schale liegt ein winziger Haufen davon.

«Wolltet ihr die noch essen?», fragt er, schaut endlich auf, greift nach der Müslischachtel und schüttelt sie.

«Oh, nein, gehört alles dir.» Ich starre ihn über den Küchentisch hinweg an. «Entschuldige, aber du bist …?»

Ich weiß, wer er ist. Er ist Sal, einer von Johnnys Männern. Sal, der hier ist, um nach Nick zu sehen. Er ist fast lautlos durch die Garage hereingekommen und beschäftigt sich, während Nick ein Schläfchen macht. An seinem Handgelenk relaxt Bugs Bunny zusammen mit einer Granate.

«Sal», sagt er. Ein Wort muss reichen.

«Cool», sage ich, ziehe meinen Parka zu und trolle mich nach draußen. Gail hat mir gerade eine verschlüsselte Nachricht geschickt. Sie besagt lediglich: *Rufen Sie mich an.*

Als ich allein im Prius sitze, massiere ich mir die Stelle zwischen den Augen mit dem Daumen. «Sal steht in meiner Küche», sage ich, als Gail abnimmt.

Ihre Stimme knackt in der Leitung. «Das sehe ich … Also, ich komme gleich zum Punkt. Ich habe den Besitzer der Telefonnummer in Midcoast Maine ausfindig gemacht. Er heißt Boyd Winters.»

«Okay, wer ist das?»

«Keine Ahnung.»

«Was soll das heißen, keine Ahnung?»

«Na, na», sagt Gail missbilligend. «Genau wie ich gesagt habe, Sydney. Der Typ ist ein Niemand. Betreibt einen kleinen Geschenkeladen, in dem er Kerzen und Nippes verkauft. Hummer-Magneten, solche Sachen. Das FBI hat überhaupt nichts über ihn. Ein gesetzestreuer Bürger. Falls Johnny nicht vorhat, seine Sammlung getrockneter Seesterne zu rauben, weiß ich nicht, wie er ins Bild passen soll. Ich hatte gehofft, dass er vielleicht ein entfernter Cousin von euch ist, jemand, den Johnny zur Hochzeit einladen möchte.»

Ich schaue aus dem Fenster des Prius. Aus diesem Blickwinkel kann ich Sals Hinterkopf in unserer Küche sehen. «Ist nicht der Fall.»

«Verflixt.» Gail hält inne. «Horchen Sie einfach, ob der Name fällt. Ich schicke einen meiner vertrauenswürdigen Mitarbeiter hoch, um den Laden auszukundschaften und herauszufinden, ob unser Freund Boyd etwas verbirgt. Ich habe auch Ihre Nachricht über Ihre Weihnachtstheorie erhalten. Das verstärkt unseren Zeitdruck ein wenig.»

Ich fahre mir mit der Zunge über die Zähne. «Ich glaube, wir sollten noch etwas über die Sache mit Calla nachdenken. Wenn sich der zeitliche Ablauf geändert hat, könnte das helfen, alles zu beschleunigen …»

«Sydney.» Gail ist kurz angebunden. «Wie oft muss ich es denn noch sagen? Diese Ermittlung ist zu wichtig, als dass wir sie in irgendeiner Weise gefährden könnten.»

«Ja, das weiß ich», sage ich ebenso kurz angebunden. Ich habe die fünfzig Pfund C4 nicht vergessen, die irgendwo in den Startlöchern stehen. «Aber falls sie unschuldig ist, sollten wir das dann nicht auch versuchen herauszufinden? Könnten wir uns damit nicht ein umfassenderes Bild machen? Ich sage ja nicht, dass wir es ihr verraten müssen. Ich denke nur …»

«Sie denken gar nicht. Konzentrieren Sie sich auf Nick. Mit Nick machen Sie Fortschritte. Nehmen Sie ihn heute Abend zum Weihnachtstheaterstück mit.»

In dem ganzen Chaos hatte ich das Weihnachtsstück von Cape Hathaway ganz vergessen. Es handelt sich dabei um eine Kostümparty mit Theateraufführung, die von der örtlichen Grundschule veranstaltet wird. Ich bin mir nicht sicher, ob es in Grandma Rubys ganzem Leben auch nur ein einziges Jahr gegeben hat, in dem sie den Spaß versäumt hat. Sie spielt für die Kinder Klavier und hängt sich dabei richtig rein, manchmal stößt sie mit dem Fuß die Klavierbank zur Seite und tanzt über den Tasten.

«Gehört das nicht zu Ihren Familientraditionen?», fragt Gail. «Ich habe meine Hausaufgaben gemacht. Außerdem habe ich gehört, wie Ihre Großmutter Calla gegenüber damit geprahlt hat, dass sie für Sie beide dieses Jahr tolle Plätze besorgt hat.»

«Warten Sie mal.» Ich runzle die Stirn. «Ich dachte, das Theaterstück ist erst an Heiligabend. Es ist doch immer an Heiligabend.»

«Die Dinge ändern sich», erwidert Gail, und es ist die Untertreibung der Saison.

«Wie auch immer, ich bin mir nicht sicher, ob Nick für eine Weile vom Sofa aufstehen kann. Er ist fertig.»

«Geben Sie ihm eine Advil», antwortet Gail. «Er wird sich schon wieder berappeln.»

«Er ist tatsächlich ziemlich hart aufgeschlagen», beginne ich zu widersprechen, aber die Verbindung ist bereits unterbrochen.

Im Haus ist Sal mittlerweile aufs Sofa umgezogen und sieht sich mit Nick einen Film an; sie gleichen einander wie ein Ei dem anderen. Etwa gleich groß, in etwa dieselbe Statur. Vielleicht passt Sal sogar noch besser in das Profil des New Yorker Raubüberfalls als Nick? Wie auch immer, ich knalle eine Flasche extrastarke Advil auf den Couchtisch und geselle mich dann zu meiner Schwester an die Spüle, wo sie gerade Geschirr abwäscht.

Ich kann Calla nichts über Johnny verraten, aber ich kann zumindest mit ihr reden.

Ihr anbieten, die Serviertabletts abzutrocknen.

«Das wäre toll, danke», sagt sie mit einem breiten Lächeln. Auf ihrem Pullover sind Punkte, genau wie auf meinem Bademantel aus der Highschoolzeit, und ich schwöre mir, wenn sie in dieser Küche auch nur irgendetwas im Entferntesten Belastendes von sich gibt, werde ich sie unterbrechen. Ich stelle mir Gail irgendwo außerhalb der Stadt in einem fensterlosen Lieferwagen vor, wie sie uns zuhört.

«Tut mir leid, dass ich so neben der Spur war», sagt Calla. «Ich habe das Gefühl, die Hochzeit frisst mein Gehirn auf.»

«Ach, kein Problem», sage ich und greife nach einem sauberen Geschirrtuch. «Hey, ich wollte dich fragen, triffst du Johnnys Familie beim Rehearsal Dinner zum ersten Mal, oder …?»

Calla kratzt mit ihrem Daumennagel an eingebranntem Zucker. «Nein, ich habe sie schon kennengelernt. Sie sind nett. Seine Mom ist ein bisschen streng. Nick nennt sie ‹den Adler›.»

«Wieso der Adler?»

«Mmm …» Calla hört auf zu kratzen und denkt darüber nach. «Sie sieht einfach aus wie ein Adler. Vielleicht sind es die Augen. Stell dir Meryl Streep in *Der Teufel trägt Prada* vor.»

«Und sein Vater?», frage ich. Ein Summen in meiner Hosentasche vermeldet das Eintreffen einer Nachricht. Wahrscheinlich Gail, die mich anweist, mich zurückzuhalten.

Calla schwankt, wendet den Kopf hin und her. «Sein Dad ist … wie Johnny, würde ich sagen. Er kann manchmal ein bisschen harsch rüberkommen, aber im Grunde ist er ein echter Softie.»

Ach, ist er das? Um es nüchtern zu betrachten: Der Spitzname seines Vaters ist nicht nur der «Kaffeekönig», sondern auch «Bootsie». Er bricht den Leuten gerne mit seinen Stiefeln die Rippen. «Wie oft hast du sie schon getroffen?»

«Nicht oft», sagt Calla und zuckt mit den Schultern, «aber mach dir keine Sorgen. Sie werden mich wirklich in ihre Familie aufnehmen.»

Mein Magen wird sauer wie Pudding bei Hitze. Diese Antwort hört sich nicht mal nach Calla an. Es ist, als würde sie einfach Johnnys Worte nachplappern wie ein Papagei.

Eine weitere Nachricht bimmelt wütend in meiner Tasche.

«Und du willst das auch», sage ich zu Calla und hoffe, dass sie zwischen den Zeilen liest. «Das ganze Programm von wegen ‹Heiratest du einen Mann, heiratest du seine Familie›.»

«Natürlich will ich das.»

Mein Telefon weist mich wütend darauf hin, dass jemand anruft. Ich stelle es auf lautlos. «Weil du ihn dann wirklich an der Backe hast. Du nimmst ihn überall mit hin. Er hängt dir am Rockzipfel.»

Calla runzelt die Stirn. «Danke, dass du mir das Konzept von Ehe erklärst, Sydney.»

«Es ist einfach … dass ich mir dich nicht mit jemandem wie ihm vorgestellt habe.»

«Ich weiß», sagt Calla entschlossen, «genau deshalb passt er so gut zu mir. Er ist anders als alle anderen, mit denen ich je ausgegangen bin. Das war Absicht. Kennst du das Sprichwort, das besagt, dass die Definition von Wahnsinn ist, immer wieder das Gleiche zu tun in der Erwartung, ein anderes Ergebnis zu erzielen? Ich war es leid, auf andere Ergebnisse zu warten, also habe ich es mit einer anderen Sorte Mann versucht … Johnny ist kein ruhiger, häuslicher Typ. Wir gehen aus, wir haben Spaß, und er ist wirklich das Herz jeder Party – und es fühlt sich gut an, in seiner Nähe zu sein, weißt du? Er gibt mir auch immer wieder einen Schubs. Ich gebe zu, dass mir das manchmal nicht besonders gefällt, aber im Großen und Ganzen ist es gut für mich. Ich war heute Morgen *joggen.*»

Das letzte Wort spricht sie im Flüsterton aus, als wäre es ein Geheimnis.

«Ich weiß», sage ich. «Das weiß ich.»

«Und er ist verlässlich. Er taucht immer dann auf, wenn er es angekündigt hat, und egal, was er tut oder nicht tut, ich habe das Gefühl, dass … dass er mich nicht verlassen wird, okay?» Bevor ich Zeit hatte, das zu verarbeiten, kommt sie mir mit: «Er will dich auch besser kennenlernen. Johnny mag dich, also bitte … gib dir ein bisschen mehr Mühe.»

Sie hat ja keine Ahnung, wie viel Mühe ich mir gebe. «Ich finde nur …»

Jetzt beginnt das *Festnetztelefon* zu klingeln. Ich wusste nicht mal, dass wir noch einen Festnetzanschluss haben. Welches Jahr schreiben wir? Neunzehnhundertzweiundachtzig? Ich fahre herum, greife nach dem Hörer neben dem Kühlschrank und lege ihn wieder auf die Gabel.

Calla wirft mir einen missbilligenden Blick zu. «Hast du gerade einfach aufgelegt?»

«Die haben vorhin schon angerufen», sage ich. «Telefonmarketing. Wollten uns Dachdeckerbedarf verkaufen.»

«Dann solltest du sie besser zurückrufen», sagt Calla und zeigt auf das Telefon. «Grandma Ruby braucht neue Dachrinnen.» Ihr Rücken ist wegen unserer angespannten Unterhaltung eben immer noch durchgedrückt. «Jedenfalls weiß ich, was ich tue, okay? Es war kein Zufall, dass ich in diesem Töpferkurs war. Ich habe wirklich versucht, etwas anders zu machen als bisher. Ich musste mich zwischen diesem Kurs, einem Kochkurs und einem Selbstverteidigungsworkshop entscheiden, aber bis ich dazu gekommen bin, mich anzumelden, waren die anderen Kurse alle schon ausgebucht. Schicksal also.»

Ich stelle die letzte Pfanne auf dem Tresen ab und wende mich Calla zu. «Ich könnte es dir beibringen.»

Sie beäugt mich argwöhnisch. «Du willst mir Kochen beibringen? Sydney, du kannst dir nicht mal Eier braten.»

«Nein, Selbstverteidigung. Ich habe letztes Jahr einen Kurs belegt …» *Halbwahrheit.* Ich lasse mich von meinem eigenen Schwung davontragen. «Hier, stell dich mal neben den Tisch. Ich werde so tun, als würde ich dich würgen.»

«Mein Gott, Sydney.»

Vielleicht bin ich mit ein bisschen zu viel Wucht gestartet. «Es lohnt sich, versprochen. Bitte?»

Mit finsterem Blick lässt Calla ihren Schwamm fallen und

schlurft zu dem freien Platz neben dem Tisch hinüber. «So verhalten sich normale Familien nicht. Ich sag dir das nur.»

Wir sind keine normale Familie, denke ich. *Nicht mehr.* Meine Finger legen sich sanft um ihren Hals. «Okay, also, greif nach meinen Händen und versuch, sie von dir wegzuziehen. Wenn das nicht klappt, versuch, mich wegzustoßen.»

Calla tut wie geheißen, ihre Finger ziehen an meinen Fingern, ihre Handflächen stoßen mich weg.

«Fester», sage ich, und sie versucht es noch einmal, diesmal mit zusammengebissenen Zähnen, wobei sie mit den Füßen wegrutscht. Ich rühre mich kaum von der Stelle. «Siehst du? So reagieren die meisten Leute, und beides funktioniert nicht. Du musst deine Arme über den Kopf ausstrecken – gut so. Dreh dich zur Seite und schlag mir die Arme mit den Ellbogen weg. Gut! Okay.» Ich stehe vor ihr und klatsche in die Hände, die Füße schulterbreit gegrätscht. «Und jetzt versuch, mir so fest wie möglich gegen den Hals zu boxen.»

Calla wehrt beinahe lachend ab. «Ich werde dir doch nicht an die Gurgel gehen! Es ist *Weihnachten.*» Sie zieht die Augenbrauen zusammen. «Außerdem würde ich dir unter keinen Umständen gegen den Hals boxen! Auch, wenn gerade kein Feiertag ist! Meine Güte, was ist bloß in dich gefahren?»

Ich winde mich. «Ich will nur dafür sorgen, dass du … sicher bist.»

«Also, ich kann schon auf mich selbst aufpassen. Das tue ich seit Jahren.» Die Art und Weise, wie sie die letzten Worte ausspricht, verrät mir, dass gleich noch etwas anderes kommt. Etwas, das ich vielleicht nicht hören möchte. Sie wendet sich mir zu, nimmt die Schultern zurück und versetzt mir tatsächlich einen Faustschlag. Bloß einen emotionalen, ihr wisst schon. «Ich glaube, ich frage vielleicht Dad, ob er zur Hochzeit kommt.»

Ich blinzle sie an, ohne das zu verarbeiten, und ein Bild von Dad taucht vor meinem inneren Auge auf: am Samstagmorgen beim Donutkauf an der Tankstelle, im Schnee. Er zeigt in die Vitrine und fragt, welchen ich haben möchte. Wie wir sie an den gefrorenen Picknicktischen am Rande unseres Viertels essen. Und später, im Sommer, beim Spiel der Cape Hathaway Huskies, sein strahlendes Gesicht auf der Tribüne. «Wie bitte, was?»

Calla stößt einen Schwall von Worten aus. «Ich habe einen Privatdetektiv damit beauftragt, ihn zu finden, und sie haben ihn gefunden. Er lebt jetzt auf einem Dauercampingplatz in der Nähe von Burlington, Vermont, und es ist ... es ist eben Tradition. Väter führen ihre Töchter zum Traualtar, und er ...»

Mein Kopf schwirrt. «Warte, mal langsam. Du hast tatsächlich mit ihm gesprochen?»

«Nein», sagt sie leise. «Nein, noch nicht. Ich habe ihn nur gefunden. Er ist also da. Und Burlington ist nicht so weit weg. Ich weiß, es gibt wenig Aussicht auf Erfolg, aber wenn ich ihm sage, dass ich heirate, will er vielleicht kommen.»

Ich bin mir nicht sicher, ob ich mit dem, was Calla gerade gesagt hat, auch noch klarkomme, zusätzlich zu allem anderen. Man kann damit nicht klarkommen. Und es ist eine schlechte, schlechte Idee. Unseren Vater anzurufen? Unseren Vater, der *uns* seit zehn Jahren nicht mehr angerufen hat? Wie kommt sie darauf, dass er überhaupt ans Telefon gehen wird, geschweige denn, sie zum Traualtar führen will? Er würde sie nur enttäuschen, verletzen, *noch mehr* verletzen. In meiner Brust explodiert ein Schmerz, und ich stoße ihn mit dem Finger an, kratze daran, sage zu ihr: «Man kann nicht einfach ... aus dem Leben von jemandem verschwinden, ihnen kein einziges Wort dazu sagen, sie verlassen und ... Nein. Nein.» Unser Vater ist nur ein weiterer Mensch, der Callas Optimismus nicht gerecht werden wird. Ich schüttele den Kopf, mein Puls klopft in meinem Hals, und ich bemühe mich, meine Stimme nicht bis ins Wohnzimmer dringen zu lassen. «Das ist es nicht wert, Calla. Tu dir das nicht an.»

Calla kaut auf ihrer Unterlippe. «Ich weiß, du hasst ihn, seit …»

«Ich *hasse* ihn nicht», widerspreche ich.

«Hassen, ablehnen, keine Ahnung. Aber es ist lange her, und es war schrecklich, was er getan hat, aber ich habe viel darüber nachgedacht, und vielleicht hätten wir von ihm nicht das Schlimmste annehmen sollen. Vielleicht ist es an der Zeit loszulassen, was passiert ist, Syd. Für uns beide. Es wirkt so, als hättest du immer noch Schwierigkeiten, anderen Menschen zu vertrauen …»

«Tja, und du solltest anderen Menschen dafür vielleicht ein bisschen weniger vertrauen!», platze ich heraus, als das Festnetztelefon erneut klingelt. Ich hebe ab und sage zu Gail: «Was immer Sie verkaufen, wir wollen es nicht haben.»

«Oh», sagt ein Mann am anderen Ende der Leitung. «Oh, das tut mir leid.»

Ich verziehe das Gesicht. «Nein, warten Sie – ich dachte …»

Aber die Verbindung ist bereits unterbrochen.

Calla hängt die Geschirrtücher fein säuberlich in einer Reihe auf, bevor sie wieder nach oben geht. «Ich rufe ihn nicht an, okay? Wenn dich das so sehr stresst. Der Fall ist abgeschlossen.»

«Warte, Calla …»

Sie hebt eine Hand. «Es ist in Ordnung. Mach dir keine Gedanken. Ich … Wir sehen uns heute Abend beim Weihnachtstheater.»

Ein paar Stunden später nagt sie immer noch an mir. Die Möglichkeit, dass Dad, nachdem er ein Jahrzehnt lang der Böse war, wieder in unser Haus spazieren könnte, um meine kleine Schwester zum Traualtar zu führen. Zu ihrer Hochzeit. Mit einem Gangsterboss.

Das wird nicht passieren.

«Du wirkst gedankenverloren», sagt Nick und stößt mich mit der Schulter an.

«Solltest du dich nicht besser hinlegen?», pariere ich. Er sollte nicht einmal vom Sofa aufstehen. Er sollte nicht gewillt sein, dieses lange, lange Theaterstück auf einem harten Stuhl durchzustehen – aber Nick selbst war derjenige, der darauf bestand mitzukommen.

Sein Kiefer spannt sich an und lockert sich wieder, wahrscheinlich zermalmt er den Schmerz. «Und das Weihnachtsstück von Cape Hathaway verpassen? Niemals.»

Zusammen mit Calla, Grandma Ruby, Johnny und Sal mit dem Powerpuff-Girls-Tattoo stehe ich in einer Menschentraube vor dem Eingang zur Aula der Grundschule an. Johnny wirkt hibbelig. Der Stress vor der Hochzeit? Oder der Stress vor dem Überfall? Er knirscht in meinem Rücken mit den Zähnen und feuert Nachrichten ab, von denen ich weiß, dass Gail sie mitliest. Ich behalte ihn aus dem Augenwinkel im Blick, während wir uns drinnen unter Weihnachtsbäumen aus Bastelpapier und von der Decke hängenden Popcornketten hindurchducken. Irgendwo in diesem Flur – da, genau hier – sind meine Handabdrücke aus der dritten Klasse zu sehen. Von mir liegt immer noch eine Schleife in der Trophäenvitrine neben dem Büro des Schulleiters: ERSTER PLATZ, Bezirks-Buchstabierwettbewerb. Dad hat als Kind in dieser Stadt denselben Wettbewerb gewonnen, und ich …

Hör auf, Sydney. Ich denke nicht an ihn. Es ist vorbei.

«Sollten wir uns verkleiden?», fragt Nick, obwohl er hinlänglich verkleidet ist. Schwarzer Blazer. Weihnachtskrawatte, die Grandma Ruby aus den Tiefen ihres Kleiderschranks zutage gefördert hat, um dann darauf zu bestehen, dass Nick die Krawatte mit den «Weihnachtsananas» ausführt. Ich sage es äußerst ungern, aber wenn Nick dieses Muster tragen kann, kann er wirklich alles tragen.

«Keine Sorge», beruhige ich ihn und schlüpfe wieder in meine Rolle. Ein paar Grundschulkinder rennen an uns vorbei. «Solltest du jemals wieder nach Cape Hathaway zurückkehren, darfst du ein Bohnenauflauf sein oder so was.»

Das Beste an diesem Historientheater ist, dass jedes Kind – ob es im Stück mitspielt oder nicht – aufgefordert ist, sich zu verkleiden. Respekt an das Kind, das sich als Weihnachtsschinken verkleidet hat, inklusive halbkreisförmiger Ananas-Deko. (Habe ich das Memo über Weihnachtsananas nicht bekommen?) Ein Mädchen im Gänsekostüm flattert schnatternd an mir vorbei und ist einem Rudolph dicht auf den Fersen. Seine Nase blinkt unter der Flurbeleuchtung.

«Mit Röstzwiebeln?», fragt Nick und fängt meinen Blick auf.

Es liegt zu viel Wärme in seinem Blick. Was im Sinne des Auftrags gut ist, aber … es gefällt mir nicht. «Was immer du willst.» Ich klatsche mir die Eintrittskarten in die Handfläche. «Wollen wir unsere Plätze suchen gehen?»

Ich werde Nick niemals sagen, dass meine persönliche Verbindung zu diesem Theaterstück lange zurückreicht. Sieben Jahre in Folge war ich der Esel. Oder besser: Esel. Ich habe den Artikel nur hinzugefügt, um die Bedeutung der Rolle zu unterstreichen. Esel hat ganz traditionell keinen Text, stößt nur in theatralisch passenden Momenten das ein oder andere sorgfältig getimte *I-ah* aus.

Links von mir ertönt in Johnnys Tasche ein Brummen, und er stößt einen leisen Fluch aus. «Tut mir leid», sagt er, schüttelt den Kopf und zieht das Telefon aus seiner Jacke. «Da muss ich ran. Wann geht es los?»

«In elf Minuten», sagt Grandma Ruby und wackelt mit den Fingern. «Zeit, die alten Klavierfinger aufzuwärmen!»

«Hals- und Beinbruch, Grandma», sage ich geistesabwesend zu ihr und folge Johnny mit dem Blick den Flur hinunter. Sal heftet sich als geisterhafter Schatten an seine Fersen – und ich weiß jetzt schon, dass ich den beiden nachgehen werde.

Grandma Ruby wirft mir einen spitzen Blick zu. «Das sollte man zu jemandem über achtzig niemals sagen, Liebes.» Dann trippelt sie mit der Jugendlichkeit einer Frühlingstaube davon, wobei sich ihr roter Samtrock hinter ihr bauscht.

Die Aula ist rappelvoll. Kinder, Eltern und die übrigen neunundsiebzig Prozent der Einwohner von Cape Hathaway nehmen ihre Plätze ein. «Wollen wir?», fragt Nick und bedeutet Calla und mir, Reihe 11B als Erste zu betreten. Schon jetzt ist der Boden übersät mit Karamellpopcorn; dieses Jahr kann man beim Weihnachtsstück Snacks kaufen. Und Eierpunsch. Eierpunsch mit Schuss, meine ich, für die Erwachsenen. So riecht es jedenfalls. Ab und zu steigt mir schwacher Alkoholdunst in die Nase.

«Wisst ihr was?», sage ich, wohl wissend, dass ich wertvolle Zeit verliere. «Ich gehe nur noch mal schnell zur Toilette, bevor das Stück beginnt. Ich will keine Minute von der Handlung verpassen.»

«Komm schnell wieder», sagt Calla, nach unserem Streit in der Küche ein wenig verhalten. «Der Anfang ist das Beste.»

Ich nicke, spüre Nicks Blick auf mir und schlängle mich dann durch die Menge in die entgegengesetzte Richtung davon, wobei ich auf Johnnys Stimme horche. Er ist nicht auf dem Hauptflur. Ich werfe einen Blick in ein paar Klassenzimmer im Ostflügel des Gebäudes. Dort ist er auch nicht. Schließlich entdecke ich Johnny durch eines der runden Flurfenster, um die herum Sonnen gemalt sind, auf dem Parkplatz. Er läuft wie ein Rotluchs auf und ab und drückt sich sein Handy ans Ohr. Dicke Schneeflocken peitschen von der Seite heran und in sein Gesicht. Welches Telefonat ist so geheim, dass man es bei einem unmittelbar bevorstehenden Schneesturm draußen führen muss?

Ich weiß genau, welche Art von Telefonat das ist. Es war eine rhetorische Frage.

Etwa alle zehn Sekunden schneidet eine von Johnnys Händen durch die Luft. Sal steht mit verschränkten Armen und hochgezogenen Schultern da und hält Wache.

Wenn ich mich am Fahnenmast vorbei in das Meer von Minivans schleichen kann, müsste ich in der Lage sein, mich an sie heranzupirschen … und zu hören, was Johnny sagt. Der Virus kann erkennen, wen er anruft, aber nicht, was gesagt wird.

Ich setze die Kapuze des Parkas auf, sodass sie meinen blonden Haarschopf bedeckt, und schlüpfe aus der Eingangshalle. Meine Schritte werden vom Schnee gedämpft. Abgesehen von Johnnys Stimme ist es mucksmäuschenstill. Aber ich kann mich der Stille anpassen. Der Trick besteht darin, einen gewissen Abstand zu wahren, gerade nah genug heranzugehen, um die Worte aufzuschnappen und – im Idealfall – die eigenen Schritte mit denen der Zielpersonen zu synchronisieren. Ich trete direkt in Johnnys Fußstapfen, seine Stiefel sind mindestens drei Nummern größer als meine.

«Ich dachte, du hättest gesagt, es wäre …», sagt er und hat sichtlich Mühe, leise zu sprechen. Wind kommt auf und verschluckt den Rest des Satzes. Ich nutze die plötzliche Geräuschkulisse, um geduckt mein Tempo anzuziehen. Als ich kaum noch zehn Meter entfernt bin, lehne ich mich mit dem Rücken gegen das getönte Fenster eines Minivans und lausche mit gerecktem Hals über das Fahrzeug hinweg, spüre in den Handgelenken meinen steigenden Puls.

Johnny speit seine Worte förmlich aus. «Der Lieferwagen … Ja, der Lieferwagen …» Er rasselt ein paar Satzteile herunter. «Stell sicher, dass alles bereit ist … Tja, die Zeit wird allmählich knapp, verdammt noch mal, oder nicht? Erledige es einfach … Ein paar Tage …» Dann legt er abrupt auf.

Ich höre, wie Sal einen schlurfenden Schritt nach vorne macht und Johnny vielleicht die Hand auf die Schulter legt. «Boss», sagt er. «Hast du das gehört?»

Mich überläuft es kalt. Langsam, lautlos, lege ich eine behandschuhte Hand über meinen Mund. Damit mein Atem nicht in die kalte Luft aufsteigt.

«Was gehört?», fragt Johnny verärgert.

So geräuschlos wie möglich gehe ich in die Knie, bereit, mich notfalls unter den Minivan zu rollen. Das Adrenalin pumpt so heftig durch meine Adern, meine rechte Schläfe pocht.

Sal hält inne, verlagert sein Gewicht. «Vielleicht nichts. Vielleicht …»

Johnny winkt ab. «Lass uns einfach wieder reingehen. Calla bringt mich um, wenn ich das hier verpasse. Ich ertrage es nicht, dieses Mädchen traurig zu machen.»

Den Handschuh vor den Mund gepresst, bleibe ich in der Hocke sitzen und verfolge unter den Minivans ihre Füße, die sich auf den Rückweg machen. Schneller als der Schlitten des

Weihnachtsmanns ziehe ich mein Handy heraus und feuere eine Nachricht an Gail ab: *Anruf Johnny um 19:06 Uhr, wer war das? Es ging um einen Lieferwagen. Wird der nächste Raub ein Straßenraub? Plant eine Bank am ersten Weihnachtsfeiertag einen großen Geldtransport?* Mit etwas Glück wird Gail der Sache sofort nachgehen.

Ich habe das Gefühl, Glück gehabt zu haben. Glück, weil Sal seinem Instinkt nicht gefolgt ist. Glück, weil ich einen verwertbaren Informationsschnipsel aufgeschnappt habe. Diese Mission entwickelt sich in die richtige Richtung, trotz Nick.

Ich kann den beiden nicht in die Eingangshalle folgen – zu verdächtig –, also schleiche ich um die Rückseite der Grundschule herum, hebele mit meinem Hausschlüssel ein Klassenzimmerfenster auf und klettere auf diese Weise hinein. Unbemerkt. Ich reiße mir die Handschuhe und den Mantel vom Leib. Bis ich die Eingangshalle erreiche, wo …

«Oh, Gott sei Dank!», ruft Grandma Ruby und eilt auf mich zu. Für ihre zweiundachtzig Jahre ist sie wirklich schnell. Ihr Gesicht ist gerötet. «Sydney, da bist du ja. Wir haben einen Notfall!»

Ich denke an Calla und habe einen Kloß im Hals. «Was für einen Notfall? Ist jemand verletzt?»

«Nein, nein, sei nicht albern. Niemand ist verletzt.» Grandma Ruby bleibt vor mir stehen, umfasst meine Hände und drückt sie an ihre Brust. «Esel fehlt.»

Ich kneife die Augen zusammen. «Wie jetzt, das Kostüm?»

«Nein, die Person. Das Kind.»

«Es wird ein Kind vermisst?» *Scheiße*, das ist ein echter Notfall. «Wann wurde es das letzte Mal gesehen? Hat jemand die Polizei verständigt?»

Grandma Ruby presst die Lippen aufeinander. «Vielleicht

drücke ich mich nicht richtig aus. Delilah Hannigan ist mit ihren Eltern nach Calgary in den Urlaub gefahren, und sie haben alle vergessen, uns das mitzuteilen. Sie ist zu den Proben gekommen, deswegen wusste niemand davon! Keiner hat sich Gedanken gemacht!» Grandma Ruby sieht mir in die Augen und drückt mir beide Hände. «Das Stück braucht dich, Sydney.»

Mit einem schrecklichen Scheppern fallen die Puzzleteile an ihren Platz. «Oh Grandma, nein …»

«Die Rolle hat keinen Text, Spätzchen! Das weißt du doch! Und das Kostüm war schon immer eher zu groß. Nur zweieinhalb Stunden deiner Zeit. Mehr wollen wir gar nicht. Du warst so gut in der Rolle.»

«Aber …»

«Sydney, du bist für diese Rolle geboren. Das wusste ich von dem Moment an, als du mit elf Jahren zum ersten Mal einen Fuß auf die Bühne gesetzt hast, genauso wie ich wusste, dass du mein ganzes Herz in deinen Händen hältst, als du geboren wurdest. Im Cape Hathaway General Hospital. Du hast genau sieben Pfund gewogen und hattest schon einen dichten Haarschopf. Die Krankenschwester hat mir dich gereicht, mein erstes Enkelkind, und ich habe dir in die Augen geschaut und gesagt: ‹Hallo, mein kleines Spätzchen.› Es war, als würdest du mir direkt in die Seele schauen.»

Liebe mit einer Prise nicht ganz so subtiler Manipulation. Grandma Ruby legt sich mächtig ins Zeug. Sie drückt erneut meine Hände, und es ist eine so vertraute Geste – ich erinnere mich an die Hände, erinnere mich an die familiäre Wärme. Dies ist die Person, die mir Abenteuerromane vorgelesen hat, wenn ich nicht schlafen konnte, die eingesprungen ist und mich und Calla großgezogen hat, als *niemand* da war, und …

Ich atme tief durch die Nase aus. «Wo ist das Kostüm?»

Ich hatte es vergessen. Ich hatte es verdrängt. Dieses Kostüm ist so scheußlich, dass man mich mit einem Foto von mir darin tatsächlich erpressen könnte. Vor dem bodentiefen Spiegel hinter der Bühne strecke ich eines der Eselsbeine aus und fahre mit der Hand (oder besser gesagt, dem Vorderhuf) über den Stoff. *Jep. Damit wird es flutschen.* Ein Blick auf mich, und Sidekick Nick wird mir jedes seiner Geheimnisse verraten. Wer könnte schon einer Frau in einem zerfledderten grauen Strampler mit Schlappohren und Filzschwanz widerstehen? Das Kostüm passt, aber nur knapp. Ironischerweise ist es am Hintern ziemlich eng. Ich muss nur in jeder meiner Szenen kerzengerade stehen bleiben, dann wird der Stoff nicht reißen.

«Auf die Plätze!», ruft der Regisseur hinter den Kulissen. «Alle auf ihre Plätze!»

Mit bebenden Lippen und einem Seufzer sage ich mir, dass es sich nur um eine kurze Unterbrechung handelt, dann kann ich mich wieder meinem Beruf widmen. *Wer hat Johnny angerufen? Von welchem Lieferwagen hat er gesprochen? Von einem, den er gemietet hat, oder einem, den er angreifen wird?* Ich denke über sein Gespräch nach, während ich mich neben einem blonden Jungen aufstelle, der etwa halb so groß ist wie ich. Der Junge starrt mich mit einer Mischung aus Ehrfurcht und Verwirrung an, als könnte ich tatsächlich ein Esel sein.

«Du bist erwachsen.» Seine Stimme klingt für sein Alter erstaunlich selbstsicher – und verbittert. Er stampft mit seinem kleinen Fuß auf. Er ist als Krebs verkleidet. «Das ist ein Stück für Kinder!»

Ich beuge mich vor, stütze die Hände auf Esels Knie. «Hast du eine Grandma?»

«Ja?»

«*Deswegen* bin ich hier.»

Er sieht von dieser Wendung verwirrt aus (was hat seine Grandma damit zu tun?), aber die Musik hat bereits schwungvoll eingesetzt. Auf der anderen Seite des Samtvorhangs hämmert Grandma Ruby auf die Tasten des Stutzflügels ein. Ihre Weihnachtsmusik klingt eher nach einem Rockkonzert als nach einem Weihnachtslied in der Grundschule. Es ist die Art von Lied, bei der man sich am liebsten die Perücke vom Kopf reißen würde.

Okay, los geht's.

Als der Vorhang sich hebt, ist alles schwarz, aber schon bald erstrahlt die Aula in Technicolor. Im Dunst der blinkenden bunten Lichter schlängle ich mich im Zickzack um die riesigen Pappkartons herum, die wie Geschenke in Silberpapier verpackt sind, und reihe mich hinter meinem Freund dem Krebs ein. Dieses Stück ergibt wirklich überhaupt keinen Sinn. Als Kind habe ich mich auf die zahlreichen Ungereimtheiten und die Zusammenwürfelung unterschiedlichster Spezies eingelassen. Als Erwachsene stelle ich die Handlung infrage. Oder das Fehlen einer Handlung. Im Stück geht es – grob gesagt – um ein Lamm, das zur Weihnachtszeit durch ein magisches Land reist. Es begegnet einer Vielzahl von Tieren, die ihm von ihrer Weihnachtsfreude erzählen. Ich weiß nicht, wer es geschrieben hat. Irgendein hohes Tier. Es hat keinen richtigen Mittelteil und kein richtiges Ende. Aber es gibt Schneemaschinen. Zur Freude des Publikums explodieren sie jetzt und besprühen uns mit klumpigem, weißem Staub. Ich spucke ein Körnchen davon aus, das in meinem Mund landet.

Hat Calla mich schon auf der Bühne bemerkt? Und Nick? Sitzen Sal und Johnny auf ihren Plätzen? Die Lichter tauchen das Publikum in Dunkel. Ich kann nicht das Geringste sehen, und … *lieber Gott im Himmel*, wir tanzen. Seit wann gibt es choreografierte Tänze? Grandma!

Soweit ich es beurteilen kann, ist es ein einfacher Nachstellschritt, also ahme ich die Schrittmuster des Krebsjungen nach und starre mit zusammengekniffenen Augen in den Zuschauerraum. In den mittleren Reihen ist Bewegung. Jemand wechselt den Platz. Oder steht auf? Als die goldenen Lichter über das Publikum schweifen, sehe ich ihn deutlicher: ein Mann mittleren Alters mit Weihnachtsmannmütze, der in den Gang torkelt. *Ein Elternteil eines der Kinder*, denke ich. Aber er verhält sich irgendwie … seltsam.

Als CIA-Agentin bin ich darauf trainiert, mit Unerwartetem zu rechnen. Doch als der Weihnachtsmann mit entschlossenem Blick auf die Bühne zustürmt, sagt eine leise Stimme in mir immer noch: *Was soll der Blödsinn?* Er sieht selbstgefällig aus, zu hundert Prozent sicher, dass er mit dem, was auch immer gleich passieren wird, durchkommen wird. Schon geht er an Grandma Ruby am Klavier vorbei.

Ein mulmiges Gefühl steigt aus meiner Magengegend auf. Ist dieser Mann eine echte Bedrohung? Oder schwelgt er nur in glorreichen Grundschulzeiten, vollgepumpt mit viel zu viel Eierpunsch? Ich bin mir nicht sicher, bin mir einfach nicht sicher. Das aufkommende Gemurmel einiger Leute aus dem Publikum übertönt das Klavierspiel. Ist das Teil der Show? Soll der Weihnachtsmann die Bühne stürmen?

Und die Kinder … *mein Gott, die Kinder.* Alle zwanzig sind so glücklich, so sehr in ihre Rollen vertieft, dass sie den Eindringling nicht einmal bemerkt haben. Sie sind so, wie ich einmal war. Unschuldig. Ahnungslos darüber, dass auf der Welt alles Mögliche schiefgehen kann.

«Lasst mich hoch!», schreit der Mann, wirft ein Bein über den

Bühnenrand und versucht, sich hinaufzuhieven. Er besitzt die Anmut eines, na ja, vierzigjährigen Besoffenen in einem halben Weihnachtsmannkostüm – aber das macht ihn nicht weniger gefährlich. Nicht weniger verwirrt. Ist er bewaffnet?

«Hey!», rufe ich ihm zu und schiebe mich an dem Weihnachtsbaum aus Pappe vorbei nach vorn. Meine Stiefel wummern auf den Holzboden, die Angst brodelt unter meiner Haut. «Runter!»

Wenn er von der Bühne rutscht und zurück ins Publikum geht, ist vielleicht doch alles in Ordnung. Dann muss ich vielleicht nichts Drastisches unternehmen.

Aber jetzt steht er am Bühnenrand schwankend auf. Er murmelt etwas, das wie «Kartoffeln» klingt, und ruft dann deutlich lauter: «DU KANNST MICH NICHT AUFHALTEN, ESEL!»

Und es folgt eine Sekunde, in der ich mir denke: *Nein. Nein, das kann doch nicht wirklich wahr sein.* Gail und ich haben in dem Fall eine neue Spur, ich mache Fortschritte mit Nick, und ja, es gab ein paar Schwierigkeiten, aber nichts Wichtiges. Nichts, was mich oder den Fall ernsthaft in Gefahr bringen würde. Und jetzt …

Ich stehe anderthalb Meter von dem Mann entfernt, seine Fahne weht mir ins Gesicht – und er greift an. Er greift an. Stürzt er sich auf mich? Stürzt er sich auf die Kinder? *Die Kinder.*

Meine Kehle schnürt sich zu, denn ich möchte weinen und schreien und ich …

Ich kann nicht auf diese Weise meine Deckung aufgeben.

Aber ich habe keine andere Wahl.

Das Blut schießt mir ins Gesicht, der Beschützermodus übernimmt die Kontrolle, und ich stürze nach vorne und verpasse dem Mann einen Kopfstoß direkt auf die Nase. Auf ein nicht gerade leises Knirschen folgen Schreie aus dem Publikum und das Aufkreischen der Kinder.

«Du verdammte …», sagt der Typ und stolpert zurück. Ihm steht der reine Schock ins Gesicht geschrieben. Aus Schock wird Wut, dann schreit er *Schlampe*. Sein rechter Arm schießt hoch, er will mich am Hals packen, ist aber viel zu langsam für meine Reflexe. Ich weiche ihm aus, packe seinen Arm in der Luft und werfe ihn mit einer geschmeidigen Bewegung über meine Schulter. Er landet mit einem gewaltigen Rumms auf der Bühne, stöhnt etwas über eine Rechnung vom Chiropraktiker und …

Das Lied ist zu Ende. Alle sind auf den Beinen und glotzen.

Ich habe mich noch nie in meinem Leben so exponiert gefühlt.

10

Also erzählen Sie einfach alles von Anfang an», sagt die Polizeibeamtin und reicht mir einen Eisbeutel. Ich nehme ihn höflich entgegen und drücke mir seine Kälte an die Stirn; es brennt. Ich sitze in einem Klassenzimmer tief in einem Sitzsack, meine Knie berühren fast mein Kinn. «Sie müssen sich nicht hetzen. Machen Sie alles in Ihrem eigenen Tempo.»

Ich nicke und spiele meine Rolle: verwirrt, fassungslos. Ich *bin* fassungslos. Der Weihnachtsmann ist über Nacht ins Gefängnis gebracht worden. Wie sich herausgestellt hat, handelt es sich um den Vater des Krebsjungen. Er befindet sich in einem Sorgerechtsstreit und wollte seinen Sohn über Weihnachten mit zu sich nach Hause nehmen. Mein Herz bricht für den Krebsjungen – aber was mir wirklich den Magen umdreht, was mich in diesem Eselskostüm zum Schwitzen bringt, ist die Erinnerung an Nicks Gesicht.

Als im Zuschauerraum das Licht anging, starrte Nick mich an. Er war zur Bühne gehumpelt, entschlossen, meinen Angreifer aufzuhalten, aber dann war es anders gekommen. In Nicks Augen blitzte Verwirrung auf, ein Muskel in seiner Wange spannte sich an, und er warf mir diesen Blick zu, als hätte er mich völlig falsch eingeschätzt – und als wäre ich ein vollkommen anderer Mensch.

Eine Schweißperle rinnt mir über die Wange. Ich wische sie mit einem Eselshuf weg und schildere die Einzelheiten des Vorfalls – nicht wie eine CIA-Beamtin es tun würde. Wie eine

Zivilistin es schildern würde, mit Pausen hier und da, und ich spreche hauptsächlich zu meinen Knien. Falls diese Polizistin irgendwelche bohrenden Fragen über meine Ausbildung in Mixed Martial Arts stellt, könnte es sein, dass ich die ganze Nacht hierbleibe, und ich muss zurück zu meiner Familie.

Zurück zu Nick. Dinge erklären. Aus der Welt schaffen.

Ich kann das immer noch in Ordnung bringen, denke ich mit einem dicken Kloß im Hals.

«Von unserer Seite ist alles in Ordnung», sagt die Beamtin schließlich. Sie ist in meinem Alter und hat ungefähr meine Statur. «Sie haben sich heute Abend wirklich mutig verhalten. Ich glaube nicht, dass die Sache allzu schlimm ausgegangen wäre, aber man weiß ja nie. Sie haben diese Kinder beschützt. Haben getan, was Sie tun mussten.»

«Danke», sage ich schnell und stehe von dem Sitzsack auf, froh, dass wenigstens diese Vernehmung vorbei ist.

Draußen vor dem Klassenzimmer ist niemand zu sehen. Alle sind aufgefordert worden, in die Eingangshalle zu gehen, denke ich. Oder auf den Parkplatz? Das Eselskostüm fängt an, unter den Achseln zu scheuern, und ich will mich nur endlich aus dem Ding schälen, aus dem Backstage meinen Parka holen und mit der Schadensbegrenzung beginnen. Methodisch. Dem Protokoll für eine möglicherweise aufgeflogene Tarnung folgen – denn Johnny und Sal sind bestimmt misstrauisch geworden. Nick muss misstrauisch sein. Wenn ich Calla dazu bringe, meine Version der Dinge zu bezeugen, und sie ihnen von unserer Selbstverteidigungsübung in der Küche erzählt …

Aber das kann ich nicht.

Das kann ich nicht, denn Nick hat es irgendwie geschafft, Johnny, Sal und meine Familie nach Hause zu schicken. Als ich um die Ecke biege, steht nur Nick in der Eingangshalle, lungert neben einem Trio glitzernder Weihnachtsbäume herum. Blaulicht fliegt über sein im Schatten liegendes Gesicht. Mir dreht sich der Magen um. Er steht in einer seltsamen Pose da, das rechte Bein angewinkelt, Johnnys Autoschlüssel in der Hand. «Geht's dir gut?», fragt er mit rauer, kratziger Stimme. «Du bist doch nicht verletzt, oder?»

Er sagt zwar die richtigen Dinge, aber an seinem Verhalten wirken einzelne Elemente *eigenartig*. Sein Kiefer ist zu fest angespannt. Sein Blick ist zu hart. Sein Körper wirkt unabhängig von seiner Verletzung irgendwie steif.

«Mir geht's gut», sage ich vorsichtig und schlurfe auf ihn zu, und es ist möglich, dass die Steifheit von Sorge herrührt. Vielleicht hatte er Angst um mich, vielleicht macht er sich Vorwürfe, weil er die Bühne nicht zuerst erreicht hat.

Das ist es nicht, Sydney, sagt eine Stimme in mir. Instinkt lässt meine Arme kribbeln.

«Keine blauen Flecken», füge ich hinzu, schlucke mühsam und zeige auf meine unversehrte Stirn. Von dem Eisbeutel ist eine klebrige Kühle zurückgeblieben. «Siehst du? Sie haben mir erlaubt, nach Hause zu gehen, aber …» Ich wippe von einem Fuß auf den anderen. «Du hättest nicht auf mich warten müssen.»

«Natürlich habe ich gewartet», krächzt Nick und überbrückt humpelnd den Abstand zwischen uns. Er streckt die Fingerspitzen aus und streift meine Stirn, was mir einen Schauer über den Rücken jagt, und drei Sekunden lang kann ich kaum atmen. War das eine zärtliche Berührung? Eine drohende Berührung? Ausgesprochen schwer zu sagen. Die Berührung passt nicht zu seinem Gesichtsausdruck, denn der ist … *Wie? Was genau denkt er?*

Ich sondiere weiter die Lage, indem ich ihm leicht über die

Schulter streiche – und kalauere. «Tut mir leid, dass ich so ein Esel war.»

Nick schüttelt den Kopf, seine Iris verdunkeln sich, die Pupillen sind wie kleine Kohleklumpen. Er übergeht den Witz einfach. Keinerlei alberne Energie anzuzapfen. Kein langsames, albernes Nick-Grinsen. «Warst du nicht», sagt er und presst die vollen Lippen zusammen. «Wir sollten los.»

Nicht: *Wir sollten dich nach Hause bringen.* Nur: *Wir sollten los.*

Das Eis in seiner Stimme, die Härte …

Es sollte mich nicht erschüttern. Aber ich bin noch nie so kurz davor gewesen. Ich bin dem Auffliegen einer Tarnung noch nie so nahe gekommen. Ich hole Luft, meine Ohren fühlen sich allmählich an wie Mini-Lagerfeuer. Es ist ein Glücksspiel. Ich könnte davon ausgehen, dass meine Tarnung hinfällig ist, und mich weigern, mit ihm mitzugehen – oder ich ziehe es bis zum Ende durch. Arbeite weiter an der Mission, bis ich mir absolut sicher bin, gescheitert zu sein.

«Kommst du?», fragt Nick und reißt die Tür zum Parkplatz auf.

«Ja.» Ich nicke und wappne mich. Säure schwappt in meinem Magen. «Ja.»

Nick hat nicht erläutert, warum meine Familie vor uns gegangen ist. Er hat nicht erklärt, warum er mich kaum ansieht, warum zwischen uns eine so plötzliche und undurchdringliche Veränderung spürbar ist. Heimlich schalte ich mit flinken Fingern die Aufnahmefunktion meines Handys ein und schwöre mir, dass ich, wenn ich untergehen muss, dabei wenigstens Informationen aufzeichne.

So viel bin ich der Mission schuldig.

Im Escalade sitzt Nick am Steuer und ich auf dem Beifahrersitz, wo ich leise meine Atemzüge zähle. Ich bete. Dabei bete ich nie. Die Heizung ist gerade brausend zum Leben erwacht. Heiße Luft pustet mir ins Gesicht, während Schneeflocken in bösartigen Batzen auf die Windschutzscheibe klatschen.

Bei der CIA-Ausbildung auf der Farm gab es eine Übung, die mir wirklich unter die Haut gegangen ist.

Du bist allein in einer Schrottkarre. Du sitzt da und fühlst dich ganz ruhig und behaglich. Und plötzlich – fünf, sechs Minuten später – stürmt eine Menschenmenge auf dich zu. Leute mit schwarzen Masken und Baseballschlägern. Deine Fenster sind hochgekurbelt, und du musst regungslos sitzen bleiben und atmen, während sie auf die Scheibe einschlagen. Während sich in der Windschutzscheibe Risse bilden und sie brüllen, so laut brüllen, dass du dich fragst, wie lange es noch dauern wird, bis alles einbricht. Bis du mit Scherben bedeckt bist und mit Kratzern und …

Die Übung hat mich all meine emotionalen Reserven gekostet, auch wenn keine wirkliche Gefahr bestand. Niemand wollte mir *wirklich* etwas antun. Es war alles nur gespielt.

Das ist jetzt nicht der Fall.

Dies ist der Moment, in dem ich ein Uber hätte rufen sollen.

«Vielleicht hätte ich lieber ein Uber rufen sollen», sage ich und weise damit absichtlich auf Nicks Schweigen hin. Meine Stimme zittert nicht, auch wenn sich mein Brustkorb anfühlt wie ausgehöhlt. «Die haben gesprächigere Fahrer.»

Ansatzlos wechsele ich zwischen Strategien.

Mein Plan jetzt? Ihn zu ärgern. Ihm so auf die Nerven zu gehen, wie er mich genervt hat. Ihn mit welchen Mitteln auch immer zum Reden zu bringen. Falls Nick vorhat, mich zur Rede zu stellen, muss es bald geschehen. Bevor er die Gelegenheit hatte, mit Johnny eine Strategie zu entwickeln. Bevor er die

Chance hat, mich von der Bildfläche verschwinden zu lassen oder – Gott bewahre – zurück nach Hause zu bringen, wo Calla und Grandma Ruby in Gefahr wären.

«Ein Uber?» Nick reibt sich mit der Hand übers Gesicht und lacht beinahe. Er legt den Rückwärtsgang ein, setzt aus der Parklücke und schlingert auf die Straße. Meine Eingeweide schlingern mit. «Ganz ehrlich? Ich würde mir um den Uber-Fahrer Sorgen machen. Erst mal klären, ob er eine gute Lebensversicherung hat.»

Ich spiele die Unschuldige, um ihn weiter zu verunsichern, und lasse meinen Mund offen stehen. «Also, das ist unfair.»

Nicks Stimme ist voller Ehrfurcht und Verwirrung. «Sydney, du hast einem Mann *einen Kopfstoß* verpasst.»

«Der hat sich auf die Kinder gestürzt!»

«Ich weiß! Ich weiß, ich weiß. Ich rede nicht davon, *warum* du das getan hast», sagt Nick, «sondern davon, wie.» Wir fahren schnell von dem fast leeren Parkplatz, unter den Reifen knirscht Schnee. Dunkle Wälder fliegen an uns vorbei – jede Menge Gelegenheiten, um anzuhalten, mich aussteigen zu lassen und auf die Knie zu zwingen. Jedes Mal, wenn Nicks Blick in Richtung Beifahrersitz huscht, rechne ich mit einem Erstschlag, es bohrt kleine Löcher in mich. «Ich will kein Profil von dir anlegen, aber die meisten Leute schlagen nicht mit dem Kopf zu. Du bist kein englischer Fußballer in einem Pub. Hast du überhaupt schon mal Fußball gespielt?»

Gut. Da muss ich nicht lügen. «Habe ich.»

«Echt?»

«Echt.» In meinem Hals pulsiert Blut, der Wagen fühlt sich immer enger an. «Soll nicht lieber ich fahren? Bist du nicht verletzt?»

An der ersten Ampel dreht sich Nick um und mustert mich,

als wäre ich ein Puzzle, das jemand ein klein wenig falsch zusammengesetzt hat. Die Teile sind verrutscht. Mir wird kalt bis in die Zehen. Als er wieder spricht, ist seine Stimme heiser, und seine Finger umklammern fest das Lenkrad. «Gibt es etwas, das du mir sagen möchtest, Sydney?»

Der metallische Geschmack der Angst kriecht auf meine Zunge. Ich spreche durch ihn hindurch, schlucke, kämpfe darum, dass mein Puls niedrig bleibt. «Zum Beispiel?»

Nicks Stimme hat sich gefährlich tief gesenkt. *Da* ist der Mann, vor dem Menschen Angst haben. Ich wusste immer, dass er unter der Oberfläche lauerte. «Zum Beispiel, warum du in der einen Sekunde ein Esel warst und in der nächsten ein verdammter James Bond.»

Das Wort *katastrophal* kommt mir in den Sinn, aber ich halte durch. Klammere mich mit allem fest, was ich habe. «Ich hätte nie gedacht, dass ich das Zeug mal anwenden würde», sage ich schnell. «Hast du nicht gehört, was ich mit Calla in der Küche veranstaltet habe? Ich habe einen Kurs gemacht …»

«Da hast du an einem Nachmittag Mixed Martial Arts auf Expertenniveau gelernt?», unterbricht mich Nick mit finsterer Miene. «Komm schon, Sydney. Wenn einen jemand in so einer Situation angreift, blinzelt man. Du hast nicht einmal geblinzelt. Es war so, als wärst du plötzlich ein völlig anderer Mensch. Diese Bewegung, die du nach dem Kopfstoß gemacht hast? Deine Technik? Wie aus dem militärischen Lehrbuch. Und du warst nicht beim Militär …» Den letzten Satz sagt er beinahe zu sich selbst, nachdenklich, und da weiß ich es definitiv. Mir wird mit einem scharfen Stechen in der Lunge bewusst: Nick Fraser hat mich überprüft. Nicht bloß beiläufig gegoogelt. «Ich wusste, dass etwas mit dir nicht stimmt, aber ich hätte nie …»

«Nick», krächze ich, drehe das Handy in meiner Tasche und richte das Mikro so aus, dass es in die Luft zeigt.

Er rückt damit heraus und wischt sich dabei noch einmal mit der Hand übers Gesicht. «Wer bist du?»

Mein Hals brennt. Meine Haut scheint sich nicht entscheiden zu können, ob sie eisig kalt oder brennend heiß ist, und das heiße Gebläse lässt meine Augen austrocknen. Nicks Bizeps spannt sich an, er dreht am Lenkrad, und …

Das hier ist noch zu retten.

Welche Beweise hat er denn tatsächlich in der Hand?

«Ich glaube, du bist da auf dem falschen Dampfer», sage ich und schüttle den Kopf. Ich habe mir Callas Ohrringe ausgeliehen. Sie schwingen, während ich *leugne, leugne, leugne.* «Ich bin keine …»

«Die CIA kann es nicht sein», überlegt Nick weiter. Seine Stimme hat einen harschen Ton angenommen, als sei er nicht nur überrascht, sondern auch irgendwie traurig, und … er hat es ausgesprochen. Er hat es tatsächlich gesagt. CIA. «Die operieren nicht im Inland. Polizei ist es auch nicht. Der Jones-Clan hat die Polizei in der Tasche. Bleibt also nur noch … Interpol? Das FBI?» Nick hält mit enger Brust inne, die Autofenster sind beschlagen und scheinen näher zu kommen. Sein Atem wird schwer. «Das ist es, oder? Du bist beim FBI.»

Er hätte mir einen Fausthieb direkt auf die Nase versetzen können, und es wäre ein weniger heftiger Schlag gewesen. Alles an mir spannt sich an, mit den Händen umklammere ich meine Oberschenkel, und ich möchte schreien. Ich habe noch nie zuvor versagt. Ich habe in meinem Job noch nie versagt. Nicht in Schweden, nicht in Litauen, und jetzt, in meiner Heimatstadt, bei der wichtigsten Mission meines Lebens, passiert mir verdammt noch mal *das*? Ernsthaft?

«Ich weiß nicht, wie du auf diese Ideen kommst», sage ich hastig und hartnäckig. «Aber ich verspreche dir, ich bin nicht annähernd …»

«Bitte verarsch mich nicht, Sydney», sagt Nick genervt und erschöpft. «Ich weiß es, okay? Ich weiß es. Du bist weggegangen, um Johnny zu belauschen, als er vor dem Theaterstück einen Anruf bekommen hat. Und heute Nachmittag? Als ich auf dem Eis gestürzt bin? Du hast deutlich mehr medizinische Kenntnisse, als du rauslässt. Außerdem hast du an diesem Fahrzeug einen Peilsender angebracht, den ich übrigens entfernt habe. Du gehst geschickt vor, und du bist offensichtlich gut in deinem Job – aber ich weiß, worauf ich achten muss.» Nick schnaubt, als ich leise und wie versteinert meinen Gurt löse. «Und der Koffer. Du hast seinen Koffer durchwühlt.»

Das ist es.

Das macht mich fertig. Woher zum Teufel weiß er das?

Es lässt mich nackt dastehen. Es macht mir Angst. *Nick weiß es.* Er weiß es wirklich. Mein Innerstes beginnt zu zittern, Adrenalin kreist durch meinen Körper, und das hier … Gail darf niemals davon erfahren. Sie wird mich von dem Fall abziehen. Ohne Frage. Und wenn ich von dem Fall abgezogen werde, verübt der Jones-Clan vielleicht tatsächlich seinen bis dato schlimmsten Überfall, und …

Scheiße.

Egal, ob ich jemals wieder undercover arbeite. Werde ich es überhaupt nach Hause schaffen?

«Wie viel weißt du über mich, Sydney?», fragt Nick drängend, als diese Ader auf meiner Stirn zu pochen beginnt. «Den Namen meines ersten Hundes? Das Passwort für meinen Computer? Was ist meine Blutgruppe? *Sydney.*»

«Na gut!», platze ich heraus, und in meinem Kopf nimmt ein zweiter, neuer Plan Gestalt an. Ein viel unsichererer Plan. «Die ist A positiv, okay?»

Nick starrt mich mit offenem Mund an.

Aber ich höre nicht auf. Ich weiß nicht, welche Wahl ich sonst habe. «Mein Führungsoffizier weiß genau, wo ich gerade bin.» *Lüge.* «Wenn du irgendwelchen Mist versuchst, bist du in höchstens drei Minuten umzingelt.» *Lüge.* «Wenn du allerdings bereit bist zu verhandeln, können wir uns unterhalten, denke ich. Das genau ist mein Job. Ich gebe den Leuten das, was sie haben wollen, im Austausch für Informationen. Du musst mir also bloß sagen, was du haben willst.» Dann öffne ich mit einem schnellen Ruck das Handschuhfach. Es ist leer.

«Was dachtest du denn, was du darin findest?», knurrt Nick und klingt unglaublich entkräftet.

Ich bin ehrlich, mein Magen ist immer noch verkrampft. «Wenigstens Pfefferspray.»

«Du wolltest mich mit *Pfefferspray* besprühen?», krächzt Nick.

«Ich wollte dich eigentlich davon abhalten, *mich* mit Pfefferspray zu besprühen.»

«Glaubst du wirklich, ich würde dir wehtun?», fragt Nick mit äußerst angestrengter Stimme. Schatten fliegen über die Windschutzscheibe. «Hältst du wirklich so wenig von mir?»

Auf jeden Fall. Absolut. Hundertprozentig.

Als ich wieder einen Blick zu ihm hinüberwerfe, blitzt Schmerz in seinen Augen auf.

«Nein», lüge ich mit leiser Stimme. Zähle wieder meine Atemzüge. «Nein, ich glaube nicht, dass du mir wehtun wirst.»

«Gut», sagt er ausdruckslos und räuspert sich. «Im Augenblick ist die Lage nämlich eher umgekehrt. Gerade bin ich nur ein Junge, der ein Mädchen chauffiert und sie bittet, ihm nicht die Nase zu brechen.»

Ich lache trocken. «Sagt der Typ, dessen Job es ist, den Leuten die Nase zu brechen.»

«Noch mal, ist es das, was du von mir denkst?»

Von dir und Johnny. Johnny, der nur einen Anruf entfernt ist. Eine Textnachricht entfernt. *Sydney ist nicht die, für die sie sich ausgibt.* «Lass uns nicht so tun, als wärst du vollkommen unschuldig», sage ich in dem absichtlichen Versuch, ihn zu verunsichern. Das Letzte, was ich Nick glauben lassen sollte, ist, dass er hier die Kontrolle hat. «Ich weiß vielleicht einiges über dich, aber du hast auch deine Hausaufgaben gemacht.»

Nick schnaubt und beschleunigt. Die verschneite Straße schlängelt sich vor uns. «Auf Instagram nach dir zu suchen, ist wohl kaum dasselbe. Ich weiß, dass du Opossums magst. Aber deine Sozialversicherungsnummer kenne ich nicht.»

«Es ist nicht so, dass ich mir deine gemerkt hätte», murmele ich leise, aber laut genug, dass er es hören kann. Eine Unterströmung von Angst ist immer noch da, pulsierend. «Sie ist nur verfügbar, wenn ich sie brauche.»

«Und was stimmt eigentlich mit deinem Instagram nicht? Ist das wirklich von dir?»

«Was glaubst du?»

«Ich glaube, du folgst sechs Accounts, und einer davon gehört einem Mayonnaise-Hersteller.»

Erneut kein Kichern und kein jungenhaftes Nick-Lächeln. Innerhalb einer Stunde ist alles das verschwunden. Jetzt brettern wir aus dem Wald auf die Main Street, die nur so strotzt von blinkendem Weihnachtsschmuck und den riesigen Zuckerstangen, die Grandma Ruby am Straßenrand aufgestellt hat. Goldene Girlanden winden sich um die Laternenpfähle.

Alles ist im Vergleich zu dem, was sich hier drinnen abspielt, so abstoßend heiter. «Wann wirst du es Johnny sagen?», frage ich mit engem Hals.

Nick verschwendet keine Sekunde Atemluft. «Wie kommst du darauf, dass ich es Johnny sage?»

Wir fahren nicht zurück zum Haus. Hinter dem Long Sands Mini-Markt biegt Nick scharf links ab und fährt auf der Cook Lane in die entgegengesetzte Richtung. Meine Stimme bleibt ruhig, während dunkles Wasser am Fenster vorbeifliegt. Das raue Rauschen des Meeres. «Wohin fährst du uns?»

Beim nächsten Stoppschild holt Nick sein Handy heraus, um nach einer Nachricht oder einem verpassten Anruf zu schauen. Anscheinend wartet er darauf, dass ihn jemand kontaktiert. *Johnny*. Es muss Johnny sein. «Wir haben ein Date, schon vergessen?»

«Ach ja», sage ich, und ein Lachen steigt von einer schmerzenden Stelle in meiner Brust auf. «Cool. Natürlich. Muss ich bei diesem Date damit rechnen, mit Klebeband an einen Stuhl gefesselt zu werden?»

«Nur, wenn du das willst», sagt Nick, ohne eine Miene zu verziehen, und biegt dann am anderen Ende der Stadt auf einen schneebedeckten Parkplatz ein. «Die Wahrheit ist, ich warte auf eine Bestätigung.»

«Mysteriös», murmle ich.

«Mysteriös gehört eher zu deinen Stärken, oder nicht?» Er sieht mir in die Augen, ahmt mich nach und klimpert mit seinen langen dunklen Wimpern. «*Verrätst du mir ein Geheimnis?*»

Mein Gesicht brennt, Emotionen brechen wie Wellen über

mich herein. Entsetzen, Wut. Nick weiß also, dass ich versucht habe, ihn zu verführen – und gibt es zurück. Nachvollziehbar. Wäre ich in seiner Lage, würde ich dasselbe tun. Aber die Kühle kriecht dennoch unter meine Haut. Im Moment ist er in der Machtposition. Im Wagen rücke ich ein Stück näher an ihn heran, bereit, Feuer mit Feuer zu bekämpfen – oder besser gesagt, Kälte mit Kälte. «Möchtest du Kritik an meinen Verführungsmethoden äußern?», frage ich ihn ein wenig spöttisch. «Hätte ich es geschickter angehen können? Gibt es einen Fetisch, der dich antörnt?»

Nick knurrt. «Fang gar nicht erst damit an.»

«Denn wenn ich mich in ein Pinguinkostüm hätte werfen sollen oder so, dann sag es mir bitte jetzt.»

Seine Lippen verziehen sich zu einem schiefen Grinsen, bevor ihm offensichtlich wieder einfällt: In Sydneys Gegenwart zu lächeln ist von nun an verboten. Er stellt den Motor ab. Und ich blicke auf. Ein blinkendes orangefarbenes Neonschild verkündet in Retro-Schrift MOOSE LODGE. Ich muss grinsen. *Oh, der Junge hat Humor.* Oder der Junge hat vor, sich meiner in der Moose Lodge zu entledigen.

Nick schenkt mir ein schmallippiges Lächeln. «Wollen wir?»

Als ich die Autotür zuschlage, prallt Eis von ihr ab.

Neun Minuten sitzen wir vor unseren Drinks. Ich überprüfe dreimal die Ausgänge, dann beiße ich die Maraschino-Kirsche vom Stiel ab und kaue aggressiv. «Und wie geht es deinem Hintern?»

Nick starrt mich über den Tisch hinweg an. «Immer noch geprellt. Danke der Nachfrage.» Er nimmt einen Schluck aus seiner Bierflasche und tippt auf sein Handy. Keine Nachrichten. «Jetzt, wo ich darüber nachdenke, vielleicht wolltest du mich doch umbringen.»

Ich lehne mich mit verschränkten Armen in meinem Stuhl zurück und sage spöttisch: «Wenn ich versucht hätte, dich umzubringen, wärst du tot.»

Glücklicherweise, aber auch unglücklicherweise, hört niemand unser Gespräch mit, weil niemand in dieser Bar ist. In der Moose Lodge ist nur an Bingo-Abenden etwas los. Jedenfalls etwas, woran Menschen mitwirken. Ausgestopfte Tiere? Die machen hier durchgehend Party. Rund um die holzgetäfelte Bar starren uns präparierte Tiere an. Ein Elch mit Pfeife zwinkert uns über der Jukebox zu. Zwei Waschbären halten die Speisekarte hoch. Eine Mini-Hirschherde erweckt den Eindruck, als würde sie sich mit offenem Mund unterhalten; jemand hat ihnen silbernes Lametta in die Geweihe gehängt.

«Worauf wartest du?», frage ich Nick und zeige auf sein Telefon. Im Hintergrund erschallt «Run Rudolph Run». So was spielen sie hier wirklich. Gott, ich hoffe, sie erwischen Rudolph nicht.

Nick antwortet mir nicht.

Mürrisch schlüpfe ich aus meinem Parka, und ein Schwall warmer Luft nimmt meinen Rücken in Empfang. Adrenalin rauscht noch immer durch jede Ader meines Körpers, aber ich hoffe, dass mein herausforderndes Verhalten Nick auf Trab hält. Das Machtgefälle irgendwie ausgleicht. Ich sage ihm ganz offen, was mir durch den Kopf geht, und damit: *Wage es nicht, mich umzubringen.* «Hast du dich jemals gefragt, was passieren würde, wenn alle ausgestopften Wesen auf der Welt plötzlich wieder lebendig werden würden?»

Er blickt nicht einmal von seinem Telefon auf. «Nein.»

«Ich mich auch nicht», sage ich und sauge an meinen Zähnen. Ich hänge meinen Parka über den Hocker neben mir. «Ist das bis jetzt das schlimmste Date, das du je hattest?»

Das veranlasst Nick dazu, den Blick zu heben. In seinen dunklen Augen flackert etwas auf, als überlegte er, wie viel er preisgeben soll. «Erstaunlicherweise nicht.»

«Gibt es noch irgendwelche Informationen, die du enthüllen möchtest?»

«Erstaunlicherweise nicht!», sagt er wieder voller Sarkasmus. «Aber ich sage nicht, dass das eine gute Sache ist. Im Moment, Sydney, passen du und ich wahrscheinlich so gut zusammen wie Erdnussbutter und Hepatitis.»

Ich stoße ein verbittertes Lachen aus. «Bin ich dabei die Erdnussbutter oder die Hepatitis?»

«Weder noch», sagt Nick.

Endlich klingelt sein Telefon. Er reißt es vom Tisch hoch und liest eine anscheinend recht lange und ausführliche Nachricht. Falls Johnny Nick anweist, wie er mich loswerden soll, ist er dabei sehr gründlich.

Nicks Augenbrauen ziehen sich zusammen. Beim Lesen bewegt er ganz leicht die Lippen.

«Was ist?», frage ich neugierig.

Er sagt nichts. Er denkt offenbar nach. Sein Kiefer zuckt.

«Kennst du den Typen, der Schweigen nicht aushält?», grabe ich weiter, und mir wird wieder mulmig zumute. «Könnte ich den bitte wiederhaben?»

Nick begegnet meinem Blick und knallt sein Handy auf den Tisch. «Es gibt keine abrufbaren Daten darüber, dass du für das FBI arbeitest. Keine Außeneinsätze. Keine Schreibtischarbeit. Nichts.»

Es dauert eine Weile, bis diese Sätze zu mir vordringen. Dies ist eine inoffizielle Mission, und ich bin nicht wirklich FBI-Beamtin. Das ist der Grund. *Aber* … «Woher hast du diese Informationen?»

Nick starrt mich einen ausgedehnten Moment lang an, bevor er alles – diese gesamten Feiertage – auf den Kopf stellt. «Ich arbeite auch für die Regierung.»

11

Es ist wieder da, dieses Gefühl, als würde das ganze Zimmer pelzig werden, wie damals, als Gail mir in Stockholm die Neuigkeit überbracht hat. Meine Fingerspitzen kribbeln, und mir schießt plötzlich das Blut in den Kopf. Die Waschbären, die Elche und die Rehe umzingeln mich. Was hat Nick da gerade gesagt?

Er beobachtet mich, wie man einen Bären im Wald beobachtet, um seine Reaktion abzuschätzen und festzustellen, ob er angreifen wird oder nicht. Auf seiner Wange bildet sich ein Grübchen. Wenn das, was er sagt, wahr ist, dann hat dieser Mann mich ausgetrickst. Er hat mich noch besser ausgetrickst als ich ihn. *Ich arbeite auch für die Regierung.*

Die Worte dringen in mich ein wie Gewehrkugeln in Zeitlupe.

«Sydney?», drängt Nick, sein Tonfall ist ruhig, aber ich kenne ihn schon zu gut. Alle verräterischen Merkmale springen mir ins Auge wie Punkte auf einer Landkarte. Nichts an ihm ist ruhig. Er leckt sich über die Lippen, weil sein Mund trocken ist. Er tippt mit dem Daumen auf den Tisch, weil er nicht still sitzen kann. «Ich fände es wirklich gut, wenn du jetzt etwas sagen würdest.»

Ich atme kräftig durch die Nase ein. *Oh, ich werde eine Menge sagen.* Das Erste, was ich sage, ist: «Machst du Witze?» Jetzt begreife ich, warum Nick mich in diese schreckliche Bar geschleppt hat. Keine Zeugen. Ein offener Dialog. Nichts, was zu Johnny oder meiner Familie zurückverfolgt werden kann. «Ich schwöre bei Gott, wenn du mich fragst: ‹Sehe ich aus wie jemand, der ein weißes Kaninchen aus seiner Tasche zieht …›»

Nick blinzelt und zieht die dicken Augenbrauen zusammen. «Ein weißes Kaninchen? Warum in aller Welt sollte ich das sagen?»

«Glaub mir.» Ich greife nach meinem Getränk und nehme einen großen Schluck, wobei ich das Eis in meinem Mund sammle und knirschend zerbeiße. «Das hatte ich alles schon mal. Nicht *genau* so, aber die Chancen, dass wir beide für die Regierung arbeiten, sind …»

«Verschwindend gering», ergänzt Nick.

«Genau.» Ich kaue noch fester und spreche mit halb vollem Mund. Aus «Run Rudolph Run» wird «Chestnuts Roasting on an Open Fire», und du liebe Güte, das passt wirklich nicht zur Grundstimmung dieser Unterhaltung. «Woher weiß ich, dass du mir die Wahrheit sagst? Ehrlich gesagt, vergiss das wieder. Zuerst eine exaktere Frage. Für wen arbeitest du? Welcher Dienst?»

«Den CSIS», sagt Nick, ohne zu zögern, aber sein Adamsapfel hüpft auf und ab.

Die kanadische Version des FBI. Er arbeitet also auf der anderen Seite der Grenze. Angeblich.

«Wie lautet deine Ausweisnummer?»

Nick lehnt sich weiter über den Tisch, zwischen uns pulsiert Hitze. «Wie lautet *deine* Ausweisnummer, Sydney?»

Als ich keine Reaktion zeige, nimmt Nick einen Schluck von seinem Bier. Es schwappt in den Flaschenhals. «Komm schon, du kannst doch jetzt nicht sauer sein. Ich bin derjenige, der hier sauer sein sollte. Du mischst dich in meine Ermittlungen ein und lässt mich wertvolle Zeit verlieren, indem ich einer Möglichkeit nachgehe, die …» Er gestikuliert in meine Richtung. «Zu nichts führt.»

Da macht es klick. Es macht wirklich, wirklich klick.

Meine Kinnlade fällt ganze drei Zentimeter herunter. «Du hast auch versucht, mich zu verführen.»

Es ist keine Frage. Mit flackernden dunklen Augen gibt Nick mir trotzdem eine Antwort. «So würde ich es nicht ausdrücken …»

«Oh mein Gott.»

«Sydney …»

«Gib mir mal eine Minute, um das zu verarbeiten, okay? Ich muss mich erholen. Ich dachte, es gäbe eine Chance von mindestens fünfzehn Prozent, dass du versuchen würdest, mich umzubringen.» Ich schlucke das letzte Stückchen Eis hinunter. Es sinkt kalt in meine Magengrube, während ich jede noch so kleine Interaktion mit Nick überdenke. An dem Abend, als wir zusammen die Zähne geputzt haben, hatte *er* an die Tür geklopft. *Er* hatte unten an der Treppe gewartet, als ich laufen gehen wollte. *Er* hatte nach dem Eisschwimmen gefragt und mir damit die Idee direkt untergeschoben. Die Rückenverletzung! Hat er sich überhaupt geprellt? Oder war das nur ein Trick, um mein Mitleid zu erregen?

Du lieber Himmel. Nick ist nicht nur ein außergewöhnlich guter Agent, er ist vielleicht sogar besser als ich.

Und ich fange an, ihn mit etwas anderen Augen zu betrachten. Diesen Fremden, der mir da am Tisch gegenübersitzt. Als ich ihn das erste Mal gesehen habe, während mir unter der Dusche das Wasser über den Kopf lief, hielt ich ihn nur für einen dummen Muskelprotz. Jemanden, den ich leicht manipulieren und um den Finger wickeln könnte. Das mit den Muskeln stimmt immer noch. Aber dieses neue Bild versetzt mir eine

Kopfnuss, wie ich dem Weihnachtsmann eine Kopfnuss versetzt habe.

Wenn Nick wirklich beim CSIS ist, wenn auch ich kalkuliert verführt werden sollte, war er nie eine Zielperson. Er war nie vertrauenswürdig – nur auf ganz andere Weise, als ich dachte.

Man weiß wirklich nie, was in den Köpfen anderer Leute vor sich geht, oder?

«Was von allem ist also Lüge?», frage ich und gehe alles in Gedanken durch. Versuche, es irgendwo zu verstauen, wo es für mich sicher handhabbar ist. Meine Handflächen werden schwitzig. «Ist Nick dein richtiger Name?»

Er sieht mich trotz seiner Ungezwungenheit finster an. «Natürlich.»

«Wie lange bist du schon undercover?»

«Drei Jahre», sagt Nick. «Und es tut mir leid, wenn ich dir Angst eingejagt habe, aber ich wollte dir auf den Zahn fühlen, und das hier kam einfach aus dem Nichts. Kannst du mir wenigstens sagen, für wen du arbeitest? Ist dir klar, welches Risiko ich gerade eingegangen bin, indem ich meine Tarnung vor dir aufgegeben habe?»

Ist es. Allerdings ergibt es auch nicht wirklich Sinn. «Warum?»

«Warum was?»

«Warum hast du das gemacht?» Ich fixiere ihn und ermahne mich, nicht auf seinen Kiefer zu starren. Oder auf den Schwung seiner Lippen. «Ich könnte sonst jemand sein.»

Nick atmet entnervt aus. «Nein, könntest du nicht. Zum einen ist da mein Bauchgefühl. Zweitens bist du ganz offensichtlich ein Profi. Und drittens, da du versucht hast, über mich an Informationen zu kommen, wolltest du wohl an Johnny herankommen. Der CSIS und das FBI ermitteln schon seit Jahren gegen die Jones-Familie, deswegen würde es mich nicht wundern, wenn andere Organisationen das auch täten. Ergo, jemand von der Regierung. Schau, normalerweise trage ich die nicht bei mir, aber …» Er zieht seine Dienstmarke hervor und schiebt sie mir über den Tisch. «Ich habe keinen Grund vorzutäuschen, dass ich beim CSIS bin.»

Ich schaue mir das goldene CSIS-Abzeichen an, und manches ergibt immer noch keinen Sinn – zum Beispiel, warum riskiert er es, dieses Abzeichen bei einer Undercover-Mission im unmittelbaren Umfeld von Kriminellen zu tragen, die ihm, wenn sie darauf stoßen würden, eine Pistole an den Kopf setzen würden? Hat er es heute Abend meinetwegen mitgebracht? Hatte er vor, sich vor mir zu enttarnen?

«Wie kann es sein», frage ich und lehne mich in meinem Stuhl zurück, «dass wir auf demselben Fall gelandet sind, ohne voneinander zu wissen? Ich dachte, ich hätte was von einer gemeinsamen Taskforce gelesen. Länderübergreifende Zusammenarbeit zwischen den Behörden.»

«Die gibt es immer noch, aber beim FBI gab es jede Menge undichter Stellen. Der CSIS vertraut ihnen in diesem Fall nicht mehr. Wir arbeiten jetzt intern daran.»

Ich kneife die Augen zusammen. «Aber mir vertraust du?»

«Ganz ehrlich?», fragt er und stößt ein Lachen aus. «Nicht vollkommen, aber ich würde gerne. Du machst es mir gerade nicht leicht.»

«Ich habe soeben erfahren, dass ich wertvolle Zeit damit verschwendet habe, einen Holzweg entlangzutraben, und du musst verstehen …» Ich umfasse meinen Drink mit beiden Händen. «Wenn du seit drei Jahren an diesem Fall arbeitest, ist das hier für dich nur ein winziger Ausschnitt. Für mich sind es fast hundert Prozent meiner Mission.»

«Deiner Mission für wen?», bohrt Nick.

Was habe ich jetzt noch zu verlieren? Fast alle meine Karten liegen bereits auf dem Tisch. «Das FBI», sage ich. Dann ziehe ich die Augenbrauen zusammen. «Magst du Taylor Swift überhaupt?»

Nick wirft mir einen ungläubigen Blick zu. «Das ist ernsthaft die Frage, die du mir jetzt stellst?»

«Ich versuche nur herauszufinden, wie viel von dir echt ist.» Das sage ich ausdruckslos, aber es ist aufrichtig. Was Menschen sagen und was sie tun, hat oft nichts mit dem zu tun, was sie denken. Man kann jemanden jahrelang beobachten, glauben, ihn bis ins Mark zu kennen, und dann schafft er es schrecklicherweise trotzdem, einen zu überraschen.

In diesem Moment schlurft der mürrische alte Barkeeper herbei und überreicht uns zwei Drinks auf Kosten des Hauses. Sie sind schaumig, blau und riechen salzig wie das Meer. Ich habe in etwa so viel Vertrauen in ihren Geschmack wie vor einer halben Stunde in Nick. Er scheint auch noch mutiger zu sein als ich, denn er nimmt einen Schluck, während der Barkeeper dasteht und wartet.

«Das ist gut», sagt er, ohne eine Miene zu verziehen, und schluckt. «Danke.» Als der Typ gegangen ist, schneidet Nick eine Grimasse. «Er denkt wahrscheinlich, dies ist ein Date, und es läuft nicht gut.»

«Also, ich glaube, es könnte *besser* laufen», sage ich ehrlich. «Dann erklär mir hier doch mal den zeitlichen Ablauf. Wenn du seit drei Jahren dran bist, heißt das, du warst vorher schon mit Johnny befreundet?»

Nick stößt einen tiefen Seufzer aus. «Das ist kompliziert. Ich habe mir Johnny im College nicht als Zimmergenossen ausgesucht. Es war Zufall, dass er mir zugewiesen wurde. Aber ja, am Anfang waren wir ziemlich eng. Da habe ich dich nicht angelogen. Bevor ich die Wahrheit kannte, kam er mir vor wie ein sympathischer Kerl. Immer unternehmungslustig. Der Hälfte meiner späteren Freunde auf dem Campus hat er mich vorgestellt, und er hat auch kapiert, dass ich manchmal meine Ruhe brauchte. Draußen auf dem Wasser, wenn wir ruderten. Das klingt nach einer kleinen Sache, ist es aber nicht.» Er legt sich die Hand aufs Kinn und knirscht mit den Zähnen. «Andererseits haben wir nie über große Themen gesprochen. Auf dem College sind wir bloß gerudert, haben für Prüfungen gelernt, sind ausgegangen und haben Videospiele gespielt. Man konnte ihm nicht viel vorwerfen außer vielleicht rücksichtsloses Fahren bei *Mario Kart.*»

«Bist du sicher?» Ich ahme Nicks Ausdruck nach, indem ich die Augen zu Schlitzen verenge, und hake nach. «Du hast jahrelang mit ihm zusammengewohnt und nie etwas Verdächtiges bemerkt?»

«Was, glaubst du, ich will ihn nur nicht den Wölfen zum Fraß vorwerfen?»

«Es wären keine Wölfe. Es wären eher Piloten eines Kleinflugzeugs, die ihn ins Bundesgefängnis bringen würden.»

Nick lacht und fährt sich mit der Hand durchs Haar. «Weißt du, du bist echt eine Klugscheißerin, aber du bist witzig … Okay, der zeitliche Ablauf.» Er legt die Hände in etwa einem Meter Abstand zueinander auf die Tischplatte, als wollte er mir den Anfang und das Ende zeigen. «Ich habe mit Johnny zusammen den Abschluss auf dem College gemacht. Da wusste ich immer noch nicht, was die Jones so treiben. Bin nach Kanada zurückgegangen, habe mir ein Jahr freigenommen und dann die Ausbildung beim CSIS in Ottawa angefangen. Als ich vierundzwanzig wurde, wurde eine Leibwächter-Stelle frei.»

«Für Johnny», stelle ich klar.

«Richtig. Meine Vorgesetzten fanden, ich sollte sie annehmen. Sie setzten mich über den Jones-Clan in Kenntnis, der zu diesem Zeitpunkt in Kanada noch nicht sehr bekannt war, aber das war natürlich vor den Raubüberfällen. Ich war …» Nick beißt die Zähne zusammen. «Ich konnte es nicht glauben. Habe es nicht gut verkraftet. Es ist schwer zu begreifen, dass jemand nicht der ist, für den man ihn gehalten hat.»

«Ja, das kann ich nachempfinden.» Der Rest liegt mir auf der Zunge: die Reifenspuren im Schnee, der letzte Anblick meines Vaters in seinem Flanellhemd, seine Lieblingslederstiefel, die er im Wohnzimmer stehen gelassen hat. Ich habe es nicht kommen sehen. Aber ich kenne Nick nicht. Das ist mehr als klar. Selbst, wenn er verstehen würde, wie es ist, einen Menschen katastrophal falsch einzuschätzen, muss er davon nicht erfahren.

Ein weiterer kleiner Eisbrocken kracht zwischen meinen Zähnen. «Du hast dich also zum Sicherheitschef hochgearbeitet, und der Rest ist Geschichte. Aber ich glaube, ich verstehe einfach nicht …»

«Warum es so lange dauert?», nimmt Nick mir die Worte aus dem Mund.

«Genau. Und warum du dich bereit erklärt hast, ihn zu bespitzeln, wo er doch so ein guter Freund von dir war. Ihr beide scheint euch immer noch ziemlich nahezustehen.»

Nick denkt darüber nach und fährt sich mit der Zunge über die Zähne. «Johnny leitet zwei verschiedene Geschäftsbereiche. Einer davon ist legal und der andere illegal. Leider bin ich auf der legalen Seite gelandet, sodass es nicht so einfach ist, an Informationen zu kommen, wie man meinen könnte. Außerdem hat Johnny lächerliches Glück.» Er nimmt einen letzten Schluck von seinem Lagerbier. «Bei der zweiten Frage werde ich passen ... aber ich habe trotzdem etwas, was du wissen solltest.»

So wie er den letzten Satz ausspricht, bin ich mir absolut sicher, dass ich es nicht wissen will.

Sicher, dass mich die Scheinwahrheit, die er gleich aus dem Ärmel ziehen wird, erneut umhauen wird.

Ich halte den Atem an. «Okay ...»

Sein Telefon liegt immer noch auf dem Tisch. Er nimmt es hoch, tippt verdeckt das Passwort ein und scrollt eine Sekunde lang, bevor er den Bildschirm umdreht. Es ist ein Foto. Von Calla. In Schwarz-Weiß. Ein Überwachungsfoto. In der Ecke ist ein Zeitstempel zu lesen.

«Was genau sehe ich da?», frage ich, wohl wissend, dass es eine dumme Frage ist, aber es ist das Einzige, was ich herausbekomme.

Nick atmet tief ein, als würde es auch ihn schmerzen. «Calla auf dem Überwachungsvideo einer Tankstelle, weniger als anderthalb Kilometer vom Tatort des letzten Raubüberfalls entfernt.»

Du gehst auf und ab, schreibt Nick mir gegen halb zwei Uhr morgens in einer Textnachricht. Natürlich gehe ich auf und ab. Würde er das nicht auch tun, wenn er in meiner Situation wäre? Durch die Wand hindurch höre ich seine Matratze ächzen, wenn er sich herumwälzt. Oder aus dem Bett aufsteht. Ich bin mir nicht sicher. Bevor ich antworten kann, schreibt er weiter: *Geht's dir gut?*

Ich starre auf den Bildschirm und schreibe zurück: *Okay*.

Natürlich geht es mir nicht okay. Diese Situation ist ein Worst-Case-Szenario. Diese 99-prozentige Gewissheit, dass Calla unschuldig ist? Die schrumpft, und ausstrahlende

Schmerzzentren bilden sich hinter meinen Augenhöhlen. Ich blinzle sie weg. Weil es immer noch … nicht sein kann. Das wüsste ich. Ich kenne sie. Ich kenne sie, selbst nachdem wir jahrelang halb getrennte Leben gelebt haben.

Oder?

Ja. Auf jeden Fall.

Ich kenne sie, wiederhole ich wie ein Mantra und gehe wieder auf und ab. *Ich kenne sie, ich kenne sie, ich …*

Wir sollten das Gespräch zu Ende führen, antwortet Nick.

Unmittelbar, nachdem Nick die Bombe hat platzen lassen, stapften ein paar Leute in die Moose Lodge, und sie kam uns nicht mehr vor wie der sicherste Ort, um Informationen auszutauschen. Als wir wieder im Auto saßen, war ich immer noch damit beschäftigt, die Neuigkeit zu verarbeiten, und hatte Angst, dass jede Information von meiner Seite meine Schwester noch mehr belasten könnte. Calla kann mit alledem nichts zu tun haben. Nicht absichtlich. Als wir Kinder waren, hat sie mir immer mindestens vier Tage vor Weihnachten verraten, was sie mir schenken würde, das Geheimnis platzte einfach aus ihr heraus. Sie ist kein Mensch, der eine Beteiligung an einem Verbrecherring geheim halten könnte. Und dennoch … warum war sie so nah am Tatort? Was hatte sie in Buffalo, New York, zu suchen? Selbst wenn sie unschuldig ist, wirft es kein gutes Licht auf sie. Wenn man sich die Anwaltskosten ausmalt, die sie möglicherweise aufbringen muss, um aus der Geschichte herauszukommen …

Bei dem Gedanken daran wird mir übel.

Das ist meine *Schwester*. Auf diesem Foto ist meine Schwester zu sehen.

Zu Hause sind Nick und ich durch die Garage hereingeschlichen in der Hoffnung, dass niemand wach sein würde, um uns

Fragen zu stellen, aber *ich* habe noch Fragen. Ungefähr eine Million Fragen. Zum Glück übernachtet Sal heute in einem örtlichen Gasthaus, also muss ich nur befürchten, dass Johnny uns hören könnte. Und Gail, die nicht weiß, dass ich Nick gegenüber meine Tarnung aufgegeben habe. Gail, die durch die Wände hindurch mithört. Hastig ziehe ich mir meine Häschenpantoffeln aus der Highschoolzeit an – der Verführungsmodus ist ausgeschaltet – und tappe lautlos aus meinem Zimmer. Ich klopfe nicht mal an, bevor ich die Türklinke herunterdrücke und in sein Zimmer schlüpfe.

Nick liegt ausgestreckt auf Callas altem Doppelbett, seine weiß bestrumpften Füße stehen am Rand über. Er trägt denselben Schlafanzug wie bei unserem Zahnpasta-Gespräch: schwarze Jogginghose, schwarzes T-Shirt, aber ich nehme ihn viel deutlicher wahr. Wie eng der Stoff anliegt. Die Riffelung unter dem T-Shirt. Er schreckt auf, als wäre er im Halbschlaf gewesen – oder als hätte ich mich wieder unter der Dusche an ihn herangeschlichen.

«Du lieber Himmel, hörst du endlich auf damit?», fragt er flüsternd. Ich kann ihn wegen der Geräuschkulisse kaum verstehen. Diese lauten … Frösche? Regenwald-Frösche. In der Ecke quakt eine Klangmaschine melodiös durch den Raum.

«Tut mir leid», flüstere ich zurück. «Ich wollte nicht riskieren anzuklopfen.»

Er schwingt die Füße vom Bett, steht auf und kommt auf mich zu. «Reden wir zu Ende?»

Ich packe ihn sanft am Ellbogen und führe ihn zu den Fröschen in die Ecke – wo ich die Lautstärke bis zum Anschlag aufdrehe. Elektronische Schallbarriere. Viel wirkungsvoller als eine laufende Dusche. «Sag mir, wo du glaubst, dass der nächste Raubüberfall stattfinden soll. Irgendwelche Spuren?»

«Ein paar», sagt Nick, ganz nah bei mir. So nah. Ich verrenke mir den Kopf, um zu ihm aufzusehen. «Ich weiß, wann es passieren wird. Am ersten Weihnachtstag. Vinny hat die Silvesterparty abgesagt; er sagte, die wäre unnötig, jetzt, wo es eine Hochzeit gibt, und das war ein wichtiger Hinweis. Sie benutzen irgendwelche Termine gerne als Alibis. Charity-Veranstaltungen. Buchclubs.»

Ich runzle die Stirn. «Wer ist in einem Buchclub?»

«Oh, alle», sagt Nick. «Krimis.»

«Du machst Witze», entgegne ich.

«Nein, Johnny steckt voller Überraschungen. Zum Beispiel fand er diesen Töpferkurs wirklich großartig. Obwohl er nur da war, um ein Alibi zu haben.»

Ich schüttele den Kopf und senke die Stimme wieder zu einem Flüstern. «Okay, okay, rede weiter.»

Jetzt ist es an Nick, die Stirn zu runzeln. «Vinny hat letzte Woche etwas gesagt. Er war betrunken und sabbelte dauernd von Sprengstoff. Darüber, was man auf dem Schwarzmarkt kaufen kann oder auch nicht. Und er hat davon geredet, wie schlau Johnny wäre und dass er ‹große Pläne› für das Ende des Jahres hätte.»

Über meinem Nasenrücken entsteht ein Druck. «Du weißt, dass sie fünfzig Pfund C4 haben, oder?»

Nick wird blass. «*Und* die Granaten?»

«Was? Wovon sprichst du?»

«Das haben wir abgehört», sagt Nick und fährt sich mit der Hand über das Gesicht. «Aber ich schätze, uns ist da etwas entgangen. Wie es aussieht, soll ihr nächster Überfall den Rest von ihnen völlig überraschen. Ich habe versucht, ihn auszuquetschen, aber am Ende hat er nur noch gelallt und ist auf dem Sofa eingeschlafen.»

Ich schlucke. «Aber Vinny ist eingeweiht?»

«Ich glaube, er ist der Dritte im Bunde. Er weiß nicht alles, aber er weiß genug. Ich hatte noch keine Gelegenheit, mit ihm zu sprechen, weil er unterwegs war, aber ich dachte, morgen auf dem Junggesellenabschied könnten wir beide ihn doch in die Zange nehmen. Oder auf dem Junggesellinnenabschied. Oder dem Junggesellen-Schrägstrich-Junggesellinnenabschied.» Nicks Blick streift über mein Gesicht. «Falls du mit mir zusammenarbeiten willst.»

Ich schwanke, trete in meinen Häschenpantoffeln von einem Fuß auf den anderen. «Ich werde mit dir zusammenarbeiten, wenn du Calla aus dem Spiel lässt. Ich weiß, was du mir da gezeigt hast, aber ich will trotzdem nicht glauben, dass sie …»

Quiek.

Ein sehr leises Knarren. Im Flur. Eine Tür öffnet sich leise. Schritte, die Schritte eines Mannes. Ich spüre sie mehr, als dass ich sie höre: Die Dielen vibrieren. Ich kenne dieses Haus. Und Nick spürt ebenfalls, dass in den nächsten drei Sekunden jemand die Tür aufreißen könnte und wir dann nach meinem Stunt auf der Bühne hier stehen und etwas besprechen würden. Nick und ich, wir beide allein, um fast zwei Uhr morgens.

Würde schlecht aussehen.

Neuer Plan.

Es geschieht in einem einzigen Augenblick, bevor wir überhaupt Zeit haben, uns etwas zuzuflüstern oder Blicke auszutauschen. Nick weiß einfach genau, was ich denke, was wir tun müssen. Die perfekte Verschleierung erfordert deutlich weniger Kleidung. Ich traue Nick immer noch nicht. Wie könnte ich auch, nachdem er mich so getäuscht hat? Aber ich vertraue auf unsere gemeinsame Idee. Instinktiv zerre ich mir das T-Shirt vom Leib, während Nick seines abstreift, und dann prallen wir zusammen. Seine Hände finden mein Haar. Meine Hände finden seine Wangen. Die Spitze meines BHs drückt gegen die Festigkeit seiner Brust, und er zieht mich näher an sich, seine Lippen bemächtigen sich der meinen. Als ich den Mund öffne, fährt seine Zunge hinein – ganz anders als am Strand, fiebriger, hungriger …

Und in mir stöhnt etwas genauso laut auf, wie es rebelliert. Unter meinem Selbstbewusstsein, unter der Tarnung ist etwas Hitziges, das ich nicht wirklich kontrollieren kann. Menschen können einen auf unangenehme Art und Weise überraschen, aber auf der anderen Seite gibt es wohl auch das: ein gefährliches Flattern in meinem Bauch, aufsteigende Wärme, und …

Nick ist … im Grunde ziemlich heiß, oder?

Der Türklinke wird mit einem Klicken gedrückt.

Johnny. Da ist Johnny.

«Oh, tut mir leid», sagt er und bleibt auf dem Teppich stehen. Die Entschuldigung klingt kein bisschen aufrichtig, aber Nick und ich schnellen auseinander, auf frischer Tat ertappt, peinlich berührt, beschämt. Nach allem, was Johnny hier mitbekommt, scheint uns das Quaken von Laubfröschen total anzumachen. Meine Wangen sind gerötet. Meine Brust ist übersät mit kleinen roten Flecken. Ich schauspielere, ich schauspielere, ich *schauspielere*, alles klar?

Ich hebe mein Shirt auf, das auf dem Boden liegt, und bedecke meine Brust.

Nick räuspert sich, er ist selbst ein wenig überhitzt. «Ja?»

«Ich habe gehört, dass du wach bist», sagt Johnny. «Ich wollte nur noch ein paar Pläne für die Bootsparty durchgehen, die mir in letzter Minute gekommen sind, aber wie ich sehe, bist du … beschäftigt.» Er mustert mich auf grässliche Weise, der Blick läuft mir über den Körper wie kaltes Wasser. «Wir können morgen früh reden, was, Nicky-Boy?»

«Dann gute Nacht», sagt Nick Verlegenheit vortäuschend und winkt Johnny kurz zu.

Die Tür schließt sich mit einem Klicken wieder.

Und dann stehe ich einfach nur da, mein Brustkorb hebt und senkt sich, und ich sehe, wie sich Nicks Brustkorb hebt und senkt.

«Ich gehe auch», sage ich über die Geräusche des Regenwaldes hinweg. «Wir sehen uns morgen.»

Meine restlichen Fragen müssen warten, bis wir das nächste Mal unter uns sind. Morgen auf der Fahrt zur Junggeselle-trifft-Junggesellin-Party? Das wird reichen.

«Ja», sagt Nick mit einem Räuspern und rückt den Bund seiner Jogginghose zurecht. «Ja, bis morgen.»

«Nick», sage ich am nächsten Morgen unten vor der Kaffeekanne.

«Sydney», antwortet er mit demselben «Lass uns nicht drüber sprechen»-Unterton. Es ist schon schwer genug, gleichzeitig mein Agentinnen-Ich und mein Zuhause-Ich zu vereinbaren, ohne auch noch … das hier. Was auch immer es ist.

Nick nimmt einen zu heißen Schluck von seinem schwarzen Kaffee und filtert ihn durch die Zähne. Automatisch tue ich es ihm gleich und verbrenne mir die Zungenspitze. Zwischen uns pulsiert eine unangenehme Spannung, und ich frage mich, ob er an den Druck seiner Lippen auf meinen denkt …

«Ich fasse es einfach immer noch nicht, Sydney», sagt Calla. Sie trinkt ihren Kaffee am Frühstückstisch und schüttelt den Kopf. Von unserem kleinen Streit gestern scheint sie sich erholt und das Gerede über Dad wieder in eine dunkle Schublade gesteckt zu haben, wo es auch hingehört. «Du hast den Kerl zu Boden geworfen. In einem Eselskostüm.» Ein Teelöffel voll Zucker fällt klirrend in ihren Becher. «Ich wette, das kann man sich inzwischen schon auf YouTube ansehen.»

Ich ziehe die Nase kraus. Wie lange wird es dauern, bis das FBI es wieder aus dem Netz löscht?

«Guter Kaffee», sagt Nick, hebt die Tasse und wechselt das Thema.

Nach dem Frühstück flattert Grandma Ruby wie eine Motte in der Küche herum und sprudelt förmlich über von Plänen. Wenn im Haus eine Hochzeit stattfinden soll, brauchen wir zusätzliche frische Weihnachtsbäume. «Für das Grün», sagt sie und kramt eine Spule mit Schleifenband aus einem der Schränke hervor. «Vielleicht können wir sie neben dem Altar aufstellen? Oooh, würde das auf den Fotos nicht schön aussehen?» Ich würge noch einen Schluck Kaffee hinunter, damit ich nicht etwas Dummes sage wie: *Diese Hochzeit ist ungefähr so eine gute Idee, wie einen Haufen Müllsäcke mit Benzin zu füllen, sie in den Prius zu werfen und dann ein Streichholz anzuzünden.*

Wir nehmen zwei Autos.

Ich fahre mit Nick, Johnny und Calla in dem gemieteten Escalade. Als ich auf den Rücksitz gleite, stürzen Erinnerungen an gestern Abend auf mich ein – das Handschuhfach, in dem sich keine Waffen befinden; die Falten auf Nicks Stirn, als er die Wahrheit über mich herausfand; das Gefühl seiner Lippen auf meinen – und zügig brechen wir mit quietschenden Reifen auf in den Schnee. Wie bei allem anderen auch ist Johnny am Steuer kompetitiv – und er ist ein grässlich schlechter Autofahrer. Blinker? Welche Blinker! Ampeln? Sind nur eine Empfehlung. Fußgänger? Nie davon gehört! *Auch wenn deine Schei-*

ben getönt sind, sehen die Leute trotzdem, dass du ein Arschloch bist, würde ich am liebsten sagen.

«Hey, lern mal fahren, ja?», ruft er einem … Radfahrer zu. Calla zuckt zusammen. Das ist vielversprechend. Irgendwie muss sie doch merken, dass Johnny nicht der allernetteste Typ ist?

Als wir auf der Weihnachtsbaumplantage von Cape Hathaway auf der anderen Flussseite ankommen, ist der Parkplatz bereits proppenvoll und der Himmel von einem wolkenlosen Grau. Grandma Ruby ist mit uns im ersten Winter nach Dads Verschwinden hierhergekommen. Versprach uns, dass wir uns jeden Baum aussuchen könnten, den wir haben wollten. Keine Traurigkeit, keine Ablenkung, nur hektarweise Weihnachtsbäume. Der Duft ist unglaublich.

Es riecht fast wie Nicks Seife.

Sydney, verflucht noch mal. Denk nicht an Nicks Seife.

Calla leiht sich von dem Mann in dem winzigen Holzschuppen eine Handsäge für die Baumfällung aus und gleitet dann neben mich. «Weißt du noch, als wir das letzte Mal hier waren?», fragt sie mich. Das glänzende Metall baumelt von ihrer Hand herab. «Wir haben diesen Charlie-Brown-Baum ausgesucht, und bis Weihnachten hatte er keine Nadeln mehr.»

«Oh, ich weiß das noch gut», sage ich und versuche, im Moment zu bleiben. «Sweetie Pie hatte schreckliche Angst davor. Und Grandma Ruby hat ihn weggeschmissen, sobald alle Geschenke ausgepackt waren. Armes Baumskelett …»

Am Hofstand lacht Nick über etwas, das Johnny gerade gesagt hat.

Calla erwischt mich dabei, wie ich sie anstarre. Mit blitzenden Augen stupst sie mich mit der Schulter an. «Wie ist das Date gelaufen?»

Sie sagt es so heiter, dass klar ist, sie hat auf jeden Fall von meinem nächtlichen Stelldichein mit Nick gehört. Ich antworte in leichtem Ton. «Es war gut. Wir haben etwas getrunken.»

«Das ist wirklich schön zu hören. Ich weiß, dass du auf dieses Date gehen wolltest trotz allem, was bei dem Weihnachtsstück passiert ist, was Grandma Ruby und ich … ein bisschen seltsam fanden, ehrlich gesagt, aber …» Calla runzelt die Stirn. «Triffst du dich in D. C. mit jemandem?»

«Nein, wieso?»

Calla zuckt mit den Schultern. «Kein besonderer Grund, es ist nur … Ist dir klar, dass ich seit der Highschool niemanden mehr kennengelernt habe, mit dem du zusammen warst? Ich könnte bei einer Gegenüberstellung nicht mal deinen bevorzugten Typ identifizieren.»

Bei einer Gegenüberstellung. Mein Typ würde sich hoffentlich nicht hinter Gittern auf einer Polizeiwache finden. Andererseits ist mein Typ auch keine besonders gesunde Vorliebe: Männer, die mich kaum näher kennenlernen wollen. Wenn meine Beziehungen zu tief wurden, habe ich mich im College und danach immer aus dem Staub gemacht. Es ist eine Sache, wenn ein Mann dich verlässt, weil er dich nicht kennt. Dann kann man es vor sich selbst erklären, man kann sich sagen: *Er weiß nicht, was er verpasst hat.* Eine ganz andere Geschichte ist, wenn jemand deine Macken, deine Eigenarten versteht und dich trotzdem verlässt.

Die sicherste Art des Flirtens ist nur eine vorgetäuschte. Vielleicht fühle ich mich deshalb … ein winziges bisschen zu Nick hingezogen. Es ist nichts Echtes, war es nie, wird es nie sein.

«Nein, das ist es nicht», sage ich.

«Datest du über Apps?», fragt Calla.

Ich schüttle den Kopf. «Nö.»

«Darf ich dir ein Profil erstellen?»

In diesem Moment kommt Johnny mit im Schnee knirschenden Stiefeln mit ausgestreckter Hand auf uns zu. «Das kann ich erledigen, Baby», sagt er und nimmt Calla die Säge aus der Hand.

Innerlich wächst mein Grimm, wenn ich daran denke, wie sein Blick gestern Abend über mich hinweggeglitten ist – und wie herablassend er jetzt ist. Calla ist eine fünfundzwanzigjährige Frau. Sie kann mit einer Säge umgehen. Wenn sie wollte, könnte sie auch mit einem Flammenwerfer umgehen.

«Weißt du was?», brumme ich. «Ich hole noch eine Säge.»

Streng genommen gilt die Regel: eine Handsäge pro Familie, aber ich zahle dem Kerl zwanzig Dollar und verspreche, die zweite Säge innerhalb von einer Stunde zurückzubringen. Als ich die Säge Calla geben will, scheut sie davor zurück. «Nein, lass mal. Nimm du sie. Du bist mit solchen Dingen sowieso besser.»

«Nein, du solltest …»

«Ist okay», sagt sie, obwohl es das nicht ist. «Ich weiß, was du denkst, und das solltest du nicht denken. Ich kann einen Baum fällen, und ich fälle gern meinen eigenen Weihnachtsbaum, aber wenn Johnny es machen will … ist das okay. Manchmal muss man in Beziehungen eben Opfer bringen.»

«Ja», gebe ich unverblümt zurück, «zum Beispiel, wenn es darum geht, wie viele Keramikhunde man auf seiner gemeinsamen Kommode stehen hat. Nicht, wenn es um deine Fähigkeit geht, Kompetenz unter Beweis zu stellen.»

Sie schiebt sich die Zunge in die Wange. «Ehrlich jetzt?»

«Oder bei der Frage, wie viele Katzen man hat», füge ich hinzu, «wenn dein Partner eine Katzenallergie hat.»

«Ich will nur sagen», ergänzt Calla, «dass es ein Balanceakt ist.»

Ich sauge an meinen Zähnen. «Und was musst du noch ausbalancieren? Nicht, dass er als Nächstes von dir verlangt, dass du …» *Für ihn lügst. Für ihn stiehlst. Für ihn einen bewaffneten Raubüberfall begehst.* «Deinen Job kündigst.»

Callas Augen weiten sich fast unmerklich.

«Calla …», sage ich und atme langsam durch die Nase aus. «Hat er dich gebeten, deinen Job zu kündigen?»

«Es ist nicht so, wie es sich anhört.»

«Es hört sich so an, als hätte er dich gebeten, deinen Job zu kündigen.»

«Er weiß einfach, wie sehr der mich manchmal stresst», verteidigt sich Calla und senkt die Stimme zu einem scharfen Flüstern. «Und ich brauche keinen Job mehr, wenn wir verheiratet sind, zumindest nicht aus finanziellen Gründen, und … vielleicht drücke ich mich nicht gut aus. Ich glaube, das hier ist keine fruchtbare Unterhaltung.»

«Ich glaube nicht, dass du das Problem bist, Calla», sage ich, aber sie geht schon mit einem leisen «Sei nett» davon.

Und oh ja, ich werde nett sein. Ich werde so, so nett sein.

In der Ecke des Feldes finden wir zwei perfekte Exemplare direkt nebeneinander. Grandma Ruby hat sie wie ein Habicht seine Beute eingekreist und andere potenzielle Käufer verscheucht. Johnny verkündet, dass er die Norwegertanne links übernimmt. Mit der Säge in der Hand macht er den ersten Schnitt.

Ich mache mich sofort an dem Weihnachtsbaum auf der rechten Seite zu schaffen und setze die Säge mit einem zackigen Hieb in den Stamm an. Ich beuge mich vor. Ich lehne mich zurück. Ich denke daran, wie er beim Joggen versucht hat, mich zu überholen, wie er versucht hat, meinen wunden Punkt zu treffen, weil Calla als Erste heiratet. Johnny trieft der Wettbewerbsgeist aus allen Poren.

Ich kann ihn noch nicht fertigmachen. Nicht völlig. Aber ich kann ihm einen Dämpfer verpassen.

Aus den Augenwinkeln sieht Johnny, wie ich das Tempo anziehe.

Ich glaube, ein Teil von ihm weiß, dass es jetzt um etwas geht.

Im Hintergrund spielt fröhliche Musik, Kinderscharen tummeln sich zwischen den Reihen der makellos grünen Bäume. Aber versteht mich nicht falsch. Dies ist zu einer spontanen Schlacht geworden. Meine Säge gleitet vor und zurück, ihre Zacken graben sich in den Stamm – und Johnnys genauso. Unter meiner schwarzen Mütze bilden sich Schweißperlen. Sein lockiges Haar hüpft im Sonnenlicht auf und ab.

Vor, zurück, vor, zurück. Es ist eine Sinfonie des Sägens. Ein Orchester der Aggressionen. Ich will, dass Johnny vor Anstrengung keucht.

Ich höre Grandma Ruby zu Nick sagen: «Das ist viel intensiver, als ich erwartet hatte. So viel Spannung habe ich seit dem Bingo in der Moose Lodge nicht mehr erlebt.»

Johnny wirft mir einen Blick zu. Das nehme ich in meinem peripheren Blickfeld wahr. Ich bin ihm um gut zwei Züge voraus. *Schaffst du es nicht?*, kichert ein Teil von mir. *Das tut mir so leid für dich.*

Meine Stiefel graben sich immer tiefer in den Schnee. Meine Fäustlinge fassen den Griff fester.

Mit einem befriedigenden Krachen fällt mein Baum zuerst.

Frische Schneeflocken bestäuben unsere Schultern, als wir zurück nach Hause kommen und zwei Weihnachtsbäume ins Wohnzimmer schleppen. Bei dem dumpfen Aufprall, mit dem die Bäume neben dem Sofa auf den Boden plumpsen, klemmt Sweetie Pie ihren Schwanz zwischen die Beine. Bevor ich die Hand ausstrecken kann, um sie zu beruhigen, tut Nick es. Seine Hände wandern zu ihren Ohren und massieren sie, wobei er «Schsch, ist ja gut, ist alles gut» sagt, und – okay, ja – ich gebe zu, er kann gut mit ihr umgehen.

Aber ich würde gerne aufhören, an ihm Gutes zu finden.

Vor allem, weil die Bootsparty heute Abend ist. Da müssen wir konzentriert bleiben und Vinny aushorchen.

Wie der Blitz verschwindet Calla auf den Dachboden und kommt mit einer Schachtel voll altem Baumschmuck wieder herunter. Sie wühlt zwischen den Plastikfolien herum und packt ein paar Sachen aus. «Oh, Syd, schau dir das an.» Sie hält Sweetie Pies Welpen-Pfotenabdruck hoch. Mir wird richtiggehend warm ums Herz, und ich schlurfe zu ihr hinüber und werfe einen Blick in die Schachtel. Da ist meine Arbeit aus der Holzwerkstatt in der sechsten Klasse: ein winziger Weihnachts-Nussknacker mit grünem Federbusch. Da ist Callas Rentier aus der ersten Klasse, gebastelt aus einer roten Glühbirne und einem Pappgeweih, neben den selbst geklöppelten Schneeflocken aus Spitze von Urgroßmutter Pearl; die Frau ist bis zu ihrem siebenundneunzigsten Lebensjahr eisfischen gegangen und hat allein in einer Hütte mit nur einem Raum gelebt, die sie – knallhart – selbst gebaut hatte.

«Neeeein», sagt Calla und zieht einen Foto-Baumschmuck heraus. «Weißt du noch, wie du einen Vokuhila hattest?»

Ich lache laut auf und betrachte das gerahmte Miniaturporträt der kleinen Sydney, der beide Vorderzähne fehlen. «Das

Schlimmste daran ist, dass ich mir diesen Haarschnitt aktiv gewünscht habe.» Von Dad. Daran erinnere ich mich ebenfalls. An einem Septembertag im Garten, Blätter rieselten uns auf die Schultern. «Ich meine, ich habe nicht gesagt: ‹Schneidet mir einen Vokuhila›, aber ich habe versehentlich einen Vokuhila *beschrieben.*»

Calla wendet sich an Nick. «Willst du mal sehen?»

«Das will er nicht», sage ich.

«Das will er», widerspricht Nick mit einem breiten, trägen Lächeln. «Würdest du dich besser fühlen, wenn ich dir verraten würde, dass ich in der Grundschule meine Haarspitzen bleichen wollte?»

Ich halte inne und ziehe eine Augenbraue hoch. «Ja.»

Nachdem die Bäume vor dem Wohnzimmerfenster aufgestellt sind, genau dort, wo die Trauung stattfinden wird (oder auch nicht), wirft Grandma Ruby ein paar Holzscheite in den Kamin, in dem Zeitungspapier schwelt und in den auflodernden Flammen verschwindet. Dann schlägt sie vor, dass wir, da wir ohnehin alle versammelt sind, unseren Weihnachts-Spieleabend abhalten. Oder besser gesagt, einen Spielenachmittag. Der übliche Ablauf ist den Weg gegangen, den dieses Weihnachten alles gegangen ist: den Bach hinunter.

Grandma Ruby ernennt sich selbst zur Zeremonienmeisterin.

Johnny schnappt sich Calla und ringt sie in einen sanften – aber ostentativen – Schwitzkasten.

Ich bilde mit Sidekick Nick ein Team. Wahrscheinlich sollte ich aufhören, ihn so zu nennen.

«Wisst ihr was? Ich habe so einen Artikel über männliche Rentiere gelesen», sagt Calla, die im Schneidersitz auf dem Wohnzimmerteppich sitzt. Sie hat sich ein wenig durcheinander aus dem Schwitzkasten befreit und ihren Parka gegen einen dicken, bauschigen Pullover und noch dickere Socken eingetauscht. Es erinnert mich an die alten Zeiten, als wir an Weihnachten noch Sweatshirt-Träger waren. Als wir ganze Nachmittage auf dem Sofa verbrachten, Popcorn zu Girlanden fädelten und die *Kevin-allein-zu-Haus*-Filme anschauten. «Sie haben im Winter kein Geweih, wohingegen den Weibchen nicht nur ein Geweih wächst, sondern sie behalten es auch noch das ganze Jahr über. Das bedeutet, wenn all das stimmt, dass Weibchen den Schlitten des Weihnachtsmanns ziehen.»

«Logisch», sagt Grandma Ruby nachdenklich und schnalzt mit der Zunge. «Männer finden ja nicht mal das Gurkenglas im Kühlschrank. Wie sollen sie da zu all den Häusern finden?» Sie dreht sich um und stopft Johnny voll. «Noch mehr Plätzchen?»

«Oh, danke», sagt er, «aber ich bin pappsatt. Ich glaube, vier zuckerhaltige Plätzchen sind mein Limit.»

«Quatsch!», sage ich und lege ihm noch eins auf den Teller – und dann eins auf meinen. Ich beiße ab und bete um Scrabble. Ein nettes, ruhiges Scrabble-Spiel, bei dem ich Johnny mit dreifachem Wortwert E-V-I-S-Z-I-E-R-E. Zusätzlich zu allem anderen will er auch noch, dass Calla ihren Job kündigt?

Johnny gibt sich die Ehre und wühlt in der bis zum Rand mit Brettspieloptionen gefüllten Wintermütze. Grandma Ruby hat sie alle auf kleine weiße Zettel gekritzelt.

Im Moment fühlt es sich an wie russisches Roulette.

«Schauen wir mal …», sagt Johnny, der die Sache wirklich ausreizt. Schwungvoll zieht er einen Zettel von ganz tief unten heraus. Darauf steht: *Montagsmaler.*

Das ist eine sichere Bank. Nichts ist sicherer als Montagsmaler.

Grandma Ruby rollt aus der Garage einen Flipchart herbei,

und Calla holt eine Wanne voller Stifte. Nick und ich sind als Erste dran.

Als Johnny spöttisch «Viel Glück» flüstert, lasse ich mich davon nicht verunsichern. Es spornt mich an. Mein Team wird ihn in die Tasche stecken.

Grandma Ruby flüstert mir mit vor den Mund gelegten Händen die Anweisung ins Ohr. Die ist ganz einfach. Sie lautet *SpongeBob*. Damit können wir gewinnen. Calla drückt auf die Stoppuhr, Nick beugt sich auf dem Sofa vor, und ich renne zur Tafel. Der Marker quietscht, als ich hastig ein Rechteck zeichne und es mit winzigen Kreisen fülle, mit Cartoon-Augen und Hasenzähnen, und eine Hose daran male.

«Käse», rät Nick.

Calla wirft ihm einen Seitenblick zu. Ich bin kein Michelangelo, aber meine Zeichnung zeigt eindeutig keinen Käse. Welcher Käse hat denn viereckige Hosen? Ich gebe Nick einen Vertrauensbonus und male Beine, runde Füße und Pfeile dazu, die auf die Löcher im Schwamm zeigen.

«Zwanzig Sekunden», sagt Grandma Ruby.

«Ein Sandwich», sagt Nick.

Ich kritzele hektisch mit meinem schwarzen Marker SpongeBobs Umgebung dazu: eine stachelige, eiförmige Ananas, Patrick Star, Blubberblasen im Meer. Ich zeichne sogar das Meer, eine Welle schlägt über SpongeBobs schwammigem Kopf zusammen. Entweder rat Nick falsch, um mich zu ärgern (warum sollte er das tun?), oder er hat seit den frühen 2000er-Jahren in völliger Isolation gelebt. Er sagt: «Meer.» Er sagt: «Seestern.» Aber er sagt verdammt noch mal nicht *SpongeBob*.

«Fünf Sekunden», sagt Grandma Ruby.

Ich kreise das Bild passiv-aggressiv mehrfach ein, bis es so aussieht, als würde es ein schwarzes Loch darstellen. Als die

Stoppuhr mit einem fiesen kleinen Summen losgeht, fahre ich herum. «Er lebt in einer Ananas im Meer, Nick! Er lebt in einer Ananas. Im Meer.»

12

Was war das denn?», fragt Gail keine Stunde später am Telefon. Sie klingt streng, wie eine mahnende Mutter. «Das war verrückt aggressiv für ein Kindergeburtstagsspiel. Ganz zu schweigen von heute Morgen und gestern Abend – lieber Gott, Sydney, gestern Abend. Dieses Theaterstück.»

Ich senke die Stimme zu einem flüsternden Zischen, damit mich niemand außer Gail hören kann – obwohl ich allein im Prius sitze und warte. «Haben Sie auch Wanzen auf der Weihnachtsbaumplantage?»

«Ich bin überall», sagt Gail. «Ich bin wie Moses.»

Der Stress der letzten Tage holt mich jetzt richtig, richtig ein. «Was soll das denn heißen?»

«Es heißt, dass Sie sich vielleicht ein winziges bisschen mehr Mühe geben könnten, weiterhin einen positiven Eindruck auf Nick zu machen und keine Videoclips mehr zu liefern, die drohen, im Internet viral zu gehen.» Als ich nicht sofort ein Gegenargument vorbringe, verstummt Gail. Ich kann fast hören, wie ihr Blut aufhört zu fließen. «Es ist etwas passiert, oder? Sydney.»

Ich weiß, was sie meint. Mein Herz müsste vermutlich klopfen. Ich sollte innerlich schwanken. Aber ich brauche nur eine Sekunde, um Gail ein klares, nachdrückliches *Nein* zu entgegnen. (Ich habe meine Tarnung nicht auffliegen lassen. Nicht wirklich.) Außerdem kitzeln ganz hinten in meinem Kopf Bedenken: Wenn der CSIS dem FBI nicht traut, kann ich dann

Gail trauen? Obwohl selbst *sie* den Leuten in ihrer Abteilung nicht traut?

Außerdem, wenn ich ihr sagen würde, dass Nick weiß, dass ich undercover arbeite, würde ich im nächsten Flieger nach D.C. sitzen. Dafür würde Gail ganz sicher sorgen. Wahrscheinlich würde sie selbst im Flieger neben mir sitzen und geräuschvoll Brezeln kauen. Ich umgehe das Thema. «Ich kann nicht lange reden, also … Ich habe Ihre Nachricht wegen des Junggesellinnenabschieds heute Abend bekommen.»

«Panel unter dem Kofferraum», sagt Gail und weist damit auf das hin, was ich bereits in Augenschein genommen habe: ein kleines schwarzes Kästchen mit Kabel. Für mich. Für mein Kleid.

Ich beiße mir auf die Lippe. «Haben Sie aus dem Haus irgendwelche verwertbaren Informationen bekommen?» *Oder irgendetwas erfahren, was meine Schwester belastet?* Das ist die unausgesprochene Frage. Was haben die Wanzen enthüllt?

Gail klingt nasal, als hätte sie einen schlechten Geschmack im Mund. «Alles, was ich aus dem Filmmaterial schließen kann, ist, dass euer … euer Gast, der Bräutigam, gerne Liegestütze macht. Jeden Morgen, jeden Mittag und am Abend. Er macht sie auch gerne in Ihrem Bademantel.»

«Oh mein Gott.»

«Ich würde diesen Bademantel grundreinigen, Sydney.»

«Der kommt mindestens zwei Mal in die Waschmaschine», sage ich und ziehe die Nase kraus. «Was ist mit dem Kontakt in Midcoast Maine? Dem Typ vom Geschenkeladen, den Johnny angerufen hat? Hat ihn jemand überprüft?»

«Ja.»

«Und?»

«Und er bietet zwanzig verschiedene Geschmacksrichtungen von Küstenkerzen an. Geschmacksrichtungen, Sydney. So nennt er es. Als ob man eine Kerze essen würde ... Ansonsten ist der Laden in Ordnung. Vielleicht wollte Johnny dort ein Hochzeitsgeschenk für Calla kaufen, wer weiß, ihr beide seid ja nie zusammen einkaufen gegangen, aber mein Gefühl ist, dass da etwas nicht stimmt. Wir überwachen ihn rund um die Uhr. Es gibt einen Livestream. Ich schicke Ihnen den Link.»

«Ich muss auflegen», sage ich zu Gail, als Nick aus dem Haus stapft, den mit Steinen bestreuten und frisch geschippten Gartenweg hinunter. Wie sich herausstellt, hat Nick ihn für meine Grandma geschippt – was wieder eine nette Geste von ihm war. Ich öffne den Kofferraum, und er wirft sein Gepäck hinein, bevor er sich mit einer langsamen, kontrollierten Bewegung auf den Beifahrersitz sinken lässt.

Normalerweise, auf meinen Solo-Roadtrips, mag ich die spontanen Snacks, das sorglose Umherstreifen und die freie Straße vor mir. Diesmal ist es anders. «Das höre ich gerade», murre ich Minuten später und schalte wieder auf meinen Sender zurück.

Nick lässt die Hand vom Radioknopf sinken und schiebt sich die Zunge in die Wange. Er hat sich einen dicken schwarzen Schal um den Hals gewickelt, was seine grüblerischen Züge noch unterstreicht. «Dir ist schon bewusst, dass dieser Sender gerade zweimal hintereinander ‹White Christmas› gespielt hat.»

Mit einer Hand umklammere ich das Lenkrad, mit der anderen deute ich auf den Schnee, der um uns herum fällt. Mein Scheibenwischer wischt *tak, tak, tak.* «Sie wollten ihren Standpunkt überdeutlich klarmachen. Und es waren zwei verschiedene Versionen des Songs. Einmal die klassische, dann eine

Country-Variante. Ich glaube nicht, dass das als Wiederholung zählt.»

«Es zählt», nimmt Nick fast schon neckisch den Ball auf und verzieht den Mund zu etwas, das ich als Schmunzeln bezeichnen würde, und mein Magen vollführt einen kleinen Salto, weil mir einfällt, wie er mit den Fingerspitzen durch mein Haar gefahren ist. In diesem Moment frage ich mich, ob ich nicht doch besser mit Calla hätte mitfahren sollen. Sie hat enttäuscht die Stirn gerunzelt, als ich sagte, dass wir nicht alle zusammen fahren würden, ich wolle den Prius nehmen. Mein Vorwand hatte den Anschein von praktischem Denken: Falls wir wegen des Sturms Probleme bekämen, hätten wir wenigstens ein Ersatzauto. In Wirklichkeit ist der Grund, dass Nick und ich so in Ruhe Informationen austauschen können.

Es ist so friedlich hier drin. Nähe. Überhaupt keine sexuelle Aufgeladenheit.

Auch kein Schlafentzug. Er sieht so aus, als hätte er sich gestern Abend nicht rasiert. Bartstoppeln bedecken die härteren Linien in seinem Gesicht, und ich werde das niemals laut zugeben, aber mir kommt in den Sinn, dass Nick möglicherweise zu den 0,02 Prozent der Bevölkerung gehört, denen ein Schnurrbart stehen könnte. «Es weiß doch jeder», sagt Nick immer noch mit diesem flirtenden Unterton, «dass der ultimative Weihnachtsradiosender der mit Casey Kasem ist. Holiday Top Forty.»

«Casey Kasem? Ist das nicht der Typ, der in *Scooby-Doo* Shaggy gesprochen hat?»

«Ganz genau.»

«Ist der noch am Leben?»

«Nein. Deswegen ist es ja auch jedes Jahr dieselbe Sendung. Aufgezeichnet. Nostalgisch.» Nick hantiert an den Reglern für die Heizung herum und schafft es, die beschlagene Windschutzscheibe frei zu bekommen. Es ist vier Uhr nachmittags und bereits dunkel. Draußen fliegt ein Bauernstand vorbei, an dem im Sommer wilde Blaubeeren verkauft werden, und ein Haus, auf dessen Rasen nicht weniger als vierzehn Weihnachtszwerge verteilt sind, beleuchtet von grünen und roten Scheinwerfern.

Meine Hände umfassen das Lenkrad fester. «Bevor wir zur Sache kommen, darf ich fragen, ob du wirklich nicht weißt, wer SpongeBob Schwammkopf ist?»

Nick lacht auf. «Ich bin schlecht in Montagsmaler. Das habe ich dir doch gesagt.»

«Niemand ist so schlecht in Montagsmaler», grummele ich.

«Dein SpongeBob sah aus wie eine Scheibe Käse, okay?» Er lehnte den Hinterkopf an die Kopfstütze. «Dieses Gespräch ist lächerlich. Wenn uns jetzt jemand zuhören würde, würde er denken, dass wir uns verschlüsselt unterhalten.»

Ich biege links ab und fahre hinunter zum Highway. Schmutzige Schneehaufen säumen die Auffahrt. «Auf meiner Seite hört niemand zu», sage ich und übergehe, was er meint. «Der Prius ist nicht verwanzt.»

Nicks Augen bohren ein Loch in meine Gesichtshälfte, als er diese Aussage zerpflückt und sich windet. «Das Haus also schon. Haben sie dich dazu gebracht, dein eigenes Zuhause zu verwanzen?»

Er klingt nicht wertend, bloß mitfühlend, und das macht es irgendwie noch schlimmer. Die Scheibenwischer klicken im Takt meines Herzschlags. «Das habe ich nicht gemacht. Es ist ohne mein Einverständnis passiert. Als meine Verbindungsfrau mich eingeweiht hat, war es schon zu spät.»

«Tut mir leid, das war bestimmt schwer», sagt Nick, greift

tief in seine Manteltasche und holt einen kleinen schwarzen Nupsi heraus. Er legt das Aufnahmegerät aufs Armaturenbrett, als würde er ein Whiskeyglas auf einer Bar abstellen. «Es erklärt allerdings das hier.»

Ein kleiner Schock sinkt in meinen Magen hinunter. «Du hast tatsächlich eine gefunden? Wo war sie?»

«Im Inneren einer der Elfenfiguren.»

«Was du festgestellt hast», sage ich und zähle eins und eins zusammen, «als *du* unser Haus verwanzt hast.» Nick bestreitet nichts. Er wickelt sich einfach seine Schals vom Hals, als würden sie ihn erwürgen. «Von deinen habe ich auch keine gefunden.»

«Warte mal», sagt Nick, und die Erkenntnis steht ihm ins Gesicht geschrieben. «War es das, was du in meiner Dusche gemacht hast? Hast du nach Wanzen gesucht?»

«Fürchte, ja.»

«Weißt du, dass ich jetzt immer einen Blick hinter den Duschvorhang werfe? Jedes Mal, wenn ich in die Wanne steige. Ich schwöre. Wenn ich nach Hause komme, reiße ich meinen Duschvorhang ab und ersetze ihn durch Glas.»

«Ich halte es für äußerst unwahrscheinlich, dass sich eine andere Person in deiner Dusche verstecken wird. Es kommt mir vor wie ein Ereignis, das nur einmal im Leben passiert.» Ich beiße mir auf die Lippe. «Haben eure Wanzen wenigstens etwas herausgefunden?»

Nick sitzt regungslos in seinem Sitz, sein Mundwinkel zuckt. «Noch nicht.»

«Was war das?»

«Was war was?», fragt er beinahe nervös, wie ein Kind, das gerade dabei erwischt wurde, schon vor Weihnachten seine Geschenke ausgepackt zu haben.

«Das.» Ich gestikuliere in seine Richtung. «Du bist ganz steif geworden, und dann hast du mich angelogen.»

Aus dem Augenwinkel sehe ich, wie Nick sich mit dem Daumen über den Mund streicht. «Na gut», sagt er. «Wenn du es wirklich wissen willst …»

«Will ich.»

«Du sprichst im Schlaf.»

Gut, dass ich in defensivem Fahren ausgebildet bin. Als Sechzehnjährige wäre ich jetzt von der Straße abgekommen. Ich fädele mich in den Verkehr ein und ergreife die erste Gelegenheit, um Nick einen enttäuschten Blick zuzuwerfen, der sich sofort verteidigt: «Ich wusste nicht, dass du nach Hause kommst! Ich wusste nicht einmal, dass jemand in diesem Zimmer übernachten würde. Dann bist du auf der Bildfläche aufgetaucht …»

«Buchstäblich.»

«Es ist nur Ton», erklärt Nick hastig. «Kein Video. Nicht, dass es das besser macht. Hör mal, es tut mir leid. Wirklich. Ich bin nicht einmal derjenige, der die Aufnahmen durchgeht.»

Ein heißer Schweißtropfen läuft mir über den Nacken, als mir mein Traum von vor zwei Nächten wieder einfällt. Nick, der in seinem WEIHNACHTSPULLI duscht und sich langsam aus seinen Klamotten schält … «Was habe ich gesagt?»

«Im Schlaf? Ich weiß es nicht.» Nick zuckt unglaubwürdig mit den Schultern. «Nichts Wichtiges.»

«Sag's mir.»

Er mustert mich schweigend, sein Gesicht besteht nur aus Augenbrauen und Wangenknochen. «Du hast sehr deutlich gesagt: ‹Das ist Taylor Swift.›»

Hm. Könnte besser sein, könnte schlimmer sein. Ich setze den Blinker und wechsle auf die Überholspur, unter meinen

Reifen stäubt Schnee auf. «Dann versorg mich einfach mit all den wichtigsten Informationen. Was muss ich noch über den Jones-Clan wissen, bevor wir auf die Party gehen?»

Nick wirft einen Blick auf sein Handy, das unsere Ankunft für 18:17 Uhr errechnet. «Unmöglich, davon in zwei Stunden auch nur ein Prozent abzudecken.»

«Zwei Stunden plus Pausen. Calla hat auch etwas von Weihnachtseinkäufen am Hafen gesagt, also kannst du eine weitere Stunde dazurechnen.»

Nick reibt sich übers Gesicht. «Fangen wir damit an, wie wir an den heutigen Abend herangehen wollen.» Trotz meiner Warnung schaltet er das Radio ganz aus. «Du verrätst mir deinen Schlachtplan, ich dir meinen, und dann sehen wir, wo wir Überschneidungen haben.»

Mein Schlachtplan. Für die Party. Die Party, die immer schicker wird.

Ich glaube, Calla wollte eine beschauliche Hafenrundfahrt mit Seelenfutter-Häppchen – winzige Käseblinis und Mac-and-Cheese-Bällchen –, aber Johnny hat diese Idee inzwischen niedergewalzt. Die Party findet immer noch auf einem mittelgroßen Windjammerboot statt, das auf einer stürmischen See schaukelt, aber ich habe das Gefühl, dass der Vibe jetzt eher *Casino Royale* als *Landliebe* sein wird. Johnny hat umfassendes Servicepersonal und eine Eisskulptur hinzugefügt. Als ich heute Morgen gelauscht habe, fiel das Wort «Champagnerturm».

«Wenigstens einer von uns sollte verkabelt sein», sage ich schlicht. «Wir warten, bis alle von Johnnys Gästen betrunken sind. Mal sehen, ob sie gesprächig sind, wenn man sie ermutigt, insbesondere Vinny.»

«Ich trage keine Kabel», sagt Nick fast abwehrend. Ich nehme ein winziges Zucken seiner Lippe wahr, direkt unter der Sommersprosse in seinem Gesicht. «Sie könnten uns überprüfen.»

«Ich bin vorsichtig.»

«Ich sollte es machen», sagt er, diesmal entschiedener.

Ich bin genauso entschieden. «Du musst mich nicht beschützen, Nick. Ich weiß es zu schätzen, aber ich bin wirklich gut in meinem Job. Geh einfach deine Eindrücke von den Leuten durch, die Johnny eingeladen hat. Ich kenne von allen die Akten, aber zusätzliche Details helfen.»

Nick sieht aus, als wollte er mit mir immer noch über das Kabel-Thema streiten, aber er klappt den Mund zu. Einen Moment später sagt er: «Marco wird da sein. Johnnys Haupt-Leibwächter. Auffälliger Typ – hat auf dem Kopf ein Tattoo von einem Skorpion. Ein Mann von sehr, sehr wenigen Worten. Erwarte nicht, viel aus ihm herauszubekommen. Er ist noch weniger gesprächig als Sal, der Krabbencocktails liebt. Er wird die ganze Nacht mampfen. Dann ist da Andre, Johnnys Cousin mütterlicherseits.»

«Okay. Der Profiboxer.»

«Semiprofessionell», korrigiert mich Nick. «Er hat ein Wutproblem, das man als ‹klinisch relevant› bezeichnen könnte, und irgendwann im Laufe des Abends wird er versuchen, auf etwas einzuschlagen. Wie zum Beispiel eine Wand. Oder den Champagnerturm.»

«Klingt nach einem echt unterhaltsamen Typen.»

«Unglaublich unterhaltsam.» Nick atmet tief aus, und ich denke daran, was er in all den Jahren mitgemacht haben muss. Das Leben undercover fordert einen hohen Tribut. Was hat es ihn gekostet? «Und zu guter Letzt ist da noch Vinny.»

«Ah ja, Vinny.» Unsere Hauptzielperson für den heutigen Abend. «Und was muss ich über Vinny wissen?»

«Vinny wird dir alles erzählen, was du über Vinny wissen musst, und noch viel mehr. Er ist ein Schwätzer. Konzentriere dich einfach auf ihn, er ist deine beste Chance.» Nick rückt auf seinem Sitz herum und richtet den Blick auf mich. «Und Callas Gäste?»

Ich bin vielleicht ein bisschen zu defensiv. «Was soll mit ihnen sein?»

«Die Dynamik. Was blüht uns da?»

Ich stülpe meine Lippen vor. «Lass mal sehen, Diana ist eine von Callas ältesten Freundinnen. Sie strickt Pullis für Teddybären und verkauft sie auf Etsy. Rachel ist Jugendbuchbibliothekarin, und ihre Partnerin Kirsten arbeitet bei einer Wohltätigkeitsorganisation, die für behinderte Katzen ein neues Zuhause findet.»

Nick wird still. «Scheiße.»

«Ja, die beiden Gruppen werden also prima zusammenpassen.» Geschickt öffne ich mit einer Hand den Reißverschluss meiner Snacktasche voller Schoko-Karamell-Popcorn, werfe mir eine Handvoll in den Mund und kaue. Ein paar Popcorn-Krümel bleiben mir im Hals stecken, und ich hüstele, um sie zu lösen, was meine Stimme heiser macht. «Was hast du an?»

Nick stößt scherzhaft ein Schnaufen aus. «Du versuchst doch nicht schon wieder, mich zu verführen, oder, Sydney?»

Ich verdrehe die Augen. «Ich meinte heute Abend. Der Dresscode ändert sich ständig.» Wir kommen auf dem Highway zum Stehen, der Weihnachtsverkehr staut sich vor einer Eisfläche. Rote Rücklichter blinken vor uns auf. «Aber wo wir schon darüber reden, es schien nicht besonders schwer, dich zu verführen.»

Nick schüttelt den Kopf und lächelt, als wäre ich albern. Als wäre auf seiner Seite alles nur gespielt. Er hat mich auch verführt, wenn ich mich richtig erinnere.

Ein Lachen steigt in meiner Kehle auf. «Du behauptest also, dass dich nichts, was ich gemacht habe, angetörnt hat? Du hast dich überhaupt nicht von mir angezogen gefühlt?»

Wieder ist Nick aufreizend still.

Als wir halten, drehe ich neckisch den Kopf zu ihm. «Wenn ich dich also, als wir am ersten Abend im Inn waren, zur Seite genommen und dir ins Ohr geflüstert hätte: ‹Nick, ich habe kein Höschen an, und ich will dich zwischen meinen Schenkeln spüren›, hätte das keine Wirkung auf dich gehabt?»

Nick presst die Lippen aufeinander, und ein scharfer Atemzug hebt und senkt seinen Brustkorb. «Aber das hast du nicht gesagt, oder?»

Ich bin mir nicht einmal sicher, welches Spiel wir hier spielen, als ich entgegne: «Ich hätte es sagen können.»

«Ist es das, was du magst?», fragt Nick verschmitzt und hält meinen Blick fest. «Dirty Talk?»

Die plötzliche Intensität dessen, was zwischen uns geschieht, bringt mich ins Schwitzen. Buchstäblich ins Schwitzen. Unter meinem Parka sammelt sich Feuchtigkeit, aber ich weigere mich, auch nur eine einzige Schicht auszuziehen – emotional wie körperlich. Ich vertraue ihm mehr als damals, als ich dachte, er sei ein Krimineller, aber nicht in *dem* Maße. Also rudere ich zurück. Mehr oder weniger. «Die meisten Männer sind nicht in der Lage, guten Dirty Talk zu machen. Das wird dann immer gleich so brutal, wie zum Beispiel …» Ich falle in meine Stammtisch-Stimmlage: «‹Ich will dich so hart ficken, dass dir die Augäpfel rausfallen.› Das will doch niemand.»

Hinter uns hupt jemand.

Der Verkehr fließt wieder.

Ich räuspere mich und breche den Blickkontakt, wobei ich mich frage, warum zum Teufel ich das gerade gesagt habe.

Nach einer Stunde machen wir einen Boxenstopp am Highway. Dafür stehen zwei Einkehrmöglichkeiten zur Verfügung. Die eine ist eine Tankstelle. Die andere ist ein Morning-Kick-Café, dessen Kaffeebohnen-Logo unter dem dunklen Winterhimmel leuchtet.

«Auf gar keinen Fall», sage ich und biege scharf links zur Tankstelle ab. Ich tanke den Prius voll und hole mir einen kalten Kaffee aus der Dose, während Nick sich einen Hotdog mit Senf kauft. Er kommt mir nicht vor wie ein Mensch, der sein Leben für einen Tankstellen-Hotdog riskieren würde – vor allem nicht nach den Vorwürfen wegen der Flugzeuggarnelen –, aber es ruft mir ein weiteres Mal in Erinnerung, dass ich ihn nicht wirklich kenne. Dass Menschen unverständlich sein können. Vielleicht ist seine Keimphobie nur wieder ein Jux.

«Um deine Frage zu beantworten», sagt Nick zwischen zwei Bissen, «ich werde einen Smoking tragen.» Er deutet mit seinem freien Daumen auf den Kofferraum. «Liegt im Koffer.»

Ich denke an mein eigenes Outfit, das rote Kleid vom schwedischen Weihnachtsball, das zerknittert im Geheimfach meiner Tasche steckt. So eigenartig, das noch einmal anzuziehen. Als würde sich auf die absolut schlimmste Art und Weise ein Kreis schließen. «Flugzeuggarnelen wären sicherer als das da», sage ich und zeige auf den Hotdog.

«Er hat wahrscheinlich schon seit zwei Tagen da gelegen», sagt Nick und beißt erneut davon ab. «Zwei volle Tage unter einem ultraheißen Warmhaltestrahler. Nichts könnte solchen Bedingungen standhalten …»

Aber jetzt, wo ich es angesprochen habe, sieht er skeptisch aus.

Er beißt nicht wieder ab und kurbelt das Fenster einen Spalt auf, wobei der Wind sein dunkles Haar zerzaust. «Darf ich dich was fragen?», sagt er nach einer kurzen Pause. «Magst du deinen Job? Das, was wir da machen?»

Ich zucke mit den Schultern und nehme einen Schluck von meinem kalten Gebräu, um etwas Zeit zu schinden. Niemand hat mich je gefragt, ob ich meinen Job mag – schon gar nicht jemand, der das Gleiche macht. Es ist ein ungeschriebenes Gesetz. Man beißt die Zähne zusammen, wenn es schwierig wird. Man hält es aus. «Du?»

Nick schüttelt den Kopf. «Nee, ich habe zuerst gefragt.»

«Ich glaube, du würdest mich das nicht fragen, wenn du deinen Job mögen würdest.»

Ich spüre, wie er mein Gesicht mustert, bevor er auflacht. «Touché, Sydney. Touché.»

Als wir an der Anlegestelle ankommen, ziehe ich sofort in Zweifel, ob ich mich wegen des Bootes wirklich hätte durchsetzen sollen. Schnee peitscht seitlich gegen die kalten grauen Felsen, und der Windjammer schlägt mit einem rhythmischen Platschen gegen das Ufer. Er ist kleiner als auf den Bildern. Älter.

Calla starrt mit dem Koffer in der Hand auf das Boot. «Es ist hübsch, oder?» Sie klingt unsicher optimistisch.

Ist es. So wie die Titanic.

Gott sei Dank übernachten wir nicht an Bord – wir haben alle Zimmer im Ocean Harbor Inn auf der anderen Straßenseite gebucht. Trotzdem kommt ein Page und hilft uns mit unserem Gepäck. «Danke, ich schaffe das», sage ich und halte meine Tasche fest. Am Fuße der langen, klapprigen Treppe erscheint ein anderer Mann, um uns förmlich zu begrüßen. Er sieht zähneknirschend nervös aus, als hätte man ihn davor gewarnt, was passieren könnte, wenn dieser Abend schiefginge.

Die eisige Luft beißt in unsere Gesichter, als wir an Bord gehen.

Innen sieht es überraschend elegant aus. Es gibt wie versprochen einen Turm aus Champagnergläsern, was mir auf einem schwankenden Boot riskant vorkommt. Über unseren Köpfen schwingen Jugendstilkronleuchter, und plüschiger grüner Teppichboden erstreckt sich die Gänge hinunter bis zur Küche, in der es scheppert und klappert, weil das Personal eifrig Canapés zubereitet. Der ganze Glanz grenzt an Protz. Es fühlt sich nicht nach der Küste von Maine an. Es fühlt sich nicht nach Calla an.

Und sie sieht ... teuer aus.

Als der Page ihr den Mantel abnimmt, kommt eine goldene Halskette zum Vorschein, die ich nicht kenne, außerdem ein beeindruckendes grünes Kleid, dessen Träger auch auf ihrem Rücken kreuzen. Johnny seinerseits trägt einen eleganten schwarzen Smoking – und ich denke, ich sollte mich besser umziehen, bevor die anderen Gäste kommen.

«Wo kann ich ...?», frage ich eine der Kellnerinnen vage, und sie führt mich zu einem kleinen, sauberen Bad mit echten Stoffhandtüchern, wo ich mich in das rote Kleid zwänge, die Kabel unter meinen Brüsten verstecke und mein Spiegelbild noch einmal überprüfe. Glattes Haar, minimales Dekolleté, Stoff, der seidig meine Kurven umspielt. Solange keine Aufnahmegeräte herausschauen, bin ich zufrieden. Einigermaßen zufrieden.

Ich platze aus dem Badezimmer und stoße auf dem Gang fast mit Nick zusammen. Er hat sich ebenfalls umgezogen. Ein cremefarbener Smoking und ein gestärktes weißes Hemd schmiegen sich an seinen Körper, eine schwarze Fliege hängt ihm um den Hals. Er sieht so makellos aus, wie ich ihn noch nie gesehen habe, auch nicht auf den Fotos in seiner Akte. Mein Blick wandert an seiner schlanken Gestalt auf und ab und bleibt an seinem Gesichtsausdruck hängen. Er ist sich wohl nicht vollkommen dessen bewusst, was seine Gesichtszüge tun. Es wirkt reflexartig, dieses fiebrige zweimalige Hinsehen, die Art, wie sein Blick über mein Kleid gleitet. Über meinen entblößten Oberschenkel. Dann reißt er sich zusammen, genauso wie ich mich zusammenreiße.

«Nick», sage ich so neutral wie möglich, während mein Mund trocken wird.

«Sydney», antwortet er.

Wir gehen getrennter Wege, und die Gäste trudeln nacheinander ein.

Diana geht es gut. Sie stellt immer noch diese Teddybärenpullis her. Anscheinend ist sie damit in Japan sehr erfolgreich. Und Kirsten trifft etwas zu früh zusammen mit Rachel ein, die erzählt, dass Johnny einmal mit ihren Grundschulkindern bei ihr in der Bibliothek auf dem Boden saß und ihnen *Wenn du einem Elch einen Muffin gibst* vorlas. Ich würde gern antworten, dass er dabei wahrscheinlich Material für seine eigene Geschichte *Wenn du einem Gangsterboss ein Alibi verschaffst* gesammelt hat (Ist nicht jemand von der Zeitung gekommen, um Fotos von Johnnys Kinderliebe zu machen?), aber Nick schaltet sich ein und stellt sich mit einem Händeschütteln vor.

«Du hast einen sehr starken Händedruck», sagt Diana.

«Du auch», entgegnet Nick.

«Das kommt vom Nähen.» Wenig später macht Diana eine beiläufige Bemerkung über die Paarung Johnny-Calla, wie eigenartig sie die findet – und ich denke: *Ja. Genau, Diana.* Es ist offensichtlich, dass auch sie ein paar Vorbehalte hat.

Wir warten immer noch auf Johnnys Gang. Ich entschuldige mich und gehe auf die nächste Kellnerin zu, die mir ein Tablett mit einer Art von Meeresfrüchte-Häppchen hinhält. Das Verrückte ist, ich erkenne sie. Ich erkenne sie definitiv, erst recht, nachdem ich das zweite Mal an diesem Abend zweimal hingesehen habe. Das falkenhafte Gesicht der Kellnerin ist unverwechselbar.

«Krabbenpuffer?», fragt Gail nonchalant und hält mir ihr Tablett hin. Sie trägt eine ungeheuer überzeugende Perücke, die an ihr gar nicht *so* überzeugend aussieht. Sie ist rotblond und dauergewellt à la Julia Roberts in *Pretty Woman.* Nichts an ihr ruft «Gail», was wohl auch der Sinn der Sache ist.

«Danke», sage ich mit zusammengebissenen Zähnen und bedenke sie mit einem ziemlich eindeutigen Blick, der *Was zum Teufel* ausdrücken soll. Johnny läuft währenddessen im Hintergrund herum. Ich greife nach dem größten Puffer, bevor ich mir das gesamte Ding in den Mund stecke und herzhaft kaue.

«Serviette?», fragt sie erneut nonchalant wie eine vollkommen Unbekannte und sagt damit: *Oh, das klären wir später.* Ich weiß nicht, wie man beim FBI vorgeht, aber bei der CIA ist es nicht üblich, dass die Verbindungsoffizierin unangekündigt bei verdeckten Operationen auftaucht. Es sei denn, es ist etwas Gravierendes passiert. Oder es hat sich etwas geändert. *Hat sich etwas Gravierendes geändert?*

Ich zwinkere ihr mit einem Auge zu.

Sie macht keine Anstalten, darauf zu antworten.

Tja, cool. Cool, cool, cool. Vielleicht traut mir Gail nach unserem Gespräch heute Morgen einfach nicht mehr. Und sie ist vorbeigekommen, um nach dem Rechten zu sehen.

«Danke», sage ich noch einmal, schnappe mir eine Mini-Serviette und betupfe mir den Mund, ohne meinen Lippenstift zu verschmieren. Nicht, dass das eine Rolle spielen würde. Ich könnte heute Abend völlig verlottert aussehen und würde trotzdem nicht im Mittelpunkt stehen. Neben Sal sind auch Vinny, Andre und Marco an Bord gegangen.

Alle zusammen sehen sie aus wie ein Remake von *Der Pate*. Dunkle Anzüge, ernste Gesichter, zweifelhafte Energie.

Marco kann nicht aufhören, sich in Pose zu werfen; jedes Mal, wenn er stehen bleibt, legt er beide Hände auf seine Gürtelschnalle und stemmt die Schultern heraus. Andre ist wie eines dieser Kinder in der vierten Klasse, die ständig vom Tisch aufspringen und irgendwas über Haie schreien. Er ist überall gleichzeitig. Und Vinny plaudert Nicks Versprechen gemäß bereits munter drauflos.

«Sydney? Ist das Sydney? Komm her, Sydney. Das ist aber ein hübsches Kleid, das du da anhast. Meine Ex-Frau? Du kennst meine Ex-Frau nicht. Sie heißt Victoria. Es sei denn, du kennst meine Ex-Frau doch, in dem Fall möchte ich mich für die Unannehmlichkeit entschuldigen. Aber sie hatte ein Kleid, das ziemlich ähnlich ist wie deins. Sie ist mit den Kindern nach Kalifornien gezogen und hat jetzt einen neuen Kerl, aber wir freuen uns, dass wir jetzt selbst Familienzuwachs bekommen! Seht euch nur an. Dich und Calla. Johnny-Boy! Wie geht's meinem Lieblingscousin?»

Heute Abend klebe ich mich an Vinny wie Pattex.

Als das Boot mit einem Ruck ablegt, stützt mich Vinny, indem er nach meinem Arm greift – und wir beginnen zu reden. *Er* beginnt zu reden. Vinny, erfahre ich, hat zwei Chihuahuas und ein Ferienhaus in Sarasota, Florida. Er mag Wrestling und donnerstagabends Pizza (Ananas, Schinken, extra viel Käse). Sein Mercedes-Sportwagen hat einen Sechszylindermotor, auf den er übertrieben stolz ist. Sein offizieller Name lautet Vinny, nicht Vincent oder Vincenzo, wie man vermuten könnte. Wenn er niest, bedeckt er sich nicht die Nase. Der Champagner fließt in ihn hinein wie in einen umgekehrten Springbrunnen. Nach weniger als zwanzig Minuten hat Vinny mir seine Lebensgeschichte erzählt – von seiner Kindheit in South Boston bis hin zu seiner allzu kürzlichen Scheidung – und ist bei seinem vierten oder fünften Glas Alkohol angekommen. Bis jetzt ist jedoch bei nichts, was er gesagt hat, mein Alarm losgegangen.

«Du arbeitest mit Johnny zusammen?», dringe ich in ihn und drücke mir mein Champagnerglas gegen die Brust. Nachdem ich Vinny ausgequetscht habe, werde ich meinen Drink ins Klo schütten, um die hilfreiche Illusion zu kreieren, dass ich das Zeug wie alle anderen in mich hineinschütte. «Das muss wirklich schön sein, mit anderen aus der Familie zusammenzuarbeiten.»

Vinny nickt dankbar, er scheint froh zu sein, mit jemandem reden zu können. «Könnte man so sagen. Obwohl wir uns auch ab und zu mal streiten, wie alle Familien. Aber Blut ist Blut, weißt du? Und sieh dir dieses *Gesicht* an.» Er deutet mit dem Kinn in Richtung Johnny, der beängstigend nahe bei Gail steht. Er streckt die Finger gerade nach einem zweiten Krabbenpuffer aus. «Wer könnte diesem Gesicht etwas verübeln? Johnny hat eine Menge für diese Familie getan. Er hat in den letzten Jahren wirklich die Zügel in die Hand genommen, jetzt, wo sich sein Großvater zur Ruhe gesetzt hat und sein alter Herr allmählich ebenfalls kürzertritt. Wenn du Johnny ansiehst, schaust du in die Zukunft, du schaust ihr direkt in die Augen.» Vinny bildet mit den Fingern ein V und tut so, als würde er damit erst auf seine eigenen Augen tippen, dann auf meine.

Moment mal, okay.

Ich nehme einen langsamen, wohldosierten Schluck, sodass

kaum Champagner meine Zunge berührt, und versuche, Gails Blicke in meinem Rücken zu ignorieren. Es fühlt sich an, als hätte sie an jedem Satz, der mir über die Lippen kommt, etwas auszusetzen. «Was macht Johnny denn anders?», frage ich auf eine Weise, die auf ein eher geringes Maß an Neugierde schließen lässt.

«Ach, dies und das», sagt Vinny hilfreicherweise und kramt in seiner Jackentasche herum. «Das hält das Geschäft am Laufen; früher hatten wir ständig Lieferschwierigkeiten, bis Johnny sich darum gekümmert hat. Und es gibt Goodies! Bräunungsspray-Dienstage, Familienausflüge …» Mit einem triumphierenden Lächeln zieht er ein ausgewickeltes Ahornsirup-Bonbon aus seinem Sakko, steckt es in den Mund und kaut. Er bietet mir eines an. Ich lehne höflich ab. «Wie du willst. Wie gesagt, er entwickelt das Geschäft wirklich weiter, hält es jung …» Sein Blick schnellt zu jemandem hinüber, der weiter weg steht.

Sal am Tisch mit den Krabbencocktails.

«Entschuldigst du mich bitte, Engelchen?», sagt Vinny.

Engelchen? *Bäh.*

Er trabt zu Sal hinüber, der ihm ein Päckchen Zigaretten reicht. Sie wollen an Deck gehen, um eine zu rauchen. Aber ich habe den Verdacht, dass es um mehr geht, so wie sie miteinander flüstern. Durch den Raum hinweg fange ich Nicks Blick auf – und weiß, dass wir dasselbe denken. Wir müssen die beiden verfolgen. Nick und ich gehen aufeinander zu, stellen unsere Champagnergläser auf einem Tisch ab, und er fragt laut genug, dass andere es hören können: «Willst du ein bisschen frische Luft schnappen?»

Er spricht mit belegter Stimme und ergreift leicht mein Handgelenk, genau an der Stelle, wo mein Puls schlägt. Sein

Gesichtsausdruck ist unverhohlen fleischeslüstern, seine Augen blitzen dunkel auf – und ich begreife. Wir tun wieder so als ob. Das ist die einzige Möglichkeit, ihnen, ohne Verdacht zu erregen, zu folgen. Es muss so aussehen, als wollten wir unbedingt allein sein.

Schnell, ohne Vinny und Sal aus den Augen zu lassen, stelle ich mich auf die Zehenspitzen und drücke einen Kuss neben Nicks Ohr, lasse meine Lippen dort verweilen. «Klar», sage ich vor aller Augen und lasse eine Hand zu Nicks unterem Rücken gleiten. Er tut es mir gleich, lehnt sich zu mir herunter und hüllt mich ein. Ich habe einen Tunnelblick, ich bin im Auftragsmodus. Aber gleichzeitig fühlt sich die Intimität, die Nähe, so natürlich an ...

Mein Puls steigt.

Wir folgen ihnen mit etwas Abstand auf das lange, schmale Deck hinaus, wo der Wind über das schwarze Wasser braust – und Nick meine Schultern umschlingt und mich warm hält. Wenn ich ins Meer springen kann, ohne zu unterkühlen, dann kann ich ja wohl auch ein bisschen Wind aushalten, aber es gefällt mir. Es gefällt mir zu sehr. Ich will nicht, dass er damit aufhört.

«Um die Ecke», flüstert er an meinem Hals, und da stehen sie, Vinny und Sal, arglos am Bug und rauchen. Die grauen Wölkchen verschwinden in der Nacht.

Ihre Geräusche werden zu uns herübergetragen.

Und ich höre etwas ganz deutlich.

Ich höre Vinny über seine Kontaktperson beim FBI sprechen.

13

Bist du sicher, dass er sauber ist?», fragt Sal mit barscher Stimme in den Wind.

Vinny schnaubt. «Er lag noch nie falsch, hat uns nie auf Irrwege geführt – wir zahlen ihm auch genug, so viel ist sicher. Ich weiß, ich weiß, es ist schwer, einem Anzugträger zu vertrauen», sagt er, der selbst einen Anzug trägt. «Es hängt eine Menge davon ab. Alles. Der ganze Kladderadatsch. Verdammt noch mal, ich klinge allmählich wie mein Opa. *Kladderadatsch.* Aber mein Mann beim FBI hält uns den Rücken frei. Die wissen gar nichts. Es wird klappen, und zwar genau in dem Moment, wenn die Hochzeitsglocken läuten. Und wenn nicht … sind wir am Arsch, mein Freund. Absolut beschissene Pechvögel. All diese Überfälle? Das ganze Geld? War dann alles umsonst, verdammt.»

Innerlich erschrecke ich, als eine Tür hinter mir und Nick aufschwingt, ein paar Partygäste betrunken aufs Deck strömen und Vinny und Sal verstummen. Nicks Hand auf meinem Rücken spannt sich an und gibt mir ein dezentes Warnzeichen: *Wir sollten gehen. Jetzt.* Kälte beißt mir in den Nacken, und mein Kopf dreht sich. Gail hatte absolut recht – ihre Abteilung ist wie ein Schweizer Käse. Jemand hat die Familie Jones mit Informationen gefüttert, hat ihnen geholfen, das Gesetz zu umgehen.

Aber es ist mehr als das.

Wie es scheint, benutzt der Jones-Clan die Raubüberfälle,

um etwas Bestimmtes zu kaufen. Vielleicht dienten auch die früheren Raubzüge immer schon dazu, etwas Größeres, Gefährlicheres, Schlimmeres zu finanzieren? Es ist, als könnte Nick meine Gedanken lesen. Es ist, als würden wir beide die Gedanken des anderen lesen. Als wir wieder drinnen auf der Party sind, wechseln wir einen wissenden Blick. *Wie schlimm wird das hier noch werden?*

Am Ende haben sie niemanden über Bord geworfen. Niemand scheint zu ahnen, dass die Kellnerin mit der Pretty-Woman-Perücke eine verdeckt ermittelnde Bundesbeamtin war. Es wurde nicht einmal jemand seekrank, wenn man von Andre absieht, der – anstatt den Champagnerturm kaputt zu schlagen – beschloss, den halben Champagnerturm zu trinken und einen Großteil der Nacht in der kleinen Bordküche zu verbringen, wo er sein Gesicht an die kühlen Fliesen presste. Diana strich ihm dabei freundlicherweise über den Rücken und sang ihm schief Weihnachtslieder vor, bis wir wieder an Land waren.

Aber das darf man nicht als Erfolg werten.

Ein Erfolg ist auch nicht Vinnys Telefonnummer auf der Cocktailserviette, die er mir an der Krabbenpufferstation überreicht hat. Ich soll bei ihm «reinschauen», wenn ich das nächste Mal in Boston bin. Was bei der aktuellen Sachlage dann sein könnte, wenn ich Calla in ihrem neuen zig Millionen Dollar teuren Stadthaus mit Blick auf den Charles River besuche. Als wir um kurz nach ein Uhr nachts wieder auf den Steg hinuntersteigen, wird mir klar, dass mir etwas entgeht; es ist, als ob die Hinweise alle vorliegen und ich sie nur nicht so zusammensetzen kann, dass sie einen Sinn ergeben.

Ich setze Gail über das Gespräch zwischen Vinny und Sal in Kenntnis, sobald ich von Bord bin. Ich konnte nicht persönlich mit ihr sprechen, weil ich sie nicht finden konnte – war sie in der Küche? Auf der Toilette? Die Nachricht kommt mit einem Ping zurück, nicht zugestellt. Kein Empfang hier am Wasser. Auf dem kurzen Weg zum Hotel wird sie schließlich verschickt. Nick und ich wahren den Schein, er schiebt seine Hand in meine, Handschuh an Handschuh.

Er drückt meine Hand und lässt mich damit wissen, dass wir das schon schaffen werden.

Was übersehen wir?

«Gute Nacht, ihr zwei», sagt Nick zu Calla und Johnny in der Lobby des Ocean Harbor Inn, als sie mit ihren Koffern nach oben verschwinden, glücklich, taumelig und verliebt. Nick beobachtet sie, und der Stress und der Grimm fällt von seiner großen, dunklen Gestalt ab – und mein Gott, ich kann das alles nicht ertragen. Alles, was ich will, ist, mir meinen Schlüssel zu schnappen, ins Bett zu fallen und die nächsten sechs Stunden damit zu verbringen, mit Gail die Möglichkeiten durchzusprechen.

Gail, die nicht auf meine Nachricht antwortet.

Ich versuche es noch einmal. Ein zweites Mal. Ein drittes Mal. Keine Antwort.

«Ein Zimmer für Swift … Sydney», sage ich als Erste in der Schlange direkt vor Nick und sehe zu, wie die Empfangsdame auf ihre klackernden Tasten eintippt. Sie ist eine groß gewachsene Frau Mitte vierzig mit einer eckigen roten Brille, und als sie wieder zu mir aufblickt, weiß ich, dass das Undenkbare passiert ist.

«Swift mit einem S?», fragt sie. «S-W-I-F-T?»

Ich nicke. «Ja, Swift. Sydney Swift.»

«Es tut mir sehr leid, Miss Swift, aber wir haben Sie hier für heute Abend nicht stehen.»

«Was ist los?», mischt sich Nick in das Gespräch ein. Er

hält einen respektvollen Abstand, aber ich spüre trotzdem die Hitze, die er abstrahlt. Wenn ich einen Schritt zurücktreten würde, würde ich genau unter sein Kinn passen.

«Nichts», sage ich und konzentriere mich ausschließlich auf die Hotelangestellte. «Entschuldigung, könnten Sie das vielleicht noch einmal überprüfen?»

Sie sieht erneut nach. Findet immer noch nichts. «Es ist möglich, dass in unserem System eine Störung vorliegt. Das ist schon mal passiert, aber letzte Woche war unser IT-Techniker da. Normalerweise würde ich Sie in einem anderen Zimmer unterbringen, aber so kurz vor Weihnachten sind wir ausgebucht. Eine Hochzeitsgesellschaft belegt gerade die Hälfte der Zimmer ... Wissen Sie was? Es tut mir so leid. Lassen Sie mich den Herrn hinter Ihnen einchecken, und dann überlegen wir uns etwas. Würden Sie sich kurz setzen?»

«Ja, das ... ist in Ordnung», murmle ich. Das Zimmer interessiert mich nicht wirklich, nur die Mission. Das, was Vinny gesagt hat. Nick macht einen Schritt nach vorn, versucht, meinen Blick aufzufangen und ... *Nein.* Das wird nicht passieren. Ich weiß, was mir dieser Blick sagen will, und es wird nicht passieren. Wenn das Hotel für mich kein Zimmer findet, bleibe ich eben hier in der Lobby mit den hart aussehenden Sofas sitzen und den kostenlosen Mini-Muffins am Morgen. Das hier wird nicht zu einer dieser Rom-Com-Situationen führen, in denen man sich ein Bett teilt.

«Sei nicht stur», sagt Nick, nachdem er seine Schlüsselkarte entgegengenommen hat. «Ich habe gerade mit ihr gesprochen. Es ist nichts frei.»

«Ich schlafe lieber im Prius», sage ich, denn wir wissen beide, was er da vorschlägt. Er, ich, ein Zimmer, zusammen. Und ich ... glaube nicht, dass ich dazu fähig bin.

«Draußen herrschen minus zwölf Grad», brummt Nick, der in seinem makellos geschneiderten Smoking über mir aufragt. «Du wirst erfrieren.»

Ich presse die Lippen zusammen. «Dann ziehe ich in der Lobby ein.»

«Die Lobby schließt in sechs Minuten. Sie werden dich rausschmeißen.»

«Damit wären wir wieder beim Prius», sage ich.

Nick kneift sich in den Nasenrücken und stößt dann ein angestrengtes, halbherziges Lachen aus. «Sydney, geh einfach in den gottverdammten Aufzug. Du weißt, dass du in der Lobby nichts ausrichten kannst, oder?» Er wirft mir einen vielsagenden, verärgerten Blick zu; er weiß, dass ich die restliche Nacht wach sein und darauf warten werde, dass Gail auf meine fieberhaften, panischen Nachrichten antwortet.

Die Lampen in der Lobby verlöschen flackernd. Der Wind rüttelt an der Drehtür hinaus zum Parkplatz, Schnee peitscht daran vorbei.

Widerwillig zerre ich meinen Koffer hinter Nick her.

Es ist still im Aufzug in den dritten Stock, ganz ohne Weihnachtsmusik. Obwohl, wenn ich ganz genau hinhöre, kann ich wohl das Knirschen von Nicks Zähnen hören. Er ist besorgt. Besorgt über das, was wir gerade gehört haben? Oder deswegen, weil er die Nacht mit mir verbringen muss?

Ich stöckele auf meinen Absätzen den Flur hinunter, und er hantiert mit der Schlüsselkarte, hält sie vor die Klinke, bis sich die Tür mit einem blechernen Piepen öffnet. Der Raum dahinter ist für die Verhältnisse hier in Maine wieder protzig. Leuchtend weiße Handtücher und ein Toilettentisch aus Marmor, eine Kommode im Kolonialstil mit goldenen Beschlägen; ein Schreibtisch mit dickem, handgeschöpftem Briefpapier. Der

Website zufolge ist jedes Zimmer im Ocean Harbor Inn unterschiedlich gestaltet. Unseres heißt, passend zur angespannten Atmosphäre, «Kriegszimmer». Neben den Fenstern mit den zugezogenen Vorhängen hängt das Gemälde eines ziemlich ernst dreinblickenden Pferdes, und auf jedem Nachttisch liegen kleine Stapel von Büchern über den Unabhängigkeitskrieg.

Und da ist ein Bett.

Natürlich gibt es ein Bett. Nur eins, ein Doppelbett, das uns aus der Zimmermitte anfunkelt. Am Fußende steht ein steif bezogenes, gestreiftes Sofa, auf dem von seiner Länge her eine besonders kleine Sechsjährige bequem liegen könnte.

Ich lasse meinen Koffer auf den Boden fallen. «Es ist dein Zimmer. Du kriegst das Bett.»

«Und du musst auf dem Sofa schlafen?», entgegnet Nick. «Auf keinen Fall. Du kriegst das Bett.»

«Bevor das hier zu einem schlechten Drehbuch wird, wie wäre es, wenn keiner von uns das Bett bekommt? Du quetschst dich auf dieses komische Sofa, und ich nehme den Boden.»

Nick beäugt argwöhnisch den Staub auf dem Teppich. «Dagegen bist du nicht allergisch?»

Ich lache kurz auf, halb beeindruckt, halb durchgeknallt nach dem Abend, den wir hinter uns haben. «Woher weißt du, dass ich Allergien habe?»

Nick schiebt sich an mir vorbei. «Wahrscheinlich aus derselben Quelle, aus der du meine Blutgruppe kennst.»

Im Bad sagt er mir, dass auch er seinen Vorgesetzten beim CSIS kontaktiert hat, um ihn über die undichte Stelle im FBI zu informieren, und schlägt vor, dass wir heute Nacht noch einmal unsere Akten durchgehen, um festzustellen, welche FBI-Agenten mit dem Jones-Fall betraut sind oder waren. Wir verstummen und schweigen nachdenklich, was, wie ich weiß, an seinen Nerven zerrt. Nick bricht das Schweigen beinahe sofort, als ich mir die Zähne putze. Er räuspert sich. Zweimal.

«Ja?»

«Nichts.»

«Tu das nicht», sage ich um meine Zahnbürste herum, und es ist mir egal, dass ich dabei ein bisschen sabbere. Das ist schließlich nicht wie am ersten Abend. Ich versuche nicht mehr, ihn zu verführen. Wir haben uns vielleicht zweimal – nein, dreimal – geküsst, aber wir sind Kollegen. Wir befinden uns hier in diesem Hotelzimmer, weil uns keine Wahl bleibt. «Hör auf dich zu räuspern, als hättest du etwas zu sagen, und dann so zu tun, als wäre nichts gewesen. Das haben wir hinter uns.»

«Also gut», sagt Nick. «Du putzt zu aggressiv. So zieht sich dein Zahnfleisch zurück.»

Ich spucke aus. «Spielst du meinen Betreuer?» Ich starre ihn empört an. «Du siehst aus wie der Weihnachtsmann.»

Nick hat eine Handvoll strahlend weißen Rasierschaum im Gesicht und fährt sich gerade mit dem Rasiermesser über die Kieferpartie. Es hat etwas seltsam Erotisches, einem Mann beim Rasieren zuzusehen, aber das wird er nie erfahren.

«Ich werde das nicht als Beleidigung auffassen», sagt er und bleibt konzentriert.

«Okay», scherze ich zurück, «der Heilige Nick.»

Im Zimmer öffne ich den Kühlschrank mit der Minibar und finde verschiedene Sprudelwasser und etwas Orangefarbenes in einer Glasflasche vor. Ich suche das Orange aus und drücke die Flasche gegen den Pulsschlag an meinem Hals. *Gut. Kühl.* Draußen ist es eiskalt, aber vor Stress sind meine Wangen immer noch erhitzt. Es ist ein Uhr sechsundzwanzig in der Nacht. Am dreiundzwanzigsten Dezember. Das lässt uns weniger als zwei Tage, um den Angriff zu verhindern.

Ich stelle die Flasche klirrend ab, ziehe den Reißverschluss an meinem Kleid auf, hole die Kabel heraus und gehe im Kopf Vinnys Worte durch. Ich spule sie wie auf einem Kassettenrekorder zurück.

Ich übersehe etwas, richtig?

Was hat das hier mit dem Kontakt in Midcoast Maine zu tun? Oder mit dem Lieferwagen, den Johnny gemietet hat? Vielleicht zerbreche ich mir unnötig den Kopf. Vielleicht ist der Lieferwagen nur ihr Fluchtfahrzeug?

Im Bad lässt Nick den Wasserhahn laufen. Der ganze Raum beginnt, nach seinem nach Kiefern duftenden Rasierwasser zu riechen. Ich ziehe mir schnell meinen Schlafanzug an, diesmal einen weniger hausbackenen, eine Seidenhose und ein schwarzes Sweatshirt, und richte mir ein Plätzchen in der Ecke her. Bald habe ich meinen surrenden Laptop aufgeklappt.

In meinen Mails klicke ich auf den verschlüsselten Link, den Gail mir sieben Stunden zuvor geschickt hat: die Live-Überwachung von dem Geschenkeladen. Eine virtuelle Observierung. Auf dem Bildschirm knarrt das weiß getünchte Schindelhaus im schwachen Wind, auf der Veranda bewegt sich sanft eine Fahne. Sie wirbt für die Kerzen.

Nick kommt aus dem Bad geschlendert, hat ein Handtuch in der Hand und wischt sich damit über den Nacken, als ich auf Senden drücke. In diesem Moment würde eine normale Frage lauten: *Schnarchst du?* Stattdessen sagt er: «Du siehst aus, als würdest du dich im Kreis drehen.»

«Ein bisschen.» Über meinen Laptop hinweg sehe ich, dass Nick am Fußende des Bettes stehen bleibt und das Gesicht in sorgenvolle Falten legt. «Ich dachte, die Raubüberfälle dienten dazu, ihren Lebensstil zu finanzieren und die Familie reicher zu machen, aber jetzt scheint es so, als wäre das alles nur ein

Plan, um etwas kaufen zu können. Vielleicht wird der nächste Überfall ihr bislang größter, weil sie das restliche Geld schnell brauchen, aber irgendetwas passt einfach nicht zusammen … Was zum Teufel hat es mit diesem Geschenkeladen auf sich? Und das hier ist nicht *Tatsächlich … Liebe*, okay? Das ist keine dieser Weihnachtsgeschichten, die damit enden, dass sich alle am Flughafen in die Arme fallen. Vielmehr könnte sie damit enden, dass Johnny am Flughafen verhaftet wird, wenn er gerade versucht, nach Guatemala zu fliehen oder in ein anderes Land, in dem man im Regenwald untertauchen kann, und meine Schwester würde sich im Regenwald nicht wohlfühlen. Da gibt es riesige Spinnen …»

«Hey, hey.» Er geht vor mir in die Hocke, die Augenbrauen zusammengezogen. «Mir widerstrebt das alles genauso wie dir. Aber alles, was wir tun können, ist, weiterzumachen. Ich bin mir sicher, dass unsere beiden Behörden in diesem Augenblick Überwachungsvideos von Vinny auswerten. Sie haben ihn nicht annähernd so intensiv beobachtet wie Johnny. Irgendetwas wird man rechtzeitig entdecken. Wir werden herausfinden, mit wem er sich getroffen hat, und sie werden den Kerl verhaften und ihn zum Reden bringen.» Nick atmet tief aus. «Für den Fall ist es das Beste, wenn du jetzt eine Pause einlegst, Sydney. Nutze die Zeit, um dich auszuruhen. Du läufst auf der letzten Rille.»

«Ich bin sicher, ich werde es überleben.»

Während ich den Blick weiter auf den Überwachungs-Livestream gerichtet halte, steht Nick auf, schenkt sich am Waschbecken im Bad ein Glas Leitungswasser ein und stürzt es hinunter, als hätte er die letzten zwölf Wochen in der Wüste verbracht. «Du bist doch bestimmt müde», sagt er. «Du hast auf dem Weg hier hoch drei kalte Kaffee getrunken.»

Ich wende den Blick nicht von dem Livestream. «Ganz ehrlich? Selbst wenn ich es versuchen würde, könnte ich jetzt nicht schlafen. Mein Hirn arbeitet auf Hochtouren, und ich habe meine Gummibärchen vergessen.»

Nick zieht eine Augenbraue hoch.

«Melatonin-Gummibärchen», kläre ich ihn auf, ohne aufzublicken. «Die helfen mir dabei, runterzukommen. Allerdings bekomme ich davon ganz komische Träume.»

«Ach so», sagt Nick. «‹Das ist Taylor Swift.›» Er hält inne und fährt sich mit einer Hand über den Nacken. Sein weißes Hemd schmiegt sich an sein Schlüsselbein. Er hat seine Smokingjacke ausgezogen und die Ärmel hochgekrempelt. «Hör mal, solange du dir ansiehst, was auch immer du dir ansiehst …»

«Den Livestream vom Geschenkeladen», erkläre ich.

«Den Livestream vom Geschenkeladen», wiederholt Nick, ein wenig verblüfft. «Vielleicht können wir die Zeit nutzen, um … uns besser kennenzulernen. Im Sinne des Auftrags. Das machen Partner bei Observationen doch so, oder nicht? Die Lage spitzt sich zu, und ich möchte, dass wir einander vertrauen. Voll und ganz.»

Endlich hebe ich den Kopf. So wie Nick mich jetzt ansieht, könnte ich ihm alles sagen, und er würde mir zuhören.

«Das kann ich nicht machen», sage ich entschieden, stehe mit meinem Laptop auf und gehe damit kurz auf und ab, bevor ich mich aufs Bett setze.

Er versucht, meine Gedanken zu erraten. «Als ich Calla kennengelernt habe», sagt Nick langsam und deutlich, «hatte Johnny bereits entschieden, dass sie diejenige sein soll, welche. Ich hatte keine Gelegenheit, sie zu warnen, bevor sie sich auf all das einließ. Ich dachte, wenn ich mir den Arsch aufreiße, kann ich ihn vielleicht hinter Gitter bringen, bevor er sie für immer in die Falle lockt. Dann bist du auf der Bildfläche aufgetaucht, und ich dachte: ‹Noch jemand, der in die Sache hineingezogen wird›, und habe mich so verdammt schuldig gefühlt …»

«Aber du dachtest, ich könnte vielleicht etwas wissen.»

«Tja nun, du *hast* ja auch etwas gewusst, und ich …» Er unterbricht sich, und seine Miene verfinstert sich. «Ich will immer noch nicht, dass dir das hier Schaden zufügt», schließt er, und sein Blick bohrt sich in meinen. «Wir versuchen beide, Johnny zur Strecke zu bringen, und wir müssen lernen, uns aufeinander zu verlassen, wenn wir es gemeinsam schaffen wollen.»

Ich rutsche unbehaglich auf der Matratze hin und her. «Okay, das klingt jetzt wie ein Spruch, aber es liegt nicht an dir. Ich bin mir nicht sicher, ob ich dazu fähig bin, dir zu vertrauen. Oder irgendjemandem … jedenfalls nicht mehr.»

«Wegen deines Jobs?»

«Wegen …» Meine Lippe zuckt. «Wegen einer ziemlich komplizierten Familiendynamik, und dann kommt der Job obendrauf.»

Nick quittiert dies mit einem Nicken, die Hände in die Hüften gestützt. «Na ja, du hast mir gerade genug vertraut, um mir das zu sagen, Sydney. Das ist ein Anfang.» Sein Blick schweift im Zimmer umher, bevor er eine Entscheidung trifft, den Abstand zwischen uns verringert und sich im Schneidersitz mitten auf das Bett setzt, mir gegenüber. «Vielleicht sollten wir ein Spiel daraus machen. Aus dem Kennenlernen.»

Ich werfe ihm einen Blick zu. «Nach Montagsmaler? Bist du dir sicher, dass das eine gute Idee ist?»

Er stößt ein grunzendes Lachen aus. «Man muss ja dabei nicht malen und auch nicht raten. SpongeBob kommt auf jeden Fall nicht vor.» Die Uhr auf dem Nachttisch zeigt 1:31. Nick deutet mit dem Kopf darauf. «Was hältst du davon? Zehn

Minuten. Du kannst es stoppen. Zehn Minuten vollkommene Ehrlichkeit. Ich stelle dir eine Frage, du stellst mir eine Frage. Du kannst alles übergehen, was du nicht beantworten willst, aber wenn du antwortest, darf es keine Lüge sein.»

Das … ängstigt mich. Mein Hirn versucht, das Gefühl mit einem Spruch abzuwürgen. «Hast du einen dieser tragbaren Lügendetektoren im Koffer?»

«Nein.» Er mustert mein Gesicht eine Spur zu lang. «Ich weiß nur, womit du dich verrätst.»

Pff. «Ich verrate mich mit nichts.»

Nick beugt die Schultern über seine Knie vor. «Du *glaubst*, dass du dich durch nichts verrätst.»

«Ich bin dir vor drei Tagen zum ersten Mal begegnet.» Ich schiebe meinen Laptop beiseite. «Ich glaube, du vergisst, dass du mich eigentlich gar nicht kennst.»

«Ach wirklich?», sagt er.

Ich schlucke. «Ja, wirklich.»

«Du liebst deine Familie», sagt er sanft, doch auch sachlich, «aber du hältst sie auf Abstand, weil du Angst davor hast, bedeutsame Beziehungen zu Menschen einzugehen, denn das hieße, dass du sie verlieren kannst. Dass sie dich verlassen können. Du bist wie Sweetie Pie. Du wirkst hartgesotten, aber in deinem Inneren bist du süß. Du magst jede Art von Brot und hasst den Cider, den deine Grandma gekauft hat. In der Highschool warst du eine Streberin …»

Hier falle ich ihm ins Wort, beinahe froh darüber, etwas Kontrafaktisches entdeckt zu haben. «Ich war keine Streberin.»

«Debattierteam, Marschkapelle», zählt Nick an seinen Fingern herunter. «Eine niedliche Streberin. Akzeptiere es besser. Und als ich dich gefragt habe, ob dir dein Job gefällt? Er gefällt dir nicht. Wahrscheinlich magst du manchmal den Nervenkitzel und die Tatsache, dass du damit vor anderen Dingen fliehen kannst, aber ich glaube, du bist genauso wie ich. Ich glaube, du hasst es, moralische Kompromisse einzugehen, obwohl du das ständig tun musst. Du hast Angst vor dem, was geschieht, wenn du aufhörst, aber du hast auch Angst vor dem, was passiert, wenn du weitermachst. Vielleicht projiziere ich hier ein bisschen, aber wenn es zutrifft, glaub mir, dann verstehe ich dich.»

Als er fertig ist, wirft er mir einen wissenden Blick zu.

Das macht mich fertig.

Ich trinke einen Schluck Leitungswasser aus dem Glas auf dem Schreibtisch, es schmeckt stark mineralisch. «Weißt du was? Okay. Ehrlichkeitsspiel.»

Nick stellt seine Beine auf den Boden, schlägt sie übereinander. «Ja?»

Wir beide haben so viele Stunden damit verbracht, uns gegenseitig zu belügen, vielleicht ist das ja ein gutes Gegengift. Und vielleicht … vielleicht will ein kleiner Teil von mir ihn auch kennenlernen, will ihm die Sydney zeigen, die ich vorher war. «Nur zehn Minuten, ich verfolge ja immer noch den Livestream. Und die meisten Fragen werde ich wahrscheinlich nicht beantworten.»

«Na schön», sagt Nick und richtet sich gerade auf. «Fangen wir mit einer einfachen Frage an. Was ist das beste Weihnachtsgeschenk, das du je bekommen hast?»

Meine Lippen verziehen sich seitlich. *Das ist gar nicht so einfach.* «Vielleicht diese Steppdecke, die mir Calla mal genäht hat? Die war ein Projekt in Hauswirtschaft und ist so scheußlich braun, und es hängen überall Fäden heraus. Aber sie hat sie für mich genäht, deswegen …», ich zucke mit den Schultern, mein Blick wechselt zwischen Computerbildschirm und ihm hin und her, «… mag ich sie. Und deins?»

Nick denkt darüber nach. «Es gab ein Jahr, in dem meine Großmutter eine Packung von dem Lieblingsmüsli meiner Kindheit aufgespürt hat. Cocoa Boulders. Wie Cocoa Pebbles, nur größer. Und mit dreimal so viel Zucker.» Nick nimmt einen Schluck Wasser. «Ich habe die ganze Packung auf einmal gegessen und mir einen Nierenstein zugezogen.»

Ich schnaube amüsiert. «Wie alt warst du da? Fünfzehn?»

«Vierundzwanzig», antwortet er und geht direkt über zu: «Was ist deine größte Furcht?»

Meine Güte. Können wir weiter über Müsli reden?

«Ist das ein zu großer Sprung?» Nick beäugt mich. «Wie wäre es mit deiner größten *irrationalen* Furcht?»

Ich fahre mir mit der Zunge über die Zähne, unwillig, so früh aufzugeben. Aber ich habe eine richtig, richtig schlechte Antwort. «Dass eine Schlange aus dem Klo kommt, wenn ich gerade draufsitze.»

Nick spuckt einen halben Mund voll Wasser aufs Bett. Er verschluckt sich vor Lachen. Er verschluckt sich wirklich. «Das … ist nicht das, womit ich gerechnet habe. Ist das … etwas, was wirklich vorkommt?»

Ich verziehe keine Miene. «Alles ist schon mal vorgekommen, Nick.»

Nick erschaudert. «Okay, meine größte irrationale Furcht kennst du ja schon. Der Osterhase. So unnatürlich. Außerdem kann ich nasses Papier nicht ausstehen. Am Straßenrand und so. Papier sollte nicht nass sein.»

«Was ist mit Zellstoff?», frage ich ungläubig. «Papierherstellung? Papier muss nass werden, um zu existieren.»

«Das macht es ja irrational.»

Ich grinse und rutsche auf dem Bett hin und her, die Matratze quietscht. Wir bringen die Fragen im Eiltempo hinter uns. Ich aktualisiere den Computerbildschirm und vergewissere mich, dass der Livestream noch läuft. «Deine letzte Freundin. War das Bobbie?»

«Du bist ja gründlich.»

«Instagram», sage ich zur Erklärung. «Was ist passiert?»

«Sie hat mein Herz in Stücke gerissen, um ehrlich zu sein.» Nick stößt Luft aus. Sein Atem streicht auf der anderen Bettseite über mein Gesicht. Er riecht sauber, minzig, mit einem Hauch von Zitrusfrüchten. «Sie war, äh, eigentlich mit einem anderen verlobt und hat mir das erst gesagt, als wir schon fünfeinhalb Monate zusammen waren.»

«Oh, Mist.»

«Ja, das war kein schönes Gespräch. Ich konnte bei so etwas nicht mitmachen.» Sein Blick kehrt zu mir zurück, und er fragt: «Und bei dir? Letzter Freund?»

Sein Name klingt aus meinem Mund flacher, als ich beabsichtigt hatte. «Griffin. Wir waren zwei Monate zusammen.»

«Und?»

«Und zwischen uns fehlte …»

Das hier, fügt mein Gehirn ein. So etwas gab es nicht. Dieses Hin und Her. Das Geplänkel. Den eindringlichen Blickkontakt über ein Hotelbett hinweg. «Chemie», beende ich den Satz.

«Du warst nicht verliebt?», fragt Nick.

Ich schüttle den Kopf. «Nein.»

«Glaubst du an Liebe?» Er zieht eine Grimasse. «Tu so, als hätte ich das nicht auf eine kitschige Art und Weise gefragt.»

Die Frage schwebt immer noch zwischen uns, schwerwiegend. «Ja», sage ich schließlich, schaue für eine Sekunde auf den Laptop und weiche seinem Blick aus, «aber ich glaube auch an die unvermeidliche Möglichkeit, dass Liebe einem gewaltsam entrissen wird, wenn man nicht vorsichtig genug ist. Wie du gesagt hast.» Nicks Lippen teilen sich, um darauf zu antworten, und aus irgendeinem Grund kann ich einfach nicht ertragen, was er noch dazu sagen will.

«Liebe», fahre ich fort und überrasche mich damit selbst, «ist, jemanden zu haben, der einen so gut kennt, dass man mit ihm zusammen einfach schweigen kann. Als wir jünger waren, hat Grandma Ruby mit Calla und mir eine Kreuzfahrt nach Prince Edward Island gemacht, und beim Abendessen saßen wir neben einem deutschen Paar. Es kamen all diese Gänge, und als wir beim Käse angelangt waren, wurde Calla und mir bewusst, dass sie seit den Brotstangen nicht mehr miteinander gesprochen hatten. Sie aßen einfach ihren Käse, ohne sich zu unterhalten. Und ich fand das wirklich traurig, denn sie waren alt, und vielleicht hatten sie einander nichts mehr zu sagen. Vielleicht waren sie einander überdrüssig geworden. Aber jetzt denke ich, sie konnten einfach dasitzen und ihren Käse essen, und alles war gemütlich, und alles war in Ordnung, weil sie sich in- und auswendig kannten ... Was ist *wirklich* deine größte Angst?»

Nick blinzelt. «Wow, das war wie ein Schleudertrauma.»

«Tut mir leid. Mir ist bloß aufgefallen, wir haben in dem Spiel nur noch drei Minuten. Wollte auf meine Kosten kommen.» Ich neige mein Wasserglas in seine Richtung. «Die größte Angst, du bist dran.»

Nachdenklichkeit legt sich über Nicks Züge. «Ich habe das Gefühl, dass sich meine größte Angst mit zunehmendem Alter verändert. Ich habe nicht nur eine. Ich habe eine Reihe von Ängsten, die sich ständig weiterentwickeln. Als Kind war die größte, dass meine Großmutter sterben könnte. Meine Eltern haben sich scheiden lassen, als ich acht war, und meine Mom ist praktisch vom sinkenden Schiff gesprungen und zu einer anderen Familie nach Toronto übergewechselt. Mein Dad ist ein Workaholic, also gab es in meiner Kindheit nur mich und meine Grandma.»

«Du hast sie sehr geliebt», sage ich, es ist keine Frage.

«Ja. Sie war … Sie war wie deine Grandma Ruby. Herzlich. Unterstützend. Hart im Nehmen. Man hat nicht gewagt, sich mit ihr zu streiten, weil sie einen dann mit diesem … Blick angesehen hat.» Er lacht, aber es ist ein trauriges Lachen. «Ich vermisse diesen Blick. Das ist das erste Weihnachten, an dem ich ihn nicht sehe. Als ich in der Bar den Trinkspruch ausgebracht habe? Mich bei euch dafür bedankt habe, dass ich mich hier wie zu Hause fühlen darf? Das habe ich ernst gemeint. Ich war dankbar, hier bei euch zu sein. Ich wollte die Feiertage nicht alleine verbringen.»

In meinem Bauch ist dieses sinkende Gefühl. *Verdammt.* Wir sind wirklich ehrlich zueinander. «Und jetzt? Was ist jetzt deine größte Angst?»

«Das hier», sagt er und blinzelt mich an.

Das hier? Was meint er damit?

«Diesen Auftrag zu vermasseln», stellt er klar. «Ich … äh …» Er räuspert sich und kratzt sich ungewohnt verlegen an der Schläfe. «Ich habe die Frage nie beantwortet, die du mir in der Moose Lodge gestellt hast. Warum ich mich bereit erklärt habe, Johnny auszuspionieren, wenn er so ein guter Freund von mir ist. Man ist nur dann mit jemandem befreundet, wenn man auch weiß, mit wem man es in Wirklichkeit zu tun hat. Er hat so vieles vor mir verheimlicht, dass mir unsere Freundschaft, als ich es herausfand, vorkam wie Catfishing. Die große Wende kam für mich, als wir in Boston in einer Bar waren und Johnny sich mit diesem Typen anlegte. Er tat so, als wolle er die Sache mit ihm in Ruhe draußen vor der Tür klären. Die Sache einfach durchsprechen. Es dauerte ewig, also bin ich rausgegangen, um nach ihnen zu schauen. Ich kam gerade rechtzeitig in die Gasse, um zu sehen, wie Johnny dem Jungen in die Nieren schlug – und ihm auf den Rücken spuckte. Er richtete sich über ihm auf und fauchte: ‹Weißt du, wer meine Familie ist? Weißt du, mit wem du dich angelegt hast?›» Nick beißt sich auf die Unterlippe. «Der CSIS hat wenig später Kontakt zu mir aufgenommen und mich über Johnnys kriminelle Geschichte ins Bild gesetzt. Bei dem, was ich da erfuhr, wurde mir übel. Wenn es nur seine Familie gewesen wäre … ein Mensch ist ja nicht seine Familie. Dann hätte ich zu ihm gehalten, es durchgestanden. Aber es ist auch *Johnny*. Wie viele Menschenleben er persönlich zerstört hat …»

Ich sitze regungslos auf dem Bett und denke nicht im Traum daran, ihn zu unterbrechen. Es ist offensichtlich: Nick hat schon lange darauf gewartet, jemandem seine Geschichte zu erzählen. «Ich bin aus einem Gefühl der moralischen Verpflichtung heraus zum CSIS gegangen. Ich wollte ‹auf der Welt etwas bewirken›, und ich konnte mir nicht vorstellen, von neun bis fünf am Schreibtisch zu sitzen, also dachte ich, hey, das wird mich fit halten, meinen Kopf beschäftigen. Aber ganz ehrlich? Ich habe auch versucht, in die Fußstapfen meines Vaters zu treten. Er war beim CSIS, und wir haben uns nie besonders gut verstanden, und ich dachte, dass ich ihn so vielleicht – ich weiß nicht – besser verstehen würde? Fühlen, was er in seinem Job gefühlt hat? Spielte aber keine Rolle. Es hat nichts wiedergutgemacht. Und ich sage mir immer wieder, dass ich etwas Gutes tue, dass ich für Menschen wie meine Grandma mehr Sicherheit schaffe, aber es ist so, wie du gesagt hast – tue ich das wirklich? Tun wir das? Ist das wirklich der beste Weg, um auf der Welt Gutes zu bewirken?» Er sieht ganz eingefallen aus.

«Ich hoffe nur, dass ich das alles nicht umsonst durchgestanden habe.»

«Hast du nicht», sage ich automatisch.

«Das weißt du nicht», sagt er mit weicher Stimme.

Ich bin nicht mehr an der Reihe, aber ich kann mich nicht zurückhalten. «Woher kommt die Narbe auf deinem Bauch?»

Er zuckt zurück, seine dicken Augenbrauen ziehen sich zusammen. Obwohl er immer noch sein Hemd anhat, blickt er auf die dreißig Zentimeter lange Narbe unter dem Stoff hinab, als wollte er sich selbst in Erinnerung rufen, dass sie da ist. Einen Moment lang denke ich, er wird auf Zeit spielen. Die Frage übergehen. Nächste Frage. «Da wurde mir erstmals wirklich klar, worauf ich mich eingelassen hatte», antwortet er mit rauer Stimme. «Ich war seit zwei Monaten dabei und beschützte Johnny. Wir haben uns in seinem Haus in Boston mit einem seiner ‹Geschäftspartner› getroffen. Unnötig zu sagen, dass die Verhandlung schlecht ausging. Der Typ zog sein Messer. Ich stellte mich vor Johnny, stieß den Typen zurück – und das Messer ging glatt durch. Deshalb vertraut Johnny mir auch so. Weil er denkt, dass ich für ihn sterben würde.» Sein Blick wandert zu meinem Handgelenk. «Dein Tattoo, was bedeutet es?»

Jetzt verpasst er *mir* ein Schleudertrauma. Mein Mund wird ganz trocken. Er ist vielleicht der einzige Mensch auf der Welt, der jemals diese Wirkung auf mich hatte. Mit den Fingern zeichne ich den Umriss des Halbmondes nach. «Wieso willst du das unbedingt wissen?»

«So habe ich zum ersten Mal von deiner Existenz gehört. Ich habe mich mit Calla getroffen, und sie dachte darüber nach, sich ein neues Tattoo stechen zu lassen. Sie zeigte auf ihr Handgelenk und sagte: *Meine Schwester Sydney hat das gleiche.*

Dann hat sie uns ein Bild von dir gezeigt. Du warst …» Nick kichert leise. «Du warst auf so einem Wildwasserfloß.»

«Oh Gott», sage ich und bedecke meinen Mund mit der Hand. «Das war keine gute Fahrt.»

«Wurden dabei nicht jemandem die Zähne ausgeschlagen?»

Ich nicke vergnügt. «Einem von den Jungs hinten. Er hatte sich nicht an seinem Griff festgehalten, und es war einfach … Es war schrecklich.»

«Aber das ist mir an *dir* aufgefallen», sagt Nick. «Offensichtlich war der Unfall noch nicht passiert, aber alle anderen im Floß sahen wie gelähmt aus. Ihr seid mit voller Geschwindigkeit über diese Stromschnelle gerast, und du hattest dieses … dieses … Kämpferinnengesicht. Als wärst du eine Schildmaid bei den Wikingern oder so. Alle anderen haben sich zurückgelehnt, aber du hast dich vorgebeugt.»

«Und du hast gedacht», versuche ich es, «‹Dieses Mädchen ist aber hübsch›?»

«Eigentlich habe ich gedacht: ‹Dieses Mädchen macht mir eine Scheißangst.›» Er grinst. «Aber ja, im Wesentlichen. Dann habe ich Calla gefragt, was das Tattoo bedeutet, und sie hat einfach irgendwie dichtgemacht. Wollte nicht wirklich darüber reden.»

«Das liegt daran, dass wir wirklich nicht darüber reden. Nicht mehr.» Ich reibe über das Tattoo. «Ich glaube, wir haben es aus unterschiedlichen Gründen stechen lassen, oder vielleicht auch nicht, ich …»

Nick setzt sich aufrechter hin. Genau wie ich eben unterbricht er mich nicht. Sagt nichts. Hört nur zu.

Und es ist das Zuhören, es ist die Art und Weise, wie seine Augen mein Gesicht erforschen und wirklich versuchen, mich kennenzulernen. Es ist die Tatsache, dass wir denselben Beruf haben, dass er versteht, was ich tue, dass es in diesem Raum fast vollkommen still ist bis auf das Surren des Laptops und das Verschmelzen unseres Atems, und wenn ich mich frage, wo ich gerade sein will, dann lautet die Antwort von Nicks Arm umschlungen. Mein Kopf in seiner Halsbeuge, und das macht mir Angst, und …

«Ich glaube, das Tattoo steht für unseren Dad», sage ich und weiß nicht, wo ich anfangen soll. Unser Dad hat immer die Fingerspitze in seinen Kaffee getaucht, um festzustellen, ob er noch zu heiß zum Trinken war. Er hat sich Bleistifte wie Walrossstoßzähne in den Mund gesteckt, um mich zum Lachen zu bringen. Einmal hat er für Calla aus einer Honey-Nut-Cheerios-Verpackung eine Krone gebastelt. Er war ein guter Vater. Er war ein argloser Vater. Eines der letzten Worte, die er zu mir sagte, war mein Name.

Sei anständig, Sydney-Spätzchen.

«Unser Dad hat entschieden, dass er nicht für ein Alleinerziehendendasein geschaffen ist», sage ich, und etwas baut sich auf, kratzt, will unbedingt heraus. «Oder vielleicht ist das nicht mal der Punkt. Denn er war ja gar nicht wirklich allein erziehend. Grandma Ruby hat die Rolle der Kinderbetreuerin übernommen. Vielleicht ist es eher so … meine Mom ist gestorben, als ich noch klein war, und Dad ist nie wirklich zur Therapie gegangen oder so was, und vielleicht hat sich einfach etwas angestaut, weißt du? Ich habe es nie ganz kapiert, aber er hat zu uns gesagt, er würde wandern gehen. Und er ist auch wandern gegangen. Er ist nur nicht mehr zurückgekommen. Zuerst haben wir gedacht, er wäre verschollen, und Grandma Ruby hat sich große Sorgen gemacht, aber er war einfach immer noch da draußen unterwegs. Ich glaube, er hat den gesamten Appalachian Trail in einer Richtung zurückgelegt, ist dann umgekehrt und ihn noch einmal gewandert.»

Nick ist immer noch still, hört immer noch zu.

«Und ich konnte ihn nicht erreichen», sage ich mit brennendem Hals. «Ich konnte ihn nicht wirklich nach dem Grund fragen, und als ich es dann konnte, war ich so *wütend*, so … traurig, dass ich es einfacher fand, nie wieder mit ihm in Verbindung zu treten. Obwohl wir eine Menge Spaß zusammen hatten. Als ich noch ein Kind war. Er hat immer irgendwie sein eigenes Ding gemacht, aber er hat mich mitgenommen. Zum Beispiel zum Zelten. Ich bin mir nicht mal sicher, ob Calla sich daran erinnert, aber da war diese eine Nacht, ein paar Wochen bevor er wegging. Calla und ich haben am See unsere Schlafsäcke aus dem Zelt gezerrt und sind unter einem perfekten Halbmond eingeschlafen. Das war das letzte Mal, dass ich wirklich das Gefühl hatte, dass … alles in Ordnung ist.»

Ich schlucke. Mein Hals ist völlig ausgetrocknet. Und ich kann Nick nicht anschauen, will mich nicht in seinen Augen spiegeln, will sein Mitleid nicht sehen.

«Sydney …», sagt Nick.

«Es ist okay», sage ich reflexartig, aber Nick hat die Hand ausgestreckt, umschließt mein Kinn und zwingt mich, den Blick zu heben. Meinen Blick zu seinem Blick.

«Ist es nicht», sagt er und streicht mit einem Daumen über meine Wange. «Ist es *nicht*.»

Und vielleicht ist das – endlich – das, was den Unterschied macht. Drei dumme, einfache Worte, auf die ich schon mein halbes Leben lang gewartet habe. Ist es nicht. Es ist nicht okay. Es war nicht okay. Es war nie okay. Und ich bin einfach in diesem … Nicht-okay-Sein herumgedriftet, unfähig, mit jemandem darüber zu sprechen. Voller Angst davor, dass jemand mich *sehen* könnte, denn was, wenn das geschah? Und was, wenn diese Person dann weggehen würde?

Und was, wenn das Ganze sich noch einmal wiederholte?

Nicks Hand bleibt liegen, umfasst meine Wange. *Nick* bleibt.

«Das Schlimme ist, dass mein Vater mich wahrscheinlich besser gekannt hat als irgendjemand sonst», rede ich weiter, und mein Atem geht jetzt hastig. Abgehackte Worte. Und *Erleichterung*. Es ist, als würde ich aus einem dunklen Schuppen in den frischen Regen hinaustreten. Diese Erinnerungen, sie mussten an die Luft. Jemand musste sie hören, jemand, der sich zu ihnen vorbeugt und nicht vor ihnen zurückschreckt. «Und er hat mich losgelassen, und seitdem habe ich versucht, glaube ich, ein Mensch zu sein, dem man nicht nahekommen kann. Einer meiner Ex-Freunde hat mich mal als ‹per definitionem unnahbar› bezeichnet. Und ich habe mir diesen Job ausgesucht – diesen blöden, bescheuerten Job –, in dem ich alles über alle anderen erfahren kann, sie lesen, studieren, ihre Motive auseinandernehmen, ihre verräterischen Merkmale für etwas erkennen kann und in dem ich nur ein Bruchteil von mir selbst sein darf, in dem ich Dinge verberge, weil es genau darum geht, und ich glaube, hinter alledem habe ich Angst. Ich habe einfach Angst, dass ich dadurch, dass ich unnahbar sein will, wirklich unnahbar geworden bin, für alle, und dass ich nie wieder … dass ich nie wieder erleben werde …»

Ich kratze zu sehr an einer wesentlichen Wahrheit über mich, und vielleicht hätte ich das bleiben lassen sollen.

Ich schniefe und schaue auf die Uhr. «Die Zeit ist um.»

Die einzigen anderen Geräusche im Zimmer sind das Summen des Mini-Kühlschranks und das Zischen des Heizkörpers am Fenster. Nick durchbricht die Stille, seine Stimme ist genauso rau wie meine. «Willst du in die zweite Runde gehen?»

14

Ich schaue ihn lange an. Beobachte, wie er mich beobachtet. Sehe, wie sich seine Lippen teilen. Und ich könnte es hier beenden. Diese Unterhaltung abbrechen. Mich zurückziehen. Aber so mit jemandem zu reden, so offen …

«Ja», bringe ich heraus und schüttele die Kissen hinter meinem Rücken auf. «Ja, okay.»

Diesmal sitzen wir näher beieinander, der Laptop steht zwischen uns auf dem Bett. Und es fühlt sich seltsam intim an, nur wir beide hier in der Stille.

Nick erzählt mir, dass die beiden achtzigjährigen Eismoguln auf Instagram die besten Freunde seiner Großmutter waren; er besucht sie mehrmals pro Woche, um mit ihnen über sie zu sprechen. In der Geschmacksrichtung «Glücksnick» sind Pistazien enthalten, und Pistazien mochte Nan am liebsten. Ich revanchiere mich mit einer Geschichte über Dads Lieblingseisdiele am Cape Hathaway Cove, wo wir immer die Möwen gefüttert haben. Nebenbei frage ich Nick, ob er jemals verliebt war, und er sagt Ja. In Bobbie, die ihm das Herz gebrochen hat, und eine Mechanikerin namens Gabrielle, die Oldtimer repariert hat – und dann reden wir über unsere ersten Autos, wie wir fahren gelernt haben, wer es uns beigebracht hat.

Die Uhr tickt. Die Zeit ist um.

Wir werfen einen Blick auf den Livestream – und fangen wieder an. Und wieder.

«Was hat dein Dad dazu gesagt?», frage ich Nick, das Kinn

in die Hände gestützt. «Als du ihm eröffnet hast, dass du zum CSIS gehst?»

Nick atmet tief in die Brust. «Er … äh, er hat eigentlich nichts gesagt.»

«Nichts?»

«Zumindest nichts von dem, was ich mir erhofft hatte», sagt Nick mit einem traurigen kleinen Lächeln. «Es fühlt sich so an, als hätte ich die meiste Zeit meines Lebens damit verbracht, alles dafür zu tun, damit der Typ mich bemerkt. Gute Noten, sportliche Erfolge … Ich dachte, wenn ich die richtige Sache finde, sagt er mir, dass er stolz auf mich ist. Auf den Mann, zu dem ich geworden bin. Stattdessen fing er sofort an, über die Arbeit zu reden, als ich ihm sagte, dass ich in seine Fußstapfen trete. Wie hart der Weg im CSIS werden würde. Vielleicht ist das … vielleicht ist das der Grund, warum ich anfangs mit Johnny befreundet war. Ich war irgendwie ausgehungert danach, akzeptiert zu werden. Als Johnny mir sagte, dass ich in seine Clique passe, habe ich ihm geglaubt.»

«Triffst du dich manchmal mit deinem Dad?», frage ich und runzele die Stirn. «Fährst du manchmal nach Hause?»

«Nicht wirklich.» Nick schluckt. «Mein Dad fährt über die Feiertage normalerweise nach Hawaii und fischt, und ich schätze, ich bin im Grunde eingeladen, aber es fühlt sich nie wie ein ernst gemeintes Angebot an. Meine Mom schickt mir jedes Jahr eine Weihnachtskarte von ihrer neuen Familie, und das ist so ziemlich der einzige Kontakt, den ich zu ihr habe. Sie kam zur Beerdigung meiner Grandma, und da war … nichts. Keinerlei Zuneigung ihrerseits. Und jetzt, wo meine Grandma nicht mehr da und ihr Haus verkauft ist, habe ich eigentlich keinen Grund mehr, nach Hause zu fahren.»

«Alle Erinnerungen sind noch da», gebe ich zu bedenken.

«Stimmt», räumt Nick ein. «Das kann eine gute Sache sein, wenn sie nicht wehtun … Was ist mit dir? Hast du jemals daran gedacht, deiner Familie die Wahrheit über deinen Beruf zu sagen? Es muss schwer sein, das geheim zu halten. Ihr seid euch so nah.»

«Das waren wir», entgegne ich.

«Ihr *seid* es», beharrt Nick.

«Also, wie auch immer, ich habe darüber nachgedacht. Ausgiebig. Und bin immer wieder zu dem Schluss gekommen, dass ich sie damit nicht behelligen kann. Ich wollte sie nicht in meinen Schlamassel hineinziehen. Denn genauso fühlt es sich oft an. Wie ein großer Schlamassel.»

Nick nickt empathisch. Es ist so herrlich seltsam – und therapeutisch –, mit jemandem zu reden, der meine Welt in- und auswendig kennt. *Unsere* Welt. «Was würdest du machen, wenn du nicht das hier machen würdest?»

«Außer den ganzen Tag herumzusitzen und Tacos zu essen?», frage ich.

«Nein, Tacos können auch dazugehören.»

«Dann würde ich wahrscheinlich bei einem Thinktank für internationale Beziehungen arbeiten. Und dabei Tacos essen. Und du?»

«Ich wäre Hundetrainer», sagt Nick, ohne zu zögern, und wir unterhalten uns über die Tricks, die Sweetie Pie lernen könnte, und darüber, dass unsere Jobs es uns schwer machen, echte Beziehungen zu unterhalten. Wer will schon jemandem nahekommen, dem man aus Prinzip nicht nahekommen kann?

Der Timer surrt. Wir drehen noch zwei Runden. Schon wieder.

Und jedes Mal ist es, als würde man etwas wegschaben. Diese tiefe, häppchenweise Erleichterung dabei. Mich selbst zu finden, mich mitzuteilen, so viel zu geben, wie ich bekomme. Nach der ersten Runde erinnere ich mich daran, dass ich außerhalb meines Jobs ein Mensch war. Ich war ein Mensch, der mit Grandma Ruby Zitronenplätzchen gebacken hat, der in der Grundschule länger geblieben ist, um in der Turnhalle Freiwürfe zu üben. Ich habe für den Winter gelebt. Ich habe dafür gelebt, aus meinem Zimmerfenster zu klettern, die frisch gefallenen Schneehaufen zu berühren und meiner Schwester zu sagen: *Lass uns einen Schneemann bauen, der so groß ist wie die Garage.* Ich habe für diesen *Staat* gelebt, mein Viertel, meine Stadt, die Stachelschweine, die unter den Büschen hindurchrannten, und das milde Glitzern des Sonnenlichts auf dem Hathaway River. Dafür, meinen Kaffee in demselben Laden zu holen, in dem wir auch unseren Hummer kauften. Für leere Gänge im Supermarkt und das Gefühl, mir selbst genug zu sein. Dicke Wollsocken und die Baseballspiele der Cape Hathaway Huskies.

Ich vermisse die wilden Blaubeeren in der Gefriertruhe, die noch vom Sommer übrig sind. Und Salzwasser-Toffees.

Ich erzähle Nick von alledem. Und davon, wie sehr ich Weihnachten geliebt habe.

«Hast du nicht gesagt, dass du kein Fan von Weihnachten bist?», frage ich Nick und beuge mich vor. Die Matratze zwischen uns knarrt, die Bettdecke schlägt Falten.

«Ja, das habe ich versucht, mir einzureden.» Er verzieht ganz leicht das Gesicht. «Ich dachte, damit würde es einfacher. Niedrigere Erwartungen.»

«Aber eigentlich bist du doch ein Fan?»

«Sydney, lass es mich so sagen: Kennst du diese Knetanimationsgeschichte über Rudolph und den Ursprung von Weihnachten? Rudolph lernt laufen, indem er einen Fuß vor den anderen setzt?»

«Ja?»

«Ich kriege dabei tatsächlich einen Kloß im Hals.»

«*Hör auf*», sage ich und schlage mit einem Zierkissen nach ihm.

«Ich meine es ernst! Es ist so emotional!»

Ich neige den Kopf in seine Richtung, mein Herz schlägt ein wenig höher. «Hast du wirklich diesen WEIHNACHTS-PULLI-Pullover am Flughafen gekauft?»

«Also, das … das stimmt.»

«Ich mag diesen Pulli», sage ich mit einem Anflug von Schalk in der Stimme.

«Ach ja?», sagt Nick und wird selbst schelmisch. Er legt sich die Hand aufs Kinn, fährt sich mit der Daumenkuppe über die Kieferpartie. «Wie sehr?»

«Sehr», gebe ich zu und frage mich: *Wieso ist es mit ihm so leicht, wenn alles andere so schwer ist?* «Möglicherweise zu sehr. Er tut Wunder für deine Knochenstruktur.»

«Das werde ich mir merken», sagt er mit einem schiefen Lächeln und wirft dann einen Blick auf die Uhr. Es ist drei Uhr siebenundvierzig. «Wie stehen die Chancen, dass du schlafen kannst?»

«Keine Chance», sage ich und schlucke. Ehrlich gesagt bin ich nicht sicher, ob ich will, dass unser Gespräch endet, auch wenn der Laptopbildschirm vor meinen Augen verschwimmt. «Dieses Spiel hat mich nur noch wacher gemacht.»

Nick scheint zu überlegen. «Würde es helfen, wenn wir laufen gehen?»

Der Fitnessraum im Ocean Harbor Inn ist erstaunlich gut ausgestattet.

Zwei Laufbänder, eine Reihe von Hanteln, eine dicke rote

Matte für Sit-ups und Pilates. Ich habe meine Laufschuhe eingepackt, aber keine Sportkleidung, also trage ich meinen Pyjama. Es ist fast vier Uhr morgens. Wer außer Nick wird es schon sehen?

In der ersten Minute durchwühlt er die Trainingsgeräte und findet einen Satz Dehnbänder und ein brandneues Paar Boxhandschuhe. Ein dicker, schwarzer Boxsack hängt in der Ecke.

«Machst du Kickboxen?», fragt er mich.

«Gelegentlich», sage ich und binde die Schnürsenkel meiner Turnschuhe zu. Wir haben bei unserer digitalen Überwachung eine kurze Pause eingelegt und die Aufnahmefunktion eingeschaltet gelassen. «Ich bin eher der Typ für Martial Arts.» Während ich das sage, kommt mir eine Idee. Langsam lasse ich den Blick zur Matte gleiten.

Nick schnaubt. «Äh, nein. Nö. Ich werde nicht mit dir kämpfen, Sydney.»

«Es wäre ja nicht kämpfen. Es wäre Sparring.»

«Was ein Synonym für Kämpfen ist.»

«Willst du ein Safeword?», frage ich nur halb im Scherz, dann ahme ich Johnnys Akzent nach: «Hast du Angst, Nicky-Boy? Ich bin ungefähr halb so groß wie du.» Nick ist fünfzehn Zentimeter größer als ich und wiegt eine beträchtliche Anzahl von Kilos mehr, aber meine kleinere Statur könnte ich zu meinem Vorteil nutzen, indem ich mich wenn nötig wegducke … «Oder willst du nicht mit einer Frau kämpfen?»

«Du weißt, dass das nicht stimmt», knurrt Nick.

«Dann beweise es», gebe ich zurück und betrete auf Zehenspitzen die Matte.

Nick verdreht die Augen und beginnt, sein Hemd aufzuknöpfen. Er trägt immer noch das, was er auf der Party anhatte, zusammen mit einer pechschwarzen Jogginghose.

Ich ziehe eine Augenbraue hoch. «Was machst du da?»

«Hey, das ist ein schönes Hemd», sagt er und zieht es aus. Darunter ist er braun gebrannt und durchtrainiert, die Narbe zieht sich über seinen Unterbauch. Ein Schauer überläuft mich. «Ich will mir keinen Knopf abreißen. Bist du sicher, dass du das machen willst?»

Als Antwort hebe ich die Hände, die Handflächen offen, bereit.

«Bist du dir absolut sicher?», fragt er.

«Meine Güte, Nick!»

Mit einem Seufzer schlendert er auf mich zu, auf die Matte, und dann geht es schnell – blitzschnell senkt sich seine Schulter, mit der er versucht, mich zu rammen, mich auf seinen Rücken zu hebeln. Aber damit habe ich gerechnet. Denkt er, er kann mich über seine Schulter werfen? Falsch gedacht. Ich drehe mich Rücken an Rücken mit ihm, bis wir die Positionen gewechselt haben. Die Handflächen immer noch erhoben und offen, rücke ich auf der Matte näher an ihn heran.

Einen Nahkampf, hat mir mein Lehrer auf der Farm beigebracht, gewinnt man nicht, indem man sich gegenseitig umkreist wie zwei Falken, sondern indem man den gesamten Körper einsetzt in dem Moment, in dem man die Chance hat, den Gegner aus dem Gleichgewicht zu bringen. Ihn unvorbereitet zu treffen. Geh so nah ran, dass du ihre Haut riechen kannst, so nah, dass du weißt, mit welcher Seife sie sich waschen, dass du jede noch so winzige Sommersprosse an ihrem Hals sehen kannst.

Nick hat drei große Sommersprossen am Hals.

Mein Ellbogen schießt vor, und er wehrt ihn vorsichtig ab – beinahe sanft –, indem er mit den Füßen zur Seite gleitet. Ich ducke mich und schleudere ihn mit der Schulter gegen die

Wand; er prallt mit einem fantastischen *Rumms* dagegen und lässt ein Bild der White Mountains in seinem Rahmen erbeben. Das Glas klappert. «Vorsichtig», keucht er, und ich bin vorsichtig. Ich drücke ihn vorsichtig gegen die Wand. Und mir fällt ein, wie wir das erste Mal miteinander gesprochen haben, als wir mit diesen Lebkuchen in der Küche standen, und wie ich darüber nachdachte, wie ich ihn zur Strecke bringen würde, indem ich ihn an die Wand presse. Wenn ich ehrlich zu mir bin, hatte ich schon damals dieses flatternde Gefühl im Bauch.

Mein Blick bohrt sich in seinen und übermittelt ihm eine Botschaft: *Wenn du mich respektierst, hältst du dagegen.*

Botschaft angekommen.

Kraftvoll drängt er mich zurück, und wir fangen einen echten Sparringskampf an. Wie es richtige Kollegen bei der CIA tun würden. Er holt nicht aus, um mich zu verfehlen, aber er holt auch nicht aus, um zu verletzen. Wir trainieren. Messen unsere Kräfte. Block um Block. Dieses Gasthaus ist voller Menschen, und ich hoffe, dass diese kleine Störung sie nicht um den Schlaf bringt. Unsere Schritte trappeln schnell, wendig, kaum wahrnehmbar. Bis ich ihn überrumpele, einen Knöchel hinter seinen Knien einhake und ihn buchstäblich von den Füßen fege.

Ich springe auf ihn und umklammere seine Hüften mit meinen Schenkeln. Wir drücken mit unseren Rücken die Rillen der Matte flach, während wir uns ächzend herumwälzen – echte Kehllaute tief aus dem Bauch. Mit Verspätung wird mir klar, dass diese Geräusche denen ähneln, die ich beim Sex mache. Nicks Wangen röten sich ganz leicht, und ich bezweifle, dass das von der Anstrengung kommt, so lange ringen wir noch nicht miteinander. Keiner von uns beiden ist wirklich außer Atem.

Meine Gliedmaßen verschränken sich mit seinen, sein Atem ist heiß an meinem Hals. «Sydney», bringt er hervor, und ich warte darauf, dass er mit etwas endet wie *Sydney, du Spinnerin, runter von mir* oder *Sydney, das hier ist mir ein bisschen zu heftig*, aber was er sagt, ist: «War irgendetwas davon echt?»

Ich fahre zurück, auf ihm liegend, das Gesicht vor seinem Gesicht. «Was meinst du?»

«Du weißt, was ich meine», sagt Nick mit angestrengter Stimme, und ich weiß es. Das ist die Sache. Ich weiß es.

Ich schlucke schwer und drehe den Spieß um. «War irgendetwas davon für dich echt?»

«Ja», sagt er ohne Zögern oder mit den Lippen zu zucken. Also keine Lüge. Seine Augen lodern im fluoreszierenden Licht des Fitnessraums, und ich weiß nicht, was gerade passiert.

Meine Brust hebt und senkt sich, als ich ein paarmal durchatme, und meine Hände packen ihn fester an den Schultern. Im Moment liegen seine Finger auf meinen Knien, Hitze pulsiert durch den Stoff, und ich bin über alle Maßen gestresst. Aufgewühlt. Ich sollte das nicht fühlen. *Das hier!* Was auch immer es ist!

«An dem Abend in meinem Zimmer, als Johnny uns fast ertappt hätte», sagt Nick so leise, dass ich ihn beinahe bitte, es zu wiederholen. «Und vielleicht sogar schon vorher, auf dem Sofa, als wir uns diesen schrecklichen Weihnachtsfilm angeschaut haben. Oder am Strand. Vielleicht auch früher.»

Noch früher?

Ich atme langsam ein. «Manchmal dachte ich, ich hätte dich an der Angel, im Sinne der Mission, und manchmal wusste ich wirklich nicht, was du denkst.» Mein Brustkorb hämmert weiter, obwohl ich ihm sage: *Stopp, verdammt noch mal, es reicht.* «Du warst immer ein Risiko. Als wir damit angefangen haben, war ich mir nicht einmal sicher, ob du mich attraktiv finden würdest.»

Ich fische nicht nach einem Kompliment, es ist keine Phrase, aber Nick sagt trotzdem spöttisch: «Sydney, ich kann dir versichern, das ist das Letzte, worüber du dir Sorgen machen musstest.» Er denkt noch einmal darüber nach, seine dicken Augenbrauen ziehen sich zusammen. «Vielleicht nicht das Allerletzte, in Anbetracht der Situation, aber ...» Die restlichen Worte klingen rau. «Es ist fast unwirklich, wie schön du bist.»

Nick fährt mit Blicken die Umrisse meines Gesichts nach. Ich spüre, wie mir rote Flecke in den Nacken kriechen, während er mich ansieht. Ich sollte in der Lage sein, es zu beherrschen – alles zu unterdrücken, was ich verbergen möchte –, aber da ist sie, die Nacktheit meines Gesichtsausdrucks, die sich in seinen Augen widerspiegelt.

«Was war dein Plan für mich?», frage ich, und es fällt mir nicht leicht zu atmen. «Gleich zu Anfang?»

«Ich ... habe dich einfach nur gewollt», gibt er zu, die Stimme ist rau, sein Blick bestätigt seine Worte. «Ich dachte, ich tue einfach alles, damit du dich mir gegenüber öffnest, und dabei habe ich versucht, mir einzureden, dass es im Sinne des Auftrags wäre. *Nur* im Sinne des Auftrags. Aber das war es nicht. Das war es nie. Bei den meisten Dingen ging es nur um ... dich.»

Augenblicklich verändert sich die Luft zwischen uns. Erhitzt sich. Ich trage meinen Pyjama, mein Haar ist zu einem strubbeligen Pferdeschwanz hochgebunden, Schweißperlen rinnen mir über das ungewaschene Gesicht. Nick kümmert das nicht. Da liegt ein unleugbarer Hunger in seinem Blick, der die Grenzen unseres Katz-und-Maus-Spiels überschreitet.

Oder vielleicht spielen wir jetzt ein neues Spiel.

Zögernd, mit pochendem Puls, antworte ich ihm mit einer Bewegung und lasse meine Fingerspitzen seinen Hals hinaufkrabbeln. Sie ziehen eine Linie über seine Kehle zu seinem Mund, und bald schon streiche ich mit einem Finger über seine Unterlippe, ziehe daran, bevor ich die Fingerspitze in seinen Mund gleiten lasse. Sein sanfter Biss schickt einen Stromstoß meinen Arm hinauf.

Keiner macht jetzt mehr Kampftraining. Niemand witzelt herum. Wir sind still bis auf unseren gemeinsamen Atem. Seine Lippen schließen sich um meinen Finger, saugen, und mir bleibt der Mund offen stehen. In diesem Moment wird mir klar: Ich bin nicht nur ein bisschen erregt. Ich bin *unglaublich erregt.*

Durch meine Pyjamahose hindurch spüre ich seine plötzliche Härte, und aus seiner Kehle dringt ein Knurren – dieses Mal deutet es auf eine andere Art von Frustration. Sanft ergreift Nick mein Handgelenk und legt sich meine Handfläche auf seine glatte Wange, dann setzt er sich auf und zieht mich auf seine Hüften. Ich habe gesehen, wie er sich bewegt. Gerade eben, als wir gekämpft haben. Ich habe gesehen, wie sein Körper funktioniert. All die straffen Konturen, die schlanken Muskelstränge. Und ich kann nicht anders, als mir vorzustellen, wie er sich auf mir bewegen würde.

Nick schluckt merklich, sein Adamsapfel hüpft auf und ab, und als ich den Kopf in den Nacken lege, zieht er mit dem Mund eine Spur über mein Schlüsselbein. Es ist hungrig. Sinnlich. Dies ist immer noch ein Spiel. Wer kann den anderen zuerst zum Stöhnen bringen. Wer bringt den anderen zum Betteln.

«Sydney», sagt Nick. Mein Name klingt zärtlich aus seinem Mund. «Ich will nicht mehr mit dir kämpfen.»

«Bist du dir sicher?», fragt Nick, als wir zurück im Hotelzimmer sind, und ein Muskel in seinem Kiefer zuckt ganz leicht. Ich nicke, und er kommt näher, seine Hüften oberhalb von meinen, er hebt die Hände, um seitlich mein Gesicht zu umfassen. Warme Finger. Zärtliche Berührung. Mit jeder kleinen Liebkosung prickelt mitten in meinem Bauch die Spannung. Dieses Freier-Fall-Gefühl. Springen. Wenn das kein Vertrauen ist, weiß ich nicht, was es sonst sein soll.

Mit einer langsamen Bewegung streicht Nick mit dem Daumen über meine Unterlippe, wie ich es im Fitnessraum bei ihm getan habe, seine Wimpern sind dunkel und blinzeln, und mein Atem stockt. Ich erschaudere beinahe. Mir wird unter Herzklopfen klar, dass Nick mich vielleicht besser kennt, als irgendein Mann das seit Jahren getan hat. Und das hier ist … nicht so wie zuvor. Nicht vor ein paar Tagen am Strand. Es gibt kein Zögern, keine Fragen, kein *Ist es für den Auftrag noch zu früh?*. Wir nutzen einen Kuss nicht als kalkulierte Tarnung. Als Nick sich vorbeugt, kann ich kaum denken, sein Atem ist heiß, als er meine Lippen teilt. Der Kuss ist zärtlich, drängend, als würde er sich Zeit lassen, obwohl er nicht annähernd genug davon hat. Und das macht mich noch hungriger. Instinktiv drücke ich den Rücken durch und presse mich an ihn, seine Hände legen sich um meinen Nacken, die Daumen graben sich in meine Wangen – und *mein Gott*, wie gut er schmeckt, nach der Zahnpasta, die wir beide benutzen.

Worte entschlüpfen mir. «Ich habe von dir geträumt. In der ersten Nacht.» Das entlockt ihm ein winziges Grinsen, ganz außen im Mundwinkel, den ich küsse, bevor ich sage: «Du warst unter der Dusche. Du hattest diesen Weihnachtspulli an.»

Er lacht, meine Hand streicht über seine Brust, und dann ist es, als würde er meine Gedanken lesen. Er packt mich an den Hüften und hebt mich auf die Kommode. «Das mit diesem Pulli war also kein Scherz», flüstert er, vergräbt das Gesicht an meinem Hals, seine Lippen bahnen sich einen Weg über meine Kehle. Gänsehaut breitet sich auf meinen Armen aus. Es ist die gute Sorte, die beste, die, die meinen Bauch und meine Oberschenkel hinunterwandert.

Es liegt eine Intensität in Nicks Augen, die ich noch nie gesehen habe, seine Pupillen weiten sich stetig. Irgendetwas in ihm … löst sich auf. Als Nick mich erneut küsst, ist es noch (wie soll ich es beschreiben?) gieriger. Das passende Wort ist *gieriger*. Er taucht ein, seine Zunge streicht gegen meine, und das ist eine ganz andere Art von Sparring. Ich weiß nicht, wer gewinnt, aber ich weiß, dass sich meine Muskeln überall gleichzeitig anspannen.

Nick küsst noch besser, als er kämpft.

Ich hebe beide Arme, damit er mir das Shirt ausziehen kann. Er zerrt daran, aber der Stoff ist zu eng, zu figurbetont, er bleibt unter meinen Achseln hängen, mein Kopf ist eingeklemmt wie bei einer Schildkröte, und wir müssen beide lachen. «Ich habe nicht nachgedacht», sage ich und befreie mich, was in mehr als nur einer Hinsicht zutrifft. Ich habe nicht gedacht, dass ich stecken bleiben würde. Habe nicht gedacht, dass wir das hier tun würden. Ich habe nicht einen Moment lang an etwas anderes gedacht als an ihn. In diesen Sekunden ist Nick Fraser allumfassend. Er füllt mein ganzes Gesichtsfeld aus: diese Wimpern, die Narbe, die ich mit dem Finger nachfahre, der Blick, den er mir zuwirft, jetzt, wo mein Shirt ausgezogen ist. Er gleitet an meinem Körper hinunter, über meinen Bauch, über die Spitze an meinem Mieder.

«Ich hatte nie auch nur eine Außenseiterchance, oder?», sagt Nick schwer atmend. In uns beiden steigt der Druck, und ich beginne, mich dasselbe im Hinblick auf mich selbst zu fragen. Wie konnte ich mir nur vormachen, dass ich mich nicht in die Zielperson verlieben würde, wo doch *er* die Zielperson war?

Hitze breitet sich in meinem Bauch aus, bahnt sich den Weg zwischen meine Beine, jeder Zentimeter von mir bettelt nach ihm. Ein Träger meines Mieders rutscht mir über die Schulter, Schwerkraft, Bewegung, und Nick stößt einen rauen Seufzer aus, hilft dem anderen Träger auf den Weg, bis Luft die harten Spitzen meiner Brustwarzen berührt, und – verdammt, es ist eiskalt in diesem Raum, aber Nicks Hand ist warm, als er mit der Handfläche eine meiner Brüste bedeckt und sich vorbeugt, um mit der Zunge über meine Brustwarze zu streichen.

Ich werde zu einer Flüssigkeit. Ich bin Schnee, der schmilzt.

«Gefällt dir das?», krächzt er, und ich wimmere: *Ja, total, ja.*

«Nur fürs Protokoll, Sydney», sagt er mit gefährlich tiefer Stimme, «wenn du am ersten Abend zu mir gekommen wärst und gesagt hättest, Zitat: ‹Nick, ich habe kein Höschen an, und ich will dich zwischen meinen Schenkeln spüren›, ja, das hätte eine Wirkung auf mich gehabt. Allein der Klang meines Namens auf deinen Lippen …»

«Gut zu wissen», hauche ich, während ich mit fast zitternden Händen nach seinem Hemd greife. Seine Finger zeichnen eine Linie über meine Wirbelsäule, die mir einen regelrechten Schauer über den Rücken jagt. Es ist rasend, lüstern, dann senkt er den Kopf und küsst die Sommersprossen unter meinen Brüsten, arbeitet sich über meinen Bauch nach unten vor. Am Taillenbund meines Pyjamas zögert er, als wollte er fragen: *Ist das okay? Darf ich?* Diesen starken Mann zwischen meinen Beinen zu haben, der zu mir aufblickt und mich um Erlaubnis bittet, ist bei Weitem das Heißeste, was ich je erlebt habe. «Wir können jederzeit aufhören», haucht er.

Sein Blick erforscht mein Gesicht, möglicherweise auf der Suche nach diesen nicht vorhandenen verräterischen Hinweisen. Aber ich will nicht aufhören. Ich will ihm dabei zusehen, wie er langsam meine Pyjamahose herunterzieht und feststellt, dass ich zwar ein Höschen trage, ihn aber auch ganz offensichtlich zwischen meinen Schenkeln haben will. Als Nick vollends auf die Knie fällt und die dünne Spitze zur Seite schiebt, bin ich klitschnass. «So gottverdammt sexy, Sydney», knurrt er, und ich kapiere es. Mein Name, sein Mund – ich kapiere es wirklich, wirklich. Dann küsst er mich, seine Zunge spaltet mich. Seine Lippen vibrieren gegen meine empfindlichste Stelle und lassen den Atem in meiner Brust schneller und schneller gehen.

Als er einen Finger in mich gleiten lässt, ist es der Himmel. Als er einen weiteren hineinsteckt, bäumen sich meine Hüften auf, ich will *mehr*. «Kondom?», stoße ich mit meiner inneren Stimme hervor.

«In meiner Brieftasche», sagt Nick heiser, dann scheint er sich zu fangen. «Das war nicht für dich bestimmt. Es war nicht für, ich meine, ich hatte nicht vor …»

«Ich weiß», keuche ich, als er aufsteht, um das Verhütungsmittel aus den Tiefen seines Parkas hervorzuholen, und ich seine Hose öffne, um meine Hand hineinzustecken. Nick schließt die Augen, als ich meine Finger um seine heiße Festigkeit schließe und langsam auf und ab gleiten lasse.

«Wenn du diesen Weihnachtspulli haben willst», sagt er durch zusammengebissene Zähne, «gehört er verdammt noch mal dir.»

«Ist notiert», hauche ich, schlucke, atme zitternd in seine Halsbeuge aus, und – *ach ja, das Kondom*. Ich schnappe es mir aus seiner Hand und reiße es auf, während Nick aus seiner Hose steigt und mit der Hand seine beachtliche Länge entlangfährt. «Mach das noch mal», sage ich, heiser, ein bisschen von Sinnen, weil ich sehen will, wie er sich selbst berührt, wenn niemand dabei ist. Diesmal greift er fester zu und streicht seinen Schwanz auf und ab, wobei sich ein paar Sehnen in seinem Nacken anspannen. Wenn ich diesen Mann nicht in mich hineinbekomme, besteht eine gute Chance, dass ich explodiere. Stirn an Stirn ziehe ich ihm das Kondom über. Seine Hände umschließen meinen Hintern und heben mich wieder auf die Kommode, während ich die Beine um ihn schlinge und ihn näher an mich ziehe. Unsere Nasen berühren sich, wir blicken beide nach unten, als er mit einem heftigen, köstlichen Stoß in mich gleitet.

«*Sydney*», sagt er im selben Moment, in dem ich «*Ja, Nick*» rufe.

Niemals. Es ist *niemals* so.

Normalerweise bin ich ganz in meinem Kopf und ziehe mich an den Ort zurück, an dem ich das Steuer in der Hand halte. Ich allein. Ich zeige nur das, was ich sehen lassen möchte. Oder ich bin oben, behalte die Kontrolle, und der Typ liegt nur da und schaut zu. Nick ist mitten im Getümmel. Er ist aktiv. Er hüllt mich so fest ein, und ich hülle ihn so fest ein, dass jeder Stoß seiner Hüften eine Offenbarung ist. Es ist ein verdammtes Geschenk.

Alles wird ein bisschen verschwommen. Ich weiß nicht einmal, woher sie kommen, diese neuen Geräusche, die ich plötzlich mache – irgendetwas zwischen einem Wimmern und einem Stöhnen, als würde Nick mich buchstäblich mit Luft füttern; ich kann nicht genug bekommen, ich empfange immer weiter. Leises Aufkeuchen. Lauteres Aufkeuchen. Meine Hände fahren durch sein Haar, das weich ist, so weich, sanfte Wellen, die zwischen meinen Fingern hervorfedern.

«Du bist nicht unnahbar», sagt Nick rau und stößt in mich, weshalb ich es fast überhöre. Was er gesagt hat. Das andere Geschenk, das er mir gemacht hat. «Das bist du nicht. Unnahbar. Sydney.»

Seine Lippen ziehen eine zarte Linie meinen Hals hinauf.

Und ich stürze über den Rand, meine Fingerspitzen graben sich tief in seine Haut. Wellen der Erleichterung erschüttern mein Inneres, und Nick stöhnt in meine Schulter und folgt mir in den Abgrund. Er zittert, seine Muskeln beben, sein Atem geht genauso unregelmäßig wie meiner, und ich klammere mich an ihn, als hätte ich Angst vor dem, was geschähe, wenn wir auseinandergetrieben werden.

Ich habe es schon immer gehasst, wie mein Körper auf einen Orgasmus reagiert – dieser unangenehme Kontrollverlust. Dieser Ansturm aufgestauter Gefühle. Bei anderen Typen kann ich mich dem entgegenstemmen. Ihn aufhalten. Wieder zu dieser kugelsicheren Sydney werden, die zur Tür der Bar hereinspaziert ist. Aber bei Nick? Ich übertreibe nicht, wenn ich sage, dass ich weinen möchte.

«Mir geht's gut», sage ich schnell und schüttle den Kopf, als er mir forschend ins Gesicht sieht. «Es war gut.» *Mehr als gut.* Ich bin kurz davor, das auszuführen, mich noch mehr zu öffnen, aber Humor ist sicherer. «Ich habe das mit dem Weihnachtspulli wirklich ernst gemeint.»

Nicks Lachen klingt rau und ungezwungen. Mit langsamen Bewegungen streicht er mir eine lose Haarsträhne hinters Ohr und streichelt mein Schlüsselbein, sein Atem gleitet in Wellen über meine Haut. «Nimm ihn. Er gehört dir.»

Ich lege das Kinn auf seine Schulter und … «Oh, shit.»

Nick macht einen Schritt rückwärts, seine Augen weiten sich. «Was?»

Ich drehe ihn an den Hüften herum, und mein Blick fällt auf die violette Spur von Blutergüssen entlang seiner Wirbelsäule. «Ich habe gedacht, du wärst eigentlich gar nicht verletzt. Das habe ich ernsthaft gedacht. Es tut mir so leid. Damit hast du mit mir einen Sparringskampf gemacht?»

Achselzuckend befingert er behutsam die Stelle. «Ich hatte schon Schlimmeres.»

Mein Herz macht einen großen, unbehaglichen Sprung. «Warum hast du nichts gesagt?»

«Abgesehen von *Autsch, mein Hintern*?»

«Ich meinte heute Abend.»

Er zuckt wieder mit den Schultern. «Ich wollte nicht.»

In diesem Moment *plingt* mein Telefon. Endlich. Endlich eine Nachricht von Gail. Irgendwas Neues über den Maulwurf beim FBI? Nick und ich schrecken beide auf, was uns aus unserer Benommenheit reißt, und ich stürze zu meinem Telefon auf dem Nachttisch und wische über das Display, um …

… zu erfahren, dass das Dishies, das italienische Restaurant in Cape Hathaway, im neuen Jahr endlich Pizza anbietet. Unerklärlicherweise bekomme ich einen Coupon mit einem tanzenden Biber darauf. Ich bin mir nicht einmal sicher, woher sie meine Nummer haben.

Ich atme tief ein und wieder aus. «Falscher Alarm.»

Nick streicht sich mit der Hand über die Stirn. «Vielleicht sollten wir … vielleicht sollten wir wirklich versuchen zu schlafen. In diesem Zustand sind wir zu nichts nutze.»

«Ja», sage ich schnell, «ja, okay.»

Ich habe nach dem Sex noch nie eine Nachbesprechung gebraucht. Hatte nie das Bedürfnis, da zu bleiben und die Einzelheiten der Situation durchzuhecheln, weil es keine Einzelheiten gab. Es war klar, was danach passieren würde. Ich würde nach

Hause gehen. Zurück in meine Wohnung oder mein Hotelzimmer. Mich ohne Komplikationen wieder der Arbeit widmen. Erst die Mission. Erst der Job. Aber jetzt frage ich mich: *Was passiert als Nächstes?* Wie geht es jetzt weiter?

Was war das für mich? Was hat es Nick bedeutet?

Ich frage nicht. Wir werfen einander einen letzten atemlosen Blick zu, bevor wir durchs Zimmer gehen, unsere Kleider zusammensuchen und sie mit unterschiedlicher Effizienz überziehen, ich mein Shirt zuerst verkehrt herum. Ich drehe es um und springe gleichzeitig in meine Pyjamahose, während Nick den Bund seiner Jogginghose zubindet. Ich bemerke, dass er ebenso unsicher auf den Beinen ist wie ich, genauso zittrig und eingehüllt in diese Benommenheit nach dem Sex. Ohne ein Wort darüber zu verlieren, nimmt keiner von uns den Boden oder die Couch. Wir schlüpfen einfach unter die kühlen Hotellaken und löschen das Licht.

Zum ersten Mal bin ich in einem Hotelzimmer und muss nicht wegen der Stimmen den Fernseher anlassen.

Jemand ist bei mir, als ich in einen unruhigen Schlaf falle.

15

Am Morgen stehen wir viel zu früh auf und sind unruhig. Eine Stunde bringen wir damit zu, Fallakten durchzublättern und die uns bekannten Kumpane von Vinny zu überprüfen, bevor Nick mich fragt, ob er mich auf ein schnelles Frühstück einladen kann.

Ich habe noch nie, nicht ein einziges Mal in meinem Leben, zu einem Frühstück Nein gesagt.

Der Diner am Ende der Straße ist zufällig meine liebste Sorte von Restaurant: eines, an dem die Tische so mit Ahornsirup verklebt sind, dass man es nicht riskiert, die Handflächen flach auf den Tisch zu legen, weil man sie vielleicht nie wieder abbekommen würde. Der Raum ist mit Essnischen aus grünem Vinyl und einer Theke ausgestattet, und auf der Tafel sind sieben verschiedene Kuchensorten aufgelistet – von Blaubeer bis Rhabarber. Nick und ich bestellen zwei riesige Frühstücksmenüs: Hummeromeletts, Hash Browns, Tassen mit dampfendem Kaffee und Bananencremetorte. Es ist angemessen, morgens um sechs Uhr Kuchen zu bestellen, wenn man sorgenvoll auf Nachrichten wartet. (Oder ehrlich gesagt, jederzeit.)

Das Essen wird auf dicken Keramiktellern serviert und mit einem Klappern auf dem Tisch abgestellt.

«Versteh das jetzt bitte nicht falsch …», sagt Nick.

«Das ist mein liebster Eröffnungssatz aus dem Mund eines Typen», sage ich, nehme einen brühend heißen Schluck Kaffee und mache mich bereit, meine Verteidigung wieder hochzufahren. «Vor allem dann, wenn er mit mir schläft.»

Nick schüttelt hastig den Kopf und versenkt seine Blechgabel in seinem Omelett. «Es ist nichts Schlechtes. Überhaupt nicht. Als wir gekämpft haben, war ich überrascht, wie stark du bist. Du bist *wirklich* stark.»

Schwungvoll lade ich einen Bissen von meinem eigenen Frühstück auf meine Gabel. «Ich kann meine Einkäufe alle auf einmal tragen.»

Nick blinzelt. «Ich glaube, das ist das Beeindruckendste, was du jemals zu mir gesagt hast.» Er wirft einen Blick auf die Wanduhr. «Zehn Minuten?»

Als wir das Hotel verlassen haben, befürchtete ich, dass das Spiel wirklich vorüber sein könnte. *Gestern Nacht* herrschte Ehrlichkeit. Nicks Körper um meinen geschlungen. Nackte Ehrlichkeit in ihrer nackten Form.

Ich kaue meine Eier. «Sagen wir fünfzehn.»

Wir fahren damit fort, uns gegenseitig zu enträtseln, nach und nach, bis unsere Omeletts längst kalt sind. Die Kellnerin schenkt uns Kaffee nach, ein schwirrendes Gefühl entsteht in meinen Gliedmaßen, und mir fällt wieder ein, was es bedeutet, einen Menschen jenseits einer Akte zu verstehen. Er weiß jetzt, dass ich regelmäßig «die älteste Dogge der Welt» google, um mir hoffnungsvoll auszurechnen, wie viele Jahre mit Sweetie Pie uns noch bleiben. Ich weiß jetzt, dass er einen Hund adoptieren will – einen älteren mit trüben Augen – und ihm die besten letzten Lebensjahre schenken möchte. «Ich hätte gern, dass jemand das für mich tut», erklärt er, «wenn ich ein Hund wäre.»

Und das gefällt mir. *Wenn ich ein Hund wäre.*

Auf der Fahrt nach Hause lasse ich tatsächlich ihn fahren. Und einen neuen Radiosender einstellen. Zweimal. Er sucht eine Sendung mit Weihnachtsmusik im Folk-Stil aus, ein Bob-Dylan-Imitator schmettert aus rauer Kehle «Feliz Navidad», und ich verbringe meine Zeit damit, die Aufzeichnung der Überwachung des Geschenkeladens durchzuspulen (darauf ist ein Steg am Wasser zu sehen, den ich heranzoome, ohne Ergebnis). Ich zucke zusammen, als wir in der Auffahrt zum Stehen kommen.

«Zuhause», sagt Nick und stellt den Motor ab, und mir wird wieder bewusst, wie seltsam das alles ist. Vor drei Tagen war ich bereit, ihn aus der Dusche heraus anzuspringen, und jetzt – was? Als ich ihm vom Beifahrersitz aus einen langen Seitenblick zuwerfe, verleiht ihm das bereifte Fenster einen Glorienschein, taucht ihn in ein helles, kaltes Licht. Er sieht wunderschön aus. Das meine ich ohne jeden Sarkasmus. Ich meine es so voll und ganz, wie ich je etwas gemeint habe.

«Ich hole meine Tasche», sage ich mit krächzender Stimme, schaue auf mein Telefon und räuspere mir den Schlaf aus dem Hals.

Man sagt über Spione, dass sie nach einer langen Undercover-Mission «aus der Kälte kommen». Das Gelände ist gefühlsmäßig schneegepeitscht, tückisch. Wenn man nicht ausgesprochen vorsichtig ist, kann man sich Erfrierungen holen. Daran denke ich jetzt, während noch immer ein kalter Schweißfilm meinen Rücken bedeckt und wir den vom Schnee verwehten Fußspuren zurück ins Haus folgen, wo die Heizung aufgedreht ist, der Weihnachtsschmuck am Baum glitzert.

Dies ist der wärmste Ort, den man sich vorstellen kann.

Ich bin immer noch … am Kämpfen, nicht wahr? Ich übersehe etwas, oder? Der Lieferwagen, der Geschenkeladen, das C4, der Maulwurf beim FBI. Ich ziehe mein Handy aus der Jackentasche, schreibe eine Nachricht an Sandeep, meinen Führungsoffizier bei der CIA, und bitte ihn, mir einen Gefallen zu tun. Er schuldet mir einen. Ich war der einzige Mensch, der im mazedonischen Bahnhof mit ihm Scrabble gespielt hat. Sandeep ist Scrabble-Fanatiker.

In der Küche erwarte ich das harte Klopfen von Sweetie Pies Pfoten, doch da liegt ein hellblauer Post-it-Zettel mit Grandma Rubys Handschrift. Darauf steht, dass sie mit Sweetie Pie einen langen Strandspaziergang macht.

«Ich kann uns einen Kaffee kochen», biete ich Nick an und versuche, meinen Verstand klar zu bekommen. Für den Fall. Für uns. Um herauszufinden, wie es mit Nick und mir weitergeht. Denn ich wohne in Washington, D.C., Nick lebt in Boston. Er ist verdeckter Ermittler. Ich bin andauernd auf Reisen. Es würde niemals funktionieren.

Aber seine Worte pflügen wieder durch mich hindurch, in einer Endlosschleife: *Das bist du nicht. Unnahbar. Sydney.*

«Ja, danke», sagt Nick, und es erinnert mich an unser erstes Gespräch in der Küche, als ich ihm diesen Lebkuchen angeboten habe und er nicht so recht wusste, was er als Nächstes sagen sollte. Diese Ungewissheit pulsiert zwischen uns. «Soll ich unser Gepäck nach oben bringen?»

«Okay. Gut. Danke.»

Nick bleibt neben der Kaffeemaschine stehen, als wollte er unbedingt noch etwas hinzufügen – und ich warte darauf. Warte weiter darauf. Aber es kommt nichts. Er schnappt sich einfach unser Gepäck und geht die Treppe hinauf, und ich bleibe in der Küche zurück, wo ich Klumpen von frisch gemahlenem Espresso in die Maschine löffele.

Das Festnetztelefon klingelt.

Gedankenverloren gehe ich ran. «Hallo?»

«Ruby?», ertönt eine Stimme am anderen Ende der Leitung.

Ich erkenne sie sofort. Jede Zelle in meinem Körper erkennt sie. Er klingt älter, mürrischer, aber er ist es. Es raubt mir den Atem. Mein Dad. Mein Vater, der mich kennen sollte, aber nicht einmal den Klang meiner Stimme erkennt.

Er hält mich für meine Großmutter.

Ich sage nichts. Ich kann nicht. Bringe kein Wort heraus. Mein Hals brennt. Ich stütze mich mit einer Hand auf der Arbeitsplatte ab. Darauf bin ich nicht vorbereitet. Nach all den Jahren …

Ihm scheint nicht aufzufallen, dass ich nicht geantwortet habe. Dass Ruby nicht geantwortet hat. Er redet einfach weiter. «Hör mal, ich … ich bin's, Dean.» Sein Ton ist rau, knorrig, er klingt, als würde er zwischen Zweigen hindurch sprechen. Ich habe meinen Dad beinahe überlebensgroß in Erinnerung, aber dieser Mann? Dieser Mann klingt so klein. «Ich weiß, wir haben …» An der Stelle atmet Dad tief durch. «Ich weiß, wir haben eine Weile nicht miteinander gesprochen, aber Calla hat angerufen und mir eine Nachricht hinterlassen. Beim Geschäftsführer des Campingplatzes. Er hat sie mir übermittelt, und es tut mir leid. Es tut mir einfach so leid, aber ich …»

Ich knalle den Hörer auf die Gabel, die Augen glasig, mein Puls hämmert, und …

Er kommt nicht zur Hochzeit. Calla hat ihn angerufen, und er kommt nicht zur Hochzeit. Er wird sie enttäuschen, und ich – ich weiß nicht einmal, was ich zu ihm sagen soll. Was ich jetzt fühlen soll. Was ich fühlen soll außer der Übelkeit, die in mir aufsteigt.

Dad. Ich habe gerade meinen Dad gehört.

Und er hat sich nicht an dich erinnert, Sydney.

In der Auffahrt schlägt eine Autotür zu.

Sekunden später stürmt Calla durch die Waschküche herein,

ihre Stiefel donnern über die Fliesen. In meinen Ohren hämmert mein Herzschlag, aber durch das *bum-bum-bum* hindurch nehme ich es trotzdem wahr: das leichte Stampfen. Sie ist zu steif. Untypisch still. Als sie mich erblickt, ringt sie sich ein Lächeln ab, dann reißt sie den Kühlschrank auf, holt Cider heraus und nimmt einen Schluck direkt aus der Flasche. Und ich muss es ihr sagen. Ich muss ihr sagen, dass Dad angerufen hat.

Aber wie … wie soll ich … wie soll ich die Worte überhaupt über die Lippen bringen? Was soll ich sagen? Wie sage ich ihr, dass er sie wieder enttäuschen wird? Wieder und wieder und wieder. Ich hole einfach tief Luft durch die Nase, wische mir die Augen und frage: «Wie war eure Fahrt?» Das ist eben das Ergebnis von Training. Ich bin fast überrascht, wie gut ich bin. Wie normal meine Stimme klingt, obwohl alles in mir zittert.

«Viel Verkehr», sagt Calla, stößt scharf Luft aus und wischt sich mit dem Handrücken über den Mund. Ihre Locken kringeln sich mit deutlich weniger Spannkraft als sonst; die Schneemänner, die von ihren Ohren herabbaumeln, sehen fast so aus, als würden sie schmelzen.

In meinem Hals hat sich ein großer Kloß gebildet, den ich nicht hinunterschlucken kann.

Calla stellt den Cider zurück in den Kühlschrank. Er schwappt, als sie ihn zwischen zwei elegante Hochzeitsweinflaschen in die Tür rammt. Es ist Sekt, kalifornischer.

Als sie sich umdreht, um mich anzusehen, dort in der Küche, versetzt mir eine andere Erinnerung einen Schlag ins Gesicht. Ich erlebe alles noch einmal. Plötzlich sind wir Kinder. Elf und neun. Dad dekoriert draußen gerade den Vorgarten. An der Frühstückstheke haben wir Sting aufgedreht, so laut das Radio es erlaubt, schlagen wie Vögel mit den Armen und tun so, als wären wir *in a field of gold*. Es ist Weihnachtszeit. Ich tanze humpelnd, weil meine Knie bandagiert sind. (Es hat sich herausgestellt, dass es eine riskante Idee ist, mit dem Fahrrad auf einer vereisten Straße zu fahren, wenn der eigene Vater es einem ausdrücklich verboten hat). Unter den Verbänden klebt fleischiger brauner Schorf. Am liebsten würde ich ihn anheben und einen Blick darunter werfen; ich frage mich, wie weit ich in mich hineinsehen kann, ob ich das Weiße der Knochen sehen kann, das mir wie Fischschuppen entgegenglänzt. Calla, die kleiner und weiser ist, schlägt leicht meine Hand zur Seite. *«Hör auf.»*

«Das ist nicht eklig!»

«Doch!»

«Ist es nicht!»

«Es muss *heilen*, Sydney.» Ihr Gesicht ist so winzig und so ernst und …

Von meinem Nacken aus breiten sich Nadelstiche aus. Winzige Lichtblitze explodieren in meinen Augenwinkeln. Mir wird etwas klar. Seit Jahren rede ich mir ein, dass ich zu tun habe – ich habe einfach so viel zu tun mit der Arbeit, mit den Auslandseinsätzen und den ausländischen Spionen –, und es stimmt. Ich habe viel zu tun. Aber ich habe auch selbst dafür gesorgt, dass ich so beschäftigt bin. Ich bin dafür verantwortlich. Die CIA hat mir nicht gedroht: «Komm zu uns, sonst …» Jedes Mal, wenn meine Schwester anrief, war *ich* dafür verantwortlich, nicht ans Telefon gegangen zu sein.

Die CIA war keine Flucht vor meiner Familie.

Das habe ich mir auch gesagt.

Aber war sie das wirklich nicht? Ein bisschen? Hat es sich nicht manchmal gut angefühlt, mich zu schützen, nicht nur vor der Welt, sondern auch vor *ihnen*? Vor all den Erinnerungen in diesem Haus? Vor dem Gedanken, dass ich vielleicht gar niemandem vertrauen kann – nicht einmal den Menschen, die ich liebe? Und dann hat sich alles einfach ... gesteigert. All die Jahre, in denen ich Calla beschützt habe, all die Jahre, in denen ich sie nah bei mir behalten und mich nie wirklich mit meiner Trauer auseinandergesetzt habe.

Genauso, wie Dad sich nicht mit seiner auseinandergesetzt hat.

Vielleicht hatte er Angst, uns nahe zu sein. Vielleicht war das wirklich so. Vielleicht hat er seine Frau begraben und seine Mädchen angesehen und sich gesagt: «Ich werde für euch stark sein», bis er nicht mehr konnte, bis er nicht mehr wusste, wie er es anstellen sollte. Er hat es unterdrückt. Ich habe es unterdrückt. Er ist geflohen. Ich bin geflohen.

Wie konnte ich Calla nur so verletzen? Wie konnte ich nur so eine Schwester sein?

Was zum Teufel habe ich gemacht?

Johnny stapft als Nächstes durch die Waschküche. Keine Taschen. Keine Koffer. Sie haben sie im Escalade gelassen. Was bedeutet, dass er noch geparkt hat, als Calla davongestürmt ist. Hatten sie einen Streit? Worüber?

Ich stehe regungslos da wie ein Rentier im Scheinwerferlicht, Gedanken rasen durch meinen Kopf. *Mein Dad und ich, wir sind gleich. Wir sind gleich. Mein Gott, wir sind gleich.* Und ich habe sie wieder im Stich gelassen. Calla. Ich habe sie im Stich gelassen, weil ich es ihr nicht gesagt, sie nicht eingeweiht habe. Dad hätte sich für uns entscheiden sollen. Und ich hätte mich für meine Schwester entscheiden sollen.

«Calla, du kannst nicht einfach so davonlaufen, wenn ...» Als Johnny mich bemerkt, bleibt er abrupt stehen, seine Nasenflügel blähen sich, und ich winke ihm kurz angebunden zu. Er schluckt. «Hi, Sydney.»

Ich kann kaum sprechen. Kaum atmen. Die Person, die die Wahrheit am nötigsten hat – die die Wahrheit am meisten verdient hätte –, kennt sie nicht. «Hey, Johnny.»

«Würdest du uns bitte kurz allein lassen?», fragt er nicht besonders unhöflich, es ist nur anmaßend, mich aus der Küche zu werfen, meiner Küche, die *er* gerade betreten hat. Er stemmt beide Hände in die Hüften und …

Ich habe Calla nichts über Johnny erzählt.

Du hast es deiner Schwester nicht gesagt, Sydney.

Ich bin in diese Weihnachtstage als CIA-Agentin hineingegangen. Als Spionin. Ich habe den Urlaub nicht als *Schwester* angetreten. Plötzlich kann ich mein Gesicht nicht mehr spüren. Mit gemessenen Atemzügen beginne ich, die Kaffeetüte zuzumachen, und ersticke an meinen Worten.

Calla hat dieses Problem nicht. Sie hat ihre Worte zur Hand. Sie faucht. «Das ist *ihre* Küche, Johnny. Kapierst du das? Das ist unser Haus. Nicht alles gehört dir!»

«Baby, du bist nur gestresst», sagt Johnny und fährt sich mit der Hand über die Stirn. Bäh, das *Baby*. Die Herablassung. Das *nur*. «Du musst dich entspannen. Willst du dich nicht hinlegen oder so? Du könntest … du könntest dir die Nägel machen lassen.»

Diesmal habe ich mich nicht im Griff. Mein Kopf fährt herum, die Pupillen hart und vollkommen lesbar.

«Schau ihn nicht so an, Sydney», schnauzt Calla, öffnet erneut den Kühlschrank, schnappt sich die Flasche Cider und drückt sie an ihre Brust wie ein Neugeborenes. «Ich gehe nach oben.» Den letzten Satz sagt sie mit einem kaum verborgenen Zittern in der Stimme, dann macht sie sich aus dem Staub.

Jetzt sind nur noch Johnny und ich da. Ich lächle ihn äußerst geradlinig an.

Er schiebt sich die Zunge in die Wange. «Weißt du, worum es ging?»

«Nein», sage ich und füge mit den Augen hinzu: *Aber ich wette, du schon.*

Jedes Jahr in den Tagen vor Weihnachten, wenn sich auf dem Schnee eine eisige Kruste gebildet hat, versammelt sich der halbe Ort auf dem zugefrorenen See in der Nähe von Al's Hummerbude nachmittags zum Schlittschuhlaufen. Das Hockeytraining ist gerade zu Ende, die Spieler haben ihre Schläger gegen Pappteller am Kekstisch eingetauscht, und mein Hals war noch nie so zugeschnürt. Wir wollten uns hier mit Grandma Ruby treffen, aber ich hänge in einer Gedankenschleife fest. *Du hast es Calla nicht gesagt. Du hast es deiner Schwester nicht gesagt. Du bist eine schlechte Schwester. Du bist die allerschlimmste Schwester. Bei dieser Mission geht es um deine Schwester, aber du hast die Mission vor deine Schwester gesetzt! Du hast ihr die CIA vorgezogen. Du hast ihr das FBI vorgezogen. Du hast dich nicht für sie entschieden, genau wie dein Dad sich nicht für sie entschieden hat.*

Und ich habe damit zu kämpfen, kann nicht glauben, dass ich das getan habe. Ich. Ich bin in Dads Fußstapfen getreten, obwohl ich mir sicher war, dass ich meinen eigenen Weg gehe.

Nachdem Johnny die Koffer holen gegangen war, nahm ich zwei Treppenstufen auf einmal und klopfte an Callas Tür. «Calla Lilly? Hier ist Sydney. Kannst du bitte aufmachen?»

Sie antwortete nicht. Ein weiteres Klopfen, keine Reaktion. Ich versuchte, am Türknauf zu drehen. Abgeschlossen. Ignorierte sie mich? Oder hatte sie ihre Kopfhörer auf und machte ein Nickerchen? Als ich ihr eine Nachricht schrieb, wechselte die Anzeige nicht von *zugestellt* zu *gelesen*. Also gut. Das war okay. Völlig in Ordnung. Ich sollte ohnehin alleine mit ihr sprechen. Ohne dass Johnny sich in der Nähe herumtrieb. Ohne dass Gail durch die Wände hindurch lauschte. *Gail.* Gail und ihre Perücke und ihre Krabbenpuffer. Sie wird ausrasten, wenn ich es Calla sage. *Werde ich es Calla sagen?*

Im Augenblick stehe ich nur hier vor der Eisfläche. Ich kann mich anscheinend nicht bewegen. Nick, der in der Nähe des Parkplatzes auf Schlittschuhen herumgleitet, neigt den Kopf in meine Richtung, und mein Herz zieht sich zusammen. Diese Momente mit ihm im Ocean Harbor Inn gehen mir durch den Kopf – der Druck seines Körpers, wie sich seine Finger, kurz bevor ich einschlief, mit meinen verschränkten –, und ich habe das Gefühl, mein inneres Gleichgewicht verloren zu haben. Fühle mich aus dem Lot. Mein Vertrauensproblem, das hatte immer mit meinem Dad zu tun. Es hatte nie mit Calla zu tun.

So etwas hat sie von mir nicht verdient.

Sie hat eine bessere Schwester verdient.

Kann ich das wiedergutmachen? Ist es zu spät?

Ich binde die Schnürsenkel meiner alten Eishockey-Schlittschuhe zu, betrete das Eis und gleite zu Calla auf der Südseite des Sees hinüber. Sie zeigt einem unserer Nachbarn ihren Verlobungsring, und zwar mit etwa dreißig Prozent weniger Begeisterung als mir. Als ich ihren Blick auffange, deute ich mit dem Kopf zur Mitte der Eisfläche. *Läufst du mit mir? Bitte? Lieber Gott, bitte?* Sie wirft mir einen seltsam misstrauischen Blick zu, zieht dann ihren Fäustling wieder an, beendet mit Anmut ihre Unterhaltung und gesellt sich auf dem Eis zu mir, wobei wir mit den Spitzen unserer Schlittschuhe fast zusammenstoßen. Außer uns laufen noch mindestens dreißig andere Leute Schlittschuh, einige langsam und wackelig, andere düsen an uns vorbei. Wir laufen auf die andere Seeseite, fort von Johnny. Johnny, der am Plätzchentisch steht. Mampfend.

«Ich habe vorhin versucht, mit dir zu reden», setze ich an. Hier, an diesem öffentlichen Ort, kann ich es ihr nicht beibringen, aber ich kann dafür den Boden bereiten. Kann damit anfangen, Wiedergutmachung zu leisten für das, was ich getan habe.

Aus irgendeinem Grund lacht Calla. Es ist ein trockenes Lachen. «Das ist aber das erste Mal.» Ihre Worte knacken spröde zwischen uns. Das ist mehr als eine Reaktion auf Johnny, oder? Auf das, was im Auto passiert ist. «Habe ich etwas Falsches gesagt, Sydney? Ich zerbreche mir darüber seit drei Jahren den Kopf und versuche zu begreifen, warum wir nicht mehr so miteinander reden wie früher. Du schreibst mir, als würdest du einen Termin beim Zahnarzt vereinbaren. Als würdest du eine Formalität erledigen, um die du dich alle sechs Monate kümmern musst, und die vielleicht ein bisschen unangenehm ist.»

Sie schlägt mir damit die Luft aus der Brust. Sie hätte mir mit ihrem Schlittschuh gegen das Schienbein treten können, es hätte vermutlich genauso wehgetan. «Es tut mir aufrichtig leid, dass ich …»

«Ich weiß schon, was du mir gleich sagen willst», wehrt Calla mit unbewegter Stimme ab.

«Wirklich?» Irgendwie bezweifle ich das. Ich muss das wirklich, wirklich bezweifeln. Die Alternative wäre, dass sie tatsächlich weiß, wer ihr Verlobter ist.

«Ja.» Sie bleibt stehen, fährt zu mir herum, ihre Kufen graben sich ins Eis. Ihre Gesichtsmuskulatur spannt sich an. «Du magst Johnny nicht.»

Also, da liegt sie richtig. Beim Ausatmen fährt es mir in den Nacken, kalte Luft schnappt nach meinen Wimpern. Ehrlichkeit. Der Anfang davon. Los geht's. «Stimmt.»

Calla zieht den Kopf zurück. «Ich bin tatsächlich fast schockiert, dass du dich deswegen nicht mit mir streitest oder es leugnest oder … wenigstens so aussiehst, als würdest du es bedauern.» Schmerz malt sich auf ihre Züge. «Ich finde es einfach nicht fair, dass du wieder in mein Leben marschieren und über meinen Verlobten urteilen darfst, und weswegen? Weil er Karaoke mag? Weil er deinen Bademantel anhatte?»

«Du kannst dir nicht vorstellen, dass es tiefer geht als das?» Ich wickele mir den Wollschal vom Hals, es fühlt sich so an, als wollte er mich erwürgen.

Calla läuft schneller, ihre Kufen schlitzen das Eis auf. «Ich denke Folgendes. Ich glaube, dass ich vor drei Monaten jemandem begegnet bin, der sehr wahrscheinlich großartig ist …»

Sehr wahrscheinlich?

«Und dieser Mensch kennt mich vielleicht sogar besser als du. Die, die ich *jetzt* bin, und – warte, lass mich ausreden!»

«Ich habe gar nichts gesagt!», rufe ich, und die Anspannung zwischen uns steigt.

«Aber du wolltest!», sagt Calla verärgert. Wir sind bis zum entfernten Ende des Sees gelaufen, das von eisverkrusteten Bäumen gesäumt ist. Als sie am Ufer zum Stehen kommt, stoße ich fast mit ihr zusammen. «Hör zu. Ich liebe dich. Das ist es, was du nicht zu begreifen scheinst. Ich *liebe* dich. Ich würde alles für dich tun, und das hier ist keine gleichberechtigte Beziehung. Ist es nicht. Ich habe das Gefühl, dass ich ständig gebe und die Hand hinhalte und du sie zur Seite schlägst.»

In meinem Bauch tummeln sich Aale. Der Schnee, der sich auf meinem Kragen angehäuft hat, beginnt zu schmelzen und rieselt mir kalt den Rücken hinunter. «Es tut mir leid, dass ich dir jemals das Gefühl gegeben habe …»

Calla scheint das nicht hören zu wollen. «Ich weiß, dass Nick attraktiv ist. Kapiert. Ich habe Augen im Kopf. Aber wir haben dieses Weihnachten kaum Zeit miteinander verbracht, und ich habe versucht, so zu tun, als wollten wir das beide so haben – oh, ha-ha, Sydney hat uns gerade alle überrascht, aber ich habe mein eigenes Leben, ich brauche sie nicht wirklich. Aber ich *brauche* dich, Sydney. Ich habe dich immer gebraucht. Auch für die kleinen Dinge, wie wenn du mich daran erinnerst, meinen Reifendruck zu überprüfen. So was hast du immer gemacht, diese schwesterlichen Dinge, mit denen du mir gezeigt hast, dass du da bist, falls ich ins Straucheln komme, aber du bist schon seit Jahren nicht mehr da. Weißt du, wer da war? Johnny.»

«Calla», hauche ich, obwohl in meinem Brustkorb fast keine Luft dafür ist. Ich dachte nicht … ich dachte nicht, dass sie diese kleinen Dinge wirklich bemerkt hat. Aber natürlich hat sie das, und ich … ich habe uns zerbrochen. Ich habe uns auf dieselbe Weise zerbrochen, wie Dad uns zerbrochen hat, oder nicht?

«Gestern Abend war mein Junggesellinnenabschied», sagt Calla, und ihre Stimme bricht. «Du bist meine Trauzeugin. Du hast den halben Abend mit Vinny geredet. Mit *Vinny*!» Sie wird etwas lauter, aber wir sind außer Hörweite. Viele Meter von Johnny entfernt.

Ich schlucke und stähle mich. «Dafür gab es einen Grund.»

Darauf sagt Calla nichts.

Ich fahre fort. «Es gibt auch einen Grund dafür, warum ich dieses Weihnachten hier bin. Es ist … ein anderer als der, den ich dir genannt habe.»

«Na ja, du hast mir gar keine Gründe genannt, also …»

«Ich habe versucht, dich zu beschützen.»

«Wovor?», spottet sie und verschränkt die Arme. «Du behandelst mich wie ein kostbares, zerbrechliches Ding, aber weißt du was? Es ist *schwer*, Pädagogin in einer Grundschule zu sein. Es ist schwer, darüber nachzudenken, in was für einer Welt meine Kinder aufwachsen werden, und es ist wirklich schwer zu erkennen, dass ich manchmal nichts tun kann, um sie zu schützen. Jeden Tag gehe ich in dieses Klassenzimmer und kämpfe um sie. Und niemand zollt mir dafür genügend Anerkennung. Ich werde nicht zerbrechen, Sydney. Wenn das so wäre, wäre ich schon vor langer Zeit zerbrochen. Zum Beispiel, als ich alle anderen mit ihren Müttern gesehen habe und wir keine hatten. Oder als Dad gemacht hat, was er gemacht hat. Ich brauche dich vielleicht, aber ich brauche dich nicht, um mich zu beschützen. Begreifst du den Unterschied?»

Das haut mich um. Denn plötzlich begreife ich es. Da ist Wildheit in ihren Augen, sie hat buchstäbliche Klingen unter ihren Füßen. Vielleicht habe ich Calla nicht genug zugetraut? In vielerlei Hinsicht.

Ich richte mich auf, mein Puls dröhnt in meinen Ohren. «Wenn ich sage, was ich gleich sagen werde, darfst du nicht erkennbar reagieren.»

Calla verschränkt ihre Arme noch fester. «Okay, jetzt musst du es sagen. Sag es jetzt sofort.»

«Du musst es mir versprechen.»

«Sydney!»

«Okay.» Ich atme scharf aus und spucke es aus. «Dein Verlobter ist ein Gangsterboss.»

Es kommt nicht an. Es darf nicht ankommen. Sie kneift ein Auge zu. «Wie bitte?»

Ich hole wieder Luft. «Dein Verlobter ist ein Gangsterboss.»

«*Was?*»

«Johnny, dein Verlobter, ist ein …»

«Hör auf, immer wieder das Gleiche zu sagen», explodiert sie viel zu laut. Ein Schlittschuhläufer, der ein paar Meter entfernt übers Eis gleitet, wird langsamer und schaut zu uns herüber. «Ich verstehe die Worte, die aus deinem Mund kommen. Das ist nicht das Problem. Ich weiß nur nicht … Ist das eine Art ausgeklügelter Hochzeitsstreich, den ich nicht kapiere?»

Ich habe einen sauren Geschmack im Mund. «Nein. Es ist die Wahrheit. Der Familie Jones gehört nicht nur eine Cafékette. Das sind Kriminelle. Sie haben eine Reihe von Raubüberfällen im ganzen Land und in Kanada angezettelt, und sie planen gerade einen weiteren, viel größeren, und zwar am ersten Weihnachtsfeiertag, genau dann, wenn ihr …»

«Nein», sagt Calla und schüttelt entschieden den Kopf. Sie weiß es nicht. *Sie weiß es nicht, oder?* Ihr Gesicht ist ein offenes Buch, und ausnahmsweise traue ich mir selbst voll und ganz. Meinem Bauchgefühl, meinem Instinkt in Bezug auf einen Menschen, den ich liebe. Es ist mir peinlich – ich bin entsetzt –, wie viel Erleichterung ich verspüre. «Nein, das ist … Das ist unmöglich.»

«Das habe ich auch gesagt, als ich davon erfahren habe.»

«Und wie hast du davon ‹erfahren›?», fragt sie und malt mit ihren Fäustlingen übertriebene Anführungszeichen in die Luft.

Ein weiterer tiefer Atemzug. Eine weitere Wahrheit. «Ich bin bei der CIA.»

Calla lacht belustigt. «Nein, bist du nicht.»

«Cal. Das bin ich.»

«Syd», sagt sie. «Bist du *nicht.* Du bist Bildungsforscherin. Ich habe deine Arbeiten gelesen. Ich bin an deinem Büro vorbeigefahren. Mit dem großen Schild! Gleich am Highway! Du bist …» Sie mustert mich, und verschiedene Anflüge von Erschrockenheit huschen über ihr Gesicht. «Du hast dir doch nicht den Kopf gestoßen oder so? Als Nick auf dem Glatteis ausgerutscht ist? Ich dachte, du hast gesagt, du wärst …»

«Ich habe mir nicht den Kopf gestoßen. Calla, denk nach.» Instinktiv lege ich ihr meine behandschuhten Hände auf die Schultern, und ich schaue ihr tief in die Augen. «Ich bin die ganze Zeit fort. Du weißt so gut wie nichts über mein Leben in den letzten drei Jahren. Ich lebe in Washington, D.C. Ich arbeite für die Regierung. Ich kann, ohne zu blinzeln, einen Zweihundertfünfzig-Pfund-Typen zu Boden werfen.»

«Weil du einen Selbstverteidigungskurs gemacht hast», sagt sie regungslos.

«Weil ich bei der CIA bin.»

Eine einzelne Schneeflocke platscht auf Callas Wange.

«Das fühlt sich verdächtig so an wie die Szene, in der Edward Cullen Bella Swan davon zu überzeugen versucht, dass er ein Vampir ist. Es gefällt mir nicht.» Sie lenkt ab. Das ist für jeden offensichtlich. Callas verräterische Hinweise sind schon immer sehr deutlich zu lesen gewesen. Ihr Gesicht wird praktisch reglos, ausdruckslos.

Ich lasse die Hände sinken und atme tief durch die Nase ein. «Nichts an Johnny ist verdächtig, Calla? Es gibt nichts, was du in den letzten drei Monaten gesehen hast, was dich stutzig gemacht hat? Wenigstens ein kleines bisschen? Du bist auf Überwachungsvideos in der Nähe des Raubüberfalls in Buffalo zu sehen, wenn dir also irgendetwas nicht koscher vorkommt …»

Ihre Pupillen zucken vor meinem Gesicht hin und her. Sie hat sich so steif gemacht, dass sie beinahe vibriert. Nach angespannten dreißig Sekunden, in denen alles um uns herum fast stillsteht, haucht sie: «Oh mein Gott.»

«Calla.»

«Oh mein *Gott.*»

«Nur ... sprich bitte leise. Ich weiß, es ist schwer, aber du darfst hier keine Reaktion zeigen.»

Als sie wieder spricht, ist ihre Stimme so gepresst wie eine geballte Faust. «Wenn das wirklich wahr ist, und ich sage nicht, dass es so ist ... Ich heirate in *sechsundvierzig Stunden*, und du hattest diese angebliche Information und hast mir nichts gesagt? Du hast sie mir *vorenthalten*?»

Ein weiterer Dolchstoß mit den Schlittschuhen, dieses Mal direkt in mein Herz. «Ja.»

«Wer *bist* du, Sydney?»

Ich blute. Ich verblute. «Du weißt, wer ich bin. Im Innersten. Du kennst mich.»

«Ich weiß, wer du *warst*», faucht sie. «Ich kenne die Sydney, die sich an Halloween als Pelikan verkleidet hat, als ich neun war, und ich kenne sogar die Sydney, die zu Collegezeiten mit mir Twizzlers ins Kino geschmuggelt hat, aber diese Sydney?» Sie mustert mich von oben bis unten, als überlegte sie, ob sie mich aus einem Brand retten würde. Antwort ausstehend. «Ich bin mir nicht sicher, ob ich die kenne.»

Ich schlucke ein Aufmucken hinunter. Denn hier geht es nicht um mich. Egal, was ich empfinde, es geht um Calla. «Du wirst diesen Mann nicht heiraten müssen. Die werden dich da rausholen. Wenn du heute Nacht in einen Flieger steigen willst, bringe ich dich persönlich hin. Ich fliege mit dir. Die können dich in einem Safe House unterbringen, wenn ...»

«Hörst du dir eigentlich selber zu?», zischt Calla und kümmert sich kaum um ihre Lautstärke. «Ich gehe nicht in einen

Bunker irgendwo in Florida. Oder Idaho. Oder nach Alaska oder sonst wohin. Das wird nicht passieren. Ich weiß nicht einmal mehr, was du da *sagst.*»

«Alaska ist nicht so schlimm, wie du denkst», sage ich vorsichtig, wohl wissend, dass es erbärmlich klingt.

«Sydney!»

«Oder Idaho.»

Calla legt die Hand auf ihre Schläfe und massiert sie. «Ich muss hier weg.»

«Gut. Ich komme mit dir.»

«Du verstehst nicht, was ich sage.» Röte steigt in Callas Gesicht. Sie weicht auf ihren Schlittschuhen bereits zurück. «Ich brauche Zeit, um … Johnny ist nämlich kein …»

Mein Paniklevel steigt, ich folge ihr immer näher an die Menschenmenge heran. «Calla, was auch immer du tust, du darfst ihn nicht danach fragen. Okay? Wir finden zusammen eine Lösung, aber …»

«Sydney, bitte lass mich nur eine gottverdammte Sekunde in Ruhe, okay? Ich brauche … ich brauche ein Plätzchen oder so was. Mein Zuckerspiegel sinkt.»

Ich schlucke schwer. «Okay.»

Mit diesen Worten lässt sie mich mitten auf dem Eis stehen. Wie sich herausstellt, dauert es etwas länger als eine Sekunde. Sie wirft einen kurzen Blick über die Schulter, sprintet vom Kekstisch weg und zertrampelt dabei mit ihren Schlittschuhen den Schnee. Ich renne ihr nach, aber als ich sie wieder erblicke, ist sie nur noch von Weitem zu sehen. Sie sitzt allein im Escalade und fährt mit mindestens hundert Sachen rückwärts vom Parkplatz. In meiner Magengrube ballt sich Angst.

Großer Gott, was habe ich getan?

16

Was haben Sie getan?», lautet Gails erste Frage.

Ich sitze im Prius und rase nach Hause in der Hoffnung, Calla dort zu finden. Ich habe das Telefon zwischen Ohr und Schulter geklemmt, und Angst sitzt mir wie ein Dorn im ganzen Körper. «Ich wünschte, Sie hätten mich gestern Abend angerufen. Oder heute Morgen. Oder zu irgendeinem anderen Zeitpunkt, Gail. Jetzt ist wirklich kein guter Zeitpunkt.»

«Ach, wann würde es Ihnen denn von jetzt an besser passen? Wann soll ich Sie für einen netten Schnack vormerken?» Am anderen Ende der Leitung knistert es. Es hört sich so an, als stünde Gail irgendwo im Stau. «Ich glaube nämlich, wir sollten darüber reden, was gerade auf der Eislaufbahn passiert ist. Was haben Sie zu Calla gesagt?»

Ich biege mit klopfendem Herzen links in die Main Street ein. «Ist es üblich, dass das FBI seine eigenen Agenten beschattet?»

«Ich würde es nicht beschatten nennen.»

«Also, haben Sie in letzter Zeit etwas Interessantes erlebt, zum Beispiel eine Bootsfahrt gemacht?»

«Sie können über die Party sagen, was Sie wollen, aber ich war in der Gegend, und unser letztes Gespräch hatte mich verunsichert.»

«Sie waren gerade zufällig im ländlichen Maine an der Küste.»

«Ganz genau.»

«So wie Sie zufällig in Finnland Urlaub gemacht haben», schnaube ich und kurve durch unser Viertel.

«Also, das hat gestimmt.» Sie hupt irgendjemanden an, und das Geräusch lässt mir die Ohren klingeln. «Und es ist kein Verbrechen, sich um die Leute unter meinem Kommando zu kümmern. Sie haben sich skrupelloser verhalten, als mir lieb war, also bin ich nachschauen gekommen, wie es Ihnen geht. Wie kommen Sie voran, Sydney?»

Daraufhin gerate ich auf einem Stück Glatteis leicht ins Schleudern und erwische fast einen Kranz um einen Briefkasten, und dann bin ich zu Hause. Wieder zu Hause. Der Escalade parkt nicht in der Einfahrt. Keine Reifenspuren. Nur Neuschnee. *Wo zum Teufel ist Calla?* Inzwischen könnte sie Johnny eine Nachricht geschrieben haben. Könnte ihn angerufen haben. Oder, möglicherweise noch schlimmer, ihn zwei Tage vor der Hochzeit verlassen haben, obwohl ich noch nicht genügend stichhaltige Beweise gegen ihn gesammelt habe, was bedeutet, dass Johnny ohne Hemmungen ihre Spur aufnehmen könnte. Statt im Gefängnis zu sitzen. Sie aufspüren könnte. Ich glaube, ich … Ja, mein Magen hebt sich, und ein trockener Husten steigt in mir auf. Ich muss würgen.

«Haben Sie es Ihrer Schwester gesagt?», fragt Gail.

Würg.

«Sydney, haben Sie es Ihrer Schwester gesagt?»

Doppeltes Würgen.

«Das stand nicht im Protokoll!», warnt Gail am anderen Ende der Leitung. «Das ist eine ausdrückliche Zuwiderhandlung gegen alles, was ich Ihnen gesagt habe. Ich habe zu hart und zu lange gearbeitet, um jetzt alles in Flammen aufgehen zu sehen. Wenn sie Johnny einen Hinweis gibt, ist alles vorbei. *Haben Sie mich verstanden?* Hunderttausende von Dollar an

Steuergeldern. Dann hätten Sie das ganze Geld genauso gut in den Kamin werfen können. Jahrelange Arbeit, umsonst. Ganz zu schweigen von den Nachwirkungen, den Qualen, die Sie unweigerlich jeder weiteren Person zufügen, der von Johnnys Schlägertypen eine Waffe vor die Nase gehalten wird. Ich rufe eigentlich an, um Ihnen zu sagen, dass sich Ihre Informationen ausgezahlt haben. Wir haben den Maulwurf aufgespürt, Vinnys Kontaktmann beim FBI, und er hat uns alles verraten. Sie planen einen Überfall auf ein gepanzertes Fahrzeug, das nicht zurückzuverfolgende Geldscheine im Wert von über sieben Millionen Dollar transportiert, ähnlich wie beim Bankraub von Loomis Fargo 1997.»

Das kommt aus heiterem Himmel. «Und Sie glauben diesem Kerl?», hauche ich.

«Es passt alles», sagt Gail etwas schroff. «Der Geschenkeladen, bei dem Johnny angerufen hat, liegt im Radius von anderthalb Kilometern von der Fahrstrecke des Transporters, und das Fahrzeug wird am ersten Weihnachtsfeiertag um zehn Uhr morgens daran vorbeifahren. Das Fluchtauto – der Lieferwagen, von dem Johnny gesprochen hat – konnten wir noch nicht ausfindig machen, aber es ist klar, dass sie das gesamte Bargeld dort einladen werden. Wir haben die Bank informiert und werden den Geldtransporter mit gefälschten Scheinen befüllen. Die Fahrer werden Bundesagenten sein. Aber … Herrgott, Sydney. Wenn Calla denen einen Tipp gibt, würde es mich nicht wundern, wenn die Familie Jones das ganze Unterfangen abblasen würde. Sie werden uns durch die Finger schlüpfen. Sie werden uns entkommen, und …»

«Was ist mit dem C4?», werfe ich zittrig ein. Das passt … das passt nicht ganz ins Bild. «Wofür würden sie das einsetzen?»

«Die Brücke über den Pisgah River nördlich des Geschenkeladens. Denken wir. Direkt an der Brücke befindet sich eine Polizeiwache, und die Beamten wären dadurch nicht in der Lage, den Tatort zu erreichen. Jedenfalls nicht sofort. Damit würde es schwieriger, die Verfolgung aufzunehmen.»

«Aber fünfzig Pfund C4? Damit könnte man ein Dutzend Brücken in die Luft jagen.»

Es folgt ein kurzes Schweigen, während Gail sich sammelt, und ich fische eine Serviette aus einem der Becherhalter und wische mir den Schweiß von der Stirn.

«Sydney, hat Calla angedeutet, was sie als Nächstes tun könnte?»

«Sie hat gesagt …» Ich hyperventiliere beinahe und nehme einen zittrigen Schluck aus einer einen Tag alten Dose mit kaltem Kaffee. «Sie hat gesagt, sie wolle versuchen, mir das Gegenteil zu beweisen.»

«Na, das ist ja perfekt. Das ist einfach perfekt. Anscheinend will sie trotzdem zu Johnny halten. Man verlobt sich nicht mit jemandem und ändert dann seine Gefühle für ihn innerhalb von zwei Minuten und einem Keks. Wirklich, Sydney, was hatten Sie sich vorgestellt, was passieren würde?»

«Etwas Besseres», würge ich hervor und setze den Prius wieder zurück. Wohin könnte Calla gefahren sein, wenn nicht zu uns nach Hause? Wohin ist sie immer abgehauen, als wir Kinder waren? «Gail, haben Sie den Escalade schon geortet? Irgendwelche ausgehenden Anrufe von Callas Handy registriert?»

«Das werde ich tun», sagt Gail kalt wie eine strenge Mutter. «Aber Sie sind von dem Fall abgezogen, Sydney.»

Kaum überraschend. Das kommt kaum überraschend. Mein Hals wird trotzdem eng. Ich habe immer noch dieses fürchterliche, nagende Gefühl, dass wir etwas übersehen. «Gail, *bitte*, machen Sie keinen …»

«Auf gewisse Weise ist das alles meine Schuld. Ich hätte Sie niemals in eine Situation schicken dürfen, in der Ihr Urteilsvermögen beeinträchtigt ist. Das war beinahe unvermeidlich. Es war zu viel.»

Wieder steigt Übelkeit in mir auf, als ich aus unserem Viertel rase. «Ich verspreche, sobald ich Calla gefunden habe …»

«Wenn Sie sie gefunden haben, was dann? Hm? Was passiert dann? Drehen Sie um, packen Sie Ihre Sachen, ich maile Ihnen ein Flugticket zurück nach D.C. Halten Sie den Schein aufrecht. Ich weiß, wir haben zwei Tage vor Weihnachten, aber ich bin mir sicher, wir finden noch einen Platz in der Economyclass, wenn wir …»

«Glauben Sie, ich lasse sie einfach zurück?», fauche ich. «Glauben Sie, ich werfe ihr einfach diese Information an den Kopf und verschwinde dann zwei Tage vor Weihnachten, bevor sie in den bislang schlimmsten Anschlag der Jones-Leute verwickelt wird?»

Gail scheint ausgiebig darüber nachzudenken. «Sydney, ich glaube, wenn Ihnen wirklich so viel an Ihrer Schwester liegen würde, wie Sie behaupten, dann hätten Sie wahrscheinlich schon früher gewusst, dass sie vorhat zu heiraten.»

Sprachlos steige ich vor einer Ampel auf die Bremse.

«Flugticket», wiederholt Gail. «Versprechen Sie mir, dass Sie den Flieger nehmen, bevor Sie noch mehr Schaden anrichten.»

Kopfschütteln. «Nein.»

«Sydney.»

«Ich bleibe. Sie können mich von dem Auftrag abziehen, aber nicht von meiner Familie.»

Ich kann beinahe hören, wie Gail die Lippen spitzt und überlegt. Sich fragt, ob sie diese Logik infrage stellen soll. «Tja, es ist Ihr Urlaub», grummelt sie und spricht das letzte Wort aus wie *Beerdigung*.

Ich rufe Callas Handy an. Der Anruf geht direkt auf die Mailbox. Achtmal nacheinander. Beim letzten Mal hinterlasse ich eine Nachricht und umkreise dabei den Parkplatz des Salzwasser-Toffee-Ladens, in dem Calla und ich nach der Schule immer Süßigkeiten gekauft haben. «Cal?», krächze ich ins Telefon. «Ich bin's, Sydney. Offensichtlich … Ich weiß, ich habe dir gerade viel vor die Füße geworfen. Übermäßig viel. So viel wie noch nie. Aber ruf mich *bitte* so schnell wie möglich zurück und sag mir, wo du bist. Ich kann dich abholen kommen, und du musst dabei nicht mit mir sprechen. Du musst nie wieder mit mir sprechen, wenn du nicht willst, auch wenn mich das umbringen würde, aber ich muss einfach wissen, dass du in Sicherheit bist und klarkommst …»

Ich lege auf, schreie «*Fuck!*» und schlage mit den Händen aufs Lenkrad. Die drei Kunden, die gerade aus dem Toffee-Laden kommen, bedenken mich mit einem Blick. Verdientermaßen. Mir gehen die Orte in der Stadt aus, an denen ich nach Callas Mietwagen suchen könnte. Es könnte sein, dass sie gar nicht mehr in Cape Hathaway ist. Als ich es mit der Freunde-Suchen-Funktion auf meinem Handy versucht habe, musste ich feststellen, dass sie diese Funktion deaktiviert hatte. Meinetwegen? Wegen Johnny? Ist sie zurück nach Boston gefahren? Hat sie den Staat verlassen?

Was geht in deinem Kopf vor sich, Calla?

Abgesehen von den hundert naheliegendsten Gedanken wie zum Beispiel: *Meine Schwester Sydney ist eine Verräterin. Die allerübelste. Genau wie Dad.*

Sobald ich die Straße an der Strandpromenade erreiche, wo Wellen aufsteigen und fast gegen den Bürgersteig schlagen, beschleunige ich den Prius. Alle Motelbesitzer haben ihre Dächer mit Lichterketten geschmückt, die vom Sturm mitgenommen aussehen und noch unter den rutschenden Schneehaufen leuchten, und ich frage mich, ob Calla dort irgendwo eingecheckt hat. Ich verrenke mir den Hals, spähe in alle Einfahrten und schaue, ob das schemenhafte Fahrzeug in einer der Parkbuchten versteckt steht. Nichts. Auch vor dem Supermarkt ist das Auto nicht zu sehen. Kein Auto an der Tankstelle oder vor dem Hummergeschäft oder dem Nagelstudio. Ich habe noch nicht einmal angefangen zu begreifen, was das für meine Karriere bedeutet. Meine Karriere ist unwichtig.

Inzwischen wird mein CIA-Führungsoffizier davon erfahren haben.

Sein Chef wird es erfahren haben.

Der Chef seines Chefs wird es erfahren haben.

Und ich denke an den schwedischen Nachtzug vor weniger als einer Woche, wo ich mich im Spiegel betrachtete und mich fragte, ob ich glücklich bin. Glückliche Menschen fragen sich selten, ob sie glücklich sind. Wenn ich ehrlich bin – wirklich, wirklich ehrlich zu mir –, dann glaube ich, dass mich diese Karriere umbringen wird. Ich glaube, ich wollte mich verstecken, wollte mich mit all der Geheimniskrämerei schützen, aber mein Gott, habe ich mir mein Leben tatsächlich *so* vorgestellt? Dass ich zwei Tage vor Weihnachten auf der Suche nach meiner flüchtigen Schwester durch die Gegend rase, während ich versuche, ihren Verlobten hinter Gitter zu bringen?

Und davor. Auch davor. Die nächtlichen Stunden vor dem Computer, in denen ich mir einredete, dass Menschen sterben würden, wenn ich auch nur ein Fitzelchen einer Information übersah. Und das dann meine Schuld wäre. *Deine Schuld, Sydney.* All die Treffen mit potenziellen neuen Agenten in schäbigen Bars, allein in eine leere Wohnung nach Hause zu kommen und einsam die Wochenenden zu verbringen, falls ich überhaupt Wochenenden hatte. Wie wäre es gewesen, dieses Weihnachten *für mich selbst* nach Hause zu kommen? Sieben verschiedene Sorten Ziegenkäse im Supermarkt zu kaufen und mindestens zweimal *Stirb langsam* zu schauen – mit meiner Schwester. Die letzten beiden Jahre habe ich mir das immer wieder ausgemalt. Bei der CIA zu kündigen. Meine Entscheidung rückgängig zu machen. Von einem Auftrag abzuspringen und einfach …

Einfach was?

Wenn ich mir vor diesem Urlaub meine Zukunft ausgemalt habe, war sie verdächtig leer. Jetzt zeichnen sich kleine Einblicke ab. Winzige Fragmente. Ich könnte einen Hund aus dem Tierheim holen. Mit meinem Hund spazieren gehen. Mit meiner Schwester telefonieren. Vielleicht Nick anrufen. Verfügbar sein. Meine Familie besuchen, die ich vermisst habe … *shit*, jetzt heule ich. Mein Hals wird eng, und heiße Tränen laufen mir die Wangen hinunter, als ich auf den Parkplatz des Leuchtturms einbiege und das Telefon wieder hochreiße. Im Hintergrund leuchtet der Turm von South Harbor, ein Leuchtfeuer, eine Warnung, umkränzt von grünen Weihnachtsgirlanden.

Dad ist mit mir hierhergekommen, um zu beobachten, wie Schiffe einliefen, wie sie wieder nach Hause kamen.

Ich wähle ein letztes Mal Callas Nummer.

«Hey», sage ich nach ihrer automatischen Ansage. Meine Zähne klappern beinahe. «Ich schon wieder. Ich hätte sagen sollen … ich hätte vieles sagen und fast alles anders machen sollen, aber du musst wissen, dass es mir leidtut. Es tut mir sehr, sehr leid, Calla. Ich dachte, ich wäre kein bisschen wie Dad, ich kann nicht glauben, dass ich es nicht gesehen habe, ich hatte es ja direkt vor Augen … Genau wie ich dich direkt vor Augen hatte und trotzdem meinen eigenen Kummer an erste Stelle gesetzt habe. Du hättest von mir mehr verdient als das.» An dieser Stelle bricht meine Stimme, ein Bruch, der meine Kehle zerreißt. «Von diesem Moment an verspreche ich, vollkommen ehrlich zu dir zu sein. Keine Geheimnisse. Ich werde dir alles sagen. Okay? Das war's. Ich weiß, dass sich deine Mailbox wahrscheinlich rapide füllt, also werde ich dir nicht eine Million Nachrichten hinterlassen, aber ich will nur … ich will dir nur sagen, wie sehr ich dich liebe, Calla Lilly. Das wird sich niemals …»

Ein weiterer schmerzender Stachel bohrt sich in meinen Hals.

«… ändern», beende ich den Satz und lasse das Telefon sinken.

Ich kehre nach Hause zurück, als es schon dunkel ist, kurz nach sechzehn Uhr, der Himmel sieht aus wie ein violetter Bluterguss. Niemand hat das Leucht-Rentier am Fenster eingesteckt, also werde ich nicht von einem leicht gewagten Tänzchen begrüßt. Nicht einmal dem Rentier ist noch nach tanzen zumute. Eine der Lichterketten ist heruntergerutscht, hängt am Dach wie der Bösewicht am Ende eines Films. Auch jetzt steht der Escalade nicht in der Einfahrt. Drinnen ist es noch stiller. Keine Weihnachtsmusik. Das Weihnachtsalbum der Squirrel Nut Zippers plärrt nicht vom Plattenspieler.

Wo ist Grandma Ruby? Nick?

Johnny beantwortet meine unausgesprochenen Fragen. Er sitzt neben dem Kühlschrank auf der Küchenarbeitsplatte und baumelt mit den Beinen. «Sie sind Hummer holen gegangen», sagt er, und ich erschrecke mich zu Tode. Nur die Lampen über der Kücheninsel sind an, der Rest des Hauses liegt im Dunkeln. *Hat er auf mich gewartet?* Das ist mein erster Gedanke. Johnny hat darauf gewartet, dass ich nach Hause komme. Deshalb ist er zurückgeblieben.

In der Waschküche ziehe ich langsam meinen Parka aus, stampfe mir den Schnee von den Stiefeln und komme vorsichtig näher. «Und Sweetie Pie?»

«Ist mitgefahren», sagt Johnny in ganz arglosem Ton. Leicht und luftig. «Ich bin hiergeblieben, um zu sehen, ob du mit Calla zurückkommst ... aber wie es aussieht, ist sie nicht bei dir?»

Atme, Sydney. Atme normal. «Nein, sie hat tatsächlich so was gesagt wie, sie wolle ins Spa. Vor der Hochzeit. Um sich zu entspannen. Sich massieren zu lassen.»

«Ins Spa», sagt Johnny neutral und ohne zu blinzeln. *Wieso sitzt er auf der Arbeitsplatte?* Er sieht aus wie ein zwölfjähriger Junge, der Verbrecher spielt.

«Ich habe ihr gesagt, sie soll das ruhig machen», bestätige ich und hänge meinen Parka über den Stuhl am Frühstückstisch. Wasser tropft auf die Fliesen, und ich wische es mit meiner Socke auf, eine schnelle Fußbewegung. Lässig. «Es gibt ein wirklich gutes gleich hinter der Staatsgrenze. In Wentworth by the Sea. Die machen Gesichtsbehandlungen, Maniküre, alles für Bräute. Du hast gesagt, sie soll sich die Nägel machen lassen.»

«Und du bist nicht mitgefahren?»

Lüg weiter. Hau rein. «Ich bin nicht wirklich der Typ für Maniküre.»

Johnnys Fingerspitzen krümmen sich um den Rand der Arbeitsplatte, umklammern sie. «Hast du eine Ahnung, wann sie wieder da ist? Ich habe sie nämlich angerufen. Sie geht nicht an ihr Telefon.»

«Man muss sein Handy ausschalten. Handys tragen nicht zur Entspannung bei.»

Wo wir gerade von mangelnder Entspannung reden, die Atmosphäre zwischen uns hat sich ins Unermessliche verschlechtert. Manche würden es geradezu bedrohlich nennen. Wäre ich keine ausgebildete CIA-Agentin, sondern nur eine Schwester, die über Weihnachten nach Hause gekommen ist, hätte ich tatsächlich eine Heidenangst vor ihm. Etwas Dunkles hat sich über sein Gesicht gelegt, die Pupillen haben seine Iris fast verdrängt. Das Klügste wäre, sich eine weitere Ausrede einfallen zu lassen und gleich wieder aus dem Haus zu schlurfen. In der Einfahrt auf meine Grandma zu warten. Ihr zu sagen, sie solle weglaufen. Aber die Rädchen in meinem Kopf drehen sich. Nick sagt, er habe mein Zimmer verwanzt. Wenn ich Johnny dazu bringen kann, mich auf Band zu bedrohen, wenn ich ihn dazu bringe zuzugeben, dass er auch schon andere Leute bedroht hat, wie zum Beispiel FBI-Beamte, um seine «Geschäfte» abzusichern …

Ich fälle die Entscheidung innerhalb eines Sekundenbruchteils.

Ich laufe in Richtung Treppe. Ein ausgemachter, verdächtiger Sprint.

«Was zum …?», höre ich Johnny knurren, dann springt er von der Arbeitsplatte, und schwere Schritte nehmen meine Verfolgung auf. Meine Hand berührt kaum das mit Girlanden umwickelte Geländer, trotzdem bleibt blutroter Glitzer an meinen Fingerspitzen hängen, mein anderer Arm schwingt vor und zurück. «Sydney!»

In mein Zimmer. Mein altes Kinderzimmer. Ein abgeschlossener Raum. Soll er mich in die Enge treiben. Soll er denken, ich wäre machtlos. Ich stolpere hinein, rutsche fast auf dem Flurteppich aus, schlage die Tür zu und tue so, als würde ich an der Klinke herumfummeln. Genau nach Plan rammt Johnny die Tür mit der Schulter und stößt sie auf, und ich taumle zurück. Geködert. Ich schnaufe schwer.

«Ich glaube nicht, dass wir mit diesem Gespräch fertig sind», knurrt Johnny, dessen Brust sich ebenfalls hebt und senkt. «Was meinst du?» Mit einer Hand fasst er hinter sich, drückt die Tür zu und schließt sie ab. *So schließt man also eine Tür ab! Dazu muss man ein Mann sein.* «Ich finde wirklich seltsam, dass ich dich und Calla streiten sehe und von deinen Lippen das Wort Johnny ablese, und wenige Augenblicke später verschwindet sie einfach!» Er lacht trocken auf, tritt näher, fährt mit dem Finger über den Rücken einer meiner Porzellanfiguren, nimmt den Dobermann mit dem abgebrochenen Schwanz in die Hand und mustert ihn, als wollte er ihn gleich gegen die Kommode schleudern.

«Ich habe es dir doch erklärt», sage ich und weiche noch weiter zurück, bis ich mit dem Rücken gegen das Bücherregal stoße. Ganz in der Nähe von meinem Ohr befindet sich ein Mini-Elf, und eines seiner Augen ist durch ein winziges Aufnahmegerät ersetzt. Ich muss nicht groß schauspielern, um nervös zu klingen. Ich bin es. Nicht nervös, weil er mir wehtun könnte. Falls er irgendetwas in dieser Art versucht, wird das sehr schlecht für ihn ausgehen, denke ich. Aber ich bemühe mich, unsere Unterhaltung genau in die richtige Richtung zu lenken. «Sie ist ein bisschen gestresst wegen der Hochzeit, und als ihre Trauzeugin dachte ich …»

Johnny lacht erneut auf. «Du dachtest, es wäre besser, wenn sie eine Weile nicht in meiner Nähe ist, ist es das? Du bist mit mir nicht gerade warm geworden, oder, Sydney?» Harmlos stellt er den Dobermann zurück auf die Kommode, macht noch ein paar Schritte auf mich zu, das gedämpfte Geräusch seiner Stiefel poltert über das Parkett. «Ich dachte, wir hätten eine Abmachung, du und ich.»

«Eine Abmachung?» Das verwirrt mich nun tatsächlich.

«Erste Nacht. Beim Drink», erläutert Johnny. «Als Calla erzählt hat, wie wir uns kennengelernt haben. Bei Funky Pete, dem Kunststudio. Und du …» Er deutet mit dem wackelnden Finger auf mich. «Du hast nicht gesagt, dass es eine gute Geschichte ist. Du hast nur dagesessen. Ich bin ein Mensch mit äußerst scharfem Blick. Ich dachte, wenn sie mir nicht in die Quere kommt, komme ich ihr auch nicht in die Quere. Ich habe sogar Nick gesagt, er soll dich im Blick behalten, damit du das hier nicht vermasselst.»

Mein Schlucken bleibt mir in der Kehle stecken. Es ist schmerzhaft. Es brennt. «Du hast Nick gesagt, er soll mich im Blick behalten?»

Johnny grinst, und es ist nicht das Grinsen eines Mannes, der beim Karaoke Weihnachtslieder von Mariah Carey singt, oder das eines Mannes, der freudig zugibt, wie sehr er Kartoffelbrei liebt. Er switcht um wie ein Schalter. Oder, vielleicht besser, wie ein Springmesser. «Warum, glaubst du, folgt er dir wie ein sentimentales Arschloch auf Schritt und Tritt? So ist Nick nicht.»

Durch die Zähne hindurch sage ich: «Bist du dir da sicher?»

«Wie lange kennst du ihn schon? Drei Tage?»

Johnny genießt es, mit mir zu spielen. Wie ich es wollte. Aber ich dachte nicht, dass wir dieses Thema anschneiden würden. Nick. *Sentimentales Arschloch. Folgt mir auf Schritt und Tritt.* Vielleicht hat meine Grandma Nick gar nicht gesagt, dass er auf mich aufpassen soll, wie er es am ersten Abend behauptet hat, vielleicht war es immer Johnny. Aber das spielt eigentlich keine Rolle.

«Egal», sage ich und unterstreiche die Worte in meinem Kopf.

Ein scharfes kleines Lachen von Johnny. «Ach ja? Denn so ist Nick: Er sucht sich in einer Bar ein Mädchen aus, sagt ihr, dass sie etwas Besonderes ist, sagt ihr, dass er etwas Besonderes ist.» An seinem Kiefer zuckt eine Sehne, als wollte er mich gleich beißen. Zum entscheidenden Schlag ausholen. «Hat Nick dich auch mit dieser Geschichte über den CSIS gefüttert?»

Panik rauscht in meinen Ohren. Plötzlich ist das Meer in ihnen. Wummert. Brandet gegen mich. *Was* hat er gerade gesagt?

Johnny leckt sich mit der Zungenspitze über den Mundwinkel. «Ja, das funktioniert immer. ‹Ich werde dich genauso beschützen, wie ich mein Land schütze.› Dieser ganze Schwachsinn. Er zückt seine Marke, und die Frauen fallen drauf rein.»

Was zum Teufel?

Ich schüttle den Kopf, komme nicht mit, schwimme, ertrinke, halte mich aber dennoch an meiner Deckung fest. «Warte, ich verstehe nicht … was ist der CSIS?»

Johnny bedenkt mich mit einem Grinsen, das ich ihm am liebsten aus dem Gesicht schlagen würde. «Ach, also hat Nick diesen Spruch bei dir nicht benutzt? Das ist aber schade. Ich schätze, den zieht er nur raus, wenn er den Sack zumachen will. Vielleicht warst du ein leichter Fang.»

Sengende Hitze durchströmt meinen Bauch, ein matschiges Gefühl überflutet mein Gehirn, und ich … Ich weiß nicht … Ich will es nicht glauben, aber …

Oh, fuck. Fuck, fuck, fuck.

So fühlt sich Verrat an. Es fühlt sich an, als wäre man sechzehn Jahre alt und würde in einer Einfahrt warten. Es fühlt sich an, als stünde man ganz allein da und könnte sich kaum auf den Beinen halten. Auf der Farm lernt man, wie man mit hundert Sachen durch eine Schranke bricht, mit einem Fahrzeug durch Beton kracht. Man sucht sich die schwächste Stelle aus. Man nimmt die Mitte, das Herz, den Punkt, an dem der Beton wellig ist, die Stelle, die bereits Risse hat. Und genau dort fährt man hinein, dort schlägt man zu. Das ist es, was Nick getan hat, oder nicht?

Denn hier gibt es nur zwei Möglichkeiten. Entweder hat Nick nicht wirklich etwas mit dem kanadischen Geheimdienst zu tun, oder er ist im Herzen Johnnys Mann. Es ist ein doppeltes Spiel, egal wie man es dreht und wendet. Und ich ... wie konnte ich nur so verflucht dumm sein? Mein Mund wird trocken, wenn ich an all die Fragen denke, die ich nie gestellt habe. All die voreiligen Schlüsse, die ich gezogen habe. Dinge wie Nicks Dienstmarke. Lieber Gott, warum zum Teufel sollte er die bei einer Undercover-Mission bei sich tragen? Inwiefern war das auch nur ansatzweise glaubhaft? Und er hat mir gesagt, er hätte den GPS-Tracker von Johnnys Auto entfernt. Ich dachte, das sei zu meinem Schutz, damit kein Verdacht auf mich fiel, aber was, wenn er damit verhindern wollte, dass Johnny getrackt werden konnte? Er hat sich für den Mann buchstäblich abstechen lassen! Und das Verkabeln. Nick wollte nicht, dass ich bei der Junggesellinnen-Party verkabelt bin. Natürlich wollte er das nicht.

Gails Worte fallen mir wieder ein und dringen wie Nadelstiche in meine Haut: *Verlieben Sie sich nicht in die Zielperson.* Die Zielperson könnte Sie anlügen. Die Zielperson könnte Sie manipulieren. Die Zielperson könnte Sie auf einer Kommode vögeln und zu Ihnen sagen: *Du bist nicht unnahbar, Sydney*, und dann wären Sie so jenseits von Gut und Böse, dass ...

Johnny schnieft. «Nick ist der Loyalste von allen. Wenn ich ihn darum bitten würde, jemanden mitten auf der Straße zu erschießen, würde er es tun.»

«Macht ihr das oft?», presse ich durch meine Zähne hervor. Ich habe das Gefühl, wenn ich mich nur genügend zusammenreiße, werde ich nicht völlig auseinanderbrechen – aber ich bin die Betonschranke. Ich bin der Beton. Und Nick hat meine schwächste Stelle gefunden.

Ich habe es ihm erzählt. Ich habe ihm von meinem Dad erzählt. Ich habe ihm alles erzählt, habe ihn an mich herangelassen.

Auf meine Worte hin neigt Johnny den Kopf zur Seite, das Mondlicht fällt durch meine Jalousien. Ein Strahl davon streift seinen Bartschatten, die weißblonden Borsten an den Rändern seines Gesichts. Er tritt einen letzten Schritt näher auf mich zu, bleibt stehen, hebt eine Hand über meinen Kopf hinweg und stützt sie an das Bücherregal. Es ist eine Bewegung, die mir den Magen umdreht. Eine Pose der Macht. Ich behaupte das Feld, obwohl er mir ins Gesicht atmet. Ein Zimtkaugummi kullert in seinem Mund herum. «Warum fragst du denn so was?»

Meine Reaktion kommt wie aus der Pistole geschossen, kalt, obwohl ich denke: *Nick, Nick, Sidekick Nick.* Ich denke an alles, was er zu mir gesagt hat. An all die Lügen. «Warum sagst *du* denn so was?»

Johnnys Blick huscht über mein Gesicht, wahrscheinlich überlegt er. «Du solltest eines wissen», sagt er mit Säure in der Stimme. «Dieser Deal beinhaltet die garantierte gegenseitige Zerstörung. Du nimmst mich aus dem Spiel, dann mache ich dich noch härter fertig. Ich ramme dich ungespitzt in den Boden.»

Es ist so still, man könnte zwischen uns eine Schneeflocke

fallen hören. Doch genau in diesem Moment bimmeln unten an der Treppe die Glöckchen – Grandma Ruby kommt hereinspaziert. Mit Nick, der lacht.

Gott. Nick. Der Klang seiner Stimme ist wie ein Vorschlaghammer.

«Sydney?», ruft meine Grandma die Treppe hinauf, ihre Stimme klingt heiter und hell. «Bist du da? Komm und hilf uns beim Auspacken! Wir haben noch mehr Aufschnitt gekauft!»

Johnny lässt mit einem schroffen, humorlosen Lachen die Hand sinken. «Das ist dein Stichwort, Sydney-Spätzchen. Sag mir Bescheid, wenn deine Schwester anruft, ja?»

17

Ich packe Würstchen aus. Ich packe Käse aus. Ich packe die besonderen winzigen Weintrauben und die harten Äpfelchen aus, und die ganze Zeit brodelt mein Blut, es tobt. Ich habe mir erlaubt, einem neuen Menschen gegenüber verletzlich zu sein. Ich habe nicht kleine, wohldosierte Stückchen von mir preisgegeben, sondern Nick mein ganzes Ich in den Schoß gelegt, das Schwere, das Ungeordnete, das Weiche darunter. Er ist seit langer, langer Zeit der erste Mensch, bei dem ich das getan habe. Er hat mit seinen süßen Worten und seinem bescheuerten, verfluchten Ehrlichkeitsspiel die Schranke durchbrochen, und ich stelle ihn mir vor, dunkelhaarig, mit lüsternen Augen, wie er meine Unterlippe zwischen seine Zähne …

Lügen.

Lügner.

Ich kenne Nick nicht. Ich habe ihn nie gekannt. Und ich weiß nicht, was er jetzt vorhat.

Ein kaltes Rinnsal der Angst schlängelt sich in meinen Unterleib. Wenn ich ohne Absicherung bin, wenn ich verbrannt bin, wie groß sind dann die Chancen, dass Nick mich entkommen lässt? Wartet er nur ab, bis der nächste Überfall erfolgreich abgeschlossen ist, bevor er mich loswird? In diesen Minuten in der Moose Lodge hat er vielleicht tatsächlich überlegt, was er mit mir anstellen soll: ob er mich zu sich an Bord holen oder über Bord werfen soll. Mit Klebeband. Ins Meer. Wenn Nick zu so etwas in der Lage ist, was wird er noch versuchen?

Ich schnalze mit der Zunge, schmecke Wut, schmecke Scham – und packe zügig und effizient alle Einkäufe aus. Es gelingt mir kaum, aber ich kann meine Großmutter davon überzeugen, dass Calla tatsächlich ins Spa gefahren ist. Grandma Ruby sieht fast erleichtert aus. «Gut», sagt sie und steckt sich eine ungewaschene Weintraube in den Mund. «Das Mädchen hat eine Pause verdient. Sie arbeitet so hart.»

Nick ist auch dabei, er brennt mir ein Loch in die Seite und sortiert Cracker in die Speisekammer. So ungezwungen. Immer, wenn er meinen Blick erhascht, wirft er mir ein Lächeln zu, aber ich kann mich nicht dazu überwinden, es zu erwidern. *Wie kannst du es wagen?* Jedes Mal, wenn ich ihn ansehe, bin ich wieder ins Inn zurückversetzt, fährt er mit den Fingerspitzen über meine Haut, spüre ich seinen Atem in der Halsbeuge, und dann schaltet mein Kopf blitzartig zu Johnny um – zu den Informationen, die er mir so gnädig hat zukommen lassen.

Ich bin darauf hereingefallen. Bin auf Nick hereingefallen. Ich bin verführt worden. Genau wie Nick es geplant und auch gesagt hat.

Als der Aufschnitt im Kühlschrank verstaut ist, verkünde ich, dass ich mich aufs Ohr legen werde, bevor ich ohnmächtig werde. Meine Stimme zittert nicht, sie ist hart wie Beton. Ich bin gut. Ich schauspielere. Zurück an diesem Punkt. Trotzdem bildet sich auf Nicks Stirn eine Falte, und er folgt mir in den Flur, greift nach meinem Arm, senkt die Stimme zu einem Flüstern. «Hey, ist noch was passiert?»

Ich entwinde ihm meinen Arm, so wenig verdächtig, aber so entschieden wie möglich. Er berührt mich zwar nur leicht, verletzt aber trotzdem meine Haut, ich habe das Gefühl, dass ich davon einen blauen Fleck bekomme. «Nein, alles gut.»

«Dein Gesicht sagt etwas anderes.»

Ich fahre mir mit der Zunge die Zähne entlang, ein stechender Schmerz fährt mir in den Nasenrücken. «Was sind denn meine verräterischen Hinweise?»

Langsam hebt Nick einen Finger und fährt damit die Vertiefung in meiner linken Wange nach. «Einer von ihnen ist genau hier.»

Fass mich nie wieder an, denke ich. *Wage es nicht.* «Tja, danke für die Mitteilung. Gute Nacht.»

«Warte, Sydney …»

«Ich bin einfach *richtig* müde, okay?» Mit letzter Kraft schaffe ich es, nicht wieder aus der Deckung zu kommen. Nicht einzuknicken. Ihm nicht weiterzugeben, was Johnny gesagt hat. Ihm nicht zu vermitteln, dass ich Bescheid weiß und dass er Abschaum ist; wenn ich ihn nie wiedersehen würde, wäre das noch zu bald.

Nick weicht einen Schritt zurück, als wäre er gestochen worden. Als wäre nicht *er* die Wespe. «Ja, okay. Dann hoffe ich … dass du eine Mütze voll Schlaf bekommst.»

«Danke», sage ich noch einmal durch halb zusammengebissene Zähne und schreibe, sobald ich meine Zimmertür hinter mir geschlossen habe, eine Nachricht an meine Schwester: *Habe Johnny gesagt, du wärst im Spa. Wentworth by the Sea. Bitte, bitte antworte mir einfach.*

Natürlich schlafe ich nicht. Jetzt einzuschlafen fühlt sich an wie eine sehr gefährliche Idee. Leider ist auch Wachbleiben eine miese Option. Als Stunden später etwas an meiner Tür kratzt, zucke ich zusammen. *Es ist bloß Sweetie Pie.* Ich öffne ihr, und sie tapst an meiner Kommode vorbei, stattet mir einen nächtlichen Kontrollbesuch ab. «Willst du mir Gesellschaft leisten, kleine Nudel?», flüstere ich bang und kaputt und klopfe auf mein Bettlaken. «Komm schon hoch! *Hoch!*»

Sweetie Pie gehorcht und springt mit ihrem ganzen Gewicht in einem herrlichen Bogen auf die Matratze. Mit einem Plumps lässt sie sich direkt auf mein Kissen fallen und rollt sich zu einem perfekten Doggie Donut zusammen.

Wenigstens habe ich sie. Wenigstens das.

Anscheinend habe ich alles und alle anderen verloren.

Gegen zwei Uhr morgens schlafe ich vor meinem Computer ein und träume von einer Schneeballschlacht. Eine gute, altmodische Schneeballschlacht unter den Straßenlaternen, bei der sich Sweetie Pie auf die Hinterbeine erhebt, um den weichen Pulverschnee aufzufangen. Wir Menschen stecken alle in unseren Wintermützen und Fäustlingen und gehen in die beißende Kälte hinein, und ich stelle mir vor, wie ich so tue, als wollte ich Nick angreifen, und mit ihm in eine Schneewehe stolpere. Ein süßes Küsschen auf meine kalte Nasenspitze. Es ist eine altmodische Bildmontage, unterlegt mit dem Soundtrack von Nat King Cole. Irgendwo in der Ferne rösten Kastanien über einem offenen Feuer. Doch dann ändert sich alles: Ich forme mit der Ernsthaftigkeit einer Munitionsfabrikarbeiterin Schneebälle. Als mein Arm einen schleudert, stoße ich einen Urschrei aus. Der Ball fliegt mit solchem Tempo durch die Luft, dass ich weiß, wenn er einschlägt, wird sich das Ganze weniger wie ein superlustiges Spiel anfühlen. Mit einem schallenden *Patsch* trifft der Ball Nick an der linken Schulter und explodiert in einer Gischt aus Schnee, und er stolpert ein paar Schritte zurück. *Calla, wo ist Calla, wo ist meine Schwester?*

Nicht in ihrem Bett.

Immer noch nicht im Haus.

Und jetzt ist es Heiligabend, acht Uhr morgens.

Ich schließe die Tür zum Gästezimmer, drehe mich auf dem Treppenabsatz um und fahre mir mit der Hand über das Gesicht. Die Kleider von gestern kleben mir am Körper. Und ich sehe zu, wie ein Strom von Fremden durch unsere Haustür herein- und wieder hinausströmt, dirigiert von Johnny, der dermaßen herumfuchtelt, dass man glauben könnte, er wollte ein Flugzeug beim Landen einweisen. Dieses «kleine Familientreffen» – diese entspannte Hochzeit im engsten Kreis – hat sich in etwas verwandelt, was eher an eine Weihnachtsausgabe von *Vater der Braut* erinnert. Zuerst werden die Möbel angeliefert. Dutzende von weißen, anscheinend handgeschnitzten Stühlen werden in unser Wohnzimmer gepfercht, beinahe übereinandergestapelt. Alle unsere Möbel werden zur Seite geschoben, Möbelpacker tragen unser Sofa auf den Dachboden. Grandma Rubys Lesesessel wandert in die Garage. Sweetie Pie starrt ebenfalls vom Treppenabsatz aus auf das Chaos hinunter, und ihre Hängebacken beben vor Missbilligung.

«Ich weiß», sage ich mit enger Kehle. «Ich weiß, mein Mädchen.»

Sie blickt zu mir auf, als wollte sie fragen: *Soll ich es beenden? Soll ich bellen?*

Ich weiß nicht, was ich ihr sagen soll. Ich weiß es wirklich nicht. Grandma Ruby auch nicht. Anscheinend sind all die Lieferungen auch für sie neu. Drei Torten kommen an, deren Lagen mit weißen Zuckerblumen bedeckt sind. Ein Team versammelt sich und tackert zusätzliche Girlanden an unsere Decke. Sie tackern buchstäblich. Mit knallenden Nägeln, haken Haken ein. Ein monumentaler Holzaltar wird durch unser Garagentor geschoben und dann zwischen die Weihnachtsbäume im Wohnzimmer gezwängt. Und dann ist da noch das Lametta. So viel Lametta. Ich habe noch nie in meinem Leben so viel Lametta gesehen. Es schlingt sich um alle Oberflächen, um die Kerzen auf unserem Esstisch. Als es Nachmittag geworden ist, können wir mit der Werkstatt des Weihnachtsmanns in Konkurrenz gehen – und es fühlt sich in keinster Weise an wie zu Hause. Sogar Grandma Rubys verschneites Dorf im Miniaturformat wird verdrängt und auf das Bücherregal in der Ecke gestellt.

Ich starre es an. Die glücklichen Keramikfamilien. Den klitzekleinen Kombi mit dem Weihnachtsbaum auf dem Dach. Miniaturmenschen, die auf einem See aus durchsichtigem Glas Schlittschuh laufen und mit einem millimeterkleinen Puck Hockey spielen. Als Calla und ich jünger waren, verbrachten wir Stunden damit, uns vorzustellen, wie diese künstlichen Menschen lebten. Diese perfekte Familie, die das ganze Jahr über Weihnachten feierte. Das ganze Jahr Glückseligkeit. Keinerlei Sorgen. Schneeüberzuckerte Häuschen und bereifte Limonadenläden.

«Hast du von deiner Schwester gehört?» Grandma Ruby tritt eine Stunde vor dem Abendessen zu mir heran. Sie ringt ihre faltigen Hände, an denen ihre Ringe funkeln. «Ich mache mir allmählich Sorgen um sie, und unsere Gäste müssten bald hier sein … Sydney, du würdest mir doch sagen, wenn etwas nicht in Ordnung wäre, oder?»

«Nicht in Ordnung?» Ich schlucke. «Was meinst du damit?»

Weiteres Händeringen. «Ich habe einfach so ein Gefühl. In der Magengrube, als ob ich etwas viel zu Scharfes gegessen hätte. Etwas, das sogar mir zu scharf ist.» Sie stößt durch ihre gespitzten Lippen Luft aus, fasst sich und bedenkt mich mit einem kurzen Lächeln. «Egal. Ignorier mich einfach. Vielleicht werde ich einfach zu alt für diesen Friedensrichterinnenkram. Ich mache mir ständig Sorgen, dass ich mich bei meiner Rede verhaspele.»

Mein Hals tut weh, fühlt sich eng an. «Was auch immer du sagen wirst, es wird bestimmt perfekt sein.»

Sie umarmt mich mit einem gebrechlichen, aber dennoch starken Arm von der Seite. «Das hoffe ich. Von morgen hängt viel ab, nicht wahr? Und von heute Abend! Vielleicht sollte ich dir etwas von meinem Schmuck ausleihen, Sydney, falls du nichts dabeihast. Auf meiner Kommode liegen ein paar Armbänder.»

Ich schiebe mir oben zwei goldene Armreifen über die Handgelenke und weide dann in der Küche die Paprika aus und zerhacke die Karotten, bevor ich mich dem Käse zuwende und ihn mit besonderer Hingabe reibe. Ab und zu hält Nick beim Zwiebelschneiden inne und wirft einen Blick auf meinen immer größer werdenden Reibekäsehügel. Ich kann ihn nicht ansehen. Ich halte es kaum aus, mit ihm in einem Raum zu sein. Ich hoffe, die Zwiebeln bringen ihn zum Weinen.

«Das reicht wahrscheinlich, mein Schatz», sagt Grandma Ruby, und ich lasse die Reibe mit einem Knall fallen. Mein Handy pingt, ich ziehe es aus der Tasche und bete, dass es Calla ist. Doch sie ist es nicht. Es ist mein Kontaktmann bei der CIA, Sandeep, und er hat Vinnys Bankauszüge der letzten drei Monate für mich, wie ich es angefordert habe. Die meisten Transaktionen, sagt Sandeep, sind unauffällig. Aber eine ist seltsam. Der Kauf eines Mechaniker-Overalls bei einem Hersteller von Arbeitsschutzkleidung. Vielleicht zieht Vinny ihn an, wenn er an seinem Mercedes schraubt? Ich dachte, er bringt ihn in die Werkstatt.

Diese Unterhaltung, fügt Sandeep hinzu, *hat außerdem nie stattgefunden. Du weißt, du bist von diesem Fall abgezogen.*

Ich biete sechs Partien Scrabble, halte ich dagegen.

Zwölf, fordert er. *Mach bloß keine Dummheiten.*

Ich bedanke mich bei Sandeep, stecke das Handy wieder ein, reibe noch mehr Käse und bemühe mich, so auszusehen, als wäre ich vollauf mit den Vorbereitungen für das Abendessen beschäftigt. Es gibt ein Thanksgiving-Essen. Einige von uns – ähm, ich – haben es dieses Jahr zu Thanksgiving nicht nach Hause geschafft, und Calla in ihrer unendlichen Fürsorglichkeit hat beschlossen, dass es schön wäre, es ein zweites Mal zu feiern. In einer silbernen Schale schwabbelt Preiselbeersoße. Rosmarinchips knacken in Nicks Mund. Zart schmelzende Hörnchen werden dampfend aus dem Ofen geholt.

«Sekt?» Grandma Ruby hält mir ein Glas hin.

«Ja.» Das ist eine sehr entschiedene Antwort. *Ja.*

Während einer Mission zu trinken, ist normalerweise ein hartes Tabu. Aber ich bin aus der Mission geschmissen worden. Ich habe meine Schwester im Prinzip verloren. Der Typ, mit dem ich geschlafen habe, hat mich hintergangen. Ich habe das mulmige Gefühl, dass wir bei diesem Fall etwas übersehen haben, dass der Überfall auf einen Geldtransporter nicht alles ist, was hier vor sich geht. Und mein potenzieller zukünftiger Schwager hat mich in Gegenwart eines Elfen bedroht.

Ich bin an einem Punkt, an dem Sekt helfen könnte.

Das erste Glas stürze ich mit ein paar Schlucken hinunter, die prickelnde Flüssigkeit rinnt mir die Kehle hinunter. Nick wirft mir einen weiteren professionell forschenden Agentenblick zu, und hey, wenn er ein urteilendes Arschloch sein will, soll er doch. Der Typ weiß nicht einmal, wie man eine Karotte in ordentliche Julienne-Streifen schneidet. Diese Beleidigung ist wahrscheinlich nicht gut genug, also behalte ich sie für mich. Lächle höflich und tue so, als wäre alles in bester Ordnung, gehen Sie weiter, hier gibt es nichts zu sehen, wir feiern ganz normal Weihnachten.

Wahnsinnig normal, dass George «der Kaffeekönig» Jones und seine Frau, «der Adler», an unserer Tür klingeln. Total normal, dass ich ihnen die Mäntel abnehme, mich von ihnen auf die Wange küssen und mir von ihrer Fahrt von Boston hierherauf erzählen lasse. Krass verschneit. Viel Verkehr. *Du musst Sydney sein.*

«Das bin ich!», rufe ich viel zu ausgelassen und führe sie hinein.

George sieht aus wie Johnnys deutlich älterer Zwilling, gekreuzt mit dem Paten, gekreuzt mit einer Gans. Er ist stattlich und gefasst und hat ein hupendes Lachen, das er sofort ausstößt, als er den Riesenhaufen Lametta sieht. Was, um ehrlich zu sein, genau meine Gedanken dazu spiegelt. Anna «der Adler» Jones ist genauso, wie Calla sie mir beschrieben hat: ein Abklatsch von Miranda Priestly aus *Der Teufel trägt Prada* mit Chanel-Handtasche in der Faust. Sie hat leuchtend weißes Haar und aus irgendeinem Grund ihre eigene Bratenspritze mitgebracht. Grandma Ruby bemüht sich, glaube ich, sehr, das nicht als Beleidigung aufzufassen.

Sie beugt sich zu mir herüber, als sie ins Wohnzimmer gehen, wo Johnny – oh verdammt – schon wieder die Montagsmaler hervorholt. «Ein ziemlich interessantes Paar, findest du nicht? Sehr …»

«Sehr, sehr», sage ich und frage mich, ob es noch mehr Sekt gibt und ob ich tatsächlich gerade das Garagentor gehört habe. Vielleicht spielen mir meine Ohren einen Streich, aber – *nein.* Da sind auch Schritte. Calla?

Es ist wirklich meine Schwester. Sie ist ins Haus geplatzt, stöckelt mit ihren hochhackigen Stiefeln durch die Küche, und mein Herz macht einen Satz in ihre Richtung. Es springt mir fast aus dem Körper. *Sie ist wieder da. Sie ist hier.* Und sie sieht … gut aus. Für jeden anderen sieht sie hervorragend aus. Das Haar liegt in geordneten Locken. Lippenstift unverschmiert.

Tadelloser Pullover, weihnachtlich kariert. Aber schon von der anderen Seite des Raumes aus spüre ich die unberechenbare Energie, die unter ihrer Haut fließt. Nennt es schwesterlichen Instinkt.

«Da ist sie ja!», schreit Johnnys Mutter freudig durch den Raum und breitet die Arme aus.

Calla lässt sich pflichtbewusst hineinsinken, als wäre absolut nichts geschehen. Als hätte es die letzten vierundzwanzig Stunden nicht gegeben. «Es tut mir so leid, dass ich zu spät komme», entschuldigt sie sich. «Ich war im Spa.»

«Also, das hat Wunder gewirkt! Du siehst frisch aus. Wie eine errötende Braut. Stimmt's, George?»

«Johnny ist ein Glückspilz!», sagt Johnnys Dad und klopft Calla auf den Rücken. Dieses Schultergeklopfe muss in der Familie liegen, und … *Was ist hier los? Was zum Teufel ist hier los?* Calla sieht mir nicht in die Augen. Vermeidet es um jeden Preis. Irgendwie verständlich, wenn man bedenkt, was ich ihr alles verheimlicht habe. Aber dass sie zurückgekommen ist, heißt doch nicht … dass sie ihn trotzdem noch heiratet, oder?

«Entschuldigung», sage ich und dränge mich an den Jones vorbei, «Entschuldigung, ich wollte nur …»

Ich packe Calla, ziehe sie in die fetteste Umarmung der Menschheitsgeschichte und drücke sie fest an mich.

Sie erwidert die Umarmung leicht. Aber ihr Puls schlägt wie wild – und in der Küche schrillt die Küchenuhr. Essen ist fertig. Das Rehearsal Dinner. Wir müssen uns setzen. Als ich sie für einen Moment zur Seite ziehen will, zischt sie mir zu, sodass nur ich es hören kann: «Nicht jetzt. Es geht mir gut. Warte einfach ab.»

Es geht ihr nicht gut.

Worauf soll ich warten?

Wir tappen alle sieben in das vornehme Esszimmer, wo Calla den Tisch deckt. Sie legt das beste Silberbesteck heraus (die glänzenden Gabeln und die geriffelten Servierlöffel) und nimmt Grandma Rubys Keramikteller mit den Vogelküken darauf. Nick bietet an, beim Auftragen zu helfen: den riesigen und gut durchgebratenen Truthahn, einen Berg von Hefebrötchen und einen grünen Bohnenauflauf frisch aus dem Ofen. Salbeiduft erfüllt den Raum. Es riecht sensationell. Ich bin alles andere als hungrig.

«Los, los, nehmt Platz», drängt Grandma Ruby und lässt sich selbst am Kopfende des Tisches auf ihren Stuhl fallen. Ich setze mich mit klirrenden Armbändern zwischen sie und Calla.

Am anderen Ende des Tisches nippt Johnny am Sekt und zwinkert mir zu. *Arschloch.* Ich beiße die Zähne zusammen, greife nach meinem frisch aufgefüllten Sektglas und schwenke den Alkohol im Mund herum. Nichts. Nichts ist in seinem Gesicht zu sehen. Kein Hinweis auf das, was gestern Abend passiert ist. Was denkt er denn, was hier vor sich geht? Mit Calla? Jetzt, wo sie wieder da ist, glaubt er vielleicht, dass sie wirklich im Spa war. Sich vor der Hochzeit hat verwöhnen lassen. Ganz normal.

Aus den Augenwinkeln beobachte ich meine Schwester. Entweder ist sie die beste Schauspielerin, der ich je begegnet bin – oscarverdächtig, die unter Druck coolste Person, die man sich denken kann –, oder sie hat es wie durch ein Wunder geschafft, sich selbst einzureden, dass alles in Ordnung ist. Ich hoffe Ersteres. Auf der Eislaufbahn hat sie gesagt, sie wäre zäher, als man ihr zutraue.

Ich leere mein Glas. Schenke ein neues ein. Schäumenden Schaumwein.

Iss einfach, sage ich mir. *Iss einfach und halt die Klappe.*

Aber Calla … Calla hat recht. Zurückzukommen und sich auf die eine oder andere Art mit dem hier auseinanderzusetzen, bedeutet, dass sie zäh ist. Sie ist es wirklich. Und ich möchte ihr Mut machen. Ihr *irgendetwas* geben.

Ich rücke mit meinem Stuhl ein Stück zurück.

«Was machst du da?», flüstert Calla und beugt sich zu mir herüber. Panik huscht über ihre Stirn. «Ich habe gesagt, keine Reden.»

Nein, hast du nicht.

«Und … du schwitzt», sagt sie. «Wieso schwitzt du?»

Du weißt genau, wieso ich schwitze. «Ich schwitze nicht.»

«Sydney, es tropft dir vom Gesicht.»

Ich verdrehe die Augen, als spielten wir ein Spielchen, tupfe mir mit der Stoffserviette die Stirn ab und ziehe meinen Rollkragenpullover einen Zentimeter vom Hals weg. Dies ist das letzte Mal, dass ich schwedische Rentierwolle trage. Das Zeug ist nicht atmungsaktiv. «Ich will nur ein paar Worte sagen …»

«Nein! Nein, *bitte*. Du …»

Sie greift nach meinem Ärmel, aber ich bin schneller. Ich stehe schief auf, weil ich am Ellbogen halb hinuntergezogen werde, komme schwankend zum Stehen und klopfe mit einem Buttermesser gegen mein Sektglas.

«Ich möchte einen Toast ausbringen», sage ich. Mein Lächeln ist warm, freundlich. Im Esszimmer wird es still, und es ist noch «Sie sind ein gemeiner Mensch, Mr Grinch» aus den Lautsprechern zu hören.

«Johnny», sage ich und hebe mein Glas in seine Richtung.

Ich beginne, darüber zu sprechen, wie glücklich wir uns schätzen können, meine Schwester zu lieben. Die ganze Rede hindurch lacht Calla an den richtigen Stellen, bedeckt ihr Gesicht in den richtigen Momenten – und Nick, Nick hängt mir bei jedem Wort an den Lippen. Ich will nicht an seine Hände denken oder an das Hotelzimmer oder daran, wie er mich ansieht, als würde er mich kennen, als wären wir stets immer nur ehrlich zueinander gewesen.

Bullshit.

Neben mir neigt Calla höflich den Kopf, was gleichzeitig *Ich liebe dich* und *Sydney, bist du betrunken?* heißt. Aber ich spüre, dass sich dahinter etwas verbirgt, eine Urangst. Angst vor dem, was ich gleich sagen werde. Vor dem, wie ich diese kleine Rede zu Ende bringen werde.

«Wenn es hart auf hart kommt, würde ich für meine Schwester alles tun», sage ich. «Alles. Ich habe das Glück, sie zu lieben, so wie du das Glück hast, sie zu lieben. Also erhebt eure Gläser.»

Rund um den Tisch steigen sieben Gläser ins Licht des Kronleuchters, und natürlich suche ich mir ausgerechnet diesen Moment aus, um Nicks Blick aufzufangen. Doppelagent Nick. Er bedenkt mich mit einem leichten Nicken, als wollte er sagen: *Seltsame Rede, Syd, was sollte das?* Und meine Kehle schnürt sich zusammen.

Ich glaube, ich könnte ihn hassen.

Ich weiß nicht, wie diese Sache für uns beide enden wird.

«Seid nett zueinander», füge ich schwungvoll, aber mit belegter Stimme hinzu. «Sonst, Johnny, muss ich dir nämlich jeden Knochen in deinem Körper einzeln brechen und all so was. Okay? Wer möchte Truthahn?»

Alle lachen zustimmend, die Gläser klirren zusammen, und ich lasse mich auf meinen Stuhl zurücksinken.

Neben mir gerät etwas in Bewegung. Calla und ich, wir sind wie eine Wippe. Während ich sinke, steht sie langsam auf.

«Ich möchte noch etwas hinzufügen», sagt meine Schwester,

die perfekte Gastgeberin, und mein erster Gedanke ist: *Oh, oh.* «Ich habe gerade gedacht, die meisten von euch wissen, wie Johnny und ich uns kennengelernt haben, aber ich bin mir nicht sicher, ob alle von euch wissen, wie er mir seinen Antrag gemacht hat.»

Gespannte Blicke gehen über den Tisch hin und her, und Nick versucht wieder, meinen Blick zu erhaschen. Spürt er sie auch? Diese Veränderung in Calla. Irgendetwas an ihr ist einfach ein winziges bisschen *falsch*. Auch an Nick – jetzt, wo ich ihn richtig ansehe. Auf seiner Tischseite hat er diskret sein Handy herausgezogen und liest mit fast entsetzter Miene eine Nachricht.

«Okay», sagt Calla und streicht sich mit der Hand seitlich ihren Rock glatt, streicht selbst die kleinsten Fältchen aus. Oder sie wischt sich Feuchtigkeit von der Handfläche. «Johnny und ich waren unterwegs beim Weihnachtseinkäufemachen, obwohl ich, ehrlich gesagt, schon am vierten Juli neunzig Prozent meiner Einkäufe erledigt hatte.»

Vereinzelt ertönt Gelächter.

«Johnny hat sich total nervös benommen», sagt sie, «und ich dachte, es läge daran, dass er noch nicht wusste, was er mir zu Weihnachten schenken sollte. Aber wir beschlossen, einen kurzen Spaziergang durch den Public Garden zu machen. Es hatte gerade angefangen zu schneien. Solch wirklich hübsche, perfekte Schneeflocken. Und wir blieben mitten auf einer perfekten Brücke stehen. Johnny ist auf ein Knie gegangen und hat zu mir gesagt, in Filmen würden Menschen der Liebe ihres Lebens immer auf Brücken begegnen. Und obwohl unsere Familien sehr unterschiedlich seien und wir aus zwei verschiedenen Richtungen kämen, wäre es ihm eine Ehre, mich in der Mitte zu treffen.»

Johnnys Mutter legt sich die Hand aufs Herz und bekommt Tränen in die Augen, aber Calla ist noch nicht fertig.

«Alles daran war perfekt. Der Ort. Der Zeitpunkt. Die Rede. Der Ring.» Sie blickt auf ihre Hand hinunter, als gehörte sie nicht zu ihrem Körper. Als gehörte sie jemand ganz anderem. Dennoch lächelt sie, hebt ihr Sektglas ein wenig höher und verkrampft dabei die Fingerspitzen so sehr, dass sie beinahe Dellen hineindrückt. «Ich möchte auf Johnny anstoßen. So perfekt – es ist unglaublich.»

Ihre letzte Zeile sprüht vor Wärme. Johnnys Eltern sind begeistert. Seht nur ihren Sohn an! Was für einen Mann sie da großgezogen haben. Fast unvorstellbar perfekt. Johnny ist ebenfalls zufrieden. Sein Glas neigt sich in Richtung seiner baldigen Braut, und er trinkt befriedigt einen prickelnden Schluck.

Doch als Calla mit Entschlossenheit in den Augen auf mich herabblickt, weiß ich es. Eine Schwester weiß es immer.

Calla ist nicht zurückgekommen, um Johnny zu heiraten.

Sie ist zurückgekommen, um den Mistkerl zur Strecke zu bringen.

18

Das gesamte Abendessen hindurch warte ich auf den richtigen Augenblick, warte verzweifelt darauf, dass alles vorbei ist und ich mit meiner Schwester unter vier Augen sprechen kann. Das Gespräch fließt ein bisschen zäh. Grandma Ruby übernimmt die Hauptarbeit, plaudert über die Weihnachtsdekoration auf der Main Street, all die beleuchteten Zuckerstangen, die sie auf dem Gehweg hat aufstellen lassen, und dann, wie aus dem Nichts, geht es um Babys. Johnnys Mom spricht sehr gern über Babys. Wann könnte sich Calla vorstellen, schwanger zu werden? Ob sie eine künstliche Befruchtung in Betracht ziehen würde, falls es mit der Fruchtbarkeit Probleme gibt, damit der Fortbestand der Familie Jones sichergestellt sei? Und ob sie ihr den grünen Bohnenauflauf reichen könne? Grandma Ruby lenkt eher taktlos – aber dankenswerterweise – mit einer Geschichte über Elchspuren an der kanadischen Grenze ab. Wie sie konversationstechnisch überhaupt zu diesem Thema gelangt ist, wird nie erörtert, aber Calla scheint dankbar dafür zu sein.

Ich warte ständig darauf, dass Calla vom Tisch aufsteht. Zur Toilette geht. Eine weitere Flasche Sekt holt.

Aber sie bleibt wie angewurzelt auf ihrem Stuhl sitzen und hält die Scharade aufrecht. Als der Korb mit den Hefebrötchen leer ist, fragt mich Grandma Ruby, ob ich ihn bitte auffüllen könnte. Ich nicke Calla diskret zu und hoffe, dass sie mir in die Küche folgt. Stattdessen folgt mir Nick.

Mein Magen hebt sich.

«Ich muss mit dir reden», sagt er ernst und mit sorgenvollen Falten im Gesicht. Echte Sorge? Vorgetäuschte Sorge? *Glaub ihm kein Wort.* «Meinst du, wir können kurz rausgehen? Oder nach oben?»

Ich werfe ein paar Brötchen in den Korb, ihr teigiges Gewicht plumpst gegen den Stoff. *Sentimentales Arschloch*, hat Johnny gesagt. *So ist Nick nicht. Vielleicht warst du ein leichter Fang.* «Ich will nicht zu lange vom Essen wegbleiben. Wir sollten …»

«Bitte, Sydney», sagt er und senkt seine Stimme zu einem Flüstern, das von der Weihnachtsmusik übertönt wird. «Ich glaube, man hat dich auf falsche Gedanken gebracht. Nein, das nehme ich zurück. Ich *weiß*, dass du unter einem falschen Eindruck stehst.»

Mein Blick schnellt zu ihm hinüber, seine Miene ist gleichermaßen angespannt und verzweifelt. Ich kämpfe sehr darum, den Schein zu wahren, aber der Beton bekommt Risse. Streicht das. Der Beton liegt am Boden. Zerbröselt. Zu Staub.

Nick weicht die Farbe aus dem Gesicht. «Das ist es, was er tut, Sydney, er …» Er unterbricht sich mit einem heftigen Aufseufzen, reckt den Hals, späht ins Esszimmer, und plötzlich öffnet er die Tür zur Speisekammer und schiebt mich sanft hinein. Legt mir dazu eine Hand auf den unteren Rücken.

«Hey!» Was hat er vor? Die Brötchen bleiben auf der Arbeitsplatte stehen, und ich stolpere mit klopfendem Herzen halb über winzige Eimerchen mit Mehl auf dem Boden in die Speisekammer. «Denkst du nicht, das ist verdächtig?», zische ich.

Nick schließt die Tür zur Speisekammer und schaltet die Glühbirne an der Decke ein, sodass gelbes Licht um uns aufleuchtet. Er hat seinen WEIHNACHTSPULLI gegen einen echten Weihnachtspulli getauscht, über seine Brust tänzeln winzige Rentiere mit blauen Hufen, er sieht so fröhlich und so traurig aus. *Mir doch egal.* Die Wände der Speisekammer rücken näher, Zuckergläser aus Milchglas und Päckchen mit Speisestärke wanken in den Regalen. «Mein Kontaktmann hat die letzte Aufnahme überprüft.» Nick flüstert so leise, dass er kaum zu hören ist. «Deshalb habe ich beim Essen auf mein Handy geschaut. Ich weiß, was Johnny zu dir gesagt hat, und es stimmt nicht, Sydney. Ich bin sicher, du denkst, ich hätte dich hinters Licht geführt, dreifach hinters Licht geführt, aber Johnny macht nur das, was er am besten kann. Er lässt die Leute an sich selbst zweifeln. Er sagt dir genau das, was du am wenigsten hören willst.»

Ich verschränke die Arme vor der Brust und spanne die Schultern an. «Tja, du kennst mich nicht wirklich, also …»

«Tu das nicht», stöhnt Nick, als hätte ich ihm gerade einen Schlag in die Magengrube versetzt. «Bitte tu das nicht.»

«Was? Wir kennen uns nicht. Ganz offensichtlich.»

Nicks Hals schnürt sich so schmerzhaft zu, dass ich es sehen kann. «Ich weiß, es sieht nicht gut aus, aber wenn du mir die Gelegenheit geben würdest zu erklären … vor einem Jahr hat Johnny Verdacht geschöpft. In meiner Abteilung gab es einen Maulwurf, der Johnny von meinem Vater erzählt hat und anfing, meine Deckung zu zerpflücken. Ich musste Johnny vorspielen, ich wäre *für* ihn zum CSIS gegangen. Dass ich für ihn in die Fußstapfen meines Vaters getreten sei, für ihn Doppelagent, sein Mann innerhalb der Organisation geworden sei.»

Ich atme weiterhin aus. «Und du fandest nicht, dass du diese Informationen mit mir hättest teilen sollen?»

«Du hattest ohnehin schon Schwierigkeiten, mir zu vertrauen, und ich …» Seine Stimme bricht. «Ich wollte dich nicht beunruhigen. Ich wollte dir keinen Grund geben zu zweifeln, wenn es kompliziert wird, und es sah nicht gut aus. Ich schwöre, ich habe so etwas *noch nie* in einer Bar zu einer Frau gesagt. Johnny hat immer gewitzelt, dass ich es für mich nutzen sollte, aber das habe ich nie gemacht. Bitte, Sydney. Ich schwöre. Du kannst mir immer noch vertrauen.»

«Darf ich?», presse ich mit eiskalter Stimme hervor. Denn ich habe meine Entscheidung bereits getroffen. Ich werde nie wieder auch nur ein Wort von ihm glauben.

«Ja», flüstert Nick. Er atmet geräuschvoll durch die Nase aus. «Ich möchte, dass du alles über mich weißt. Du bist seit drei Jahren der erste neue Mensch, dem ich vertraue, und …»

Eine meiner Hände schnellt nach oben und schaltet das Licht aus, die andere legt sich auf Nicks Mund. Er presst die Lippen auf meine Handfläche, sein leicht kitzelnder Atem streicht über meine Haut. Ein Schauer durchläuft mein Innerstes. Ich habe etwas gehört. Jemand ist äußerst taktvoll auf Zehenspitzen in die Küche geschlichen und steht vor der Tür zur Speisekammer. Nick und ich gefrieren zu Zuckerdosen. Wir warten. Warten noch ein bisschen länger.

Bis Grandma Ruby die Tür aufreißt.

Es ist ihr kaum hoch genug anzurechnen, dass sie zwar ein wenig zusammenschreckt, aber der unbestreitbaren Eigenartigkeit dieser Situation nicht auf den Grund geht. Ich weiß nicht, was sie denkt, was wir hier tun – so dicht beieinander, und ich ziehe meine Hand von Nicks Mund zurück. Sie fragt lediglich: «Könntest du mir die Tüte Salz geben, Schätzchen?»

Sie steht direkt neben meinem Kopf. Geräuschlos drehe ich mich um, greife danach und reiche sie ihr.

«Danke», sagt sie und schließt die Tür wieder.

«Ich sollte …», sage ich zu Nick, ohne den Satz zu beenden.

Er streift mit den Fingerspitzen meine und sagt etwas zu meinem Rücken, während ich die Flucht ergreife.

Danach dauert das Abendessen nicht mehr lange. Getrennt kehren Nick und ich an den Tisch zurück und lassen unser Gespräch wie eine unversorgte Wunde hinter uns. Gabeln klirren. Wir essen einen Wintersalat. Rucola. Irgendwo unter dem Tisch schnappt Sweetie Pie auf Kniehöhe nach Bissen, die ihr hinuntergereicht werden. Ich stecke ihr ein Stück Truthahn zu – und dann einen richtig großen Bissen aus meiner Handfläche. Johnny nimmt das Messer und schneidet dicke, gezackte Stücke von dem Vogel. Dabei schickt er ab und zu ein finsteres Grinsen in meine Richtung.

Du, denke ich. *Du wirst untergehen. Ganz tief unter Wasser, Freundchen.*

Und dann ist es vollbracht.

Das Abendessen ist endlich vorbei. Komplimente gehen an die Köchin und die Person, die diesen Berg von Reibekäse produziert hat (danke, danke), dann bricht Johnny mit seinen Eltern auf. Es bringt Unglück, die Braut nach dem Rehearsal Dinner noch zu sehen. Alle gehen getrennte Wege: Johnny zusammen mit Mr und Mrs Jones in eines der Hotels am Meer die Straße hinunter, Nick bringt für Grandma Ruby den Müll raus, und Calla und ich verschwinden nach oben. Weiter nach oben. Auf den Dachboden.

Als die Tür zufällt, stößt sie einen riesigen Schwall Luft aus und schüttelt die Hände aus, als wären sie nass und es würde Wasser von ihnen abperlen. «Ich hätte nicht gedacht, dass ich das schaffe», keucht sie. «Ich meine, irgendwie habe ich es schon geglaubt, aber das ist nicht gerade das Hochzeitsszenario, das ich mir erträumt habe.» Sie hält meinen Blick fest und atmet Wölkchen aus. «Sydney, es ist wirklich eiskalt hier oben.»

«Ja.» Ich nicke, lasse der Ehrlichkeit ihren Lauf. «Aber der Rest des Hauses ist verwanzt.»

Calla blinzelt, ihr Zorn kommt wieder hoch. «Du hast unser Haus verwanzt?»

«Nein, aber es könnte genauso gut ich gewesen sein. Und es tut mir so leid. Selbst das auszusprechen fühlt sich trivial und belanglos an, und ich …»

Calla schüttelt den Kopf und schneidet mir das Wort ab. «Nein … hör einfach auf. Ich will keine Entschuldigung. Ich will nur … Gott, ich weiß nicht mal, was ich will. Dass mir jemand sagt, dass das alles nur ein böser Traum ist. Vor ein paar Tagen dachte ich noch, dass ich vielleicht kalte Füße bekomme. Es ist normal, kalte Füße zu bekommen. So steht es in allen Blogs. Allerdings hatte ich natürlich kaum Zeit, Blogs zu lesen, denn die ganze Sache hat sich ja mit Lichtgeschwindigkeit entwickelt!» Calla schüttelt noch heftiger den Kopf. «Und das hat mir widerstrebt. Absolut widerstrebt. Du hast recht, ich plane gern, das gibt mir Sicherheit – aber ich wollte einfach dieser spontane Mensch sein, als den Johnny mich gern hätte, dieser Mensch, der für jeden Spaß zu haben ist … das muss ich mir wohl abschminken?»

Ich weiß nicht wirklich, was ich darauf antworten soll. «Ich weiß nicht wirklich, was ich darauf antworten soll», sage ich.

Sie massiert sich den Halsansatz. «Vielleicht bin ich zu sehr daran gewöhnt, mit kleinen Kindern zu arbeiten, und weiß nicht mehr, wie ich mit Erwachsenen umgehen soll, aber als Johnny und ich zurückgefahren sind, bin ich auf dem Beifahrersitz eingeschlafen und hatte den eigenartigsten Traum, Sydney. Es ist Weihnachtsmorgen. Wir sitzen alle um den Baum.

Plötzlich fühle ich mich ganz krank. Als würde irgendetwas nicht stimmen. Als ich nach oben fasse, ist mein Pyjamaoberteil nass. Und klebrig. Und rot. Ich denke: *Oh mein Gott, ich blute, warum blute ich?* Aber dann merke ich, dass es Preiselbeersoße ist. Nicht mal hausgemachte Preiselbeersoße, die aus der Dose, mit den Rillen? Und da sind … diese Stücke überall auf mir, und dann merke ich, dass ich gar nicht meinen Pyjama anhabe. Ich trage mein Hochzeitskleid.»

Sie wird eine Menge Therapiestunden brauchen. «Das hört sich furchtbar an», sage ich voller Mitgefühl.

«Das habe ich auch gedacht! Ich bin aufgewacht, habe Johnny von meinem Traum erzählt, und er hat gelacht – er hat es für einen Scherz gehalten oder so was. Und das hat all diese anderen Dinge an die Oberfläche gebracht. All die Vorbehalte, die ich unterdrückt hatte, weil es diesmal anders sein sollte, er kam mir in so vielerlei Hinsicht perfekt vor, und ich hing an der Vorstellung, die ich von ihm hatte. An der Chemie zwischen uns und dass er einfach … den ganzen Raum eingenommen hat. Plötzlich hatte ich dieses ausufernde Sozialleben, und wir sind überallhin ausgegangen, und er hat mir superfrüh gesagt, dass ich für ihn ‹die Eine› bin. Das fühlte sich gut an. Es fühlte sich richtig an. Er hat mir gesagt, er würde mich niemals verlassen, und das waren genau die Worte, die ich hören wollte. Aber die Lügen …» Sie schluckt. «Ich glaube, er liebt mich in echt, aber ich glaube auch, dass ich gut für sein Image war. Eine Grundschullehrerin, die wahrscheinlich nicht viele Fragen stellt. Aber ich möchte, dass du weißt – du *musst* wissen –, dass ich Fragen gestellt habe. Gleich von Anfang an. Johnny hatte nur einfach immer auf alles eine Antwort. Wieso haben seine Cousins mitten in der Nacht an die Tür geklopft? *Eheprobleme.* Warum hat er so viel Klebeband? *Er kauft bei Costco ein.*»

«Er kauft tatsächlich bei Costco ein», gebe ich zu und ziehe die Nase in Falten. «Es steht in seiner Akte. Er ist Premiummitglied.»

Calla massiert sich in kleinen, engen Kreisen mit dem Finger zwischen den Augenbrauen. «Ich bin gerade wie betäubt. Und wütend. Ich bemühe mich, das zu verarbeiten. Es gelingt mir nicht. Ich habe gehört, was du auf der Eisbahn gesagt hast – über deinen Job, über Johnny –, und plötzlich rase ich los wie eine Rennfahrerin, ich wollte einfach nur Zeit haben, darüber nachzudenken, wie das alles so schiefgehen konnte.»

Ich schlucke, weil ich weiß, dass wir jetzt zum besonders schwierigen Teil kommen. «Wo bist du hingefahren?»

Calla beginnt, in der Kälte hin und her zu laufen. «Zuerst bin ich nur im Kreis gefahren. Ich bin im Kopf die letzten Monate durchgegangen, habe mir alles in Erinnerung gerufen, was Johnny mir erzählt hat, und mich gefragt, wie viel davon wahr war – zum Beispiel, ist es normal, dass man im Schlafzimmer Handschellen hat? Ich dachte, der Grund wäre … du weißt schon, ein anderer. Es hätte leicht der andere Grund sein können! Ich habe mir gesagt, wenn ich in sein Haus einbreche und nichts anderes finde …»

Mir stockt der Atem. «Du bist in sein Haus eingebrochen?»

«Oh, ich habe einen Schlüssel. Außerdem nein.» Sie macht auf dem Absatz kehrt und marschiert in die andere Richtung. «Ich fing an, paranoid zu werden. Wenn auch nur die geringste Chance bestand, dass das, was du gesagt hast, stimmte – und warum solltest du mich bei so etwas anlügen –, wollte ich sichergehen, nicht verfolgt zu werden. Also habe ich den Escalade bei meinem Freund Tyler abgestellt.»

«Bei Tyler, deinem ersten Freund?»

«Ja, er wohnt immer noch hier. Es war einfach der erste nicht öffentliche Ort, der mir eingefallen ist. Rund um sein Grundstück ist nur Wald. Ich habe ihn sozusagen gleich auch zur Hochzeit eingeladen, was *lächerlich* ist, weil die Hochzeit gar nicht stattfinden wird, aber er stand einfach so da …»

«Calla», sage ich, packe sie leicht an den Schultern und halte sie fest. «Konzentriere dich.»

Sie nickt abrupt. «Ich habe Tylers Wagen genommen, damit Johnny nicht meine Spur aufnehmen kann, und bin den ganzen Weg nach Boston in meine Wohnung gefahren. Ich dachte, das würde vielleicht ein paar Erinnerungen hochkommen lassen an irgendwas, was er im Laufe unserer Beziehung zu mir gesagt hat und was sich falsch anfühlte. Und das hat es auch.»

«Sprich weiter …», dränge ich sie sanft.

«Du hast gesagt, ich sei in der Nähe eines der Tatorte gewesen? In Buffalo? Da habe ich Diana besucht. Sie hat dort in einer Galerie ein paar von ihren typischen Bärenpullis ausgestellt, und ich war noch nie in Buffalo, also … Johnny hat mir explizit gesagt, ich solle da nicht hinfahren. Dort in meinem Wohnzimmer. Ich habe das nicht verstanden. Er war wirklich hartnäckig, aber ich hatte die Tickets schon gebucht und wollte meine Freundin sehen.»

Calla beißt sich auf die Lippe, ihre Augen stehen voller Tränen. «Aber er hat mich nicht aufgehalten. Er wusste, wenn bei diesem Raubüberfall in Buffalo irgendetwas schiefgeht, würde es sehr schlecht aussehen, dass ich in der Gegend war. Ich habe nur an dieser Tankstelle getankt! Das ist alles. Aber ihm muss klar gewesen sein, dass das verdächtig aussehen würde, und er hat mich direkt ins Messer laufen lassen. Das heißt, ihm war das Geld wichtiger als ich, oder? Er hat sein Verbrechen über … über uns gestellt. Über alles, was zwischen uns ist. Und ich schwanke die ganze Zeit, denn eine Hälfte von mir ist so wütend über all die Lügen, und die andere Hälfte ist völlig gefühllos. Es ist nicht nur, dass ich ihm geglaubt habe, sondern dass ich ihm glauben *wollte*. Ich wollte diesen ganzen Märchen-Schwachsinn und den perfekten Mann, der verdammt noch mal auf einem Schimmel aus dem Nichts kommt.»

Mein Kopf fährt beinahe zurück. Ich bin mir nicht sicher, ob ich Calla jemals fluchen gehört habe. «Er hat tatsächlich gesagt, dass er dir vor dem Altar ein Pferd schenken will.»

«In unserem *Wohnzimmer*? Wie soll das da reinpassen?» Sie reibt sich die Augen. «Ganz abgesehen davon, was Sweetie Pie davon halten würde. Sie hat *richtig* Angst vor Pferden.» Sie wischt sich mit dem Ärmel über die Nase. «Ich glaube, ich wollte einfach, dass mich ein Typ mal nicht enttäuscht wie Dad. Ich weiß, dass du Dad nicht wiedersehen willst.»

Mein Magen verkrampft sich. «Das ist es nicht.» Tatsächlich stelle ich es mir vor. Stelle mir ihn vor, wie er in einem zerknautschten blauen Anzug in den Flur tritt, die Haare zu einem Scheitel gekämmt. Vielleicht ist sein Haar jetzt länger. Wahrscheinlich, oder? Und er sucht unter den Gästen nach Calla, nach mir. Das wäre das perfekte Ergebnis. Das beste Ende.

Aber das ist das Filmende. Alle Stränge säuberlich aufgelöst. Im wahren Leben geht es unordentlicher zu.

«Er hat ehrlich gesagt hier angerufen», hauche ich.

Calla fängt meinen Blick auf, ihre Augen sind ein wenig blutunterlaufen, ihre Stimme wird rau. «Hat er?»

«Ja.» Ich kann mich nur mit Mühe zusammenreißen. «Ja, hat er. Ich … äh, ich bin ans Telefon gegangen, und er hat meine Stimme nicht erkannt, er dachte, ich wäre Grandma Ruby. Und er hat im Grunde gesagt, dass er nicht zur Hochzeit kommt, und ich weiß, du hast nicht den Vater, den du verdient hättest, und du hast nicht die Schwester, die du verdient hättest …»

Einen Sekundenbruchteil später wirft Calla die Arme um mich. Es fühlt sich an, wie nach Hause zu kommen. Es fühlt sich an wie vor einer Ewigkeit. Sie legt ihr Kinn auf meine Schulter, und ich lehne mich an sie, atme ein, halte sie fest. «Nein», sagt sie und schüttelt den Kopf. «Sag das nicht. Du bist hier, trotz allem. Nur weil es kein perfektes Wiedersehen war, heißt das nicht, dass ich meinen Glauben an dich völlig verloren habe. Du bist zurückgekommen. Das hier – genau das – zeigt, wer du mal gewesen bist. Zeigt die, die du immer gewesen bist.»

Das bricht mir fast das Herz. Aber es lässt mich auch ein wenig heilen. Calla hat recht. Ich bin von mir selbst abgetrieben, aber dieses Weihnachten fühlt es sich so an, als würde ich wieder an Land stolpern.

Selbst einfach nur laut über unseren Dad zu sprechen …

Manchmal kann man etwas nicht verarbeiten, wenn man nicht zuerst den Schaden anerkennt. Manchmal muss man erst genau wissen, wo es wehtut und warum es wehtut, bevor man anfangen kann, es zu verwinden.

Mein Hals ist immer noch rau. «Fehlt dir manchmal *wirklich*, wie es war?»

Sie nickt an meiner Schulter und umfasst mich fester. «Die ganze Zeit», flüstert sie. «Ich habe diese Erinnerung an Mom und Dad, eine ganz spezielle, die sich in meinem Kopf immer wieder abspielt, und sie ist so deutlich, dass ich mir nicht einmal sicher bin, ob sie echt ist.»

«Erzähl», murmle ich.

Calla tritt einen kleinen Schritt zurück und wischt sich mit dem Handballen eine Träne weg. «Ich war noch sehr klein, denn wir haben noch in dieser Wohnung gewohnt, das war lange, bevor wir zu Grandma Ruby gezogen sind, und es muss

Heiligabend gewesen sein. Ich glaube, ich dachte, ich hätte den Weihnachtsmann gehört. Irgendein Geräusch aus dem Wohnzimmer. Also schaue ich um die Ecke, und da stehen Mom und Dad und umarmen sich einfach. Das ist die ganze Erinnerung. Sie haben sich einfach nur vor dem Weihnachtsbaum umarmt, und um sie herum waren diese bunten Lichter, richtig hell, und da wusste ich, eines Tages will ich auch jemanden haben, der mich so sehr liebt.»

«Das ist es doch», krächze ich und befingere instinktiv mein Tattoo. «Das hast du, Calla. Grandma Ruby und ich, wir lieben dich bis zum Mond und wieder zurück … Und außerdem bin ich sicher, dass es eine echte Erinnerung ist. Ich erinnere mich auch an so etwas. Wie nahe sie einander waren.»

Calla stößt einen Seufzer aus, der nach Erleichterung klingt. «Gut, weil … manchmal weiß ich nicht, ob ich mich nur an Geschichten erinnere, die Grandma Ruby mir erzählt hat, oder an Dinge oder irgendwas über Mütter, was ich im Fernsehen gesehen habe. Und was Dad angeht, habe ich ganz zufällige Bilder im Kopf. Wie zum Beispiel, dass er sich bei dreißig Grad mal in eine Regentonne gesetzt hat oder dass er mir mit einem Staubsaugerschlauch eine Frisur gemacht hat? Und die Baseballspiele. Ich habe diese Baseballspiele *geliebt.*»

Ich ziehe die Stirn in Falten. «Echt?»

Jeden Sommer, bevor die Schule anfing, haben Dad, Calla und ich uns ein Heimspiel angesehen. Wir haben uns eine Foam Hand der Cape Hathaway Huskies gekauft, Erdnüsse gegessen und bei Sonnenuntergang unsere Fleece-Sweatshirts übergezogen. Papa legte die Füße auf die Lehne des Sitzes vor ihm, verschränkte die Hände hinter dem Kopf und sagte: *«Das hier, Mädels, kommt dem Glück am nächsten.»* Und es war auch mein Glück. Mein Stückchen Glück. In den Jahren, nachdem er weggegangen war, gingen Calla und ich weiter zu den Spielen – aber ich sah seinen Schatten auf der Tribüne. Hatte sein Glückszitat in den Ohren, das sich damals so fremd anfühlte. Und meine Trauer holte mich ein. Die CIA wurde zu einem Vorwand, um am Ende des Sommers nicht mehr zu diesen Spielen gehen zu müssen, mich nicht mehr erinnern und etwas tun zu müssen, das meine Wunden aufriss.

«Ja», sagt Calla. «Ich meine, nicht den Teil mit dem Baseball, aber alles andere.»

«Dann gehen wir wieder hin», sage ich und meine es ernst. «Wir gehen wieder. Diesen Sommer. Oder sogar schon vorher. Im Frühling. Wenn die Saison anfängt, sind wir dabei. Ab jetzt wird alles anders.»

Calla hält inne. Sie denkt nach. Dann sagt sie: «Ich glaube dir.»

Es ist eine einfache Aussage. Es ist außerdem genau das, was ich hören musste. Und ich spüre, wie all meine rissigen Stellen wieder ein wenig verheilen. Wie schafft sie es, so viel Liebe auszustrahlen, so einfach zu verzeihen, wo ich mir nicht einmal selbst verzeihen kann?

«Aber was mache ich jetzt?», krächzt sie und holt uns damit zurück in die Gegenwart. «Mit der Hochzeit?»

«Was willst du machen?», frage ich sie sanft.

«Ich kann ihn nicht heiraten, Syd.»

«Ich weiß.»

«Alle werden zur Hochzeit anreisen.»

Ich lege ihr die Hände auf die Schultern. «Kümmere dich nicht um sie. Lass mich das übernehmen.»

«Ich dachte, wenn ich zurückkomme», sagt Calla, «wenn ich bei Johnny Zeit schinde und er hierbleibt, wenn seine ganze Familie für die Hochzeit hier ist, würde ich euch die Zeit geben, euch etwas zu überlegen. Und mir die Zeit, mich noch an ein paar Dinge zu erinnern. Es gibt … es gibt da noch eine Sache, die mir eingefallen ist.»

Ich weiche ein paar Millimeter zurück und sehe sie an. «Ja?»

Sie beißt sich auf die Lippe. «Johnny hat einen Lagerraum für seine Mountainbikes. Ich habe den Schlüssel letzte Woche gefunden und ihn danach gefragt.»

«Okay …», sage ich, und mein Puls steigt wieder.

Calla blinzelt. «Sydney. Er *hasst* Radfahren.»

Ich stehe neben dem Aussichtspavillon in unserem Viertel im Schnee, ein langes Stück die Straße hinunter, und wähle Gails Nummer. Meine Stiefel knirschen über das Streusalz unter meinen Sohlen, weil ich hastig auf und ab gehe. Sie geht nicht ran. Jemand anderes nimmt ab. «Sie sind außerhalb der Geschäftszeiten mit dem Büro von Claras Hühnerfarm und Bäckerei für hausgemachte Waffeln verbunden, was kann ich für Sie tun?»

Ich zögere keine Sekunde. «Holen Sie Gail ans Telefon.»

Auch die Stimme am anderen Ende der Leitung verliert keine Zeit. «Nachname? Und in welcher Abteilung ist sie beschäftigt?»

Mit klopfendem Herzen massiere ich mir mit der Handfläche die Stirn. «Hier ist Sydney Swift, und es ist ein Notfall. Verbinden Sie mich einfach mit Gail.»

«Es tut mir leid», sagt die Stimme völlig ungerührt, «aber wir haben hier Dutzende von Abteilungen: Marketing, Personalabteilung, Hühnerabteilung …»

Ich habe die Nase voll von dieser Verzögerung, uns läuft nämlich die Zeit davon. «Meine Schwester weiß von einem Lagerraum.»

Die Reaktion erfolgt umgehend. «Bleiben Sie bitte am Apparat!»

Ein scharfer Piepton ertönt, dann ist ein Rascheln zu hören, und Gails klare Stimme dringt aus der Leitung. «Sydney.»

Ich komme sofort zur Sache. «Bei Porky's. Er versteckt Diebesgut bei Porky's.»

«Haben Sie getrunken?»

«Ja», sage ich, weil der Sekt noch durch meinen Körper kreist. «Das ist nicht der Punkt. Es ist ein Lagerhaus am Massachusetts Turnpike. Am Schlüsselbund hängt ein Schweinchen. Dort versteckt Johnny seinen Anteil am Diebesgut. Darüber zerbreche ich mir seit Tagen den Kopf, wie die Jones es schaffen, so viel hochwertige Hehlerware ohne eine einzige Spur im Darknet zu verschieben, und das ist genau die Sache, Gail – sie konnten es wahrscheinlich nicht alles auf einmal verschieben. Sie müssen es irgendwo lagern und schubweise loswerden. Und ich vermute, dass dort auch der Rest des C4 versteckt ist. Weil sie nicht alles davon für eine Brücke verwenden werden, oder? Wenn wir schnell handeln, und damit meine ich jetzt, könnten wir bis morgen früh alle Beweise in der Hand halten, die wir brauchen. Bevor der Raubüberfall überhaupt stattfindet. Finden Sie den Lagerraum, besorgen Sie sich einen Durchsuchungsbeschluss und fahren Sie mit einem Einsatzteam hin.»

«Sie wollen, dass ich an Heiligabend ganz spontan eine Taskforce zusammenstelle», entgegnet Gail ausdruckslos.

«An Heiligabend, genau», sage ich nachdrücklich. «Wer weiß, wie lange der Lagerraum noch genutzt wird. Wenn Sie sie vor ihrem nächsten Überfall dingfest machen und für die Fahrer des Geldtransporters und die Verkehrsteilnehmer im Bereich der Brücke Blutvergießen vermeiden wollen, schließt sich das Zeitfenster dafür bereits.»

Es folgt das längste Schweigen der Menschheitsgeschichte.

«Sind Sie noch da?», frage ich.

«Ich denke nach, Sydney.» Im Hintergrund klappert eine Tastatur, Gail schindet Zeit. «Ist das Büro der Hühnerfarm und Bäckerei für hausgemachte Waffeln glaubwürdig?»

«Zu dreißig Prozent glaubwürdig. Die meisten wären bei ‹Hühnerabteilung› raus.»

«Das werden wir umformulieren. Meine Assistentin ist neu.» Es folgt ein letztes Klackern auf den Tasten. Gail stößt einen tiefen Seufzer aus. «Theoretisch könnte ich in South Boston ein Team aus vier Bundesbeamten zusammenstellen. Und theoretisch könnten wir heute Abend einen Durchsuchungsbeschluss erwirken und in den frühen Morgenstunden mobilisieren und ein zweites Team am Rand Ihres Viertels positionieren, das einschreiten würde, sobald die Beweise beschlagnahmt wären … Aber Sie müssen sie hinhalten, bis das Team eintrifft. Lassen Sie Johnny und die anderen Jones-Leute nicht weg. Halten Sie die Fassade aufrecht.»

Ich nicke im Dunkeln. «Das kriege ich hin.»

«Sind Sie sich da absolut sicher?»

Ich nicke erneut. «Solange Sie es vor der Hochzeit erledigt bekommen.» Ich werfe einen Blick auf mein Handy und spüre, wie sich mein Magen zusammenzieht. «Noch elf Stunden.»

19

Traditionell ist der Heilige Abend mein Lieblingsabend im Jahr. Schon als Kind bin ich bis nach Mitternacht aufgeblieben, den Bauch voll mit Käse, und habe die Ohren in Richtung Dach gespitzt, um auf das Getrappel der Rentierhufe zu lauschen. Jetzt sitze ich im Dunkeln auf der Seite der Braut, und einer der unbequemen Stühle für die Trauung knarrt unter meinem Hintern. Unser Wohnzimmer hat sich noch nie weniger wie unser Wohnzimmer angefühlt. Vor mir steht der handgeschnitzte Altar zwischen zwei Weihnachtsbäumen wie das Tor zur Hölle.

Ich nehme einen Schluck von dem Eierlikör für den Weihnachtsmann. Grandma Ruby hat ihn auf den Kaminsims gestellt, was sich liest wie ein verzweifelter Versuch, auch dieses Jahr ein Quäntchen Normalität zu erhalten, und ich habe mir das Glas zusammen mit einem Ingwerschnaps einverleibt. Der Ingwerschnaps schnappt ziemlich zu. Ich schnappe mit. Es ist halb zwei Uhr morgens, und kein Wort von Gail. Sicher, es dauert schon mehr als ein paar Stunden, um an Heiligabend eine Sondereinheit der Bundespolizei zu mobilisieren, aber man sollte meinen …

Mein Handy vibriert, und ich reiße es mit Lichtgeschwindigkeit vom Stuhl neben mir hoch.

Kein Glück. Die Nachricht ist von Nick: *Du marschierst nicht hinter der Wand auf und ab, also schläfst du wahrscheinlich. Ich hoffe, ich wecke dich hiermit nicht auf.* Eine weitere Nachricht folgt mit kurzem Abstand und schneidet mir ins Herz: *Wenn ich dich morgen irgendwie unterstützen kann, sag es mir. Ich bin da.* Und ich stelle mir Nick vor, wie er in seinem Zimmer im Dunkeln über das Telefon gebeugt sitzt, einen gequälten Ausdruck im Gesicht. Das Problem daran – das große, *riesige* Problem daran ist, dass dieser Ausdruck Johnny gilt, nicht mir.

Ich weiß, dass ich dein Vertrauen verloren habe, fährt eine dritte Textnachricht fort, dann lautet eine vierte: *Aber ich bin bereit, so viel Zeit zu investieren, wie nötig ist, um es zurückzugewinnen. Frohe Weihnachten, Sydney.*

Frohe verdammte Weihnachten, Nick.

Ich antworte nicht. Mit einem Ächzen werfe ich das Telefon wieder auf den Stuhl und schließe die Augen. Ein nicht unbedeutender Teil von mir möchte aufstehen, die Treppe hinaufstürmen und dieses Gespräch in Person fortsetzen – ihn anflehen, mir noch einmal zu sagen, dass es alles nicht wahr ist –, aber das sollte ich lassen. Ich würde ihm nicht glauben. Ich glaube ihm nicht. Nicht einmal, wenn er mich anflehen würde. Selbst wenn er meinen Hals küssen oder mich unter diesen Wimpern hindurch ansehen oder mir ins Ohr flüstern würde, dass er mich versteht. Der Gedanke an ihn ist wie ein Messer im Bauch. Jedes Mal, wenn ich uns zusammen vor Augen habe, lachend im Bett, die Abdrücke seiner Hände auf meinem Körper, dreht sich die Klinge einmal um.

«Sydney-Spätzchen, du bist noch wach?» Grandma Rubys Stimme dringt aus der Ecke zu mir, und über mir geht flackernd das Licht an. Sie steht in ihrem traditionellen Weihnachtspyjama mit den dunkelgrünen Quasten an den Ärmeln in der Tür. In der Hand hält sie einen Becher mit irgendetwas, das nach Whiskey riecht. «Hätte ich das gewusst, hätte ich dir auch einen eingeschenkt.»

«Oh, ist schon okay», sage ich, nachdem ich meine Stimme wiedergefunden habe, und das ist es wirklich. Ich könnte nicht mit ihr mithalten. Grandma Ruby hat die Alkoholtoleranz eines sibirischen Gefängniswärters.

Mit einem rauen Ächzen lässt sie sich neben mich fallen, der Stuhl knarrt.

«Wusstest du, dass ich bei der Hochzeit eurer Eltern auch die Friedensrichterin war?»

Das kommt aus dem Nichts. Ich blinzle. «Nein, ich ... ich glaube, das hast du mir noch nie gesagt.»

«Es war das erste Mal, dass ich eine Trauung vollzogen habe», sagt Grandma Ruby stolz. «Sie waren ein wunderschönes Paar. Einfach wunderschön. Und so verliebt.» Sie unterbricht sich nachdenklich. «Manchmal bin ich wütend auf euren Vater, weil er gegangen ist, und frage mich, was ich falsch gemacht habe, ob ich ihn anders hätte erziehen müssen ...»

«Grandma, nein», will ich einwerfen, um sie zu trösten, aber sie hebt abwehrend die Hand, wobei der Eiswürfel in ihrem Becher klimpert.

«Bitte, ich glaube, ich muss das loswerden. Was er getan hat, war egoistisch, auch wenn ich zum Teil verstehe, dass er leidet. Der Verlust meiner Schwiegertochter hat mich auch innerlich zerrissen. Aber es war mir eine Ehre und eine Pflicht und ein Privileg, für euch Mädchen da zu sein, für euch stark zu bleiben, besonders nachdem euer Dad gegangen war. Ich habe versucht, euch so zäh zu machen, dass die Welt euch nicht verletzen kann, auch nicht mit ihren schlimmsten Schicksalsschlägen. Manchmal frage ich mich, ob ich euch zu resilient gemacht habe, sodass ihr Schmerz einfach an euch abperlen lassen könnt, ohne ihn wirklich zu spüren.» Sie mustert mich mit einer hochgezogenen Augenbraue. «Vielleicht hätte ich das schon vor Jahren sagen sollen, aber du bist keine Teflonpfanne, Liebes. Irgendwas muss doch hängen bleiben.»

Das bringt mich tatsächlich zum Lachen. «Ja, das wird mir auch gerade klar.»

«Gut», sagt sie und beugt sich vor, um mich auf die Stirn zu küssen. «Dann habe ich meinen Job vielleicht doch halbwegs gut gemacht. Und da wir gerade … also, davon sprechen, ich habe dir etwas auf deinen Nachttisch gelegt. Eine Art von Weihnachtsgeschenk. Sag mir Bescheid, ob du es mit mir gemeinsam anschauen willst oder lieber dann, wenn du allein bist.»

Ich lege verwirrt die Stirn in Falten, aber sie sagt nichts weiter. Sie steht auf, wünscht mir eine gute Nacht und schaltet das Licht aus. Oben höre ich ein Knarren – vielleicht ist es Nick, der herumgeht – und ich denke bei mir: *Wenigstens habe ich meine Familie. Wenigstens bin ich nicht mehr allein.*

Am Morgen befinde ich mich immer noch in derselben Position: wie ein Hund auf den Hochzeitsstühlen zusammengerollt. Mein Rücken ist brutal steif, ein Ischiasschmerz schießt mir das linke Bein hinunter. Es hat gerade an der Tür geklingelt. *Scheiße, Scheiße, Scheiße! Wie konnte ich nur einschlafen?* Das kommt wohl von sechs Nächten Schlafentzug in Folge. *Wie spät ist es?* Das Sonnenlicht fällt ins Wohnzimmer wie ein Dolchstoß. Heftig blinzelnd wische ich mir über die Augen, tippe auf mein Telefon und erkenne mit einem Schreck, der sich ungefähr so anfühlt wie ein Aufwärtshaken, dass meine Schwester in zwei Stunden «heiraten» wird.

Die Caterer sind da.

Vielleicht sind wir jetzt geliefert.

Gail hat sich nicht bei mir gemeldet. Keine Anrufe. Kein Anruf auf dem Festnetz. In meinem Posteingang rührt sich auffallend wenig. Ich öffne in meinen Klamotten von gestern Abend die Tür und blicke auf ein Tablett mit Mini-Käsebällchen und Datteln im Speckmantel. Sweetie Pie erscheint schwanzwedelnd neben meinen Beinen, sie würde diese Lieferung sehr gerne entgegennehmen.

«Sie können einfach alles in der Küche abstellen», sage ich und deute dorthin, mir ist schwindlig. «Unser Hund wird Ihnen den Weg zeigen.»

Ich schlüpfe in meine Hausschuhe, gehe durch knöcheltiefen Schnee in den Vorgarten und wähle Gails Nummer. Es ist ein herrlicher Weihnachtsmorgen. Er könnte nicht heller sein, heiterer, eines schrillen, existenziellen Schreis würdiger. «Gail?»

«Sydney», sagt sie.

«Was ist denn passiert?»

«Wir warten», entgegnet Gail ruhig.

«Warten? Worauf warten Sie?»

«Auf den Durchsuchungsbeschluss für Porky's.»

«Wie lange noch?», dränge ich, und die eisige Luft dringt in meinen Hals. Im Garten unseres Nachbarn erwacht gerade brausend eine gigantische Aufblasfigur zum Leben, es ist ein weihnachtlich ausgestatteter T. Rex, der mir plötzlich wie ein Omen vorkommt.

«So lange, bis das Justizministerium sein Weihnachtsfrühstück beendet hat, wie es scheint. Sie müssen sie lediglich weiter hinhalten. Sie haben gesagt, dazu wären Sie in der Lage.»

«Habe ich.»

«Erst gestern Abend.»

«Okay. Gut.» Ich schlucke, weil mir etwas aufgefallen ist. «Es tut mir leid, ich muss auflegen. Halten Sie mich auf dem Laufenden.»

In Hausschuhen jogge ich auf den Lieferboten zu, der gerade von seinem silbernen Lastwagen springt. Darauf steht neben einem festlichen Logo in sehr deutlicher Schrift «ACHTUNG, LEBENDTIERTRANSPORT». Er hat es tatsächlich getan. Johnny hat ihr ein Pferd gekauft. Durch die dünnen Gitterstäbe hindurch sehe ich zwei pelzige Nüstern, die in die kalte Luft schnaufen.

«Ich habe eine Lieferung für Mr Johnny Jones?», sagt der Mann. Er trägt einen gebügelten blauen Overall mit einer Weihnachtsbaumnadel auf der Brust.

Ich atme langsam durch. «Okay, ist es möglich, diese Lieferung aufzuschieben? Wir können das Pferd im Moment nicht übernehmen.»

«Das ist kein Pferd», sagt der Mann, schlurft um den Lastwagen herum und öffnet das Tor.

Das Geweih kommt zuerst zum Vorschein. Auf der Rampe ertönt das Klappern der Hufe, ein Musterexemplar von einem Rentier trottet in mein Gesichtsfeld – *und das ist gut so.* Das macht die Sache nicht komplizierter. Ich werde die Hochzeit meiner Schwester mit einem echten, lebenden Rentier an meiner Seite hinauszögern.

Der Lieferant übergibt mir erst die Zügel und dann ein Klemmbrett. «Unterschreiben Sie bitte hier.»

«Es tut mir leid», sage ich so höflich wie möglich, «aber ich kann das nicht unterschreiben. Du bist ein …» Ich werfe dem Rentier einen Blick zu. «Du bist ein wirklich stattliches Rentier, aber wir haben hier gleich eine Hochzeit, und es ist einfach viel Trubel. Wie viel kostet es, das Tier zurückzuschicken?»

Der Lieferant sieht mich zu Recht verärgert an, nimmt mir das Klemmbrett aus der Hand, fälscht darauf in der untersten Zeile kurzerhand eine Unterschrift und steigt ohne ein weiteres Wort wieder in seinen Wagen. Rudolph bäumt sich auf, und mir schneiden die Zügel in die Hand. Bestimmt spürt er die Anspannung in jeder Faser meines Körpers. Scharfsinniges Tier. «Hallo», sage ich zu ihm.

Er sticht mir mit seinem linken Geweih fast das Auge aus.

«Sydney!», ruft Grandma Ruby und erscheint im Bademantel auf der Treppe. Sie hat sich fest Lockenwickler in ihr weißes Haar gedreht und übertönt quer durch den Garten das Rauschen des aufblasbaren T. Rex. «Hast du den bestellt, Schätzchen?»

«Meinst du, du könntest Nick holen?», frage ich, ducke mich erneut vor dem Geweih weg und schaffe es, das Rentier in den Vorgarten zu manövrieren. In weniger als einer Stunde werden die Gäste eintreffen. Uns läuft die Zeit davon.

Als Nick die Treppe herunterkommt, ist er bereits geduscht und für den Tag angezogen. Er trägt denselben Smoking wie beim Junggesellenabschied und bleibt auf dem schneebedeckten Gehweg stehen. Seine schwarze Fliege schimmert im Morgenlicht, und er sieht entnervend gut aus. Ich kann beinahe seine Hände auf meinen Hüften spüren, den zärtlichen Kuss in meinem Nacken, und der Schlag in die Magengrube folgt auf dem Fuß. Das, was Johnny gesagt hat. Das, was ich verloren habe und außerdem nie hatte: einen Mann, auf den ich mich verlassen kann. Einen Mann, der mir in die Augen sieht und mir die verdammte Wahrheit sagt. Jemand, zu dem ich nach Hause kommen kann, bei dem ich mich vollkommen sicher fühle, bei dem ich ganz ich selbst bin.

«Das ist … ein Rentier», sagt Nick und weiß offensichtlich nicht, ob er lachen oder aufstöhnen soll.

«Du hast doch gesagt, du würdest alles tun, um mich heute zu unterstützen», sage ich mit möglichst ausdrucksloser Stimme.

Nick nickt und kommt näher. «Ja.»

«Na dann.» Ich reiche ihm die Zügel. Das Einzige – und ich meine das *Einzige* –, was ich ihm anvertrauen kann, ist ein Rentier. «Du musst das für mich halten.»

Im oberen Stockwerk hat sich Calla fast besser im Griff als ich. «Da bist du ja», stößt sie im Flüsterton aus, als ich die Tür zu ihrem Zimmer öffne. Sie fährt herum, und ich muss mich davon abhalten, laut aufzukeuchen. Sie steht in Grandma Rubys Hochzeitskleid vor dem bodentiefen Spiegel, nur dass sich die Puffärmel aus den 60er-Jahren in einen Wasserfall aus weißem Stoff verwandelt haben, der anmutig an ihren Armen herunterfließt. Meine Großmutter hat den Rock mit Tüll unterfüttert, sodass die untere Hälfte des Kleides aussieht wie eine Wolke. Das Wort *Prinzessin* kommt mir auf ganz organische Weise in den Sinn; meine kleine Schwester sieht umwerfend aus. Außerdem verpasst sie mir damit fast einen Herzkasper.

«Du hast das Kleid angezogen?», frage ich. «Ich hätte nicht gedacht, dass du das Kleid tatsächlich anziehst.»

Calla rafft seitlich den Rock und trippelt zu mir herüber. «Ich bin spät aufgewacht, und Grandma Ruby hat gefragt, warum ich mich nicht fertig mache, und ich wusste nicht, was ich darauf sagen sollte.»

«Du überlegst es dir doch nicht noch, oder? Denn wenn du Zweifel daran hast, ihn zu verlassen …»

«Nein! Nein. Ich fand es so nur weniger verdächtig. Aber sie sind dabei, sie zu umzingeln, richtig? Das hier wird bald vorbei sein?»

«Mhm», bringe ich heraus. «Bald.»

Ihr Gesicht verzieht sich. «Syd.»

«Es hat eine Verzögerung gegeben.»

«*Syd.*»

«Bleib einfach hier oben», sage ich. «Schließ die Tür ab. Mach niemandem auf außer mir, okay? Ich sage Grandma Ruby, dass du dich zusammen mit deinen Freundinnen fertig machst und sie sich deswegen um die Gäste kümmern soll.»

«Meine Freundinnen», sagt Calla, und ihr Gesicht wird noch betrübter. «Sind sie schon da?»

«Lass mich noch mal nachschauen.»

«Warte, Sydney! Du solltest dir vielleicht auch etwas anderes anziehen.»

Ich senke den Kopf und blicke an mir herab: schwarze Jeans und der Rentierwollpullover von gestern Abend. Vielleicht mochte mich das Rentier deswegen auf Anhieb nicht leiden! Ich rieche wie ein Konkurrent. «Ja. Ja, das mache ich.» Ich gehe rückwärts aus der Tür, schließe sie hinter mir und vergesse zu atmen.

Ich habe kein Trauzeuginnenkleid. Ich hatte nicht gedacht, dass wir an diesen Punkt kommen würden. Das Kleid ist buchstäblich meine geringste Sorge, aber Calla hat recht – heute Morgen geht es um den schönen Schein.

Schnell leihe ich mir aus Grandma Rubys Kleiderschrank das Outfit aus, das am wenigsten so aussieht, als würde ich für eine neue Staffel von *Golden Girls* vorsprechen (ein schlichtes schwarzes Kleid mit Hummel-Anstecknadel), und versuche hinunterzustürmen, aber Grandma Ruby fängt mich im Flur ab.

«Das Kleid kommt mir bekannt vor», sagt sie und legt den Kopf zur Seite. Sie trägt bereits ihr Friedensrichterinnen-Outfit: einen gerüschten Hosenanzug mit Glitzersaum. «Aber das macht nichts! Du würdest auch in einem Kartoffelsack gut aussehen. Ich wollte fragen, ob ich dir die Haare machen soll.» Sie streckt die Hand aus und nimmt zärtlich eine Strähne zwischen die Finger. «Ich habe dir nicht mehr die Haare gemacht, seit du ein kleines Mädchen warst.»

Die Berührung rührt mich so sehr, dass ich sie – ganz schnell – eine Strass-Spange seitlich an meinem Kopf befestigen lasse. Dann eilt sie weiter, um sich um Callas Haare und Make-up zu kümmern.

In unserer Straße kommen immer mehr Autos an. Aus dem Fenster sehe ich Minivans und Ubers und von Johnnys Seite verdächtige schwarze SUVs. Marco mit dem Skorpiontattoo auf dem Schädel spaziert mit einem großen, silbern verpackten Geschenk und einem Strauß Flughafenrosen an unserem Briefkasten vorbei, seine Tochter im Schlepptau, während Diana (die berühmte Diana mit den Bären) auf dem Gehweg wartet, bis Andre sich die Schnürsenkel gebunden hat. Andre, der ebenfalls einen Stapel Hochzeits- Schrägstrich Weihnachtsgeschenke dabeihat. Johnnys Gäste bringen alle *so* viele Geschenke mit. Und, oh Gott, das Rentier ist im Wohnzimmer.

«Sydney, was ist hier los?», fragt Nick leise. Er ist an meiner Schulter aufgetaucht und umklammert die Zügel. Kann dieser Mann keine Anweisungen befolgen?

«Es sieht so aus, als hättest du ein Rentier in unser Haus gelassen», sage ich wie benebelt und habe das Gefühl, dass dies – endlich – der Moment sein muss, in dem ich aufwache.

«Habe ich. Deine Grandma hat gesagt, wenn schon ein Rentier zur Hochzeit da ist, dann sollte auch ein Rentier bei der Hochzeit *dabei* sein.» Außer Rudolph ist noch niemand sonst mit uns im Raum. Alle Neuankömmlinge drängen sich in der Küche und lauschen den beruhigenden Klängen von Nat King Cole. Trotzdem geht Nick besonders vorsichtig vor und beugt sich dicht zu mir herunter, um mir fast ins Ohr zu flüstern. Sein

Atem trifft heiß auf mein Gesicht, und ich … ich ertrage es nicht. «Du hast diesen Gesichtsausdruck, den du bekommst, wenn die Dinge aus den Fugen geraten, und ich weiß, du wirst diese Hochzeit *unter keinen Umständen* zulassen – warum also klärst du mich nicht auf? Ich kann helfen.»

«Kannst du nicht», sage ich.

Nick hat mein Vertrauen nicht nur verspielt, er hat es in Luft aufgelöst. Anscheinend kann man ihm nicht einmal ein Rentier anvertrauen.

Aus der Küche ertönt Gelächter, und Nick sieht prüfend über seine Schulter. Weitere Gäste. Mehr Musik. Leere Stühle, die allmählich besetzt werden. Die Kinder meiner Cousine kommen den Gang herauf und starren mit tellergroßen Augen auf das Rentier. Nick flüstert mir ins Ohr: «Bitte glaub mir. Was auch immer passieren wird, ich werde das Richtige tun.»

Nein, das wirst du nicht.

«Doch», sagt er, als hätte er meine Gedanken gelesen.

Die Kinder scharen sich um ihn, Nick schirmt sie vor dem Geweih des Rentiers ab, und ich schleiche wieder davon. Das Herz klopft mir im Hals, ich werfe einen Blick auf mein Handy. Nichts. *Kommen Sie schon, Gail!*

«La-la-la!», macht Grandma Ruby im Flur Aufwärmübungen für ihre Hochzeitsansprache. Sie hält ihre Notizen umklammert und ist bereit, ihres Amtes zu walten. Dann trifft Johnny ein. Johnny ist da. Seine Eltern sind da. Andre ist da. Vinny.

«Sandy!», ruft dieser mir zu, er hat meinen Namen falsch in Erinnerung.

Die nächsten zehn Minuten vergehen wie im Flug. Dann die nächsten zwanzig und noch einmal zwanzig. Fünf Minuten vor Beginn der Zeremonie frage ich mich, ob Calla realistischerweise aus dem Fenster im zweiten Stock springen könnte. Vielleicht könnten wir zusammen das Abflussrohr hinunterrutschen und an den Tennisplätzen vorbei flüchten. Hier darf sie nicht bleiben. Was, wenn wir bis zu der Stelle kommen, an der Grandma Ruby sagt: «Sprich jetzt oder schweige für immer»?

Das wird nie passieren.

Wird es nicht.

Johnny ist bereit, er trägt einen komplett roten Anzug. Ja. Ja, das hat er getan. Sehr viel Bordeaux. Sehr viel Weihnachten. Und ich stehe auf Callas Altarseite und beiße so fest die Zähne zusammen, dass ich meinen Kiefer knacken höre. Die Gäste beginnen, ihre Plätze einzunehmen, darunter ein großer Mann mit Schnurrbart, den ich noch nie in einer Akte gesehen habe. Er ist Punkt zehn Uhr hereinspaziert und hat ein kleines Geschenk mit weißer Schleife unter den Weihnachtsbaum gelegt. Vinny füttert das Rentier mit Crudité-Stückchen. Andre steht neben der Hochzeitstorte, nimmt die winzigen Keramikmännchen aus dem verschneiten Dorf in die Hand und … beschnuppert sie, warum auch immer. Calla hat noch zwei Minuten, bevor sie die Treppe heruntersteigen muss.

Dies ist nicht einfach irgendein Albtraum. Es ist *der* Albtraum.

Es wird noch schlimmer.

Mein Telefon summt. So unauffällig, wie man das vor einer Menschenmenge tun kann, lese ich die Nachricht von Gail. Sie besteht aus einem einzigen bedauerlichen Wort: *Leer.* An die Nachricht ist ein Bild angehängt: ein Lagerraum am Massachusetts Turnpike, kahler Beton, nichts als glänzende Wände und ungenutzter Raum. Keine Mountainbikes. Und definitiv keine Haufen von Hehlerware. Keine Kisten voller Juwelen, keine Paletten mit Bargeld, kein C4. Ein Ziegelstein sinkt in meine Magengrube, und ich … *überlege.*

Ich denke nach. Irgendetwas schwirrt mir im Hinterkopf herum. Wenn der Lagerraum leer ist …

Hinter Johnny bemüht sich Nick darum, meinen Blick aufzufangen. Schließlich gestatte ich es ihm. Ich gebe nach. Und forme mit den Lippen die Worte: «Halt sie hin.»

«Was?», flüstert er zurück.

«Halt sie hin», hauche ich erneut. Wenn Nick dieses dämliche Ich-bin-unschuldig-Spielchen spielen will, soll er doch. Soll er doch versuchen, es mir zu beweisen. Ich werde ihn benutzen, so wie er mich benutzt hat. Diesmal versteht Nick, was ich gesagt habe, und in dem Moment tritt Grandma Ruby zwischen uns.

Sie öffnet die Hände, um die Gäste willkommen zu heißen, die nun ruhiger werden und gespannt auf die Hochzeit warten, alle sitzen fest auf ihren Plätzen. «Es ist so schön, euch alle hier zu sehen», sagt sie. «In wenigen Augenblicken werden wir …»

«Nick möchte eine Rede halten!», gehe ich dazwischen, klatsche in die Hände und lasse den Blick durch den Raum schweifen – zu dem bärtigen Mann in der dritten Reihe. Zu der dreistöckigen Hochzeitstorte und dem Weihnachtsbaum im hinteren Teil des Zimmers. Und als ich durchs Fenster hinausschaue auf die Einfahrt, ist der Rentiertransporter … immer noch da.

«Ach, wirklich, mein Lieber?», fragt Grandma Ruby, und Nick hebt eine Augenbraue. «Oh, wie nett. Dann komm hier in die Mitte. Wir tauschen. Nur zu, nur nicht schüchtern.»

Nick versteift sich nicht. Mit einem jungenhaften Lächeln spielt er seine Rolle und rückt seine Fliege zurecht. Er tritt zwischen den beiden Weihnachtsbäumen vor und winkt groß in die Runde. «Hallo, alle zusammen. Hallo. Ich bin Nick. Ungefähr die Hälfte von euch weiß das schon. Danke, dass ihr alle gekommen seid, und das mit solch kurzem Vorlauf und ausgerechnet am ersten Weihnachtstag!»

Verstohlen drehe ich neben meiner Hüfte den Finger in der Luft, um ihn zum Weiterreden aufzufordern, und gehe rückwärts in die Ecke des Zimmers.

Auf das Geschenk mit der weißen Schleife zu.

Ein Blick aus dem Fenster verrät mir, dass der Fahrer des Rentierwagens nicht hiergeblieben ist.

«Liebe!», sagt Nick und klatscht in die Hände, wie ich es getan habe. «Also, normalerweise bin ich kein großer Redner, aber ich …» Als Nick sich räuspert, kribbeln in meinem Körper die Nerven. «Ich möchte dieser Sache wirklich eine Chance geben, weil ich Hochzeiten ehrlich gesagt liebe. Ich liebe das Essen und die Emotionen und zu sehen, wie alle wegen zwei Menschen zusammentreffen, die einander so ergeben sind, dass sie den Plan schmieden, für den Rest ihres Lebens dieselbe Zahnpasta zu benutzen. Aber vielleicht nicht dieselbe Zahnbürste. Das würde ein bisschen zu weit gehen.»

Bei der Bemerkung über die Zahnbürste wird hier und da gekichert. Ich höre es kaum.

Ich bin so konzentriert, es ist beinahe so, als wäre niemand sonst im Raum.

«Die Wahrheit jedoch ist», sagt Nick, «ich habe nie die Paare verstanden, die sehr schnell heiraten. Wie Calla und Johnny.» An dieser Stelle erscheint auf Johnnys Stirn eine Falte. Nick ignoriert sie. «Wie soll man jemanden eigentlich in nur drei Monaten kennenlernen? Wie gut kann man einen Menschen *überhaupt* kennen?»

Ich gehe immer noch rückwärts, aus meinem Bauch steigt Panik auf.

Panik und purer Triumph.

Ich glaube, ich bin darauf gekommen. Auf das, was mir immer entgangen ist. Der Lieferwagen. Der blaue Mechaniker-Overall, den Vinny gekauft hat. Der Fremde in der dritten Reihe.

«Jemand, dem ich vertraue», sagt Nick, «hat mir eine Geschichte über die Liebe erzählt. Von einem alten Paar auf einem Kreuzfahrtschiff, das sich gegenübersaß und schweigend seinen Käse aß. Sie sagte, *das* sei Liebe. Sich wohlfühlen. Reden zu können, aber nicht reden zu müssen. Den anderen so gut zu kennen, dass Worte unnötig sind.» Nicks Kehlkopf hüpft, ich muss ebenfalls schlucken. «Ich glaube, das war der Moment, in dem ich meine Meinung geändert habe. Als sie mir das gesagt hat. Ich lag falsch. Man kann einen Menschen in nur einem Monat kennenlernen, in ein paar Wochen, in ein paar Tagen, wenn der andere es zulässt. Wenn man weiß, dass es das Richtige ist. Und man fasziniert ist. Sich in jemanden zu verlieben, ist, wie ein Buch zu lesen, und die Seiten blättern sich von alleine um.»

Der Kloß in meinem Hals wird größer, und in meinen Augenwinkeln brennen Tränen.

«Nun bringt dieser andere Mensch einen möglicherweise manchmal ein wenig auf die Palme. Sie hat vielleicht einen ausgezeichneten rechten Haken und …»

Er verstummt.

Sein Blick ist fest auf mich gerichtet.

Ich halte mit beiden Händen das Geschenk mit der weißen Schleife. Es ist in Silberfolie eingepackt. Es ist leicht. Und es klingelt in meinen Ohren. Mein Atem kommt in langsamen, schweren Stößen. Wenn ich in dieser Sache falschliege …

Aber wenn ich *recht* habe.

Johnny reißt den Kopf hoch und sieht mich an, sein Blick

fällt auf das Geschenk. Er bemerkt die Art, wie ich es halte. Die Art, wie ich ihn anstarre. Und ich glaube, in einem einzigen grässlichen Moment wird ihm klar, dass ich ihm keine Wahl lassen werde. Er hebt die Hand, um mich aufzuhalten, aber ich zupfe bereits an einer Ecke des Geschenks.

«Es ist Weihnachtsmorgen!», sage ich vielleicht eine Spur zu theatralisch. Alle drehen sich auf ihren Plätzen um und starren mich an, auch der große Mann mit dem Schnurrbart. «Und es ist eine Weihnachtshochzeit! Wir sollten ein Geschenk auspacken. Jetzt gleich.»

«Sydney …», sagt Johnny warnend und macht ein paar vorsichtige Schritte auf mich zu.

Aber ich bin schon dabei, es aufzureißen. Packe eine Handvoll von dem Papier und reiße einen langen Streifen aus der Mitte. Es klingt in dem stillen Wohnzimmer wie das Sausen einer Klinge.

Johnnys Gesicht wird blass, als ich in die Schachtel greife.

Und eine Handvoll mit Diamanten wieder herausziehe.

«Du *verfluchte* …», sagt Johnny, und sein Gesicht wird finster. Sein Mundwinkel zittert. Er setzt eins und eins zusammen, was mich angeht. Dass ich nicht diejenige bin, die ich gespielt habe. Dass es in seinem besten Interesse liegt zu fliehen. Und er rennt los und sprintet schnurstracks den Gang zwischen den Stuhlreihen entlang. Seine Schuhsohlen sind noch röter als sein Anzug.

Oh, nein, das wirst du nicht …

Bevor mein Hirn die nächsten Schritte überhaupt verarbeitet, setzt sich mein Körper in Bewegung. Ich stürze los, renne ihm nach. Nick heftet sich an Johnnys Fersen. Versucht er … seinem Boss zur Flucht zu verhelfen? Gibt er ihm von hinten Deckung? Oder …

Nick schnappt sich die oberste Etage der Hochzeitstorte und schleudert sie mit voller Wucht vor Johnny auf den Boden wie ein riesiges Torten-Frisbee. Sie landet mit einem Platsch, der Guss aus Buttercreme macht den Boden unter Johnnys Schuhen zu einer Rutschbahn, und er gleitet, rutscht aus. Hat Nick … hat Nick gerade …?

Also, ja, das hat er. Und jetzt setzt er zum Sprung an, verfehlt Johnny jedoch und kracht in das verschneite Dorf, und nein, geh weg, das Rentier lenkt mich gute drei Sekunden lang ab, was Johnny ausreicht, um sich den Ersatzschlüssel für den Lieferwagen zu greifen und aus der Tür zu stürzen. Hastig schnappe ich mir meine eigenen Autoschlüssel, während ich noch verarbeite, was Nick gerade getan hat. Verarbeite, dass ich ihn vielleicht doch kenne. Diesen Mann, der mir gesagt hat, dass ich nicht unnahbar sei.

Menschen können uns auf alle möglichen Arten überraschen.

Und manchmal sind es gute Überraschungen.

Ich stecke mir die Diamanten in die Taschen meines Kleides (ein Hoch auf die Taschen!) und sprinte los nach draußen, wo die Temperatur auf milde minus sieben Grad gestiegen ist. Johnny rennt zwanzig Meter vor mir, springt auf den Vordersitz des Lieferwagens und lässt den Motor an. *Du willst also ein Rennen machen?* Mit klimperndem Schlüssel schließe ich meine Autotür auf, schwinge mich hinein und betätige die Zündung. Der Prius röhrt auf. Es ist nicht das Auto, das ich für eine Verfolgungsjagd ausgesucht hätte, aber …

«Ich komme mit», sagt Nick und wirft sich auf den Beifahrersitz. Seine Stimme klingt belegt und rau. Auf dem Revers seines Anzugs klebt künstlicher Schnee aus dem Weihnachtsdorf, er hat einen entschlossenen Gesichtsausdruck, und er hat versucht, Johnny anzuspringen. Hat versucht, ihn zu Boden zu reißen, mit aller Gewalt. Das bedeutet …

Ich kann entweder mein ganzes Leben lang niemandem mehr vertrauen.

Oder ich kann jemand Neuen hereinlassen.

Ich kann Nick reinlassen.

«Schöne Rede», krächze ich, ein Friedensangebot, ein Herzensangebot, für mehr bleibt keine Zeit. Ich lege bloß den Rückwärtsgang ein und rase aus der Einfahrt, wobei ich den Dutzenden von geparkten Autos in unserer Straße ausweiche, dann wechsele ich in den Vorwärtsgang. Der Prius brummt unentschlossen, als wollte er sagen: *Ich? Was soll ich machen? Ich glaube, du verwechselst mich mit einem Porsche?* Dann macht er einen Satz nach vorn und spielt mit Johnny Fangen, der am Ende unserer Straße bereits links abbiegt – und aus unserem Blickfeld verschwindet.

«Würde es dir etwas ausmachen, für mich ein paar Lücken zu füllen?», fragt Nick und hält sich am Haltegriff über seinem Fenster fest.

«Diese Diamanten», sage ich zähneknirschend, «sind Teil eines Waffengeschäfts. Denk mal nach. Der Typ mit dem Schnurrbart? Der ist der Käufer. Er ist gekommen, um die Diamanten gegen Waffen einzutauschen. *Das* hat der Jones-Clan die ganze Zeit geplant. Vinny sagte, Johnny wolle das Geschäft weiterentwickeln. Ich dachte, er redet von Raubüberfällen, aber der Zweck der Überfälle ist das hier – auch der, der in der Nähe der Brücke stattfinden wird, falls das nicht eine falsche Fährte ist. Damit beschaffen sie Geld. Schlicht und einfach. Geld, um Massenvernichtungswaffen zu kaufen und sie an Leute zu verscherbeln, die Übles im Schilde führen. Ich gehe jede Wette ein, dass der Geschenkeladen eines ihrer neuen Lager ist. Die

Hochzeit war von Anfang an als Verschleierung gedacht, als Gelegenheit, den ersten Handel perfekt zu machen, direkt vor der Nase des Gesetzes. Und dieser Lieferwagen», ich deute auf den silbernen Rentiertransporter vor uns, «dieser Lieferwagen ist voll mit Sprengstoff.»

Nicks Augen weiten sich. «Willst du mich verarschen? Und wir verfolgen den?»

«Es ist bestimmt alles in Luftpolsterfolie verpackt.»

«Sydney …»

«Du weißt doch, dass das Zeug jetzt nicht explodieren wird. Dafür braucht es einen Funken. Sonst wäre der Wagen ja schon mit dem Rentier darin explodiert.» Ich schüttle den Kopf und trete mit dem Bleifuß aufs Gas. «Vinny hat für einen seiner Mitarbeiter einen blauen Overall gekauft und ihn damit den Lieferwagen zur Hochzeit fahren lassen. Der Käufer sollte die Diamanten abliefern und dann mit dem Lieferwagen wegfahren.»

«Wohin will Johnny denn jetzt?», fragt Nick, während ich im Geiste noch mal meinen Fahrkurs auf der Farm Revue passieren lasse: was zu tun ist, wenn ich schnell über eine glatte Eisfläche hinweg abbiegen muss, wie man ein Fahrzeug sicher dreht.

«Meine Vermutung? Er hat sich den erstbesten Schlüsselbund geschnappt und ist jetzt in Panik. Er wird versuchen, den Wagen irgendwo zu verstecken. So viele Beweise wie möglich wegzuschaffen und dann selbst abzutauchen … Apropos Beweise, hier.» Mit einer Hand am Lenkrad reiche ich Nick die Diamanten, damit er sie im Handschuhfach verstaut. Wenn das hier in eine Verfolgungsjagd zu Fuß übergeht, will ich nicht, dass sie mich belasten.

Nick kommt meinem Wunsch schnell nach, zieht dann sein

Handy heraus und tippt auf den Bildschirm. «Er ist gerade nach rechts auf die Route 1 abgebogen. Hat das Stoppschild überfahren.»

Ich atme gleichmäßig weiter, folge Johnnys Spuren im Schnee und beschleunige das Tempo bis weit über die Geschwindigkeitsbegrenzung in einem Wohngebiet. Im Rückspiegel meine ich Grandma Rubys Oldsmobile blau aufblitzen zu sehen – aber nein, das kann nicht sein. «Woher weißt du das?», frage ich und biege mit dem Prius auf die Route 1 ein. Vor uns rast Johnny mit mindestens hundertsiebzig Stundenkilometern. Beeindruckende Beschleunigung für einen Rentiertransporter.

Nick beugt sich vor und starrt mit zusammengekniffenen Augen auf sein Handy. «Ich habe gestern Abend einen Peilsender an seinen Schuhsohlen angebracht. Normalerweise mache ich so etwas nicht, weil die Jones-Leute die immer finden, aber … Sydney!»

«Bin schon dabei», murmle ich und weiche geschickt einem Brennholztransporter aus, der gerade auf die Straße auffährt. Im Notfall ist der Prius erstaunlich wendig.

«Ich glaube …», setzt Nick an und zieht die Karte mit seinen Fingern größer. «Ja, hier in der Nähe gibt es einen Flughafen.»

Den man kaum als solchen bezeichnen kann. Eher ein schneebedecktes, kurzes Feld mit einer Start-und-Lande-Bahn und ein paar Wasserflugzeugen. Er dient hauptsächlich Krabbenfischern dazu, an den Wochenenden Dampf abzulassen. Aber für Johnny wird es in dieser Situation reichen. Das war wahrscheinlich der ursprüngliche Plan. Den Inhalt des Lieferwagens in ein Frachtflugzeug zu laden und zum Waffenlager des Händlers zu fliegen. In meinem Bauch dreht sich etwas. «Ich habe dir ja gesagt, dass wir uns nicht am Flughafen in den Armen liegen werden», stoße ich hervor, das Gaspedal fast voll durchgedrückt, bei steigender Geschwindigkeit: 162, 163, 164,5. *Okay, Prius, du schaffst noch ein bisschen mehr!* Vor uns kann Johnny den Abstand vergrößern, aber …

«Oooh!» Ich ziehe den Kopf ein.

«Ooooh!», macht Nick.

Der Lieferwagen muss eine Eisfläche erwischt haben, denn er gerät ins Schleudern und fährt in einem engen Zickzackkurs mitten auf der Straße. Johnny bremst ein winziges bisschen ab. Gerade genug, um ihn einzuholen.

Vereiste Bäume rasen vorüber. Schneeflocken prasseln in scharfem Stakkato auf die Windschutzscheibe. Direkt vor der Stadt fahren wir Stoßstange an Stoßstange. Wenn Johnny eine Vollbremsung macht, sind wir erledigt.

«Er wird doch beim Fahren nicht auf uns schießen, oder?», überlege ich laut.

«Johnny ist nicht gut in Multitasking», sagt Nick auf eine Art und Weise, die nicht dazu angetan ist, jemanden zu beruhigen. «Deutlich wahrscheinlicher ist, dass er auf uns schießt, sobald er angehalten hat.»

«Das gibt mir doch gleich ein viel besseres Gefühl», sage ich, lasse den Motor aufheulen und gebe Gas, sodass der Prius den Lieferwagen rammt.

Hey, das ist ein Mietwagen! Ich kann fast spüren, wie Johnny das ruft, und habe so eine Ahnung, dass mein Auto, wenn wir hier fertig sind, in einem etwas anderen Zustand zum Flughafen zurückgebracht werden muss. Der Lieferwagen schaukelt hin und her und kommt wieder ins Gleichgewicht, also ramme ich ihn noch einmal in dem Versuch, Johnny auszubremsen.

Plötzlich lenkt er scharf nach rechts und wirft seinen Wagen dabei beinahe um. Ich umklammere mit beiden Händen das Lenkrad und folge ihm. Wir befinden uns jetzt auf Nebenstraßen, die von hölzernen Sommerhäuschen gesäumt werden. Im Juni werden hier Strandtücher auf den Wäscheleinen flattern, aber im Augenblick gibt es hier bloß Totenstille, Wind und uns. Soll ich mich bis zum Flughafen an Johnnys Fersen heften? Oder soll ich ihn gleich aufhalten?

«Hattest du schon mal einen Autounfall?», frage ich Nick atemlos.

Nick fährt sich mit der Hand über das Gesicht. «Wo wir gerade von deinem viel besseren Gefühl gesprochen haben.»

«Mach dich kurz vor dem Aufprall so schlaff wie möglich», sage ich und halte das Tempo von Johnnys Wagen, der jetzt eine andere Nebenstraße entlangflitzt. Schlaglöcher. Massive Unebenheiten. «Was auch immer du tust, du darfst nicht verkrampfen. Ich werde nicht absichtlich einen Unfall bauen, aber …»

Ich gehe vom Gas, gerade so viel, dass wir nicht mehr Stoßstange an Stoßstange fahren, dann ziehe ich leicht nach rechts an Johnnys Wagen vorbei. Noch ein kleines Stück. Bis wir Kopf an Kopf die lang gezogene, schmale Straße hinunterrasen. Ich drehe den Kopf und schaue Johnny an. Er dreht den Kopf und schaut mich an. Zugegeben, ich sitze ein ganzes Stück weiter unten, sodass wir uns kaum sehen können, und trotzdem …

Johnny kurbelt sein Fenster herunter. «ICH HABE GESAGT, ICH RAMME DICH UNGESPITZT IN DEN BODEN!»

«Dich in den Boden rammen», wiederholt Nick, der die Fäuste trotz allem, was ich ihm gesagt habe, geballt hat. «Originell.»

«Halt dich fest», sage ich und stähle mich, bevor ich das Lenkrad eine Vierteldrehung nach rechts und dann wieder zurückdrehe – und Johnnys Fahrzeug von der Seite ramme. Als der Ruck durch unser Fahrzeug geht, blockiert mein Sicherheitsgurt und schneidet mir in den Oberkörper.

«WAS ZUM TEUFEL?», brüllt Johnny. «WAS ZUM TEUFEL?»

Mir fällt auf, dass ich – falls uns gerade jemand beobachtet – aussehe wie eine Trauzeugin, die mit ansehen musste, wie ihre Schwester am Weihnachtstag vor dem Altar stehen gelassen wurde, und die das nicht gut aufgenommen hat. Ernster als die meisten.

«DU ZERKRATZT DIE AUFSCHRIFT!», schreit er, bevor ich weitere schwarze Linien von seiner Karosserie kratze, indem ich den Prius gegen seinen Lieferwagen prallen lasse. Das Kreischen und Quietschen von Metall in den Ohren, denke ich: Wenn ich ihn im richtigen Winkel erwische, ihn hart genug ramme, wird er im Graben landen. Zunächst einmal bewegungsunfähig sein, was dem restlichen Team die Zeit geben würde auszuschwärmen.

Leider ist Johnny schlauer.

Er tritt heftig auf die Bremse, und wir rasen an ihm vorbei. «Verdammt.» Nick reckt den Hals und beobachtet, wie Johnny quer einen Vorgarten durchpflügt, der eindeutig zu keinem Sommerhäuschen gehört. Zwischen zwei Bäumen ist eine Lichterkette aufgehängt, und er rast geradewegs hinein, sodass die verhedderte Kette seitlich gegen seinen Wagen peitscht. Ich schlucke heftig und kämpfe gegen die Angst an, die in mir aufsteigt – *er darf nicht entwischen, wir sind schon zu weit gekommen.* Dann vollführe ich den illegalsten U-Turn der Welt, abseits der Straße, um ein Wintergewächshaus herum.

Mir rutscht das Herz in die Kniekehlen. Mir ist etwas eingefallen. «Er fährt direkt auf die Stadt zu. *Shit!* Wie spät ist es?»

«Zwei Minuten nach elf.»

«Nein, nein, nein – die *Parade.*» Erneut trete ich das Gaspedal ganz durch, Schnee stiebt unter meinen Reifen auf. Wir sind jetzt auf der Jagd nach Johnny völlig von der Straße abgekommen, aus dem Nichts tauchen Bäume auf. «Es gibt eine große Weihnachtsparade, die immer um elf beginnt, und ja, vielleicht nimmt diese Stadt das Weihnachtsfest eine Spur zu ernst, es scheint, als hätten wir zweihundert verschiedene Veranstaltungen, aber ...»

Der Wald spuckt uns in der Nähe des Stadtzentrums wieder aus. Nur ein Stück von der Hauptstraße entfernt. Eine von Grandma Rubys beleuchteten Zuckerstangen knallt gegen meine Stoßstange. Schaufenster leuchten im Winterlicht. Dahinter Festwagen, Festkähne, eine Menschenmenge – und eine riesige gelbe Absperrung. Anstatt durch die Betonsperre zu brettern, tritt Johnny auf die Bremse. Er sitzt in der Falle! Gebäude auf beiden Seiten. Wir hinter ihm. Vielleicht ist diese Parade ein Segen. Es sei denn, er beschließt, zu Fuß zu entkommen.

Großartig, er hat beschlossen, zu Fuß zu entkommen.

Nach alledem musste er sich zwischen seiner Ware und sich selbst entscheiden. Er hat sich für sich entschieden. Seine Fahrertür schwingt auf, und Johnny sprintet mit pumpenden Ellbogen in die Menge und verschwindet in der Marschkapelle meiner Highschool. In *meiner* alten Marschkapelle. Sie spielen eine tubalastige Version von «The Little Drummer Boy».

Ich habe den Prius nur wenige Zentimeter vor Johnnys Wagen zum Stehen gebracht und springe heraus. Nick schreit: «Du nimmst die Nordseite der Straße! Ich übernehme die Südseite! Und Sydney ... sei vorsichtig.» Er fixiert mich mit einem Blick, der mehr sagt als Worte, und ich hetze in meinem Brautjungfernkleid los. Dafür ernte ich ein paar Blicke von den älteren Mitgliedern des Strickclubs von Cape Hathaway, die um ein riesiges Garnknäuel herum in einem weihnachtsroten Cabrio sitzen.

Johnny flitzt durch den Tumult und nimmt den Weg direkt durch die Parade hindurch. Einen Moment lang wird er in der Trompetengruppe aufgehalten, und ich beschwöre mich: *Was auch immer du tust, verliere nicht seine Haare aus dem Blick!* Im Augenblick wird die Sonne von seinen blonden Locken zurückgeworfen, er ist nur ein schwebender Kopf, der im Laufen verzweifelt etwas in sein Handy brüllt. Er hat es geschafft, beim Sprinten zu wählen – eine beeindruckende Leistung für jemanden, der nicht gut im Multitasking ist –, aber ich verstehe kein einziges Wort. Wahrscheinlich verabredet er sich mit jemandem auf der anderen Seite der Parade. Vinny? Andre? Wer auch immer ihn abholen kommt. Ihn rettet. Ihm dabei hilft zu entkommen.

Nicht, solange ich hier zuständig bin.

«Ma'am!», ruft jemand in meinem Rücken. «Miss! Nicht durch die Parade laufen!» Ich höre es kaum. Auf dem Bürgersteig applaudieren kleine Kinder den Luftballons in Form von Toiletten auf dem Klempnerwagen, an dem ich gerade vorbeirenne. Johnny ist etwa fünfzehn Schritte vor mir und wird langsamer. Bei all seinen Muskeln fehlt ihm wohl die nötige Ausdauer. Nick und ich kreisen ihn als Team ein, umkurven gekonnt die Leute – aber die Parade ist zu Ende. Wir haben fast das Ende der Schlange erreicht, wo sich die Menge lichtet. Von hier ist es nur noch ein Katzensprung bis zum Parkplatz des Supermarkts. Ich wette, dort wartet jemand auf Johnny.

Schneller, schneller …

Ich treibe mich selbst an – ich mache das hier für Calla –, schwinge die Arme, stoße mich mit den Stiefeln auf dem Pflaster ab, aber es reicht nicht. Einer der Wagen schwankt zur Seite und stößt gegen meine Hüfte, als ich an ihm vorbeisprinte. Schmerz explodiert in meinen Knochen, ja, das tut definitiv weh, das ...

Das ist das Ende.

Johnny hat das Ende der Parade erreicht. Er läuft auf den Parkplatz und dreht sich um die eigene Achse. Ein paar Meter entfernt wartet ein pechschwarzer Geländewagen mit getönten Scheiben auf ihn, aber Johnny hat erst noch ein paar Worte zu uns zu sagen. «Keine», schnauft er, «Bewegung.» Die Waffe, die er sich gerade aus dem Hosenbund gezogen hat, unterstreicht seine Worte. Das sollte einem wirklich alles sagen, was es über Johnny Jones zu wissen gibt. Anstelle einer Ansteckblume hat der Mann zu seiner eigenen Hochzeit eine Pistole getragen.

Der Stich in meinem Herzen schmerzt noch mehr als meine Hüfte.

Nick bleibt stehen und streckt den Arm aus, um auch mich zurückzuhalten. Seine Handfläche legt sich auf meinen Bauch, sein Puls pocht auf meiner Haut.

Hinter uns fangen ein paar Leute an zu schreien. Sie haben Johnny gesehen, haben gesehen, wie er seine Waffe gezogen hat. Mein Magen ballt sich auf die Größe einer Faust zusammen. Wenn wir zuvor keine Beweise gegen ihn hatten, haben wir sie jetzt todsicher.

«Du wärst ein grauenvoller Ehemann gewesen», fauche ich ihn an, wobei mir bewusst ist, dass ich mir durchaus eine krassere Beleidigung hätte einfallen lassen können. Aber damit halte ich ihn trotzdem beschäftigt. Das gibt uns Zeit, bevor das Einsatzkommando des FBI auftaucht. *Falls sie jemals auftauchen.*

Johnny neigt den Kopf, spannt die Waffe und richtet den

Lauf auf mich. In exakt dieser Situation war ich noch nie. Null mal von zehn, und ich kann es nicht empfehlen. Auf der Farm bringen sie einem jedoch bei: Niemals betteln. Betteln hilft nicht, um die Uhr zurückzudrehen. Betteln gibt dem Angreifer lediglich mehr Macht und lässt ihn schneller abdrücken.

Nick gibt einen angemessen deklarativen Satz von sich. «Geh, Johnny.» Seine Stimme klingt fest und geübt, seine Hand liegt immer noch schützend auf meinem Bauch, und er schiebt sich langsam vor mich. Ich fühle plötzlich Liebe für ihn in mir aufwallen, ganz tief aus mir heraus. «Steig in den Wagen und …»

«Niemand wird verletzt?», fragt Johnny mit einem kehligen Lachen. «Ich glaube, den Punkt haben wir hinter uns gelassen, was meinst du, Nicky-Boy?»

«Eigentlich nicht», murmle ich, während sich die Menge hinter mir schnell auflöst.

«Ich meine emotional!», schreit Johnny, der meine Lippen gelesen hat. «Emotional! Du konntest dich nicht um deinen eigenen verdammten Kram kümmern, und du …» Diesmal richtet er die Waffe auf Nick, dessen Kiefer sich anspannt, und etwas in meiner Brust bricht auf. «Jetzt jagst du mich also, ja? Das hat mir meine Loyalität eingebracht? Nach allem, was war, all den Jahren? Du warst Teil der Familie.»

«Deine Vorstellung von Familie ist ernsthaft verkorkst!», hält Nick dagegen, und er hat recht. Natürlich hat er recht. Aber jetzt, wo er in der direkten Schusslinie steht, wäre es mir lieber, er hätte den Mund gehalten. Instinktiv versuche ich, mich vor *ihn* zu schieben, was dazu führt, dass er versucht, sich vor *mich* zu schieben, und …

«Na gut!», sagt Johnny. «Dann erschieße ich euch einfach beide.»

Es bleibt keine Zeit für einen letzten Blickwechsel. Einen letzten Blickwechsel zwischen mir und Nick. Oder dafür, dass ich sagen kann: *Ich liebe deinen Weihnachtspulli. Ich liebe es, dass du Ukulele spielen und Hunde trainieren willst. Ich liebe es, dass ich dir in einer nicht ganz idealen Situation begegnet bin und wie du dich dann entpuppt hast als …*

Johnnys Worten folgt ein lauter Knall.

Ein sehr, sehr lauter Knall.

Es ist nicht der Schuss aus einer Pistole. Mein Magen hat nicht einmal einen Moment Zeit, sich umzudrehen, bevor ein Schrillen in der Luft liegt und Grandma Rubys kobaltblaues Oldsmobile den SUV seitlich rammt. Es gräbt sich bis auf den Rücksitz, Metall kreischt und wickelt sich um die Motorhaube, ein ohrenbetäubendes Knirschen, das Explodieren von Airbags. *Grandma? Grandma, nein!* Ein Schluchzen steigt mir in den Hals, und ich stolpere vorwärts und … da ist noch jemand anderes. Im Augenblick des Aufpralls, als Johnny sich umdreht, tritt Calla aus der Gasse neben dem chinesischen Restaurant. Wie kann das sein? Wie kommt sie hierher? Sie muss mit Grandma Ruby gefahren sein. Muss aus dem Wagen gesprungen sein, um die Verfolgung zu Fuß aufzunehmen.

Sie trägt ihr Hochzeitskleid, der linke Ärmel hängt ihr von der Schulter herab, und sie schwingt eine von Grandma Rubys riesigen Zuckerstangen aus Keramik. Es fühlt sich so an, als würden sich meine Pupillen auf die Größe von Münzen erweitern. Mit einer schwungvollen Bewegung donnert meine kleine Schwester – der sanfteste und netteste Mensch, den ich je gekannt habe – Johnny die Stange genau zwischen die Schulterblätter.

Die Frauen in meiner Familie? Sie haben vielleicht keine ordentliche Ausbildung, sie gehen vielleicht nicht ganz so elegant vor wie Bundesagenten, aber verdammt, sie stellen sich in den Wind.

Johnnys Pistole fällt zu Boden, und ich stürze mich auf sie, während Nick Johnny anspringt, diesmal mit Erfolg – er lässt ihn hart auf den kalten Gehweg aufschlagen. Meine Großmutter taumelt aus dem Oldsmobile, etwas benommen, und sie hat das tatsächlich getan. Sie hat einfach das Auto zu Schrott gefahren, um nicht zuzulassen, dass Johnny entkommt.

Und er entkommt nicht.

Die Luft ist bereits von Sirenengeheul erfüllt.

Blaue Lichter, rote Lichter.

Weihnachtslichter.

Mir schwirrt der Kopf, als das FBI uns umzingelt, schwarze Autos auf den Tatort zurasen, und plötzlich stehen wir in einer Wolke von Bundesagenten, es gibt viel Geschrei und … Calla? Ich sichere die Waffe, schlängele mich durch die Agenten, ohne meine Schwester aus den Augen zu verlieren, und greife nach ihrer Hand. Sie drückt fest die meine, und wir laufen durch das Chaos auf Grandma Ruby zu, die ein bisschen mitgenommen aussieht. Ihr weißes Haar ist fluffig wie Watte und steht seltsam ab, und sie hat einen kleinen Kratzer auf ihrer runden Wange.

«Ach, guckt nicht so besorgt», sagt sie zu uns, und ihre Stimme ist lauter als Johnnys Stöhnen. Er liegt immer noch maulend unter Nick auf dem Boden. «Das Auto ist stabil gebaut, und ich bin es auch.»

«Du hast …», stottere ich, und Calla fragt atemlos: «Grandma, geht es dir gut? Das war nicht Teil des Plans!»

Ich blinzle die beiden an, hinter uns tummeln sich Bundesagenten. Aus dem Oldsmobile steigt Dampf auf und brennt in meinen Augen. Oder vielleicht weine ich. Ich könnte weinen.

«Calla hat mir alles erzählt, Spätzchen», klärt mich Grandma Ruby auf und legt die eine Hand auf meine Schulter, die andere auf die meiner Schwester. Sie zieht uns zusammen wie zwei Magneten. «Auf dem Weg. Von dir, der CIA und Johnny.» Sie spricht den Namen aus, als würde er widerlich schmecken. «Ich hatte bei diesem Jungen so meinen Verdacht. Er hat zu mir gesagt, ich soll für meinen Hund keinen Weihnachtspulli stricken, und ich stricke verdammt noch mal, was immer ich will, für wen auch immer ich will.»

Ja, jetzt weine ich definitiv.

Und auch Calla weint, und wir drei halten uns gegenseitig fest, und Grandma Ruby sagt zu uns: «Das Leben wirft euch Steine vor die Füße, Mädchen. Manchmal wirft es auch Handgranaten. Aber ihr habt einander – ihr werdet *immer* einander haben. Und ihr seid es wert, geliebt zu werden. Mit einer echten, aufrichtigen Liebe. Habt ihr das gehört? Ihr seid es wert.»

Ich spüre, wie Calla an meiner Schulter nickt, sie drückt sich wirklich an mich, und ich hoffe, sie hört es tatsächlich. Ich hoffe, sie spürt es. Ich hoffe, sie wird zurechtkommen.

«Sydney!»

Nicks Stimme erhebt sich über den Lärm, und während ich noch meine Familie im Arm halte, drehe ich mich zu ihm um. Er steht mit zerzaustem Haar neben dem am weitesten entfernten Fahrzeug und deutet auf den Rücksitz des Wagens. Johnny sitzt darin – und ich weiß, dass Nick ihn persönlich einliefern möchte. Gut. Nick hat es verdient, er hat es sich wirklich verdient, nach allem, was Johnny ihn hat durchmachen lassen.

Ich schenke ihm ein trauriges, aber triumphierendes Lächeln.

«Vielleicht steht es mir nicht zu, das zu sagen», schaltet sich

Grandma Ruby ein und blickt zwischen mir und Nick hin und her, «aber wenn du dir schon einen Mann suchen willst, ist einer, der bereit ist, sich für dich eine Kugel einzufangen, nicht die schlechteste Wahl.»

20

Am Ende steht der Papierkram. Es sind Berichte zu schreiben, Formulare auszufüllen, Bürokratie und der ganze Mist. Calla bringt Grandma Ruby zur Untersuchung ins Krankenhaus (sie hat sich das Handgelenk verstaucht und ein paar Rippen geprellt, aber Gott sei Dank nichts Schlimmeres), während ich mich mit FBI-Beamten herumschlagen, die Diamanten übergeben und meine ausufernd lange Aussage machen muss. Wie sich herausstellt, bricht Johnny beim Verhör ziemlich schnell zusammen und erklärt, wie seine Eltern und seine Handlanger in die Verbrechen verwickelt waren. Sie sind alle auf der Hochzeit in Gewahrsam genommen worden. Nick schreibt mir in einer Nachricht, dass er noch eine Weile zu tun haben wird, sein Führungsoffizier aus dem Regionalbüro in Toronto ist eingeflogen, und jetzt streiten sich CSIS und FBI darüber, wer für die Verhaftung die Lorbeeren einstreichen darf. So oder so, es spielt keine Rolle. Jedenfalls nicht für mich.

Das Wichtigste ist, dass ich meine Familie zurückhabe.

Nachdem ich alles bis auf jedes i-Tüpfelchen genau erledigt habe, treffe ich zu Hause weit nach Mitternacht Grandma Ruby und Calla zusammengekuschelt auf dem Sofa an. Jemand vom FBI muss geholfen haben, all die Hochzeitsstühle – und den Altar – hinauszutragen, denn unser Wohnzimmer ist wieder so, wie ich es in Erinnerung habe. Warm, heiter, ohne Rentier. Plüschiges Sofa und übermäßig ausgepolsterte Sessel. Auf dem Couchtisch steht eine offene Packung Ziegenkäse, und

Grandma Ruby ist mit einem Löffel in der Hand eingeschlafen. Calla schnarcht mit offenem Mund an ihrer Schulter. Selbst nach diesem katastrophalen Tag sehen sie tatsächlich … friedlich aus. Friedlich in ihren Weihnachtspyjamas und Schneemann-Socken.

«Ich liebe euch», flüstere ich mit klopfendem Herzen und ziehe eine Decke über sie. Damit sie warm bleiben. Am Weihnachtsbaum leckt mir Sweetie Pie über die Zehen, bevor ich geräuschlos nach oben schleiche, um die beiden nicht zu wecken. Nick ist immer noch nicht zurück, und im Haus ist es so still, nur der Ofen brummt leise, und der von Schneeflocken durchsetzte Wind schlägt an die Fensterscheiben. Ich lasse mich in meinem alten Zimmer mit den kaugummirosa Laken mit dem größten Seufzer der Welt auf die Matratze fallen.

Mein Blick bleibt an einem Schuhkarton hängen.

Ein Schuhkarton, der auf meinem Nachttisch steht.

Die letzten vierundzwanzig Stunden waren so wild, dass ich fast vergessen hätte, was Grandma Ruby gestern Abend zu mir gesagt hat. Über eine Art von Weihnachtsgeschenk, das in meinem Zimmer auf mich wartet. Aus irgendeinem Grund beschleunigt sich mein Puls, und ich strecke die Hand danach aus, spüre den dünnen Karton unter meinen Fingern. Als ich den Deckel aufmache, sehe ich ein Bündel … Weihnachtskarten? Ramponierte Weihnachtskarten, und obenauf ein blütenweißer Brief.

Ich schluckte heftig und lese zuerst den Brief.

Sydney-Spätzchen, beginnt er in Grandma Rubys Handschrift. *Ich bin mir nicht sicher, ob ich das Richtige tue, und ich habe deswegen jahrelang mit mir gerungen, aber vielleicht solltest du und Calla diese Karten sehen. Sie sind von eurem Vater. Jedes Jahr schickt er an diese Adresse eine Weihnachtskarte. Manchmal kommt sie erst lange nach den Feiertagen an, manchmal schon um Thanksgiving herum, und es steht nie viel darauf. Ich habe befürchtet, es könnte dich und Calla verletzen, sie zu lesen, zu wissen, dass er sich gelegentlich gemeldet hat, aber nicht nach Hause gekommen ist – um seine Pflichten als Vater zu erfüllen. Ich dachte, es wäre besser, euch nicht an den Schmerz zu erinnern und vereint und gemeinsam unser Leben zu leben. Aber ich glaube, ich habe mich geirrt. Ich glaube, ihr solltet sehen, dass ein Teil von ihm, egal wie klein oder wie zerbrochen er auch sein mag, immer an euch festgehalten hat.*

Verzeih mir
Grandma Ruby

Ich lese den Brief mit einem Kloß im Hals zu Ende, aber der … löst sich irgendwie wieder auf. Ich soll ihr verzeihen? Was soll ich ihr denn verzeihen? Sie hat Calla und mir alles gegeben.

Ich greife nach der ersten Karte und hole tief Luft. Die letzten Reste von Glitzer benetzen meine Hand wie Schlick, und ich klappe sie auf. Ganz unten sehe ich seinen Namenszug in seiner Handschrift, die ich von Einkaufslisten kenne. Von kleinen Post-its auf Werkzeugen in der Garage.

Die nächste Karte zeigt eine verschneite Scheune – malerisch, elegant, innen steht *Fröhliche Weihnachten.* Ich blättere Drucke von Rentieren und Dorfszenen durch, von silbernen Glöckchen und gebratenen Truthähnen, und Grandma Ruby hat recht – da steht nicht viel. Er hat kaum etwas dazugeschrieben. Und ja, vielleicht hätte mich das als Kind traurig gemacht. Wo erzählt er uns von sich? Wo *war* er?

Aber dort ganz unten in dem Stapel findet sich eine Karte mit einer kleinen Notiz. Da steht einfach: *Bitte grüß schön.*

Ich schniefe, mir kommen wieder die Tränen, und ich blicke auf die Karte hinab. «Hey, Dad», sage ich nach einem langen Moment in die Stille meines Zimmers hinein. Denn wie soll ich mir selbst verzeihen, dass ich weggegangen bin, wenn ich ihm nicht wenigstens ein bisschen verzeihen kann?

Ich lege die Karte sorgfältig in die Schachtel zurück, schließe den Deckel und schiebe das Ding unter mein Bett. Wenn Calla dafür bereit ist, werde ich sie ihr zeigen. Aber nicht jetzt. Nicht heute Nacht. Heute Nacht sind Ruhe und Schlaf angesagt und …

Nick.

Alle Lichter sind gelöscht, als er leise an meine Zimmertür klopft. Ich bin noch wach, also antworte ich und frage müde, aber liebevoll: «Wie ist es gelaufen?»

«So gut, wie es laufen konnte», sagt Nick sichtlich erschöpft. Er hat sich die Schuhe von den Füßen geschüttelt und trägt nur noch Socken, ein weißes Hemd und die Smokinghose von heute Morgen. «Darf ich?»

«Klar», flüstere ich, lese seine Gedanken und mache für ihn Platz. Die eher schmale Doppelmatratze bietet nicht allzu viel Platz, besonders nicht für jemanden mit seinem Körperbau, aber er steigt ohne ein weiteres Wort zu mir ins Bett, legt von hinten die Arme um mich und umschlingt mich mit seinem Körper. Er passt sich meinem von Kopf bis Fuß an. Sein Arm schmiegt sich zwischen Bauch und Oberschenkel, sein Atem bläst sanft in meinen Nacken.

«Ist es komisch, dass ich dich vermisst habe?», flüstert Nick mit einem Glucksen in der Stimme, das gleichzeitig verlegen klingt. Was er nicht sagt, ist: *Daran werden wir uns gewöhnen müssen.* Sein Flug geht morgen. Mein Flug geht morgen. Sicher, wir können telefonieren. Wir können uns Nachrichten schreiben.

Aber ein Teil von mir fürchtet sich davor, dass sich all dies als ein eigentümlicher Weihnachtszauber entpuppen könnte. Ein Bann, der gebrochen ist, sobald er und ich dieses Haus verlassen haben.

«Nur wenn es komisch ist, dass ich dich auch vermisst habe», antworte ich ihm wahrheitsgemäß, leise.

Er küsst die Stelle hinter meinem Ohr, drückt sich noch fester an mich. Langsam drehe ich mich zu ihm um, sodass meine Nase fast seine Nase berührt. Ich mag es, ihm so nahe zu sein. Er hebt die Hand und streichelt mit dem Daumen beruhigend über meine Wange. «Du warst großartig heute», sagt er. «Einfach perfekt.»

«Tust du mir einen Gefallen?», flüstere ich als Antwort und schlinge mein Bein um ihn. «Versuch nie wieder, für mich zu sterben.»

Er lacht rau, als wäre er einfach zu schlau, um sich mit mir darüber zu streiten, und schiebt sich noch näher an mich heran. In diesem Moment könnte man unseren Blickkontakt als extrem bezeichnen. Seine Pupillen saugen sich an meinen fest, und jetzt in diesem Augenblick will ich nichts mehr als ihn. Ich glaube, Nick geht es genauso. Sein Atem beginnt, sich zu beschleunigen, geht stoßweise, seine Brust hebt und senkt sich an meiner. Und plötzlich wälzt er sich auf mich, mein Herz schlägt schneller, und meine Hüften heben sich ihm entgegen.

«Darin bist du wirklich gut», stöhnt er.

«Worin genau?», necke ich ihn und wölbe mich ihm wieder entgegen, spüre, wie er hart wird. Ich streichle ihn durch seine Hose hindurch, dann wandern meine Finger zu seinem Reißverschluss und – genug der Worte. Kein Reden mehr. Wir bestehen nur noch aus Zähnen, Haut und Stöhnen. Als

Nick mit der Zunge über meinen Hals fährt, stoße ich einen fast unhörbaren Laut aus. Doch seine Finger legen sich sanft auf meine Lippen und erinnern mich daran, dass wir leise sein müssen, ganz leise. Was ernsthaft *richtig* schwer für mich ist. Vor allem, als er dieselbe Hand in meine Pyjamahose gleiten lässt und mit einem Finger an genau der richtigen Stelle kreist, und mir gefällt … es einfach nur, ihm dabei zuzusehen, wie er sich bewegt. Sein Gesicht zu beobachten, während wir uns ausziehen, wie er mich ansieht, als wäre ich ein Geschenk, das er am Weihnachtsmorgen gerade ausgepackt hat.

Mit dem Knie öffnet er meine Beine, seine Muskeln sind scharf definiert, bevor er sich nach unten schiebt und meinen Oberschenkel hinaufleckt. Und das ist beinahe zu viel für mich. Das ist fast schon zu aufreizend.

In meinem Nachttisch findet sich ein Kondom, wundersamerweise intakt aus meiner Collegezeit herübergerettet, und ich helfe ihm, es überzustreifen. Ich frage mich, ob es wohl passen wird, frage mich …

«Leuchtet das im Dunkeln?», fragt Nick und bricht in Gelächter aus.

«Ach du Scheiße. Oh mein Gott.» Ich schlage mir ehrlich beschämt die Hände vor die Augen. «Das kam damals gerade neu auf den Markt. Das war … Ich habe es damals zum Scherz mitgenommen. Aber es sieht …» Ich spähe durch meine Finger. «Es sieht nicht schlecht aus?»

«Ich bin neongrün, Sydney», sagt Nick, der immer noch von leisem Lachen geschüttelt wird.

«Ja, aber auf eine heiße Art?»

«*Sydney*», gluckst er, und falls wir uns nie mehr wiedersehen, möchte ich ihn auf jeden Fall so in Erinnerung behalten. Kurz vor einem Lachanfall. Wie er mit seinen Grübchen und seinen

Wimpern auf mich heruntergrinst. «Ich werde versuchen, mich von diesem Rückschlag zu erholen.»

«Okay», sage ich nickend.

«Ich glaube, das ist noch zu retten.»

«Oh, unbedingt», sage ich und glaube nur halb daran, aber Nick hat recht. Innerhalb weniger Minuten bringt er mich zum Höhepunkt, zieht eine Spur von sanften Küssen über mein Schlüsselbein, und mit einer bittersüßen Aufwallung kommt mir der Gedanke: *Wäre es nicht wunderbar, wenn wir mehr solche Nächte zusammen hätten?*

21

Silvester

Als ich zu der Parkbank mit Blick auf den Fluss komme, ist Gail bereits da in ihrer schwarzen Windjacke mit pelzgefütterter Kapuze. Ihr kurzes Haar weht ihr um die Ohren. Sie könnte auch dann nicht mehr wie eine Agentin aussehen, wenn sie im Trenchcoat dasitzen und Zeitung lesen würde. Ich habe mich noch nie auf einer echten Parkbank getroffen. Es fühlt sich fast so an wie im Kino, als würden wir unsere Rollen nur spielen. Langsam lasse ich mich auf die Bank sinken, strecke die Beine aus und lehne mich zurück. Als wären wir zwei Fremde. Als wäre dies eine zufällige Begegnung.

«Wie lustig, Sie hier zu treffen», sagt Gail mit einer Spur von Humor in der Stimme. «Was für ein Zufall.»

«Danke, dass Sie mich hergebeten haben», sage ich und schlucke.

Sie hebt das Kinn. «Wussten Sie, dass sich alle Großen hier getroffen haben? In genau diesem Park. Die haben da drüben die Enten gefüttert. Ich habe kein Brot dabei, aber offenbar können Enten Brot sowieso nicht verdauen. Wenn wir sie schon füttern wollten, sollten wir sie mit Algen füttern. Oder mit Fischstückchen. Aber das würde eher brutal aussehen, oder?»

Ich lache durch die Nase. Sie hat wirklich irgendwie Humor, auch wenn sie es nicht will. Es ist eigenartig, dass dies erst unser drittes persönliches Zusammentreffen ist, sie ist so schnell zu einem der wichtigsten Menschen in meinem Leben geworden. «Sie haben recht. Ich möchte in der Metro nicht unbedingt Fischstücke in der Tasche haben.»

«Oh, Gott, nein. Nein, das würden Sie nicht wollen. Und schon gar nicht an wärmeren Tagen. Ich denke, das wäre ein hinlänglicher Grund für eine Verbannung aus der Stadt. Ich würde Sie persönlich rausschmeißen.» Gail rutscht auf der Parkbank hin und her und strafft die Schultern. «Sie sehen gut aus.»

«Sie auch», sage ich ehrlich.

«Das liegt am Urlaub. Ich arbeite abends eine Stunde weniger. Wirklich erholsam ... Okay, gut. Jetzt, wo wir das Geplauder hinter uns gebracht haben, fragen Sie sich wahrscheinlich, warum ich Sie hierhergebeten habe.»

Ein Windstoß trifft auf das Wasser, und ich setze mich auf. «Heiratet meine Grandma Ruby einen Gangsterboss?»

Gail entschlüpft ein echtes, richtiges Auflachen. Ich habe sie noch nie lachen sehen – habe es nur von der anderen Seite einer Hoteltür aus gehört. Sie wirft den Kopf voll in den Nacken, ihr Kinn zeigt zum Himmel. «Sie sind wirklich witzig, Sydney. Manchmal ein bisschen zu stur, aber witzig.» Sie kaut auf ihrer Wange herum und starrt mit Adleraugen auf den Fluss hinaus. «Ich habe seit unserer ersten Begegnung möglicherweise ein- oder zweimal an Ihnen gezweifelt. Gut, also Entschuldigungen sind nicht meine Sache. Rührselige Angelegenheit. Ich mache mir nichts daraus. Aber sollte ich mir je eine abringen, dann wäre es wohl gegenüber einer Agentin, die in einer fast unmöglichen Familiensituation große Entschlusskraft bewiesen hat.»

Mein Mundwinkel hebt sich. «Ja?»

«Ja. Und ich möchte noch hinzufügen, dass es in Anbetracht

der Umstände – und insbesondere jetzt, da Johnny Jones vor Gericht gestellt wird – vielleicht ein bisschen übertrieben war, Ihnen mit Entzug der Dienstmarke zu drohen. Außerdem war es ja nur eine metaphorische Dienstmarke. Da Sie noch nie wirklich für uns gearbeitet haben. Das fand ich immer etwas verwirrend, Sie nicht auch?»

Ich lache. «Ich war noch nie so verwirrt wie in den letzten paar Wochen. Das hat mich dazu veranlasst, alles zu überdenken.»

Gail nickt. «Ich habe gehört, dass Sie nicht mehr bei der CIA beschäftigt sind. War das Ihre Entscheidung?»

«Ja.» Mich durchströmt schon Erleichterung, wenn ich es nur ausspreche. «Stattdessen habe ich mich bei verschiedenen Thinktanks beworben. Internationale Diplomatie und Konfliktlösung, so etwas. Die Wahrheit ist, dass ich schon lange darüber nachgedacht habe, bei der CIA zu kündigen, ich wusste nur nicht, ob ich das wirklich machen kann, und ich … Ich will *wirklich* keine Geheimnisse mehr wahren. Weder welche, die mich betreffen, noch welche, die andere betreffen. Das ist nicht gesund. Ich glaube, ich bin nur zur CIA gegangen, weil ich mich verstecken wollte.»

«Ja, Sie haben sich sehr im Verborgenen gehalten», sagt Gail. «Das war äußerst unauffällig mit dem Autounfall und der Parade und den zweihundert Schaulustigen bei voller Weihnachtsbeleuchtung – aber ja, ich verstehe, was Sie meinen. Dieser Job hat die Tendenz, einen förmlich aufzufressen, ob man will oder nicht. Wie haben sie die Neuigkeit aufgenommen?»

«Bei der CIA? Oh, schlecht.»

«Mmm», sagt Gail. «Schön für Sie. Wie geht es Ihrer Schwester?»

«Sie erholt sich», sage ich. Es wird lange dauern, bis sie verarbeitet hat, was ihr zugestoßen ist, bis sie wieder anfangen kann, Menschen zu vertrauen. Aber wir werden alles gemeinsam in Angriff nehmen. So wie wir auch Dad angerufen haben, ein paar Tage nach Weihnachten. Wir haben über eine Stunde lang geredet, und es war ... schwer. Schwer, aber gut. Wir drei haben uns immer noch nicht wieder leibhaftig getroffen, und es wird nie wieder so sein wie früher, aber vielleicht können wir irgendeine Art von Beziehung zueinander haben. Im Moment genügt mir das.

«Calla ist eine Kämpferin», sage ich zu Gail. «Sie ist stärker, als man denkt.»

«Das sind Lehrerinnen oft. Außerdem ist sie Ihre Schwester, da ist ihr Stärke vermutlich in die Wiege gelegt. Das gilt auch für Ihre Großmutter. Ich war froh zu hören, dass sie sich gut erholt.» Gail sieht mich an und runzelt die Stirn. «Ist das gerade, was man ‹einen Moment› nennen könnte? Haben wir einen Moment?»

Ich erwidere ihren Blick, ziehe die Augenbrauen ebenso zusammen wie sie. «Ich glaube schon, Gail. Ich glaube, das könnte sein.»

Gail räuspert sich. «Tja, das war dann also das. Ich habe nur noch eine Information für Sie, bevor ich gehe.» Bei diesem Satz macht mein Magen tatsächlich einen kleinen Salto, aber Gail kommt schnell zur Sache. Sie redet nicht um den heißen Brei herum. «Meine Quellen sagen mir, dass Ihr Freund, ein gewisser Nick Fraser, möglicherweise gerade mit dem American-Airlines-Flug 2169 aus Boston in D. C. gelandet ist, dass er am Gepäckband Nummer 2 seinen Koffer geholt hat und eventuell im Ronald Reagan National Airport in die gelbe Metrolinie gestiegen ist.»

Kurz bin ich mir nicht sicher, was sie mir sagen will, obwohl sie es alles bis ins kleinste Detail ausgeführt hat. Nick. Nick Fraser. Er ist an Silvester nach D.C. geflogen. Wegen mir?

«Ich glaube, Sydney, es handelt sich um das, was man eine ‹große Geste› nennt. Ich kann mir vorstellen, dass sogar Blumen ins Spiel kommen werden. Aber ich hatte das Gefühl, dass Sie vorläufig von Überraschungen die Nase voll haben könnten, auch wenn diese Überraschung eine erfreuliche ist.» Gail wendet sich mir mit einer hochgezogenen Augenbraue zu. «Außerdem dachte ich mir, dass Sie ihn vielleicht gerne schon gleich am Zug in Empfang nehmen würden.»

Ich habe zum Laufen die falschen Schuhe an. Meine hochhackigen Stiefel knirschen über den Streukies auf dem Gehweg, als ich das Tempo anziehe und auf die Uhr schaue. Gail hat gesagt, Nick habe die Gepäckausgabe vor zweiundvierzig Minuten verlassen, was bedeutet … ja, ich sollte jetzt besser joggen. Federnd laufe ich die Rolltreppe hinunter. «Entschuldigung, Entschuldigung, Entschuldigung», sage ich zu den Leuten, wenn ich an ihnen vorbeispringe.

Der Boden in der Metro ist immer noch mit Tannennadeln übersät. Am Informationskiosk hängt ein etwas verloren wirkender Kranz, nur noch schwache Spuren von Weihnachtsglitter spiegeln sich im Geländer. Das Jahr neigt sich seinem Ende zu. Aufgeklebte Flugblätter werben für die Feier heute Abend. Ein Feuerwerk am Lincoln Memorial. Der Ball Drop. Zeit für einen Neuanfang. Zeit, neue Menschen zu werden.

Aber ich habe endlich das Gefühl, wieder der Mensch zu sein, der ich gewesen bin.

Offener. Vertrauensvoller. Dieses Weihnachten hat alles verändert.

Ich halte meine Fahrkarte an die Eingangsschranke und eile

die Treppe hinunter zum Bahnsteig B. Ein Meer aus Wintermänteln und Einkaufstaschen. Koffern, Last-minute-Reisenden. Aus Kindern in Buggys und Eltern, die sich an den Händen halten. Mein Brustkorb beginnt zu schmerzen. *Wo ist Nick?* Zuerst denke ich, ich hätte ihn verpasst. Dass ich den falschen Metrozug, den falschen Bahnsteig erwischt habe. Vielleicht fährt er gar nicht zuerst zu meiner Wohnung. Vielleicht hat er vor, in einem Hotel einzuchecken, einen Happen zu essen oder – mein Gott – mich überhaupt nicht zu besuchen. Vielleicht ist er geschäftlich in D. C.! Vielleicht hat es überhaupt nichts mit mir zu tun! Und ich stehe da nun wie eine Vollidiotin und verrenke mir den Hals, um in die Waggons zu spähen und zu warten und …

Da ist er.

Nick tritt mit seinem Rollkoffer auf den Bahnsteig. Er trägt einen eher langen beigen Mantel, eine schwarze Beanie-Mütze und einen Ausdruck finsterer Entschlossenheit im Gesicht. Er hat mich noch nicht gesehen. Er ist zu sehr damit beschäftigt, sich durch die Menge zu drängen, blickt nicht in meine Richtung, und mein Herz klopft. Klopft weiter, als ich im Zickzack um die Fahrgäste herumlaufe und den Abstand zwischen uns verringere, bis wir uns plötzlich gegenüberstehen. Seine Gesichtsbehaarung ist ausgeprägter, als ich sie je gesehen habe. Fast schon ein Bart.

Er erschrickt, seine dunklen Augen weiten sich, als er mich sieht. «Du bist …»

«Überraschung», sage ich und bin plötzlich verlegen. Wir haben uns seit dem Morgen nach Weihnachten nicht mehr gesehen, an dem wir ineinander verschlungen zusammen in meinem Bett aufgewacht sind. Aber wir haben uns Textnachrichten geschrieben. Erst heute Morgen habe ich ihm ein Foto von mir geschickt, auf dem ich mich in seinen WEIHNACHTSPULLI gewickelt habe. Das war sein Weihnachtsgeschenk an mich, er hat ihn mit einer silbernen Schleife verziert auf meiner Kommode liegen lassen, und er entwickelt sich rapide zu meinem Lieblingskleidungsstück.

Nick gluckst. «Ich dachte, diesmal wäre *ich* derjenige, der dich überraschen kommt.»

«Dann hättest du dich in meiner Dusche verstecken sollen.»

«Mmm», sagt Nick und streicht mir eine verirrte Haarsträhne hinters Ohr. «Dafür hänge ich zu sehr am Leben. Woher wusstest du, dass ich komme?»

«Habe einen heißen Tipp bekommen.»

«Bist du froh, dass ich hier bin?», fischt Nick nach Bestätigung. Seine Lippen sind nur wenige Zentimeter von meinen entfernt.

«Sehr», sage ich. Andere Reisende eilen an uns vorbei. «Die Wahrheit ist nämlich, ich glaube, ich möchte dich am liebsten an jedem Feiertag sehen. An Silvester. An Weihnachten. Am Tag des Baumes. Am Murmeltiertag. Ich bin dabei. Sogar an den unfeierlichen Feiertagen. Am internationalen ‹Sprich wie ein Pirat›-Tag. Dann besorgen wir Bier und sprechen wie Long John Silver. Am Tag des heißen Pastrami-Sandwiches …»

Mit einem kehligen Lachen beugt Nick sich vor und küsst mich, seine Lippen erobern die meinen. Und ich will ihn so sehr, als hätte ich zum ersten Mal entdeckt, was Verlangen wirklich ist – die wahre Bedeutung dahinter, dieses seelenaufschürfende, magenverdrehende, besinnungslose Verlangen. Ich vergrabe die Finger in seinem Haar, fahre über die Haut an seinem Hals, und er kommt näher, bis unsere Körper dicht aneinanderstehen. Bis wir auf diesem zufälligen U-Bahn-Steig in D.C. zu einer einzigen, glücklichen Person geworden sind. Sein Daumen fährt die Kontur meines Kieferknochens nach, eine Berührung so leicht wie von einer Schneeflocke. Nach einem kurzen Augenblick sage ich atemlos: «Vielleicht sollten wir ...», und deute mit dem Kopf in Richtung Rolltreppe.

«Richtig», sagt Nick ähnlich außer Atem. Er grinst. «Wir waren mal Agenten. Man sollte meinen, wir wären besser darin, uns unauffällig zu verhalten.»

«Waren?», frage ich blinzelnd.

Nick legt mir den Arm um die Schultern, und wir gehen gemeinsam in die nächste Menschenmenge hinein, in der bereits Partyknaller ausprobiert werden. Bunte Papierschnipsel und Glitzer besprenkeln meinen Mantel. «Wie sich herausgestellt hat», flüstert Nick mir ins Ohr, «bist du eine Inspiration für mich.»

Aber da ist noch etwas anderes. Ich sehe noch etwas in seinem Gesicht, einen Aspekt dieses Besuchs, den ich nicht greifen kann. Auf der Rolltreppe mustere ich ihn eingehend, seine Pupillen sind leicht geweitet, sein Puls pocht fast unmerklich in seinem Nacken. Während er mich anschaut, kaut er auf seiner Unterlippe.

«Was?», sage ich mit einem Zucken im Mundwinkel.

«Nichts», gibt Nick wenig überzeugend zurück und schüttelt den Kopf.

«Ach, komm schon.» Ich bohre den Zeigefinger in sein Grübchen, genau wie er es schon einmal bei mir getan hat. «Du hast auch Dinge, die dich verraten.»

Als die Rolltreppe uns auf der Hauptstraße ausspuckt, liegt Winter in der Luft. Es ist frostig geworden, und die ersten Schneeflocken fallen. Sie beginnen, Nicks Mütze zu bestäuben, und aus irgendeinem Grund, vielleicht aus Nervosität, nimmt er sie ab. Sein dunkles Haar quillt hervor, so zerzaust, als wäre er gerade von einem langen Nickerchen erwacht, und ich glaube, so finde ich ihn vielleicht sogar noch anbetungswürdiger als sonst.

«Du hast Schneeflocken auf deinen Wimpern», sagt er beinahe flüsternd, und die Welt um uns herum versinkt.

«Du schindest Zeit», flüstere ich zurück, denn was auch immer er mir sagen will, er soll es jetzt sagen.

Nick lacht. Er lacht auf diese vertraute, wissende Art, als könnte es sich um einen Scherz zwischen uns beiden handeln. «Willst du die Wahrheit wissen?», fragt er und bleibt auf dem Gehweg stehen. Er streckt eine Hand aus und legt sie an mein Gesicht, und er sieht so unglaublich ernst dabei aus. Um sich zu beruhigen, atmet er tief durch. «Die Wahrheit ist, als ich an diesem Morgen abgereist bin, als ich dachte, wir würden uns vielleicht nie wiedersehen, dass ich an einen Ort zurückkehren müsste, an dem es keine Sydney gibt, hat es mich überrollt wie ein …»

«Wie ein Oldsmobile?», frage ich, mir ist plötzlich ein wenig schwindlig.

Er nickt und wischt mir eine Schneeflocke von der Wange. «Ja. *Genau so.* Und mir ist klar, dass wir uns erst seit Weihnachten kennen, und wir können die Sache so langsam angehen, wie du möchtest, aber ich will hier sein. Ich will mit dir zusammen sein. Und du sollst wissen, dass … dass ich …»

Er wirft mir einen hoffnungsvollen Blick zu – und da weiß ich es. Ich weiß es, so wie ich weiß, dass Sweetie Pie ein guter Hund ist, dass Weihnachtsbäume grün sind und dass dies der beste Mann ist, dem ich je begegnet bin.

Mit rauer Stimme platze ich heraus: «Ich liebe dich auch.»

«Ja?», flüstert er, sein Gesicht ist wie der Sommer, und dann küssen wir uns. Und er sagt es immer wieder – auf dem Gehweg, bei mir zu Hause, im Laufe der Woche, im Laufe des Monats. *Ich liebe dich, Sydney. Ich liebe dich wirklich, wirklich sehr.* Und ich vertraue ihm. Ich werde jeden Millimeter von ihm kennenlernen.

Und er von mir auch.

DANKSAGUNG

Die Idee zu *Christmas undercover* kam mir kurz vor Weihnachten, als ich gerade im Auto saß. Sie standen mir ganz plötzlich vor Augen: Sydney, Calla, Johnny und Nick saßen dicht gedrängt um den Esstisch, zwischen sich ihre großen Geheimnisse. Ich weiß noch, dass ich laut auflachte, denn ich hatte noch nie zuvor eine solche Idee gehabt – eine, die sich mir wie ein Weihnachtsessen fast perfekt zubereitet darbot.

Ich werde also zuerst meinen Eltern danken, die mir eine leidenschaftliche Liebe für Weihnachten eingepflanzt haben. Mein Geist ist euer Geist. Ihr habt unsere Weihnachtsfeste in Maine (und anderswo) zu etwas ganz Besonderem gemacht, selbst wenn wir den schlechtesten Baum aller Zeiten ausgesucht haben. Ich liebe alle unsere Traditionen, und ich liebe euch.

Dieses Buch ist dem besten Agentenduo gewidmet, das eine Autorin nur haben kann: Claire Wilson und Pete Knapp. Danke, Claire, dass du von Anfang an dabei warst und dich bei jedem Kampf in meine Ecke gestellt hast. Aufgrund von deinen und Petes Anmerkungen habe ich diese Geschichte vollkommen umgeformt. Pete, ich bin so glücklich, dass du mit an Bord gegangen bist. Ich meine es ernst, wenn ich sage, dass *Christmas undercover* ohne euch beide nicht existieren würde. Ein riesiges Dankeschön auch an Safae El-Ouahabi, Stuti Telidevara und alle bei RCW und Park & Fine, die diesen Traum haben Wirklichkeit werden lassen – außerdem dem Rechteteam bei RCW, das *Christmas undercover* auf so brillante Weise international verkauft hat. Ich bin jeder einzelnen Lektorin und jedem Lektor, die etwas in dieser Geschichte gesehen haben, unglaublich dankbar.

Apropos großartige Lektorinnen! Kerry Donovan bei Berkley und Sanah Ahmed bei Orion, ich bin überwältigt von eurer Leidenschaft und eurem Verständnis für Sydneys Geschichte. Ich könnte mir kein stärkeres, netteres Team wünschen, und ich bin sehr, sehr glücklich über das Privileg, mit euch beiden zusammenarbeiten zu dürfen.

An Jago, meinen Mann: Ich wollte mir all diese Spionagefilme nicht anschauen, aber ich bin froh, dass wir es getan haben. Unsere nächtlichen Spaziergänge waren von entscheidender Bedeutung für diese Geschichte. Danke für deine «schlechten Ideen», die mir immer dabei helfen, selbst auf gute Ideen zu kommen. Und meinem Australischen Dingo Dany danke ich dafür, auf meinen Füßen gelegen zu haben, während ich dieses Buch schrieb – und die erwähnten nächtlichen Spaziergänge eingefordert zu haben.

Lia Liaos Umschlagentwurf für Berkley und der von Carla Orozco für Orion haben mich beide umgehauen, ich bin ihnen sehr dankbar, dass sie sich dieses Projekts angenommen haben.

Michelle Kroes von CAA, ich muss mich noch jedes Mal kneifen, wenn wir miteinander sprechen. Vielen Dank an Sie, Eric Fineman und Speck and Gordon dafür, dass Sie sich in Hollywood für dieses Projekt einsetzen.

Erin Cotter und Kayla Olson, ich weiß nicht, was ohne eure Unterstützung mit diesem Buch passiert wäre. Ihr seid beide so großartige Geschichtenerzählerinnen, und ich fühle mich geehrt, euch zu kennen. Danke an Kayla für den fantastischen Werbetext – und auch an die wunderbar talentierten Colleen Oakley und Lizzy Dent.

Was die üblichen Verdächtigen angeht, Miss Kim, Ellen

Locke, Grandma Pat und Sandy Johnson – ihr seid mein Kernteam, und ich werde niemals vergessen, wie ihr mich unterstützt habt. Tom Bonnick, der bei diesem Buch nicht mein Lektor war, hat mir dennoch im Laufe der Jahre unglaublich viel über das Schreiben beigebracht. Liebe Grüße an meine Urgroßmutter Ruby, ich danke dir für noch viel mehr als nur den Namen, du warst wirklich eine knallharte Type.

Mein besonderer Dank gilt den Professoren der UNC Chapel Hill, die mir nahegelegt haben, dass ich als Englischprofessorin mit deutlich mehr Seelenruhe rechnen könne, als wenn ich Geheimdienstmitarbeiterin würde. Tut mir leid wegen der «blumigen» Hausarbeit über Aufklärungsballons im Amerikanischen Bürgerkrieg. Sie hatten recht: Chaucer war mehr mein Ding.

Dieses Buch ist auch für all die starken Frauen da draußen. Dani Speegle, Annie Thorisdottir, Tia-Clair Toomey und andere – ihr seid Inspirationen. Ein großes Lob an die Frauen beim CrossFit 11:24. Es ist ein Privileg, jeden Tag neben euch Gewichte zu heben.

Und zu guter Letzt: danke an Sandra Bullock.

Tessa Bailey

Window Shopping – Eine weihnachtliche Versuchung

288 Seiten

Ein paar Wochen vor Weihnachten steht Stella vor dem Schaufenster des traditionsreichen New Yorker Luxuskaufhauses Vivant, als sie von einem attraktiven Fremden angesprochen wird. Er fragt nach ihrer Meinung zur Schaufensterdekoration. Und da Stella keinen Grund hat zu lügen, sagt sie ihm die Wahrheit: Es ist ein glitzerndes Grauen! Und dann fragt er, was sie anders machen würde. So bekommt Stella völlig unerwartet die Chance auf ihren Traumjob. Und ihren hinreißend weihnachtsverliebten Traummann. Wenn der nur nicht ihr neuer Chef wäre ...

Ally Zetterberg
The Happiness Blueprint

Liebe und andere Baustellen

400 Seiten

Zurück nach Schweden zu ziehen, ist das Letzte, was Klara geplant hat. Doch als ihr Vater an Krebs erkrankt, ist es an ihr, sich um seine kleine Baufirma zu kümmern, ohne die geringste Ahnung davon zu haben. Zum Glück übernimmt ihr neuer Kollege Alex die Terminplanung. Dafür synchronisieren sie ihre Smartphone-Kalender – was sie nicht einberechnet haben: So erfahren sie auch Privates übereinander. Schon bald sieht Klara in Alex mehr als nur einen (extrem attraktiven) Mitarbeiter. Zu schade, dass Alex einen Ring trägt und zur Paartherapie geht, wie sein Kalender verrät. Aber die Liebe ist fast immer eine Baustelle, und manchmal ändert sich der Bauplan überraschend...

Clever, witzig und skandinavisch-hyggelig: ein Roman mit Herz, Charme und Frauenpower!

«Ein frischer Ton, eine originelle Geschichte und eine feingezeichnete, sehr nahbare Heldin. Bezaubernd!» Graeme Simsion

Weitere Informationen finden Sie unter **rowohlt.de**

Katharina Herzog

Das kleine Bücherdorf: Winterglitzern

Die junge Kunsthändlerin Vicky gerät durch Zufall an einen ungewöhnlichen Brief: Der 8-jährige Finlay aus Swinton-on-Sea in Schottland hat ihn an seine verstorbene Mutter geschrieben. Vicky ist berührt – aber auch neugierig, denn dem Brief liegt ein Foto bei, auf dem Finlay eine seltene Ausgabe von «Alice im Wunderland» in den Händen hält.

352 Seiten

Vicky reist nach Swinton, wo Graham, der Vater des Jungen, ein Antiquariat führt, und wird prompt für die neue Aushilfsbuchhändlerin gehalten. Swinton ist ein ganz und gar außergewöhnlicher Ort. Ein uriges Dorf voller Buchläden und Bücherwürmer und dazu eine Schar mitunter sehr eigenwilliger Einwohnerinnen und Einwohner.

Unversehens gerät Vicky mitten in die Geschichte um Finlay, seinen Vater Graham – einen attraktiven Buchhändler und Witwer – und ein sehr wertvolles Buch. Doch sie hat auch etwas zu verbergen: dass sie mit einem Auftrag angereist ist, der ihre zarten Freundschaftsbande in Swinton zu zerreißen droht ...